大開眼界
葛拉威爾的奇想

What the Dog Saw
and other adventures

Malcolm Gladwell

麥爾坎・葛拉威爾——著 李巧云、顧淑馨——譯

目錄

PART 3 誰是大明星？

ACCLAIM

各界推薦

葛拉威爾的獨特，在於他能專注於多元豐富的主題，無論是晦澀難解或顯而易知的，他總是全心投入，深刻睿智研究，接著穿針引線，加入自己的看法，再完美闡明個中的關聯，字字珠璣。

——《波士頓環球報》（*Boston Globe*）

葛拉威爾對於社會體系與運作的敘述與觀察，提供精闢敏銳的見解……讓《大開眼界：葛拉威爾的奇想》發人深省。

——《邁阿密先驅報》（*Miami Herald*）

葛拉威爾是媒體世界最明亮的一顆星，他清晰的散文及顛覆社會科學傳統智慧的天分，使得《決斷2秒間》、《引爆趨勢》與《異數》三本著作轟動一時；這本主題廣泛、集結《紐約客》專欄文章的《大開眼界》，也是大家非讀不可的書籍之一。

——Time.com，艾利克斯・艾特曼Alex Altman

葛拉威爾的文章總是如此令人讀起來為之一快，任何題材在他筆下總是那樣扣人心紘。他充滿睿智的探索性文章，是《紐約客》倚重的主力。葛拉威爾有鮮活刻劃人物的天賦，也具有紐約人特有對時機的敏感度與違反直覺的思考傾向。他在文章的一開始喜歡把你帶入一種思考模式，等你習慣那些觀點之後，又突然冷不防地把你抽離出來。

——《彭博新聞社》（*Bloomberg News*），克萊格・塞李曼（Craig Seligman）

葛拉威爾具有最佳散文家的特質。他敏銳易感，能言善道，詼諧可親。看他的書，彷彿與一位智者對談。他挑戰你的成見，深入探討一系列社會議題。

——《每日電訊報》（*The Daily Telegraph*）

從未有人寫過葛拉威爾所寫的這類故事，因為從未有人用他思考的方式來思考。

——《巴爾的摩太陽報》

葛拉威爾的成功歸功於他在《紐約客》雜誌十多年的磨練，擅長社會心理學的領域的他，以樂觀自信的口吻抽絲剝繭，檢視天才的本質與跨國公司的瑕疵，更一針見血指出某些怪異的人類行為，必須歸咎生意人急於尋找社會現象「宗師」的趨勢。他的本事在於讓枯燥的學術預測轉型，成為聳動的人生日常：例如，我們為什麼喜歡買某樣商品？為什麼我們單憑片面印象就會信任某些人事物？而我們又為何喜愛自圓其說，在因果之間加入自己的詮釋？他最在行的就是直觸我們無意間忽略的人生現實。

——《衛報》（*The Guardian*）

這是葛拉威爾的第四本書，處處可見他對《紐約客》的致敬，也有他探討我們周邊現象與人物透徹有趣的見解。他研究了染髮劑對二十世紀的影響，對西薩・米蘭獨一無二的狗兒解語天分極度激賞。葛拉威爾是成功的作家，也是厲害的敘事者，闡述方式平實扼要，豐富題材令人拍案叫絕，趣味盎然。

——《出版者週刊》（*Publishers Weekly*）

本書充滿簡短對話，是一部呈現葛拉威爾實力的選集，凸顯出他是如何獨具慧眼探索各式古怪話題（包括女性染髮劑廣告、亨氏（Heinz's）番茄醬歷久不衰，甚至是女性一生經期如何改變其職業模式等），以及他是如何利用這些不尋常的話題當跳板，尋找它們背後代表的更深廣的意義。

——《紐約時報》（*New York Times*），珍妮特．馬斯林Janet Maslin

葛拉威爾才華洋溢，對讀者時時存疑的社會現象一如偵探般嗅聞查找出它們的背景故事，「啊，原來如此！」他能跳脫八卦窠臼，不循常規，鼓勵讀者深度反芻思考，逆向操作……本書某些章節更堪稱散文界的經典。

——《紐約時報・書評》（*New York Times Book Review*），史迪芬．品克Steven Pinker

如果需要的話，葛拉威爾甚至可以讓削鉛筆器趣味盎然，在《決斷2秒間》中，他悉心剖析瞬時決定；在《異數》中他探索成功的真實肇因。葛拉威爾是一位隨時蓄勢待發的全方位記者。他的才氣讓《大開眼界：葛拉威爾的奇想》架構嚴明清楚，精彩豐富。

——《舊金山紀事報》（*San Francisco Chronicle*）

葛拉威爾向來對好故事慧眼獨具，《紐約客》雜誌讓他信心大增，他以這些故事生動詮釋美國社會文化。

——《洛杉磯時報》（*Los Angeles Times*）

葛拉威爾的敘事本事，以及追根究柢、探求複雜人性的堅持，讓他寫出一篇篇令人折服的文章……葛拉威爾之所以大受歡迎，在於他的詼諧語氣，他從來不以專家自居，他只是喜歡與幸運的讀者分享自己的見解，把自己當成比我們普羅大眾更會深入思考社會現象的「中間人」。

——《周日泰晤士報》（*Sunday Times*，倫敦）

葛拉威爾從一九九六年開始就為《紐約客》雜誌執筆發表文章，在這本選集中收錄了一些精湛作品，顯示：他真正相信人人都有故事要說，他是能串連這些故事，讓它們更添趣味的優秀作家。這些文章包羅萬象，千奇百怪，例如為何「亨氏番茄醬」從來就不會遇到商場勁敵，還有人類染髮史，更探討剽竊與智慧財產權的關係。

——《星期日郵報》（*Sunday Mail*，澳洲）

葛拉威爾過去在《紐約客》發表的精彩作品，再度強力回歸。《大開眼界》娛樂性十足並深具啟發力，能深刻烙印在讀者心中。

——《路易威爾信使報》（*Louisville Courier-Journal*），史考特・柯夫曼Scott Coffman

葛拉威爾在《大開眼界》中用睿智機巧的口吻，帶領讀者在錯綜複雜的豐富地圖上，展開愉悅多元的心靈旅程，換言之，他就是闡述美國文化最傑出的自然學家。

——《奧勒岡人》（*The Oregonian*），愛麗絲・艾文斯Alice Evans

PREFACE

自序　狗眼裡看到什麼？

我很小的時候，時常溜進父親的書房，翻看他擺在桌上的那些報告。父親是數學家。他在方格紙上用鉛筆寫東西：一長串一長串工整的數字和圖表。我會坐在他座椅的邊緣，帶著疑惑和好奇，一頁頁翻看著。一來，那些東西當時在我眼裡有如奇蹟，尤其是父親靠這些我眼中的無字天書，居然就有薪水可拿。不過更重要的是，我如此摯愛的人，每天都在他自己的腦袋裡，做著我難以了解的事，這一點實在令我難以忘懷。

這正是我後來學到的，心理學家稱之為他者心靈（Other Minds）的現象。一歲大的幼兒認為，如果自己喜歡起士小金魚香脆餅，那爸爸媽媽也一定要喜歡這種餅乾；他還無法理解，自己頭腦裡想的，跟其他人頭腦裡想的不一樣。能夠進步到懂得爸爸媽媽不一定也喜歡小金魚香脆餅，是人類發育過程中，認知能力成長的一大里程碑。當二歲大的幼兒發現有別的想法存在，且跟自己的不一樣，就變得特別著迷於此。其實成年人也從未失去對人類心理的好奇心。當我們在社交場合上，認識一位當醫生的人時，第一個最想知道的是什麼？不是「你都做些什麼事？」我們大概知道醫生是做什麼的。反而我們想要知道的是，整天跟生病的人在一起意味著什麼意思？我們想要知道，當醫生是「什麼感覺」？因為我們相當清楚，當醫生跟整天坐在電腦前面，或是在學校教書，或是銷售汽車，感覺完全不一樣。這種問題不是明知故問，也不是蠢問題。對於別人日常工作的內情感到好奇，是人類最基本的原動力之一，而撰寫各位手上拿的這本書中的各篇文章，也出自同樣的原動力。

——

《大開眼界》書中收錄的所有文章，之前均刊載於《紐約客》（*The New Yorker*）雜誌。我自一九九六年起，即是《紐約客》的特約撰述。在這段期間我寫過無數的文章，而選入本書的都是我的最愛。我把這些文章分為三部分，第一部分是關於一些鍥而不舍，以及我喜歡稱為「天才型小人物」的人，他們不是愛因斯坦、邱吉爾或曼德拉，也不是其他打造我們這個世界的偉大建築師，而是像銷售萬用剁碎機的朗恩・波沛爾（Ron Popeil）；或是說過「她染不染頭髮？只有她的美髮師最清楚。」這句名言的雪莉・波里柯夫（Shirley Polykoff）。第二部分是說理的文章，討論組織個人經驗的方式。我們對於街頭遊民、金融醜聞，或是像「挑戰者號」（Challenger）太空梭爆炸這類災難，應該抱持什麼樣的態度？第三部分是對我們評斷人的能力提出疑問。我們怎麼知道一個人好壞與否，聰明與否，或是能不能把某件事情做得十分妥貼？各位會讀到，我對於我們做這類判斷有多準確是存疑的。

閱讀這些文章的價值，不在於問題的本身，而在於我更感興趣的部分：亦即會去思考遊民問題、番茄醬或金融醜聞的人，他們究竟是怎麼看待這些問題的。就我本身而言，我完全不知道該怎麼評斷「挑戰者號」的事故。工整地記在方格紙上、無法解讀的數字和圖表，對我來說是無字天書。可是如果透過另一個人的眼睛，從另一個人的頭腦，去看這個問題，那會得到什麼答案？

每個人、每件事都有故事可說

比方說，書中有一篇文章是我試圖去了解，驚慌失措和緊張失常有什麼差別。這篇文章的靈感，來自一九九九年七月，小約翰．甘迺迪（John F. Kennedy Jr.）駕駛飛機失事身亡。他是飛行新手，又碰到壞天氣，因此「失去了水平」（這是飛行員慣用的說法），開始螺旋俯衝。我為了了解他當時經歷的過程，特別請一位飛行員，帶我搭上與甘迺迪駕駛的同一型飛機，選擇跟他當時一樣的天氣。我要飛行員做出急速下墜的動作，這不是在耍花招，而是有其必要。我想了解飛機像這樣失事**是什麼感覺**，因為光是知道甘迺迪做了什麼，不足以讓我解讀出那次意外的意義。

〈影像問題〉這一篇是談到如何解讀衛星影像，就好比布希政府誤以為自己已經掌握了海珊擁有大規模毀滅性武器的照片一樣。我之所以著手寫這個題目，是由於和一位放射學家看了一下午的乳房X光片，看著看著，在毫無提示的情況下，他主動談起曾經想過，像自己這種人看乳房X光片所遇到的問題，應該跟中央情報局（CIA）的人看衛星照片時會碰到的問題很類似。我當時想知道他腦袋裡發生了什麼事，而他卻想知道中情局官員的腦袋裡是怎麼回事。我還記得在那一刻，我整個人覺得頭昏眼花的。

還有就是本書英文書名來源的那篇文章，那是在速寫馴狗專家西薩．米蘭（Cesar Millan）。米蘭可以用手的觸摸，把最凶悍、最頑劣的狗擺平。當初促使我執筆寫那篇文章的，是想知道米蘭在那樣做的時候，他腦海裡在想什麼？可是在報導寫作途中，我發現還有一個更棒的問題：當米蘭施行他的魔法時，狗的腦袋裡是怎麼回事？這才是你我真正想知道的：狗眼裡看到什麼？

我最常被問到的問題就是：你寫作的構想是從哪裡來的？我每次回答這個問題，總是答得不好。通常我都答得模稜兩可，有時說是有人會講些故事給我聽，或是合作的主編亨利拿了本書給我看，激發了我的思緒，要不就乾脆說我記不得了。當我在挑選本書的文章時，就想到要試著一勞永逸地整理出答案來。例如有一篇不算短而且有點怪異的文章，談到為什麼從未出現與亨氏牌（Heinz）分庭抗禮的番茄醬（我們吃番茄醬時，我們感受到什麼？）。這篇文章的構想是得自友人大衛，他是做食品雜貨生意的。我倆三不五時會一起吃午餐，而他是那種會思考這些問題的人。（大衛對瓜類也有類似的好奇和思考，關於這一點我稍後再探討。）

另外一篇〈頭髮本色〉，是描寫開創染髮色彩市場的女性。我一開始是因為不知怎麼的，腦中興起一個念頭，覺得寫洗髮精應該很好玩。做過很多訪問以後，一位麥迪遜大道（Madison Avenue，美國紐約市廣告業大本營）類型的人物，火大地對我說：「你幹嘛要寫洗髮精？不如寫頭髮的顏色有趣得多。」於是我就改了題目。

尋找寫作靈感的祕訣，就是說服自己：每個人、每件事都有故事可說。我雖然用**祕訣**兩個字，其實我真正的意思是**挑戰**，因為這是很難辦到的一件事，畢竟人類的直覺是假設大多數事情都不會有趣。我們總是在電視頻道間轉來轉去，先要跳過十個，才能選定一個。我們到書店，總要先翻過二十本小說，才能選定一本自己想看的。我們會過濾，區分高下，再做判斷，這是**情非得已**，因為各式各樣的東西實在太多。可是要從事寫作，每天都必須對抗這種篩選的本能。洗髮精感覺上好像沒什麼意思？管他的，一定要從這裡面找到故事，即使一時找不到，我也要抱持信心，相信繼續挖掘下去，最後終會發現可以寫的東西。（對於這一點，我要請讀者來判斷我是對是錯。）

一窺別人內心世界的機會

另一個尋找靈感的祕訣是，對於權力不同於知識要有所體認。出現在本書中的人物，很少是大權在握的，甚至也沒有什麼名氣。我說自己對天才型小人物最感興趣，那是真心話。要發掘有趣的故事，切忌從最上層找起，而要從中層人物著手，因為全世界實際在做事的，都是中層階級的人。我朋友大衛，就是教導我番茄醬知識的那一位，便是中等階級。他**做過**番茄醬買賣，所以他懂這裡面的故事。高高在上的人，為了保護自己的地位和特權，所以說話時自我意識很強（這也是應該的），而自我意識是「趣味」之敵。

在〈王牌叫賣推銷員〉一文裡，我們會遇見阿諾．莫里斯（Arnold Morris）。他曾在某年夏天，在澤西海岸（Jersey Shore）的自家廚房裡，向我表演如何推銷萬用切果菜機。他的開場白是：「各位鄉親父老，請過來這邊，我要向大家示範一台史上最強的切果菜機。」接著他拿起一包烤肉調味料來做道具。「請看這個！」他高舉那台機器，活像是在展示一個蒂芙尼（Tiffany & Co.）花瓶。**活像是在展示一個蒂芙尼花瓶**，這就是我發掘靈感的地方，在澤西海岸，某人家的廚房裡。

從小到大，我從來沒想過要當作家。我曾經想當律師，到了大學最後一年時，決定要進廣告界。於是我向多倫多市的十八家廣告公司投履歷，結果收到十八封拒絕信，我把這些信一字排開，用膠帶黏在牆上（到現在應該還存放在某個角落）。我考慮過念研究所，可是成績不夠好。申請過獎學金，想到有異國情調的地方遊學一年，也遭到拒絕。到最後寫作成了我無心插柳而走上的路，只因為一個簡單的原因：我怎麼也沒想到寫作可以是**一種工作**。工作都是很嚴肅、很可怕的，可是寫作卻充滿趣味。

大學畢業後，我在印地安納州一家小雜誌《美國觀察者》（*American Spectator*）做了半年，再搬到華盛頓特區，做了幾年自由投稿者，後來進入《華盛頓郵報》（*Washington Post*），再從那裡去到《紐約客》。一路走來，寫作的樂趣始終未曾稍減，但願那雀躍的精神，在本書的文章中躍然紙上。最令我感到挫折的事，莫過於有人看了我寫的或別人寫的東西，卻生氣地說：「我不贊成這種看法！」他們為什麼要生氣？文章的優劣並不取決於說服力有多強，反正讀者在本書中讀到的文章不會是這一種。寫作的成敗關鍵在於，能不能讓讀者手不釋卷，刺激讀者思考，給讀者一窺別人內心世界的機會，即便讀到最後的結論是，此人的內心世界並不值得羨慕。我把選入本書的文章稱為探險，理由在於我寫作的初衷便是如此。現在就請各位細細品味吧。

PART 1

成功的必然

偏執狂、開拓者和天才型小人物

對長在辣根裡的蟲而言，辣根就等於全世界！

CHAPTER 1

王牌叫賣推銷員

朗恩・波沛爾和征服美國家庭廚房

朗科秀坦電烤箱（Ronco Showtime Rotisserie & BBQ）不平凡的故事，始於納森・莫里斯（Nathan Morris）。他的父親基德斯・莫里斯（Kidders Morris）是鞋匠，也是猶太教清唱家，在一八八〇年代從祖國來到美國，定居於紐澤西州艾斯貝利帕克市（Asbury Park）。納森的職業是叫賣推銷員。他順著大西洋沿岸南來北往，在海邊步道、廉價商店和鄉間市集，推銷新奇的廚房用具，均是由紐瓦克（Newark）的頂尖金屬公司（Acme Metal）所生產。到一九四〇年代初期，他創辦莫里斯製造公司（N.K. Morris Manufacturing），產製KwiKi-Pi三明治烤盤和Morris Metric Slicer切片器。或許是大蕭條時期，工作不好找的關係，也可能是因為納森做的這門新行業，有特別吸引人之處，使得莫里斯家族成員，一個接一個追隨他走上叫賣推銷這一行。

納森有兩個兒子：理斯特（Lester）和綽號刀子的阿諾（Arnold），都是他的專屬推銷員。他帶姻親歐文・羅森布魯（Irving Rosenbloom）入行。後來羅森布魯在長島賣塑膠製品致富，其中有一種是刨絲器，由於做得極好，納森為表示敬意，也推出自己的產品「荷式搗碎刨絲器」（Dutch Kitchen Shredder Grater）。他跟親兄弟艾爾（Al）合夥，艾爾的兒子與身材瘦長的愛爾蘭人艾德・麥克馬洪（Ed McMahon），一起在街頭路邊叫賣。後來在大戰爆發前那年夏天，納森進用外甥山繆爾·雅各·波沛爾（Samuel Jacob Popeil）當學徒。人稱ＳＪ的波沛爾受納森影響極大，日後更在芝加哥創辦了波沛爾兄弟公司（Popeil Brothers），陸續推出萬用切果菜機、萬用剁碎機、高效能切蔬果機等產品。ＳＪ有兩個兒子，長子傑瑞（Jerry）早夭；次子則是只要看過美國深夜電視購物節目的，應該都很熟悉，叫作朗恩（Ron）。

二次大戰後那幾年，有許多人把廚房當作終身事業。紐約的柯林霍夫（Klinghoffer）家族即是其一。家族成員中曾有人死於非命。那是發生於一九八五年的恐怖分子劫持義大利郵輪「阿基里羅洛號」（Achille Lauro）事件，當時利昂（Leon）坐在輪椅上，被巴勒斯坦恐怖分子推入海中。他們家族在五〇年代，生產Roto-Broil 400，那是早期的家用烤箱，負責叫賣推銷的便是理斯特。還有一位做廚房用具的是路易斯·薩頓（Lewis Salton），他帶著父親收藏的一枚英國郵票，逃離納粹魔掌，把郵票換成布朗克斯（Bronx）的一間電器工廠。推出的產品是薩頓食物保溫器（Salton Hotray），可以說是微波爐的前身產品，而今日薩頓公司出售的產品是George Foreman Grill烤肉架。

不過誰也比不上莫里斯－波沛爾家族。他們是美國廚房用具業界的第一家庭。他們賺得豐厚的利潤，娶進貌美的妻子，互相借用對方的構想，夜裡躺在床上，還不忘苦思有什麼方法，可以使削洋蔥時流的是歡喜之淚。

他們認為，當時大多數人認為把產品開發與產品行銷脫鉤是不對的，在他們眼中，這兩者密不可分：本身就好賣的東西才會暢銷。波沛爾家族的成員個個積極進取而精明，朗恩更是其中的佼佼

廚房用具界的第一家庭

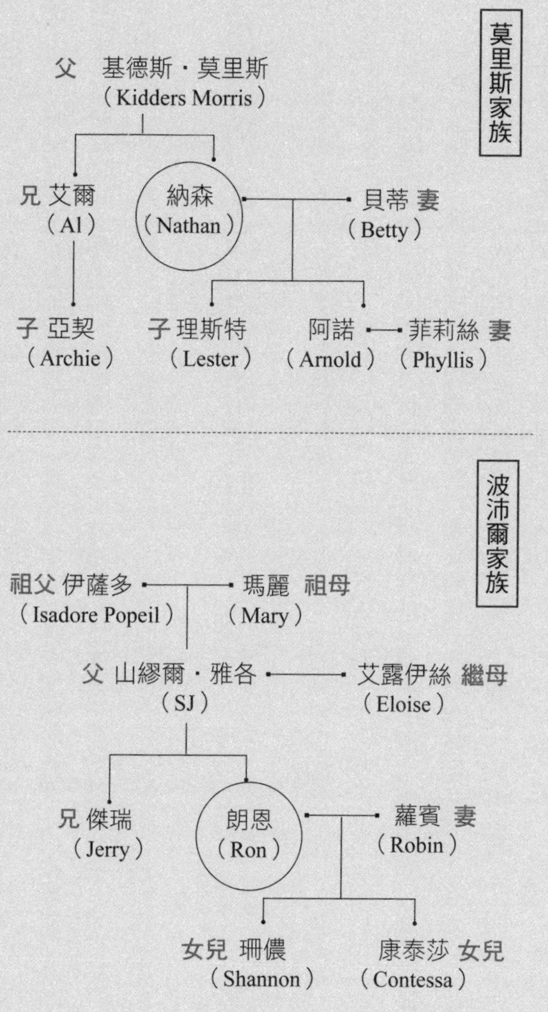
莫里斯家族
父 基德斯・莫里斯
（Kidders Morris）
兄 艾爾
（Al）
納森
（Nathan）
貝蒂 妻
（Betty）
子 亞契
（Archie）
子 理斯特
（Lester）
阿諾
（Arnold）
菲莉絲 妻
（Phyllis）
波沛爾家族
祖父 伊薩多
（Isadore Popeil）
瑪麗 祖母
（Mary）
父 山繆爾・雅各
（SJ）
艾露伊絲 繼母
（Eloise）
兄 傑瑞
（Jerry）
朗恩
（Ron）
蘿賓 妻
（Robin）
女兒 珊儂
（Shannon）
康泰莎 女兒
（Contessa）

者。他是家族裡的約瑟（Joseph，指在家族裡遭到排擠之意），被父親流放到蠻荒之地，回來時所賺的錢，比整個家族加起來還要多。他是把街頭叫賣商品的祕訣，帶到電視螢光幕上的開路先鋒。而莫里斯－波沛爾家族推出的廚房新奇用品中，設計最獨到、最受消費者歡迎，以及最能反映其產品與行銷相互關聯理念的，非朗科秀坦電烤箱莫屬。這種放在流理台上使用的電烤箱，可以用分期四期，每期三九．九五美元購得。而以價錢和功能來說，算得上是有史以來品質最優的廚房家電用品。

在廚房構思產品，直接走出去叫賣

朗恩外形英挺，有十分結實的臂膀與胸膛，相貌堂堂，五官特徵明顯而突出，六十幾歲，住在冷泉峽谷（Coldwater Canyon）半山腰的比佛利山莊，一棟造型不規則的平房裡，屋後有一片酪梨樹和一處菜園。以比佛利山莊的標準來說，朗恩的習慣算是老派的。他自己提東西，會去連鎖餐廳Denny's用餐；他穿T恤和運動褲，會到當地的兩家雜貨店去買雞鴨魚肉，且每天多達兩次。他尤其喜歡好市多（Costco），因為那裡的雞肉一磅才〇．九九美元，低於一般超市的一．四九美元。不管他買了什麼，都是帶回家中的廚房。那裡俯視著峽谷，空間十分寬敞，擺了一整排工業用烹飪器具，還有一千五百瓶橄欖油，角落裡掛著一幅油畫，畫中人是他與第四任妻子蘿賓（Robin），她過去是內衣公司的模特兒，還有幼女康泰莎（Contessa）。名義上，朗恩擁有一家名為朗科發明（Ronco Inventions）的公司，設立於加州查茲沃斯（Chatsworth），雇用二百名員工，還有兩個倉庫。不過朗科公司的靈魂人物，其實是在自宅工作的朗恩，而公司的許多要角，事實上也只是朗恩的朋友，他們也是各自在家裡工作。偶爾當朗恩煮好一鍋湯，想要商量事情的時候，這些人才會齊集在朗恩的廚房。

過去三十年來，朗恩發明了一系列巧妙的廚房用具，其中有「朗科電動食物脫水機」，有「波沛爾自動麵團香腸機」，這個機器的推力軸承跟防彈玻璃一樣，均由相同的材質製成。乍現的靈光總是引導著努力不懈的朗恩。譬如說二〇〇〇年八月，他突然領悟到，秀坦電烤箱的後續產品應該是什麼。那時他和左右手艾倫．巴克斯（Alan Backus），一直在研發一種調麵糊機，一次最多可以放入十磅重的雞翅、干貝、蝦子或魚片；只要把蛋、麵粉、麵包屑和上述原料攪拌好，幾分鐘後就大功告成，而且無論廚師的手或機器本身都不會弄髒。朗恩最近在午餐桌上，向我說明那次的情形：「巴克斯到韓國去了，那裡有一些大訂單快要敲定。」

當時朗恩人在比佛利山莊酒店的波羅廳貴賓室，吃著漢堡和薯條。他說：「我打電話給巴克斯，把他吵醒。當地是凌晨兩點。以下是我一字不差對他說的話：『放下那邊的工作，別管麵糊機了，這個計畫要先做。』」那個另外的計畫也出自朗恩的靈感，是一個可以在室內燻肉，卻不致發出臭味污染空氣和弄髒家具的裝置。原本朗恩自家的陽臺上，就擺著這種室內燻烤爐的原型，那是他一年前研發出來的，是「那種小題大作的複雜設計」。有一天他心血來潮，把一隻雞放進去燻。「結果那隻燻雞肉實在太好吃了，我忍不住對自己說，」說到這裡，他開始用左手敲打桌面：「我這一輩子沒吃過那麼好吃的雞肉三明治。」他反問我：「你吃過幾次燻火雞肉三明治？也許每半年才吃一次。才吃一次！那你又吃過幾次燻鮭魚？啊，不只一次。假設你每三個月吃一次燻鮭魚好了。那豬肋排吃過幾次？看你是在哪一家餐廳點肋排。燻香腸，也是同樣情況。我們都會吃煙燻的食物。」他傾過身來，戳我的手臂，強調他說的話：「可是我很清楚一件事，你家沒有燻烤爐。」

秀坦電烤箱的構想，也是循這個模式而來。大約四年前，朗恩在好市多時，突然注意到有顧客大排長龍，等候購買剛出爐的烤雞。他們喜歡吃烤雞，可是朗恩知道一件事：這些人家裡都沒有電烤箱。他回家後打電話給巴克斯，兩人一起買了玻璃魚缸、馬達、電熱絲、烤肉杆和若干零件，然後開始拼裝。朗恩希望做出的機具，大到可以放得下十五磅重的火雞，小到能夠擠進一般廚房櫥櫃下方和流理台之間的空隙。他不要自動調溫裝置，因為自動調溫會自動斷電，而加熱器不斷開開關關，無法產生他認為十分重要的效果，即烤出均勻、酥脆的金黃色外皮。同時烤肉杆必須水平轉動，不可垂直轉動，因為在垂直杆上烤整隻雞或烤大塊牛肉時，會出現上半部被烤乾，汁液全流到底部。朗恩的專利律師羅德理克．杜曼（Roderick Dorman）說，到冷泉峽谷去時，經常看到流理台上放著五、六個烤箱的原型，一字排開。朗恩會在每台機器裡各烤一隻雞，以便比較烤出來的肉質和金黃色澤。他也會思考一些細節，例如是否能使烤肉串靠近電熱絲之際轉動，好讓肉串的內側也跟外面一樣呈金黃色。待朗恩完成秀坦電烤箱的成品時，申請了不下二十四項專利。電烤箱的馬達是同類產品中馬力最強的；油滴盤包覆了一層不沾黏陶瓷，很容易清洗；而整個電烤箱，即使連續十次從三呎高的地方，砸落在水泥地或石材面上，仍然可以使用。在朗恩眼中，這個電烤箱烤出來的雞肉，絕對是他這輩子吃過最好吃的。

當時朗恩為秀坦電烤箱，拍了二十八分三十秒的電視銷售影片。片子是在有觀眾的攝影棚裡實況拍攝，然後在一九九八年八月八日首次播出。此後便不斷四處播放，經常是在清晨時段，或是奇奇怪怪的有線電視台，與教人發財的節目，及重播的老影集《三人行》（Three's Company）等，連著播放。而觀眾的反應極其熱烈，在影片推出後的三年裡，秀坦電烤箱的總銷售額超過十億美元。朗恩從未用過一個焦點團體（focus group），也不靠市調專家、研發團隊、公關顧問、麥迪遜大道（Madison Avenue，美國廣告業重鎮）的廣告公司，或是企業經營顧問。他的經營方式，是莫里斯家族和波沛爾家族，在二十世紀大多數時候一貫的作法，也是每個專家都說，在現代經濟中辦不到的作法。他在廚房裡構想出新產品，然後自己走出去，直接叫賣推銷。

天生的演員莫里斯家族

朗恩的祖字輩親戚納森．莫里斯，長得很像影星卡萊．葛倫（Cary Grant）。納森喜歡戴硬草帽，會彈烏克麗麗，開敞篷車，還會寫鋼琴演奏曲。他經營事業的地點，是艾斯貝利帕克市附近的山脊道上，一棟低矮、刷著白漆的房子，後面有一小間加蓋屋，他就在那裡展開了對鐵氟龍（Teflon）的創新研究。納森有一些怪癖，例如他得了恐慌症，若沒有醫生陪同，他不敢走出艾斯貝利帕克市一步。他與兄弟艾爾不和，後來艾爾一氣之下移居亞特蘭大。他之後又與外甥ＳＪ起齟齬。納森認為是他帶外甥進入廚房用具這一行的，外甥卻不知感恩。這兩人的對立到最嚴重時，曾經為了ＳＪ的萬用剁碎機而對簿公堂。萬用剁碎機是準備食物用的，裝有特殊的離合裝置帶動旋轉的褶式Ｗ型刀片，最適合切捲心菜和肝臟。當納森推出極為相似的產品，名為Roto-Chop，ＳＪ就控告他侵犯專利權。（碰巧萬用剁碎機本身，好像也是得自瑞士Blitzhacker公司的靈感，後來ＳＪ也輸了在瑞士打的專利官司。）

他們兩人一九五八年五月，在紐澤西州的首府翠頓（Trenton）打官司，法庭裡擠滿了莫里斯和波沛爾兩家人。開庭後，先是納森在台上接受ＳＪ的律師們詰問；他們試圖證明，納森只是個叫賣小販和仿冒者。進行到某一關鍵時刻之際，法官忽然打斷詰問程序。與ＳＪ合作多年的專利律師傑克．多米尼克（Jack Dominik）回憶說：「法官舉起右手食指指著納森。我一輩子都忘不了他說的話：『我認識你，你是叫賣推銷員，我看過你在路邊推銷東西。』納森也用食指回嗆法官，並且大叫：『不是，我是製造商。我是個有格調的製造商，跟我合作的也是一等一的律師。』」（據多米尼克表示，納森是那種會把每位跟他一起工作的人，都說得很了不起的人。）多米尼克繼續說：「就在那個時候，納森的臉愈來愈紅，法官比他更紅，於是審訊暫停。」那一天後來發生的種種，在多米尼克未發表的手稿裡，描寫得最精采，手稿題目是「ＳＪ的發明——ＳＪ律師多米尼克著」（The Inventions of Samuel Joseph Popeil by Jack E. Dominik – His Patent Lawyer）。納森突然心臟病發作，令ＳＪ內咎不已。多米尼克寫道：「隨後出現啜泣聲，自責油然而生。第二天這個案子就和解了。而納森前一天發作的心臟病居然好了，實在是個奇蹟。」

「刀子」阿諾

納森是個表演者，他的眾多親戚也是。而叫賣推銷產品，首要的功夫就是表演。據說納森的姪兒亞契（Archie，叫賣推銷員中的翹楚），曾經在一個漫長的下午，賣給一名穿著講究的男子，一件又一件的新奇用具。到收工時，亞契眼看那個男子，走開、停下、望著自己的提袋，然後把剛剛買下的所有東西，全數丟到附近的垃圾箱裡。莫里斯家的人就有這麼厲害。朗恩說：「我那些親戚連空盒子都賣得出去。」

莫里斯這一系，最後一位活躍在叫賣推銷這一行的是綽號「刀子」的阿諾。這個綽號是因為他特別擅長運用Sharpcut刀具而來，Sharpcut刀具是Ginsu刀具的前身。阿諾生性樂觀、頑皮，有圓圓的臉龐，幾縷白髮，還有一個招牌動作，就是每次把番茄切成工整、漂亮的薄片後，一定熟練地順著刀子鈍的那一邊，把番茄片排成整齊的一排。目前他與妻子菲莉絲（Phyllis），住在距艾斯貝利帕克市幾哩外的海洋鎮。他（帶著或許也用於推銷Feather Touch Knife刀具等的絕對信心）表示，菲莉絲是「艾斯貝利帕克市最漂亮的女生」。最近有一天早晨，他坐在書房裡，精神抖擻地開始推銷萬用切果菜機，那是S J在大約四十年前開始生產的器具。

「各位鄉親父老，請過來這邊，我要向大家示範一台史上最強的切果菜機。」他開始了。菲莉絲坐在旁邊，臉上閃耀著驕傲的光芒。阿諾拿起一包烤肉調味料當道具，那是朗恩隨秀坦電烤箱一起銷售的贈品。「請看這個！」他高舉那台機器，活像是在展示一個蒂芙尼花瓶。他強調用這個機器切馬鈴薯、切洋蔥、切番茄，有多麼俐落。他說話的聲音極具說服力，帶著澤西沿岸（Jersey Shore）語調的韻律，聽起來像是在唱歌：「有幾個人能像這樣切番茄？你刺它，切它。弄得滿手汁液，一直滴到手肘。用萬用切果菜機來切，動作有一點不一樣。把番茄放進去，然後轉動。」他示範把番茄固定在機器的底座上。「看這番茄，各位女士！看這番茄！轉動愈多，切出來的片愈多。看這番茄，各位女士！每一片切出來都整整齊齊，沒有一粒籽掉出來。不過我最喜歡用這台萬用切果菜機來切捲心菜。我的岳母大人以前常常這樣對付捲心菜。」他對著想像中的捲心菜，做出一連串亂切的動作。「我以為她要自殺。噢，天啊，我拚命禱告，求她不要失手。請別誤會，我很愛我的丈母娘，是她的女兒令我傷腦筋。處理捲心菜，是先把它切一半。再切成絲，做涼拌、快火炒、做沙拉，或是各種變化。切出來就像小麥片……」

那是一人擔綱的獨角戲，只是阿諾表演的目的不只為了娛人，而是要賣東西。他說：「一個叫賣推銷員可以成為很棒的演員，可是演員卻不一定能夠成為很棒的推銷員。」叫賣推銷員必須讓人鼓掌叫好，還願意掏出錢來。他一定要能夠掌握好行話所說的「轉折點」：在千鈞一髮的關鍵時刻，從演員的角色轉變為商人。假設在五十個圍觀者當中，有二十五人走上前購買產品，真正的叫賣大師只會賣給二十個人。然後對其餘五個人說：「等一下，我還有更多特色要向各位介紹。」然後再開始大力推薦產品，但是與前面稍有不同，而那四、五位沒有買到的人，就成為下一批圍觀群眾的內圈，被後來者包圍。他們卻是急著付錢，想買好東西就走，於是引起另一波搶購潮。

叫賣的轉折點需要善用預期心理，所以阿諾總是在示範檯上，放著一顆誘人的鳳梨。他說：

「四十年來，我每次都保證，會示範切鳳梨給大家看，可是從來沒有切過一次。這誇張到我有一個同行的朋友，乾脆去買了一個鳳梨模型。幹嘛真的切鳳梨？一顆鳳梨要兩、三塊美金，而且切完以後，圍觀的人就走光了。」阿諾說，他曾經雇用過一些人，在康乃狄克州丹貝利的市集上，替他叫賣一款切菜機。那幾個人無精打采的態度，令他十分不滿，索性自己上場示範。他說，那些人等著看他笑話，因為他從來沒有用過那一款切菜機，所以一定會切得亂七八糟。可是他一次示範，還是賣出了二百美元。阿諾回憶當時說：「這些人的眼珠子都掉出來了，他們說：『實在沒有道理，你連怎麼用這機器都不會。』我說：『可是我知道有一件事我做得比你們好。』他們問：『什麼事？』我說：『我知道怎麼讓人掏錢。』那就是該死的這一行的祕訣。」

花花公子大樓的保羅・紐曼

一九五〇年代中期，朗恩・波沛爾開始在芝加哥麥斯威爾街的跳蚤市場，叫賣父親生產的廚房用具。當時他才十三歲。每天早晨五點就到跳蚤市場，準備好各五十磅的洋蔥、捲心菜、胡蘿蔔，和一百磅的馬鈴薯。從六點開始賣，一直賣到下午四點，一天可以做成多達五百美元的生意。到十八、九歲的時候，他開始巡迴轉戰全州和各郡的市集。後來他在芝加哥商業區環狀圈內，州街與華盛頓街交會處的伍爾沃斯超市（Woolworth's）分店裡，弄到一個熱門的點。當時那裡是伍爾沃斯連鎖店在全美國生意最好的分店。他推銷萬用剁碎機和萬用切果菜機，賺的錢比分店經理還多。他在高級餐廳Pump Room吃飯，手戴勞力士錶，住一晚一百五十美元的旅館套房。從當時的照片來看，他長得一表人才，有一頭濃密的黑髮，一雙藍綠色的眼眸，性感的雙唇。幾年後當他把辦公室搬到密西根大道（Michigan Avenue）九一九號時，還獲得「花花公子大樓保羅・紐曼」的稱號（Playboy Building「花花公子大樓」，即密西根大道九一九號）。

從大學時代就認識朗恩的梅爾・柯瑞（Mel Korey），也是他的第一個生意夥伴。柯瑞還記得當年曾經去州街的伍爾沃斯分店，看朗恩推銷萬用剁碎機。柯瑞說：「他迷死好多人，因為他實在太帥了，附近的祕書小姐都會趁著午休，專程到伍爾沃斯去看他。他會挑好時機進入轉折點，顧客是搶著過來買。」幾年前，朗恩的友人史蒂夫・韋恩（Steve Wynn），也是幻景度假村集團（Mirage Resorts）的創辦人，他去探視因內線交易坐牢的著名金融家麥可・密爾肯（Michael Milken）。兩人坐在電視機附近，無意中看到一集購物廣告節目，朗恩正在一步步地降價。這是直接移植自街頭叫賣的例行策略，他說：「各位不必花二百塊美金，不必花一百八，不必花一百七，不必花一百六……」那是標準的叫賣花招：只因為一開始的價格喊得很高，聽起來就很戲劇化。然而朗恩叫起價來，有一種令人難以抗拒的魔力。他口中的價錢愈來愈低，此時韋恩和密爾肯，這兩個對價格利潤恐怕不比別人知道得多的人，異口同聲地大叫：「停止，朗恩，別再降了！」

一次、兩次、三次、四次不斷解說商品

朗恩是最厲害的嗎？唯一一次有意為這個問題找到明確答案的行動，發生在大約四十年前，朗恩和阿諾在麻州西春田市（West Springfield）舉行的東部各州博覽會上，推銷一組刀具。而另一位叫賣推銷員佛斯蒂．威希恩（Frosty Wishon）也在場，他也是一個傳奇人物。朗恩說：「威希恩是個穿著講究、口才一流的人物，也是很棒的推銷員。可是他自以為無人能比。所以我就說：『各位，這個博覽會一共有十天，每天大概有十一到十二小時。我們輪流上陣，比賽誰賣得多。』」在莫里斯－波沛爾的家學中，這叫作「對決」。那次較量的結果，沒有一個人忘得了。朗恩贏過阿諾，但是只差一點點，不過幾百美元。而威希恩叫賣的成績，只及兩位對手的一半。朗恩繼續說：「你不知道威希恩的壓力有多大。博覽會結束時他來找我，對我說：『朗恩，在我有生之年，再也不會跟你一起工作了。』」

威希恩想必是魅力十足，又很有說服力，然而他以為這樣就夠了，以為叫賣推銷的遊戲規則，與有名人背書的規則一樣。當職籃明星麥可．喬丹（Michael Jordan）為麥當勞的漢堡代言時，喬丹是明星。可是朗恩或阿諾在推銷萬用剁碎機等商品時，他們的能耐就在於，讓萬用剁碎機成為明星。畢竟這是一項創新產品，用不同的方式去切洋蔥、剁肝臟；消費者需要重新考慮要不要改變自己的做菜方式。萬用剁碎機跟大部分偉大的發明一樣，會打亂日常的例行作法。那你要怎麼去說服人們放棄原來的習慣？不能只靠誠心誠意或討好逢迎，靠名氣大或外表好看也不夠。你必須不只一

次、兩次，而是三次、四次，向顧客說明這項發明，而且每一次都要有不一樣的轉折。你必須示範機器到底怎麼用，為什麼比較方便。在用機器剁肝臟時，要引導觀眾注意你的手部動作，然後確切地告訴他們，這個機器用於日常的烹調工作十分適合。最後強調，這雖然是革命性的發明，使用起來卻一點也不難，以此做為賣點，把東西賣出去。

三十年前錄影機剛上市，那也是會改變生活習慣的產品。理論上，錄影機可以讓我們錄下電視節目，再也不必被黃金時段綁住。然而儘管錄影機後來變得十分普及，但是很少用於這個用途，那是因為錄影機從來沒有做過叫賣推銷。沒有人曾經不只一次、兩次，而是三次、四次，向消費者解說過這項新產品；也沒有人確實展示過錄影機的使用方式，或是示範如何把錄影機融入日常生活裡，也沒有一雙手一步步引導消費者操作整個機器。製造商只管把裝著錄影機的箱子交給顧客，拍拍他們的肩膀，再附上一本使用手冊。任何叫賣推銷員都會說，這麼做是不行的。

不秀一秀產品就不是朗恩了

有一次我拜訪冷泉峽谷的朗恩住宅時，有幸坐在他家廚房的高腳凳上，見識到他表演真正的叫賣推銷是怎麼一回事。朗恩說起他剛剛才和演員朗．西佛（Ron Silver）一起吃完飯。朗．西佛在一部有關辛普森（O.J. Simpson）案審判的新電影裡，飾演朗恩的朋友羅伯．夏皮洛（Robert Shapiro）。朗恩說：「他們把朗．西佛後腦勺的頭髮剃掉，讓他禿了一塊，因為夏皮洛後腦勺就有一塊沒有頭髮。所以我就對他說：『你一定要買ＧＬＨ。』」ＧＬＨ是朗恩早年賣過的產品，是一種噴霧髮膠，可以使頭髮變濃密，蓋住禿掉的地方。「我跟他說：『那可以讓你比較好看，要拍戲時再洗掉就好了。』

講到這裡，一般推銷員通常會收手。這個話題已經說完，就不再提。我們兩個那時候一直在談秀坦電烤箱，身後的流理台上，有一台秀坦電烤箱正在烤雞，另一台在烤小牛排。朗恩前方的桌上，他的麵團機也在運轉。他自己則在炒一些蒜頭，準備午餐的時候吃。可是他既然說起ＧＬＨ，如果不把ＧＬＨ的妙用展示給我看，那就不是朗恩了。他快速走到廚房另一邊的一張桌子前，還邊走邊說：「別人總是問我：『朗恩，ＧＬＨ這個名字是怎麼來的？』是我想出來的，就是好看的頭髮（Good-Looking Hair）。」他拿起一個罐子說：「我們做了九種顏色，這一罐是銀黑色。」他拿起一面小鏡子，以便找到禿掉的地方。「現在，第一步是噴在沒有禿的地方。」他搖晃那個罐子，然後開始噴頭頂；一面噴，一面說個不停。「接著噴沒有頭髮的地方，」他指著禿髮處。「就在這裡，好了，現在等它乾。梳理功夫占最後外觀好壞的五〇％。」他開始用力梳頭髮，突然間，朗恩的樣子就像是有滿頭黑髮。我說：「哇！」朗恩面露得意。

「你的反應是『哇』。其他人的反應也一樣是：『哇。』只要用過的人都會發出同樣的尖叫。」他抓住我的手臂，把我拉到外面的陽台上，「如果走到室外、在明亮的陽光下，或者大白天，也看不出我後腦勺禿了一大塊。看起來真的很像頭髮，這個產品真的很厲害又不可思議，且用任何洗髮精一洗就掉。你知道誰會是最佳代言人嗎？高爾（Al Gore，前美國副總統）。你想摸摸看感覺怎麼樣嗎？」朗恩把頭低下來，讓我看得到他的後腦勺。我說了「哇。」也看過他的頭髮在室外的樣子，可是朗恩身上的叫賣推銷本性仍然不滿足，我還得摸摸他的後腦勺。我摸了，感覺就像真的頭髮。

———

朗恩．波沛爾不只繼承到納森．莫里斯的叫賣功夫，也不愧是ＳＪ之子；這一點頗能解釋秀坦電烤箱為什麼會大賣。ＳＪ在位於芝加哥壯麗大道（Magnificent Mile）高級地段的德雷克大廈，擁有一戶十間臥房的豪宅。他的凱迪拉克房車聘有專用司機，車內還裝設電話，這在當年是很稀奇的，他也很喜歡炫耀那具電話。他穿三件式西裝，喜歡彈鋼琴，抽雪茄，常皺眉頭，講話時會發出怪異的小小呼嚕聲。他把錢都押在美國國庫券上，而他的人生哲學，表現在他說過的一些名言裡。他對律師說：「如果對方逼得太緊，就告他。」對兒子說：「重點不在你花了多少錢，而是你賺到多少錢。」有一位設計師懷疑，他最暢銷的成功商品之一Pocket Fisherman攜帶式釣竿，到底有什麼用途，他說：「這不是拿來用的，是拿來送人的。」

電視購物的開山祖師爺

一九七四年，ＳＪ的第二任妻子艾露伊絲（Eloise），決定找人做掉他。她找來兩個職業兇手，其中一個的名號相當貼切，就叫剝皮先生（Mr. Peeler）。那時候艾露伊絲跟兩個女兒及男友，住在SJ位於新港灘（Newport Beach）的房子裡；她的男友是一個三十七歲的機械師。在艾露伊絲受審的法庭上，SJ被問到那個機械師，他答：「我是有一點高興，有他可以讓她別來煩我。」那是SJ典型的作風。不過十一個月之後，艾露伊絲出獄，SJ又跟她再次結婚；那也是SJ典型的作風。正如一位他過去的同事所說：「他是個怪胎。」

SJ．波沛爾是個愛好設計新玩意兒的人。他會夜裡睡到一半爬起來，用擺在床頭櫃上的本子，畫下一些零亂的草圖。他會消失在廚房裡好幾個小時，把裡面搞得一塌糊塗，然後帶著恍惚的表情走出來。他很愛站在機械技師身後，越過他們的肩頭，探看他們組裝自己設計的產品原型。他在四〇年代末、五〇年代初，幾乎只用塑膠材質，為廚房的各項基本配備重新賦予低調的現代風。提姆．山繆森（Tim Samuelson）說：「這些漂亮的塑膠製麵粉篩子，是波沛爾兄弟公司做的。」山繆森是芝加哥歷史學會（Chicago Historical Society）的策展人，也是波沛爾家族史的權威。「他們使用對比色，或是結合不透明塑膠與半透明漩窩紋塑膠。」山繆森曾買到波沛爾兄弟公司原產的甜甜圈機，他覺得這個以紅白色塑膠做成的用具「有著優美的線條」，從此他就對波沛爾家的一切十分著迷。直到今天，他在海德公園高樓的自宅廚房裡，仍會使用萬用剁碎機來準備做沙拉的材料。山繆森繼續說道：「他的東西一定有一點小巧思。以波沛爾自動翻蛋器為例，外觀看來就像一般的刮刀，可是如果擠壓把手，刀片轉動的角度就剛好讓一個荷包蛋翻過來。」

華特．赫布斯特（Walter Herbst）是位設計師，他的公司曾經與波沛爾兄弟公司合作多年。他說

ＳＪ的一貫作法，就是先想出一個整體的主軸。「他會一大早帶著這個主軸跑來，就好比像這樣，」他裝起ＳＪ沙啞的聲音：「『我們需要改善切捲心菜的方法。』那是一種熱情，無比的熱情。有天早上，他一定是剛吃過葡萄柚，因為他一上班，就打電話給我說：『我們需要有更好的方法來切葡萄柚。』」後來他們想出來的是一種雙刀片削皮刀，在兩片刀片之間留有些許距離，這樣就可以同時切葡萄柚兩邊的皮。赫布斯特說：「幾條街外有一個小雜貨店，ＳＪ就派司機去買葡萄柚。起先是買六個，可是在兩個星期內，六個變成十二個，十二個變成二十個，到最後我們一天要削三十到四十個葡萄柚。我不清楚那家小雜貨店知不知道究竟發生了什麼事。」

必須一次面對十萬人推銷才划算

ＳＪ．波沛爾最可圈可點的發明，毫無疑問是一九六〇年上市的高效能切蔬果機。這基本上是切割食物用的，是沒有馬達的Cuisinart食物調理機。這個機具的核心是一串細長、銳利的刀片，像吉他絃一樣，掛在兩個塗過鐵氟龍的金屬環上。金屬環是在伊利諾州胡士托（Woodstock），用特殊等級的鋁364 Alcoa製成。當兩個金屬環一上一下對齊排列，刀片呈平行狀時，把洋蔥或馬鈴薯壓下去，穿過刀片，出來的便是整齊的洋蔥或馬鈴薯片。如果轉動上面的金屬環，使上下刀片呈十字狀缺口，那切出來的就是洋蔥或馬鈴薯丁。框住這兩個金屬環的是造型美觀的塑膠外殼，上面有一個活塞，由此把蔬菜送入機器。在技術上，高效能切蔬果機是一大勝利：機器所用的刀片，強度足以抵擋蔬菜下壓的壓力，其製造法獲有美國的專利。可是從行銷的角度看，這卻帶來一個難題。ＳＪ

的產品向來是由推銷人員，帶著一大堆蔬菜叫賣出售，他們攜帶的量是供應一整天示範所需。然而高效能切蔬果機效率太高了；據波沛爾兄弟公司的推算，單單一分鐘時間，它就能夠切出一百二十個齒鋸狀的水煮蛋、三百條小黃瓜條、一千一百五十條馬鈴薯條、三千塊洋蔥丁。以往供一整天使用的蔬菜量，現在幾分鐘便切完了。叫賣人員已經負擔不起每次只對百來個人推銷的成本；必須一次要面對十萬人。高效能切蔬果機必須在電視上銷售，而最早體認到這個事實的叫賣推銷員，朗恩便是其中之一。

一九六四年夏天，高效能切蔬果機剛推出不久，柯瑞與朗恩聯手創辦了朗科公司。他們以五百美元的代價，拍攝了高效能切蔬果機的電視廣告。內容是直截了當地推銷產品，並且整個過程濃縮為兩分鐘。拍好以後他們從芝加哥出發，前往臨近的中西部城鎮。他們造訪陌生的當地百貨公司，說服對方以包銷的方式陳列高效能切蔬果機，包銷就是賣不掉的全部可以退貨。然後又到當地電視台，找到最便宜的廣告時段，買下兩、三週的時間播他們的廣告，並祈求這麼做能夠吸引足夠的顧客上門。柯瑞說：「我們買進高效能切蔬果機的批發價是三．四二美金，賣價是七．四六美金，百貨公司的零售價是九．九五美金；也就是說，我們的獲利空間有四塊美金。假設我花一百美金做電視廣告，那要賣出二十五台機器才能打平。」在當年，顯然只有像寶鹼（Procter & Gamble）這種大公司，才會用電視廣告推銷廚房用具。柯瑞和朗恩，這兩個才二十出頭的叫賣推銷員，要透過電視來賣沒有人聽過的高效能切蔬果機，能不能成功很難說。他們倆是在做一場豪賭，結果出乎意外，完全值回票價。

柯瑞回想起最初創業維艱的那幾年，繼續說道：「蒙大拿州布特鎮有一家店叫軒尼詩（Hennesy's）。當地居民那時還穿軍衣式的厚呢短大衣，鎮上多半是酒吧，只有幾棟三層樓的建築。居民總共二萬七千人，只有一家電視台。我帶著高效能切蔬果機去那家店，他們說：『我們拿一箱好了，這裡顧客不會很多。』我再到電視台去，那個地方又髒又亂，唯一一個業務員已經老得快聾快瞎了。我排好一個時段，連播五週，廣告費是三百五十美金。我算一算，只要可以賣出一百七十四台機器，六箱，我就很高興了。我回到芝加哥，有一天早上進辦公室時，電話響了。他們說：『那一箱全部賣完了，快用空運再送六箱高效能切蔬果機過來。』隔一週的星期一，電話響起。又是布特鎮打來的：「『我們超賣了一百五十台。』我又空運了六箱。後來每隔幾天，只要電話一響，我們就會互看一眼，說：『蒙大拿布特鎮。』」即使到今日，已經過了幾十年，柯瑞還是不敢置信。「那個鎮上總共有幾戶人家？可能幾千戶吧？結果我們在五星期內，一共賣了兩千五百台高效能切蔬果機！」

為什麼高效能切蔬果機如此之暢銷？毫無疑問，那是由於美國大眾殷切希望，可以買到更好用的切蔬果用具。然而關鍵不止於此：高效能切蔬果機代表媒體（電視）與訊息（新器具）之間完美的結合。就使用者的感受來說，高效能切蔬果機是完完全全透明。拿起馬鈴薯，往金屬環壓下去──好了，炸薯條的原料完成了。不需要按什麼鈕，也沒有令人生畏的隱藏裝置；在兩分鐘的廣告插播裡，就能夠把怎麼使用高效能切蔬果機解說得清楚明白，而且去除任何人對新科技的恐懼感。更特別的是，你可以把鏡頭緊盯產品本身，強迫觀眾把所有的注意力都聚焦於產品上。頂尖叫賣推銷員在做現場示範時，極力想要達到的目標，電視可以發揮得更加淋漓盡致：就是讓產品成為明星。

為產品戴上明星光環

這是朗恩絕對忘不了的一課。他為秀坦電烤箱拍攝的廣告中，一開場出現的並非他本人，而是雞鴨魚肉在電烤箱轉動的一連串鏡頭，油亮亮的差一點讓人想入非非。影片旁白跟著敘述每個鏡頭：「可口的六磅重烤雞」、「肥美多汁的烤鴨」、「叫人口水直流的烤豬排」。在這些鏡頭之後，我們才會看到身穿運動外套和牛仔褲的朗恩。他指出傳統烤肉有各種問題，總會弄得到處髒亂，讓人頭痛。他用榔頭去敲秀坦電烤箱的門，以顯示烤箱有多麼堅固。他熟練地綑好一隻雞，插進有專利權的秀坦雙叉烤杆，再放進烤箱裡。接著他重複同樣的動作，又烤了兩隻雞、幾片搭配檸檬和蒔蘿的鮭魚，以及一塊肋排。這段過程從頭到尾，攝影機都盯著他的雙手，那雙手則動個不停，流暢地操作著秀坦電烤箱，同時朗恩用沉著的聲音，一步步引導觀眾認識每個步驟：「只要很輕鬆地把食材放進去，就像這樣，一點都不費力。另一邊也是同樣的作法。現在灑上一些香料及調味料，再調好位置，關上玻璃門，烤上一個小時。把時間設定好，就不必管它。」

為什麼這個廣告的效果這麼好？因為秀坦電烤箱與高效能切蔬果機一樣，最原始的設計就是要讓產品成為明星。朗恩一開始就堅持，烤箱的門一定要是整片的透明玻璃，而且要往後傾斜，好讓最多的光線可以透入，那樣隨時從外面觀看裡面所烤的雞、火雞或豬肋排，都能夠看得一清二楚。巴克斯說，從第一代的秀坦電烤箱推出後，朗恩就十分計較，烤出來的金黃色澤和均勻度如何，並且認定烤杆轉動的速度不太對。烤箱原本設定的速度是每分鐘旋轉四圈。朗恩在他的廚房裡做比較測試，用各種速度試烤一隻又一隻的雞，最後判定，效果最佳的旋轉速度，應該是每分鐘轉六圈。我們可以想見，如果是一位精明幹練的企管碩士，抱著一大疊焦點團體的試驗結果報告，他必定會說，朗恩賣的其實是方便和有助於健康生活的產品，所以花費幾十萬美元，不斷更改製造模具，只為了能夠烤出更均勻的金黃色，實在不值得。可是朗恩明白，無懈可擊的金黃色很重要，其道理就跟傾斜透明的玻璃門是一樣的：每一項設計，都必須使產品在展示時，能夠充分而有效地表現出性能。產品在舞台上看起來愈有價值，推銷者就愈容易進到轉折點，請顧客掏錢購買。

換句話說，如果當年是由朗恩來介紹錄影機，他不會只是在電視購物節目中賣這種機器，他更會把錄影機的設計都改掉，那樣才能在電視上清楚地展示。例如機器上的時鐘不會是數字鐘（當然那無助的一閃一閃等待重設的數字鐘，現在已經成為挫折的象徵）。錄影帶放進去後，也不會藏在隱密的門後面，而是會在清楚明顯的地方運作，一如烤箱裡的雞。所以當機器在錄影時，我們可以看到帶子在轉動。控制裝置也不會是一排不明顯的按鈕，而會是大型按鈕，並且每次按下去或彈上來，都會發出有確認作用的卡噠聲。另外錄影過程的每一個步驟，都會由一個明顯的大數字鈕代表，只要設定好就不必管它了。再者，朗恩的錄影機會是一個薄薄、不起眼的黑盒子嗎？當然不會。在我們的文化中，「黑盒子」一詞的含意等同於費解的東西。朗恩的錄影機會用紅白色的塑膠為外殼，分為半透明的漩窩紋和不透明兩部分，要不就是用364 Alcoa鋁，漆上一些大膽的基本色。錄影機的放置地點會在電視機上方，不是下方，這樣當鄰居或朋友來訪時，一眼就會看到，並且說：「哇，你也買了一台朗科萬用錄影機！」

師承父親身教

朗恩的童年並不快樂。他曾經對我說：「我記得烤過一個馬鈴薯，那大概是我四、五歲的時候。」我們正坐在他的廚房，剛剛試吃了一些秀坦電烤箱烤出來的小牛排。他不是一個會緬懷過去的人，所以為挖出他的記憶，我花了一點時間。「我實在太餓了，好像怎麼狼吞虎嚥那個烤馬鈴薯都嫌太慢。」通常朗恩總是動個不停，不是手上正忙著切食物，要不就是來回踱步。不過此刻他靜下來沒有動。他很小的時候父母就離異；父親ＳＪ跑到芝加哥去，母親則失去蹤影。他和哥哥傑瑞被送到紐約州北部的一所寄宿學校。「我記得看過我媽一次。而直到十三歲我搬到芝加哥為止，不記得有看過我爸。我還記得在寄宿學校期間的一件事，那是一個星期天，是家長的懇親日，我的父母一直未現身。即使我知道他們不會來，卻仍然走到學校的周邊地帶，順著農田放眼望去，看到了一條路。」他用手做出一個起伏的手勢，表示那條路一直延伸到遠處。「我記得自己站在那條路上一面哭，一面看著幾哩外的一輛車子在移動，希望裡面坐的是爸爸媽媽。可是他們沒有來，這是我對寄宿學校唯一的記憶。」朗恩依舊保持一動也不動的姿勢。「我不記得這一輩子曾開過生日派對，只記得祖父母把我們接走，我們就搬到佛羅里達。爺爺以前會把我綁在床上，綁住我的手和腳，因為我有翻過身來趴睡的習慣，如果往上往下或向左向右，就會撞到頭。是什麼原因？是怎麼撞到的？我也不知道。我像老鷹展翅那樣被綁著，背朝下。如果我能夠翻過去，趴著睡，爺爺會半夜醒來，進我房間，把我打個半死。」朗恩停頓一下，又說：「我從來不喜歡爺爺，也完全不認識母親、外公外婆，或是那個家族的任何人。就是這樣了，沒有太多可以回憶的。顯然也發生過別的事，只是記憶都被抹去了。」

朗恩與祖父母來到芝加哥時是十三歲，他被送往波沛爾兄弟公司的工廠工作，但是只有在週末，也就是父親不在工廠的時候。他回憶道：「午餐是鮭魚罐頭和白麵包，那裡的伙食就是如此。我有沒有跟父親住在一起？從來沒有，我跟爺爺奶奶住。」他成為叫賣推銷員後，父親只給過他一樣好處：他讓兒子賒帳。梅爾．柯瑞說，有一次他開車從學校（大學）送朗恩回家，把他送到父親的公寓門口。「他有那間公寓的鑰匙，他進門時父親已經睡了。」他父親問：『是朗恩嗎？』朗恩答：『是的。』可是他父親並沒有走出來。到第二天早上，朗恩還是沒有見到他。」後來朗恩自行創業，他便成為波沛爾兄弟公司的不受歡迎人物。ＳＪ一位往日的同事回憶說：「從此以後朗恩就不准進入那個地方。他無法踏進公司的大門，也從來不准參與任何事。」朗恩說得簡單：「我父親眼裡只有生意，我個人並不認識他。」

我面前這個人，他的一生都照著父親的形象走：他從事跟父親一樣的行業，同樣對廚房器具投注永不止息的心力，而且是以銷售父親的產品起家。可是他的父親在哪裡？柯瑞搖著頭說：「如果他們父子齊心，一定可以創造奇蹟。我記得有次去跟K-tel公司談合作，對方說如果我們聯手，可以變成戰爭機器。他們用的就是這個字眼。朗恩和父親如果聯手，原本可以成為戰爭機器的。」儘管如此，你很難發現朗恩有一絲一毫的怨懟。有一次我問他：「誰是你的靈感來源？」第一個想到的人名很快就出來了：是好友史蒂夫．韋恩。接著他沉默了一會兒，又說：「我父親。」不管內情如何，朗恩顯然在父親的身教裡，發現了具有無比價值的傳統。那他如何對待這個傳統？他予以超越，創造了秀坦電烤箱，就價錢與功能而論，秀坦毫無疑問是超越了Morris Metric Slicer切片器、荷式搗碎刨絲器、萬用剁碎機，及高效能切蔬果機的總和。

當我在海洋鎮拜訪阿諾．莫里斯時，他曾經帶我去看當地的猶太墓園Chesed Shel Ames（真理慈善），地點就在鎮外一個小山坡上。我們乘坐阿諾的白色賓士車，緩緩駛過鎮上的貧民區。當天下著雨。在墓園外站著一個穿汗衫的男子，正喝著啤酒。我們通過一扇生鏽的鐵門進入墓園。阿諾說：「一切都是從這裡開始的。」他指的是，這整個力爭上游、也爭執不斷的家族的每一分子，都埋葬於此。我們走過一排排的墓碑，最後來到一個角落，找到莫里斯家族的墓碑。戴硬草帽、曾經策略性心臟病發作的納森在這裡，旁邊是他的妻子貝蒂。隔幾排是家族長老基德斯夫妻，再過去幾排是羅森布魯，他當年在長島靠塑膠製品而致富。然後是所有的波沛爾家族，很整齊地排列著：朗恩的祖父伊薩多（Isadore）、如蛇一般卑鄙的祖母瑪麗；冷淡對待自己兒子的ＳＪ；朗恩早逝的哥哥傑瑞。朗恩由他們所從出，卻不屬於他們那一群。阿諾緩緩走在各個墓碑之間，雨從帽沿滴下，然後說出好像十分得體的話：「我敢打賭，朗恩不會出現在這裡。」

「叫我第一名」

某一個週六晚上，朗恩來到電視購物網QVC的總部。那是位於費城郊區森林裡，一棟燈光閃爍的龐大建築。朗恩是QVC的常客，除了錄製廣告節目，偶爾也會現身QVC的現場節目。那一天自午夜起的二十四小時內，QVC給了他八個現場時段。第一個小時是午夜到凌晨一點的「朗科」特別時間，朗恩和女兒珊儂（Shannon）一起來上這個節目。此時珊儂從巡迴各地市集，推銷爸爸的朗科電動食物脫水機入手，也已經入行。他們當天的計畫是，由兩人輪番上陣，而叫賣的產品是新版的數位飛梭秀坦電烤箱（Digital Jog Dial），只賣一天，「特價」一二九．七二美金。

在攝影棚裡，朗恩在五個帶輪子的木板台上，擺設了十八台數位飛梭秀坦電烤箱。他又從西岸的洛杉磯，以快遞送來幾十箱保麗龍包裝的肉類，足夠當天各節現場示範所需：包括八隻十五磅重的火雞、七十二塊漢堡肉、八隻羊腿、八隻鴨、三十多隻肉雞、二十多隻烤肉專用的美國嫩雛雞（Rock Cornish game hen）等，另外搭配的各式配菜、鱒魚和香腸，是當天早上在費城三家超市購買的。QVC的目標為：二十四小時內售出三萬七千台電烤箱，約等於四百五十萬美元的銷售額。這個數字即使以QVC購物頻道的標準來說，也是相當龐大。朗恩看起來相當緊張。他對著在棚裡忙進忙出的QVC製作小組和工作人員大喊大叫。對已經做好、等一下要當成直接從烤箱裡拿出來的示範成品，抱怨連連。他看著一盤淋了烤肉汁的馬鈴薯泥，說：「各位，這根本不能看嘛，肉汁不能淋得這麼下面。」他走起路來有一點跛。他心事重重地說：「你看，壓力非常大。別人會問：朗恩表現如何？他依舊是第一把交椅嗎？」

就在節目開始前幾分鐘，朗恩躲到攝影棚隔壁的演員休息室裡，在頭髮上噴了幾下GLH，然後用力梳。共同主持人瑞克．杜米爾（Rick Domeier）大叫：「上帝這時候跑到哪裡去了？」他誇張地四下張望，找尋那位特別來賓。「上帝在不在後台？」此時朗恩才身穿廚師服亮麗現身，棚內攝影機齊步開動。他切開一隻羊腿、示範如何操作新型秀坦數位電烤箱。他讚嘆烤出來的鴨子，皮脆肉滑嫩。他介紹新的食物保溫功能：在肉烤好後，烤箱可以在低溫狀態下轉動最多四小時，以便讓肉汁不凝結。在整個過程中，他那嘻笑怒罵的表現方式，特別吸引觀眾，令他們不斷打電話進來，彷彿又回到當年，他在州街與華盛頓街交會處的伍爾沃斯分店裡，迷住了眾多祕書小姐。

在演員休息室內，有兩台電腦監視器。一台上面顯示的是曲線圖，反映每秒鐘打進來的電話數。另一台顯現的是電子帳本，反映到目前為止的總銷售額。當朗恩說得口沫橫飛之際，大家一個個走出攝影棚，聚集在那兩台電腦前。珊儂是第一個走出來的，當時是凌晨十二點四十分。朗恩正在攝影機前，用父親產製的萬用切果菜機切洋蔥。珊儂看著第二台電腦，倒抽一口氣。才過四十分鐘，朗恩的業績已經衝破七十萬美元。一位QVC的經理走進來，那時是凌晨十二點四十八分，朗恩正達到八十三萬七千六百五十美元。經理大叫：「不可能，簡直令人無法相信！」又進來兩位QVC的製作人，其中一位指著第一台記錄電話通數的監視器，叫道：「跳，往上跳！」再過幾分鐘節目時間就到了。朗恩正在做最後衝刺，再一次介紹這台機器有哪些優點，反映來電數目的線條非常明顯地急速上升，全美各地的觀眾紛紛掏出皮夾。第二個監視器的螢幕，因為加總數字不斷更新而變得模糊：一二九．七二美元加運費及稅的金額，一筆筆不斷累積上來。QVC台的人說：「你看，我們馬上就要向百萬美元叩關了，這才只是第一個小時。」他的聲音裡帶著敬畏。

單只記述朗恩為有史以來最偉大的叫賣推銷員，是一回事，現在證明此言不虛的實景就擺在眼前，又是另一番感受。此時房間另一端的門打開了，走進來一位男士，躬著身體且一臉疲憊，但是面帶笑容。他就是朗恩．波沛爾，他曾經在自己的廚房裡發明更好用的烤箱，然後自己走出去推銷。一時之間房間裡靜默下來，然後是大家全部起立鼓掌歡呼。

二〇〇〇年十月三十日

CHAPTER 2

番茄醬就是番茄醬

現今，芥末醬已有數十種，為什麼番茄醬始終如一？

好多年前，只有一種芥末醬獨霸著超市的陳列架：French's。以塑膠瓶裝，被拿來蘸熱狗和香腸。這種芥末醬是黃色的，以磨碎的白芥籽和薑黃根加醋製成，有一種溫和的、淡淡的金屬味道。那時候如果在雜貨店裡認真地找，或許能夠在特殊食品部，找到貴普朋（Grey Poupon）這個品牌的芥末醬，那是法國第戎（Dijon）的產品，用比較辛辣的褐色芥籽製成。七〇年代初期，貴普朋一年的營業額不過十萬美元。很少有人知道這是芥末醬的牌子，也不清楚它的味道，更不會特別想要放棄French's，或是排名第二的Gulden's牌芥末醬，而改吃貴普朋。忽然有一天，貴普朋所屬的優布林（Heublein）公司有一個重大發現：只要先讓民眾品嘗一下，有不少人試吃過一次貴普朋，就會從黃色芥末醬換成貴普朋。這種情形過去在食品市場上幾乎從未發生過；即使是最暢銷的品牌，曾經出現這種轉換率的也僅有一%。貴普朋創造了奇蹟。

於是優布林公司以更大的玻璃瓶包裝貴普朋出售，瓶上有瓷質標籤，並且帶有一絲法國味，令人感覺好像是歐洲製的（現已改為在康乃迪克州哈特福（Hartford）製造），用加拿大的芥籽製成。這家公司在高級美食雜誌上，刊登賞心悅目的平面廣告。又把芥末醬做成鋁箔袋裝的小包裝，隨著飛機上的餐點分送，這在當年是全新的概念。公司還聘請曼哈頓的靈獅（Lowe Marschalk）廣告公司，以普通的預算做電視廣告。靈獅廣告提議的構想是：一輛勞斯萊斯房車馳騁在鄉間的道路上。後座有一位身著西裝的男士，他面前有一個銀質托盤，托盤上擺著牛肉。男士向前座的司機點點頭，司機打開前座置物格。此時出現廣告界行話所謂的揭露點（reveal）。司機遞給男士一瓶貴普朋，另一輛勞斯萊斯趕上前來，並排行駛著。裡面有個男子伸出頭來，問：「對不起，請問你有貴普朋芥末醬嗎？」

在這則廣告出現的城市，貴普朋的銷售量大增四到五成，而且只要優布林公司把它搬到任何新城市播放，業績同樣提高四、五成。雜貨店把貴普朋與French's牌和Gulden's牌擺在一起。到一九八〇年代末，貴普朋已經成為芥末醬的領導品牌。貴普朋最早的電視廣告的撰稿人賴利．艾勒根（Larry Elegant）說：「那則廣告盡在不言中的意思是：享用這個產品是人生的一大樂事，而貴普朋與勞斯萊斯一同出現，彷彿是在向消費者傳達，它真的與眾不同，高人一等。」

為什麼番茄醬始終如一？

這個貴普朋崛起的故事證明了一件事：只要產品帶有高級的氣息和複雜的香味，在超市購買食品的消費者不會吝於多付一點錢。像貴普朋就是八盎司一瓶要三．九九美元，高於平價芥末醬的一．四九美元。貴普朋的成功也顯示，口味和習慣並非一成不變；不見得因為芥末醬過去一直是黃色，消費者就不肯吃別種顏色的芥末醬。由於貴普朋，使得今日美國一般超市，都設有專賣各式芥末醬的專區。也由於貴普朋，一個名叫吉姆．威根（Jim Wigon）的男子，在四年前決定投身番茄醬這一行。今日番茄醬業的情況，不正與三十年前的芥末醬業相同嗎？有亨氏牌（Heinz），有遠遠落後的漢斯（Hunt's）和台爾蒙（Del Monte）牌，再加上幾個自有品牌。所以威根想要創造番茄醬業的貴普朋。

威根出身波士頓，年約五十來歲，身材粗壯，留著花白鬍子。他經營的番茄醬事業，以「世界第一」（World's Best Ketchup）為品牌，以合夥人尼克．席亞里奇（Nick Schiarizzi）的外燴業為基礎，地點設在麻州諾伍德（Norwood）一號公路旁的一棟低矮建築內，前面是一家工業設備出租店。他採用的原料有紅辣椒、西班牙洋蔥、大蒜和高品質的番茄糊。羅勒是用手工切碎，因為用機器只會把羅勒葉切壞。他用楓糖漿取代玉米糖漿，使糖的含量只有亨氏的四分之一。做好的番茄醬裝在十盎司的透明玻璃瓶裡，以亨氏牌三倍的價錢出售。過去幾年來，他走遍全美各地，向特殊食品專賣店及超市，推銷六種口味的「世界第一」番茄醬：原味、加糖、蒔蘿、蒜味、焦糖洋蔥及羅勒。如果幾個月前，你曾經到過曼哈頓上西區的薩巴美食名店（Zabar's），就會看到他站在店門前，夾在壽司攤位和猶太魚丸凍攤位之間。頭戴「世界第一」的棒球帽，身穿白襯衫和沾著番茄醬的圍裙。他面前擺一張小桌子，桌上擺著一個銀質大碗，裡面全是小塊雞肉和小顆牛肉丸，旁邊是牙籤和十幾罐打開的「世界第一」番茄醬。威根一遍又一遍的向路過的民眾吆喝：「請試試我的番茄醬，如果不試一下，那就注定要吃一輩子的亨氏牌了。」

那一天在薩巴美食名店的同一走道上，有另外兩種食物也在舉行試吃，所以來逛的人可以從這一頭的免費雞肉腸吃起，再嘗一塊五香燻火腿，然後是「世界第一」番茄醬，吃完才走向結帳櫃台。顧客會迷惘地看著那一排打開的瓶子，此時威根就用牙籤插起一個肉丸，蘸一下自己的番茄醬，然後手舞足蹈地遞給他們。「世界第一」番茄醬裡的固體與汁液比例，較亨氏牌高很多，楓糖漿則有一股回甘的後勁。而試吃時，人人都會閉上眼睛，感受一下，然後再確認一下。有人帶著一點迷惑的表情離去；有人點點頭，準備買一瓶。威根對那些好像最有感覺的顧客，會用他那重重的波士頓口音說：「您知道您為什麼會這麼喜歡嗎？那是因為以前一直都吃不到好的番茄醬。」威根的願景很簡單：只要做出更好的番茄醬，就像貴普朋做出更好的芥末醬那樣，顧客自然會湧上門來。要是真的那麼容易就好了。

發現完美口味不只一種的男人

要講「世界第一」番茄醬的故事，一定不能不提來自紐約州白原市（White Plains）的男子豪爾・莫斯柯維茲（Howard Moskowitz）。他身材矮胖，頭髮花白，戴一副大大的金邊眼鏡。而他開口說話時，喜歡做蘇格拉底式的獨白：自己問自己一連串的問題，然後自問自答，其間以「啊」和拚命點頭做為標點符號。他是十八世紀，一位傳奇性猶太教拉比（rabbi）的直系後裔，那位先祖人稱魯布林先知（Seer of Lublin）。當年他讀哈佛大學的時候，博士論文寫的是心理物理學。如今他經營食品測試及市調生意，公司一樓的每個房間，全都以著名的心理物理學家命名。(「你有沒有聽過蘿絲瑪麗．潘柏恩（Rose Marie Pangborn）這個名字？啊。她是戴維斯校區（Davis）的教授，名氣很響亮。這一間就是潘柏恩廚房。」）莫斯柯維茲擁有過人的精力和說服力：「假使他是你大一統計學的教授，那麼你現在必然是統計學家。」我們不久前見面時，他突然冒出一句：「我最喜歡的作家？吉朋（Gibbon）。」在那一刻之前，他才剛剛談完鈉溶液這個主題。「現在我正在研讀海爾斯（Hales）寫的拜占庭帝國史。天啊，之前都很容易，到拜占庭帝國就開始變得複雜了。總是有一個皇帝在大開殺戒，每個人不是有五個老婆，就是有三個老公。真的非常拜占庭。」

莫斯柯維茲在七〇年代創業。他最早的客戶當中，百事可樂是其一。當時阿斯巴甜（aspartame）剛問世，百事可樂請他找出一罐健怡百事可樂最合宜的甜味劑量是多少。百事公司已經知道，低於八％會不夠甜，高出一二％又太甜。而後續研究的工作就交給莫斯柯維茲。他針對每一種想得出來的甜度，做出一批批的實驗品，八％、八．二五％或八．五％，一直加上去，直到一二％。他把這些不同甜度的樣品拿給數百人試飲，看看哪一種最受歡迎。可是得出來的數據紛亂，找不出特定的模式。有一天莫斯柯維茲在用晚餐時，突然領悟到癥結所在：他們一直都沒有問對問題。根本沒有所謂單一完美的健怡百事可樂，他們應該尋找的是，好幾種完美口味的健怡百事可樂。

食品業經過好一段時間，才懂得走在前面的莫斯柯維茲。他造訪各家食品廠商，想要說明他認為完美的口味不只一種的理念，可是沒有人理會。他在食品業研討會上演講，聽眾聳聳肩，不以為意。可是他想不出還有其他的道理。他說：「這就像那句猶太諺語。你有沒有聽過？對長在辣根（Horseradish）裡的蟲而言，辣根就等於全世界！」後來到一九八六年，他接到金寶湯公司（Campbell's Soup Company，舊譯湯廚）的電話。金寶湯也生產義大利麵醬，以普瑞格（Prego）品牌跟拉古牌（Ragú）打對台。普瑞格裡面添加番茄丁，比起用濃湯作底的拉古牌濃稠一點；金寶湯認為，這可以使醬汁比較容易附著在義大利麵上。可是儘管用了許多心思，普瑞格的銷量卻不見起色，金寶湯極需新的點子。

腦袋不知道舌頭想要什麼

那時候食品業的標準作法是，把義大利麵的愛好者找來組成焦點團體，然後調查他們想要的口味。可是莫斯柯維茲認為，如果消費者想要的東西尚不存在，那他們也不會知道自己想要這個，即使愛吃義大利麵的消費者也不例外。他常喜歡說：「腦袋不知道舌頭要什麼。」所以他改為與金寶湯合作，試做出四十五種不同的義大利麵醬。這些是窮盡所有想像得到的變數：酸、甜、辣、鹹、濃稠、香氣、口感等，所設計出來的各種組合。他又請一組訓練有素的食物品嘗專家，對每一種醬進行深入分析。然後再把試做品拿去實地實驗，到紐約、芝加哥、洛杉磯和佛州傑克森維爾（Jacksonville），在各地請一組二十五個人，在兩小時內，試吃八到十小碗不同的義大利麵醬，並以一到一百的量表，為它們打分數。

莫斯柯維茲把調查結果製成圖表後發現，每個人對於完美的義大利麵醬應該是什麼味道，見解都略有出入。不過仔細篩檢這些數據，還是可以得出一些模式。莫斯柯維茲就發現，大多數人的偏好不出三大類：原味、辣味、特濃，而其中特濃這一類最重要，因為當時超市並不賣特濃口味的義大利麵醬。而在其後的十年，這個新類別為普瑞格帶來數十億美元的生意。當年金寶湯的市調部門主管蒙妮卡．伍德（Monica Wood）回憶說：「我們全都大叫：『哇！』這第三部分，也就是喜歡義大利麵醬裡面有很多料的人，是存在的，可是從來沒有被人發掘出來。所以我們在大概一九八九或一九九〇年，推出特濃義大利麵醬，結果大為叫座。」

在多年後的今日，每個牌子好像都有多種口味，恐怕很難令人想像這是多麼大的突破。然而在那個年代，食品業的從業人員都抱持一種柏拉圖式的概念，認為應該只有一種看起來和吃起來都絕對完美的產品。在出品拉古牌和普瑞格牌的公司，也是一直努力做出柏拉圖式的義大利麵醬，結果是口味混雜又不濃稠的醬，因為他們認為義大利人都是這麼做的。烹飪一旦來到食品工業的層次，就會因為追求一體適用而毀滅。幸好當大家開始研究人類口味的差異點時，傳統觀念便被拋諸門外。是莫斯柯維茲站出來對柏拉圖派說，沒有一體適用的食物配方。

莫斯柯維茲仍然保留著十五年前，他用於普瑞格番茄醬的電腦模型。裡面包含所有消費者和專家試吃的結果，全都整理過後分列於三大類（原味、辣味和特濃），且與實際原料的清單，並列於試算表上。莫斯柯維茲一面在電腦上叫出那個程式，一面說：「你知道建造飛機的時候，也會先做出電腦模型。這個是做義大利麵醬的模型。看，所有的變數都在這裡。」他指著一欄又一欄的評分結果說：「這邊列的是原料。假設我是普瑞格的品牌經理，現在想要針對某個區塊，找出最合適的組合，我可以從區塊一找起。」在莫斯柯維茲的程式中，把三個義大利麵醬的喜好類別，分別標示為區塊一、區塊二、區塊三。他輸入幾個指令，指示電腦找出在區塊一得分最高的組合方式。答案幾乎立刻出現：是某個特定的配方。

根據莫斯柯維茲的數據，區塊一的試吃者，給這一配方的平均分數是七十八分。同一配方在二、三區塊的得分就比較差，分別是六十七和五十七分。莫斯柯維茲又重新開始，請電腦找出區塊二的最佳組合方式。這一次得出的結果是八十二分，可是區塊一卻降了十分，成為六十八分。他說：「你看得出來問題在哪嗎？如果我迎合某一區塊的消費者，就會失去另一區塊的消費者。我們替通用食品（General Foods）的咖啡做過同樣的研究，得到的結論是，如果只開發一種產品，那麼在各個區塊能夠獲得的最佳成績是六十分，這還得靠點運氣才行。這麼做是把人人看成不會有異議的乖乖牌。可是如果就口味的差異做區隔，就能分別得到七十、七十一和七十二分，這是非常可觀的差別。在咖啡業，七十一分是你拚了命都想爭取的。」

威根那一天在薩巴美食名店設攤時，他假設的前提是，在全體人口當中應該有某個區塊的人，會偏好用加州史丹尼勞斯（Stanislaus）出產的番茄、手工切碎的羅勒，及楓糖漿做成的番茄醬。這符合莫斯柯維茲的理論。但是理論歸理論，那一整天下來，威根只賣掉九十瓶番茄醬，此外還接到兩張違規停車罰單，並得付旅館住宿費。因此他回家時，口袋裡並沒有賺到什麼錢。那一整年，威根估計他可以賣出五萬瓶，這在調味料的天地裡只是滄海一粟。威根一面用牙籤插起一個肉丸，一面說：「我五年沒有領薪水了，我老婆快要殺了我。」目前在力爭上游的不只是「世界第一」番茄醬。在美食級番茄醬領域裡，還有佛蒙特州的River Run和Uncle Dave's、加州的Muir Glen Organic，和Mrs. Tomato Head Roasted Garlic Peppercorn Catsup，以及數十種其他品牌，不過每年亨氏牌番茄醬壓倒性地市占率卻是有增無減。

當然番茄醬有可能也在等待，專門為它設計的勞斯萊斯版電視廣告，或是特濃版的番茄醬，也就是能夠滿足過去被忽視需求的魔幻配方。然而更有可能的是，莫斯柯維茲的規則，雖然適用於貴普朋芥末醬和普瑞格義大利麵醬，適用於橄欖油、沙拉醬和超市幾乎所有的食品，卻不適用於番茄醬。

亨茲與苯酸鹽之戰

番茄醬是十九世紀發明的，結合了英國人用蔬果做醬的傳統，以及美國人愈來愈嗜吃番茄的趨勢。但是我們現在所認識的番茄醬，是出自一場二十世紀初，因苯酸鹽而起的論戰。苯酸鹽是十九世紀末調味料普遍使用的防腐劑。哈維・華盛頓・韋利（Harvey Washington Wiley）於一八八三年到一九一二年間，擔任美國農業部（Department of Agriculture）化學局局長；是他開始覺得苯酸鹽不安全，於是引起一場論戰，使番茄醬產業界一分為二。一邊是業界的保皇黨，主張不用苯酸鹽根本做不出番茄醬，而且苯酸鹽的含量還不到有害人體的地步。另一邊則是一群鬧革命的番茄醬廠商，他們主張求助於烹調學，可以解決這個防腐劑的問題。十九世紀番茄醬的主流是淡而稀，原因之一是，原料取自還未成熟的番茄，裡面名為果膠的複合碳水化合物含量低，而果膠可以增加醬汁的濃稠度。可是採用熟透的番茄為原料，並使其濃度達到能夠防止腐壞的程度，這種作法是否可行？十九世紀的番茄醬有濃郁的番茄味，卻只有一點點醋的味道。革命派認為，大量增加醋的用量，等於把番茄醃過，讓番茄不致腐壞，而且可以做出更安全、純正、美味的優質番茄醬。他們提供變質退錢的品質保證，也相信民眾願意多付點錢購買品質更好的番茄醬，所以價錢也比較高，結果證明他們是對的——含苯酸鹽的番茄醬消失，革命派的領袖是出身匹茲堡的創業家亨利．亨茲（Henry J. Heinz）。

烹飪界的世界語言

熟知番茄醬早期歷史的首席專家是安德魯．史密斯（Andrew F. Smith）。他身高超過六呎，身材結實，留著快變灰白的小鬍子，一頭黑色鬈髮剪得短短的。史密斯原是學者，專攻政治學，卻致力於把嚴謹的態度帶進食物界。不久前我們在蘇活（SoHo）的薩沃伊餐廳（Savoy）共進午餐（因為這裡的漢堡和炸薯條很好吃，而且薩沃伊自製番茄醬：一種深色、辛辣、黏稠的醬，盛於白色瓷碟裡）。那時史密斯正在為即將出版的《牛津美國飲食百科全書》（*Oxford Encyclopedia of the Food and Drink in America*），研究可頌麵包的起源。他是這部百科全書的總編輯，正處於交稿的陣痛期。可頌麵包究竟是維也納人在一六八三年，為慶祝擊敗土耳其人而發明的？還是一六八六年由布達佩斯居民，為慶祝他們擊敗土耳其人而發明的？因為需要特定的文化意識（尤其是維也納人），才會以糕點的形式來紀念戰場上的勝利，所以這兩種解釋均可說明，可頌麵包為什麼是特殊的半月形造型。不過對於這兩種說法，史密斯唯一能夠找到的參考文獻，只有一九三八年出版的《拉荷斯美食百科全書》（*Larousse Gastronomique*）。他煩惱地搖搖頭說：「那是禁不起考驗的。」

不過史密斯的專長在番茄，他寫過許多相關的學術文章和著作，例如：為《烹飪漫談》（*Petits Propos Culinaires*）寫「英美自製番茄醬史」（The History of Home-Made Anglo-American Tomato Ketchup），為《康乃狄克歷史學會學報》（*The Connecticut Historical Society Bulletin*）寫「一八三〇年代番茄藥丸大戰」（The Great Tomato Pill War of the 1830s）。他主張人類烹飪文明史，有很重要的一部分可以從番茄入手。西班牙探險家柯提茲（Cortez）把番茄從新大陸帶到歐洲，從此番茄無法阻擋地巧妙打進全世界的菜餚中。義大利人用番茄取代茄子，印度北部人拿它入咖哩和做成果醬。「那當今世界最大的番茄產地是哪裡？」史密斯頓了一下，以製造戲劇效果：「中國。但我們不會把番茄和中國菜聯想在一起，十年前還不是如此，但現在是了。」他拿起一根薯條，去沾餐廳自製的番茄醬，並帶著極為專注的表情說：「這帶有番茄原味，就像剛做好的一樣，你還吃得出裡面的番茄。」在他心中，番茄醬是最接近完美的番茄表現形式。番茄醬價錢不貴，所以在大眾化市場上地位穩固；它是調味料，不是食品原料，因此可以視食用者的喜好來添加，不是由食物烹煮者作主。他說：「我一直很喜歡伊莉莎白·羅辛（Elizabeth Rozin）的一句話。」〔羅辛是食物理論學家，曾寫過「番茄醬與集體不省人事」一文（Ketchup and the Collective Unconscious）〕。史密斯用她的結論，做為自己番茄醬著作的題詞：「番茄醬可謂在烹飪上唯一真正的大熔爐表徵，得以為每個族裔所用，如此獨特而史無前例的能耐，使之成為了烹飪領域的世界語言。」這便是亨茲及苯酸鹽之戰為何這麼重要的緣故：他打敗調味料界的保守派，改變番茄醬的風味，使這種味道成為普遍的標準。

集五種味覺於一身的調味料

我們已知人類味覺有五種基本味道：酸、甜、苦、鹹、鮮。鮮是雞湯、醃肉、魚汁、陳年起士、母乳、醬油、菇類、海菜或煮過的番茄，會有的那種豐富蛋白質的濃稠口感。費城蒙奈爾化學品知覺中心（Monell Chemical Senses Center）的主任蓋瑞・波強（Gary Beauchamp）說：「鮮味能夠增加濃度。如果在湯裡加入鮮味，湯好像就變得比較濃郁，這可以增加湯在感官上的分量。鮮味使湯從加了鹽的水，變成可以吃的食物。」當亨茲改用成熟的番茄做醬，並且提高番茄固狀物的百分比，最主要的用意是要增加番茄醬的鮮味。接著又大幅增加醋的濃度，使他賣的番茄醬，酸度比大多數別的品牌高出一倍；番茄醬變酸，而酸是人類另一個基本味覺。繼苯酸鹽淘汰後出現的番茄醬，含糖的濃度也提高一倍，所以番茄醬也是甜的。至於鹹味、苦味，則是番茄醬過去一直都有的味道。

味覺可不是無關緊要的小事。比方給嬰兒喝湯，如果再給他喝加了味精的湯，以後他就只肯喝有味精的湯了；這跟加了糖的水一定比白開水好喝，是一樣的道理。鹽、糖和鮮味，是食物向我們發出的基本訊號，可以告訴我們，譬如熱量高不高；或是像鮮味則可以告訴我們，有沒有蛋白質及氨基酸在裡面。亨茲的成就，在於做出集所有五種基本味覺於一身的調味料。亨氏番茄醬的滋味始於舌尖，那裡是甜、鹹味蕾出現的地方；再沿邊緣而上，那裡是酸味感最強的地方，然後到達舌頭背面，那裡是苦味和鮮味漸強的地方。超市裡能夠提供多少跨越感覺光譜如此寬的食品？

多年以前，亨氏公司（H. J. Heinz Company）做過一次大規模的市場調查，由市調人員進到民眾家裡，觀察他們如何食用番茄醬。凱西．凱勒（Casey Keller）長期擔任亨氏公司負責業務成長的主管，前不久才離職。她說：「我記得坐在一個調查對象的家裡。他們有兩個小孩；一個三歲，一個六歲。孩子們向媽媽要番茄醬，媽媽把醬拿出來。那個瓶子有四十盎司重。三歲那個想要上前自己拿番茄醬，卻被媽媽說『不可以』，中途加以攔截。媽媽拿過瓶子來，倒出一點點給他。你可以看得出來，那不是太好的經驗。」凱勒說，對亨氏公司而言，那是茅塞頓開的一刻。一個普通五歲大的兒童吃掉的番茄醬，比四十歲的大人要多出六成。於是公司發現，必須把番茄醬裝在幼兒也控制得了的瓶子裡。凱勒說：「四歲大的小孩，我家就有一個，他們多半沒有機會自己選擇晚餐要吃什麼，但是有一樣東西他可以掌控，就是番茄醬。那是他個人吃喝的經驗中，可以客製化及個人化的部分。」於是亨氏推出名為EZ Squirt的瓶裝版，這種瓶子以軟塑膠製成，有一個圓錐形瓶口。在使用EZ Squirt的家庭，番茄醬的消耗量可以成長多達一二%。

從剛剛那一幕還學到另外一課，就是小孩子會害怕陌生的東西；一旦他們接觸過兩、三種味道後，就不太願意再嘗新的滋味。這有演化上的意義，因為在人類歷史上有很多時代，像這麼大的兒童已經開始自己覓食了，如果隨便亂吃不熟悉或不可靠的食物，必定是小命不保。假設一個三歲大的孩子，看到餐盤上放著陌生的食物，也許是鮪魚或者球芽甘藍。於是想要藉著某種方式，把不熟悉的菜變為熟悉。他要緩和盤裡食物的陌生感，很自然地就會拿起番茄醬。那是因為擺在桌上的調味料當中，唯有番茄醬能夠同時提供酸、甜、苦、鹹及鮮的味道。

在嘴裡開花的滋味

在威根到過薩巴美食名店後幾個月，主持堪薩斯州立大學知覺分析中心的艾德加·錢柏斯（Edgar Chambers IV），曾經對「世界第一」和亨氏牌番茄醬，進行聯合評鑑。他手下有十七位經過訓練的品嘗師，這十七人替學術界和產業界工作，他們要回答一個往往很難回答的問題，就是某某食材是什麼味道。這份工作不好做。錢柏斯剛完成番茄醬的研究，又派了一組人到曼谷去分析水果：香蕉、芒果、蓮霧、羅望子（酸豆）；另外有人被派到南韓去分析醬油和泡菜。錢柏斯的妻子則率團到義大利去分析冰淇淋。

評鑑番茄醬的過程歷時四小時，連續在兩個早晨進行。六位品嘗師圍坐在一張有轉盤的大圓桌前，每人面前放著兩個一盎司的杯子；一個裝著亨氏番茄醬，另一個裝著「世界第一」番茄醬。他們依照食品界通用的標準十五分量表，並就十四種風味及質地項目進行評估。風味項目分成兩塊：一是舌頭嘗到的，二是鼻子聞到的。舉例來說，熟透了的桃子，味道甜，氣味也香，這兩種感受是截然不同的。醋吃起來有酸味，聞起來也有一種刺鼻的氣味，那是自鼻子後方冒出來的氣體，在呼氣時會充滿整個嘴裡。為協助評分過程順利進行，品嘗師四周放著一小碗一小碗的酸、甜、鹹溶液，一份份的卡塔迪納（Contadina）番茄泥、漢斯番茄醬，以及金寶湯番茄汁，分別代表不同的番茄濃度。

品嘗師把番茄醬細分為各種成分後，便著手評估關鍵的「融和度」（amplitude）項目，這個詞是品味專家用來形容，混合均勻且五味平衡、會在嘴巴裡「開花」的滋味。錢伯斯說：「融和度高低的差別，相當於我兒子和鋼琴大師彈奏貝多芬《快樂頌》的差別。他們彈的是相同的音符，可是出自鋼琴大師手下的，就交融得如行雲流水。」培珀莉（Pepperidge Farm）出品的捲心酥，一般就認為融和度很高；Hellmann's的美乃滋醬和莎拉李的磅蛋糕（Sara Lee poundcake），融和度評價也很高。

融和度高，意味著某個食物所有的原料成分，全部融和為一種狀態。像可口可樂或百事可樂這種高融和度的味道，我們是嘗不出其中個別原料的味道的。可是超市賣的那些小廠牌可樂，卻可以嘗得出來。紐澤西州查塔姆市（Chatham）有一家知覺光譜公司（Sensory Spectrum），裡面的一位副總經理茱蒂．海爾曼（Judy Heylmun）說：「可口可樂和百事可樂的特色在於，味道實在是棒極了。這兩種可樂的音符很美，就是所有的味道維持平衡。要做到這麼水乳交融非常不容易。」她在此又發出一連串不以為然的聲音說：「要是試喝店裡賣的雜牌可樂，所有的成分都有一點強出頭。通常第一個冒出來的是橘子味，然後是肉桂味。柑橘和肉桂是最重的味道，而且易於散發出來；香草味則相反，隱藏在深處。那種非常廉價的雜牌可樂，就會有濃濃的肉桂味，蓋過其他一切味道。」

有些比較便宜的番茄醬亦復如此。據番茄醬迷表示，台爾蒙番茄醬裡的番茄成分，有一種令人難安的不平衡感：依據所採用的種子品種、收成的時節、種植的土壤，和成長期間的天候，會造成番茄的甜度、酸度，以及固體與汁液的比例，都有所差異。除非這些變數均受到嚴密的控制，否則就可能出現某一批番茄醬太稀，某一批又太酸或太甜。各位也不妨試試市場最底層那眾多的個人品牌番茄醬，注意其中所用的香料組合。你很可能發現，自己嘗得出丁香的味道，或是被大蒜味嗆到。小品牌的可樂和番茄醬，會出現莫斯柯維茲所說的玩花樣，也就是我們可以單獨感覺出特別的味道，久而久之會讓人覺得膩。

番茄醬的口味是個例外

那次品嘗過程先是從塑膠湯匙開始。後來經過考慮，大家認為把番茄醬放在炸薯條上品嘗，有助於做口味分析。所以現炸了一批薯條，分給每位品嘗師。根據議定的規則，品嘗師必須一根一根拿起薯條，伸進盛番茄醬的杯子裡，一直到杯底，然後咬下沾了番茄醬的部分，再仔細考量口中和鼻中的感受。品嘗師對亨氏牌的關鍵成分：醋、鹽、番茄度（整體的番茄感）、甜度、苦度，所給予的評價是，各種成分的濃淡大致相等，而且混和得恰到好處。但是錢柏斯說，「世界第一」番茄醬便「與亨氏牌呈現截然不同的風貌與特點」。它的甜味強出許多，得分是四．〇比二．五；在番茄度方面也高出亨氏，是九比五．五。可是「世界第一」番茄醬的鹽比較少，也吃不出醋的味道。錢伯斯說：「品嘗小組的另一個評語是，這些成分根本沒有相混合。『世界第一』番茄醬的融和度真的很低。」參與這次評鑑的品嘗師喬伊絲．布克霍茲（Joyce Buchholz）說，在進行回味評分時，「『世界第一』番茄醬好像有一種味道留得比較久，是煮過的番茄的味道。」

那威根該怎麼辦？他為了與亨氏競爭，必須嘗試戲劇性的作法，像是用楓糖漿取代玉米糖漿，以及增加番茄固體部分的比例。這產生了大膽、不尋常的風味。比如把「世界第一」蒔蘿口味的番茄醬加在炸鯰魚上，味道棒極了。然而這也意味著，他的番茄醬在口感上不及亨氏牌來得完整，他為此在融和度上付出高昂代價。布克霍茲說：「我們主要的結論是，我們覺得世界第一似乎比較像一般的醬汁。」她這麼說是想打圓場。

因此莫斯柯維茲的規則有一個例外。目前拉古義大利麵醬共有三十六種口味，分屬六大系列：歐洲風味、濃稠田園風味、醇厚、清淡、起司新口味及豐富鮮美。這代表幾乎美國的男女老少，都有最合他們胃口的義大利麵醬。相對於二十年前，莫斯柯維茲所遭遇的食品業只追求獨一完美口味，這是一種進步。從某個角度來看，快樂也代表外在世界對人類無窮盡的喜好，能夠迎合到何種程度。不過這也令我們易於忽略，有時候在我們已經吃習慣或別人也吃的食物中，同樣可以得到快樂。莫斯柯維茲說：「七〇年代那時候，曾經有人，我想應該是拉古牌，想要做『義大利式的番茄醬』，結果輸得很慘。」這是個謎團：適用於塗在熱狗上的黃色調味料的原則，卻不適用於塗在漢堡上的番茄醬；對明顯增加固體物，和以罐子包裝的番茄醬適用的原則，卻在加醋、加糖，和以玻璃瓶包裝的番茄醬上，彷彿又行不通。莫斯柯維茲聳聳肩說：「我想番茄醬就是番茄醬。」

二〇〇四年九月六日

CHAPTER

3

靠金融風暴獲利

納西姆・塔雷伯如何將不可避免的災難轉變成投資策略

一九九六年的某一天，華爾街交易員納西姆・尼可拉斯・塔雷伯（Nassim Nicholas Taleb），前去訪問維多・尼德霍佛（Victor Niederhoffer）。尼德霍佛是當時美國數一數二的財富經理人，他的住宅和辦公室位於康乃狄克州美地郡（Fairfield County），是一處占地十三英畝的大宅院。塔雷伯那一天從拉奇蒙（Larchmont）的自宅，開車來到此地，他必須在大門前報上自己的姓名，再開過一條長而彎曲的車道。尼德霍佛擁有壁球場、網球場、游泳池，還有一棟仿阿爾卑斯山房舍的巨大豪宅，裡面幾乎每一吋的空間，都裝飾著十八、十九世紀的美國民間藝術。那時尼德霍佛定期與億萬富翁金融家喬治・索羅斯（George Soros）打網球，也剛剛完成暢銷書《投機客養成教育》（*The Education of a Speculator*）；此書是獻給他出身康尼島（Coney Island）、任職警官的父親。尼德霍佛有一個藏書豐富、兼容並蓄的圖書館，而且對吸收知識好似永遠貪得無饜。尼德霍佛到哈佛讀大學時，參與了最早的壁球練習，並宣稱有一天自己會成為頂尖的壁球選手，不久後他確實打敗傳奇高手雪瑞夫・汗（Sharif Khan），贏得美國壁球公開賽冠軍。尼德霍佛就是這種人，因為耳聞塔雷伯在外人難以窺其堂奧的選擇權交易領域，名氣愈來愈響亮，便請他到康乃狄克州來見面。塔雷伯十分惶恐。

塔雷伯回憶道：「尼德霍佛的話不多，所以我就觀察他。我看他進行交易達七個小時之久。他辦公室裡的人員都才二十多歲，尼德霍佛自己雖已五十幾歲，卻是精力最旺盛的一個。收盤後，他還到網球場上打了一千下的反手擊球。」塔雷伯是信奉希臘正教的黎巴嫩人，母語是法語，所以他念起尼德霍佛這個姓時，帶有一點異國腔調。塔雷伯繼續說：「他住在一個藏書無數的豪宅裡，那也是我從小的夢想。尼德霍佛是騎士，又是學者。我對他有無比的崇敬。」只不過有一個問題，塔雷伯選擇走與眾不同的路，目前也是華爾街頭號唱反調的人，要了解這些，此次會面是一個關鍵。儘管塔雷伯羨慕也佩服尼德霍佛，可是卻不想成為尼德霍佛第二；過去不想，現在不想，在這之間的任何時刻也從不做此想。因為當塔雷伯環顧四周，看到滿室的藏書、網球場和牆上的藝品，當他凝神思量尼德霍佛這些年來賺到的鉅額財富，就不禁想到，這一切可能只是單純的運氣好。

巴菲特和索羅斯只是好運連連？

塔雷伯明白自己這種想法是多麼離經叛道。華爾街信奉的原理是：想在市場上殺進殺出，講究的是專業能力，而且技巧和見地對投資極為重要，就如同技巧和見地對於做外科手術、打高爾夫球及開噴射機那樣重要。在一九八五年即有先見之明，能夠預見到軟體在現代世界扮演的角色，因而買下微軟股票的人，後來都賺了大錢。了解投資泡沫心理學，而在一九九九年底賣出科技股的人，則逃過了納斯達克（Nasdaq）的大崩盤。而華倫·巴菲特（Warren Buffett）之所以被譽為「奧馬哈的大師」（sage of Omaha），正是基於這個道理，也就是如果你空手起家卻賺得億萬身家，那你必然聰明過人。可是塔雷伯心中懷疑：誰又知道那個道理真是某人成功的原因，還是事後諸葛？

索羅斯的成功似乎也有其道理。他曾經說過，他是遵循所謂的反饋理論（the theory of reflexivity）。可是後來索羅斯又寫道，在大多數情況下，他的理論「十分薄弱，不加理會也不會有問題」。塔雷伯過去的一個交易夥伴，名叫尚曼紐・羅桑（Jean-Manuel Rozan），他曾經花了一整個下午與索羅斯辯論股市。當時索羅斯強烈看空股市，還搬出一套煞費苦心的理論，結果事實證明這套說法完全錯誤。那段時期股市多頭當道。兩年後，羅桑在某場網球比賽上巧遇索羅斯。羅桑問他：「你還記得我們的對話嗎？我是記得非常清楚。」索羅斯答：「我後來改變主意了，結果賺了好大一筆。」他居然改變主意！有關索羅斯的行事作風，似乎他兒子說過的一段話最接近事實：

> 我父親會坐下來跟你講一堆理論，解釋他為什麼要這樣做。可是我記得小時候看過這種情景，心想：「老天爺，這裡面至少有一半都是狗屁。」我是說，你要知道，無論是在市場上或任何事情上，他之所以改變立場，都是因為他的背開始痛得要命。那沒有任何道理。他真的就會發作，那便是早期預警徵兆。

為什麼有些人在金融市場上會成功，對塔雷伯而言是個令人傷腦筋的問題。他可以在腦中做數學。假定總共有一萬名投資經理人，這不是一個奇怪的數字；其中每一年會有一半的人，完全因為運氣而賺錢；另外一半也全是因為運氣而賠錢。再假定每年那些賠錢的人會被淘汰，留下來的人則繼續在市場上廝殺。那麼到第五年年底，就會有三百一十三個投資經理人，在五年裡年年賺錢。經過十年後，只剩下九個人是全憑運氣，連著十年都賺錢。尼德霍佛跟巴菲特、索羅斯一樣聰明絕頂，他是芝加哥大學經濟學博士，率先提出一個理論：經由對市場模式做密切的數學分析，投資人能夠從中找出有獲利機會的異常現象。可是誰能夠說，自己就是那幸運的九個人之一？而誰又能夠斷定，到第十一年，尼德霍佛不會落入那不幸的一群，在一瞬間失去一切，套句華爾街的說法：「爆掉了！」

塔雷伯記得小時候在黎巴嫩，眼看著自己的國家，在半年之內由「天堂變成地獄」。他的家族曾經在黎巴嫩北部擁有大片土地，現在全沒有了。他記得祖父曾任黎巴嫩副總理，曾祖父也是前黎巴嫩副總理，地位十分顯赫，但晚年卻是在雅典一處寒酸的公寓裡度過餘生。這就是生存在一個對於事情的演變為何如此的世界裡的問題：誰也不知道有一天自己的運氣會不會反轉，以致一切都化為烏有。

所以塔雷伯只從尼德霍佛身上學到了以下這些。他看到尼德霍佛是很認真的運動員，所以決定自己也要認真運動，於是他騎自行車上班，並且到健身房健身。尼德霍佛是一個死硬派的經驗主義者（empiricist），那一天在康乃狄克州的自宅，他曾斷然地對塔雷伯說：「凡是能夠測試的東西，一定要加以測試。」所以幾年後，塔雷伯創設自己的避險基金時，就取名為實徵（Empirica）。可是他效法尼德霍佛的部分僅止於此，塔雷伯決定不採取任何有可能爆掉的投資策略。

專與市場唱反調的實徵基金

塔雷伯身材高大壯碩，年約四十出頭，鬍鬚斑白，頭髮微禿；濃眉，長鼻，皮膚是地中海東部諸國那種橄欖色。他的情緒起伏很大，當心情不好的時候，就會瞇起眼睛，皺起眉頭，彷彿要發出電光石火。據塔雷伯的一些朋友說，他長得頗像薩爾曼·魯西迪〔Salman Rushdie，《魔鬼詩篇》（*The Satanic Verses*）作者〕。不過他辦公室的員工，在布告欄上釘了一張某伊斯蘭穆拉（mullah，伊斯蘭教士或清真寺領導者）的照片，他們發誓說，那是塔雷伯失散多年的孿生兄弟。雖然這說法完全不可信，但是塔雷伯本人堅持，他像影星史恩·康納萊（Sean Connery）。他住在一棟四房的都鐸式住宅，屋內有二十六個俄羅斯東正教的聖像、十九個古羅馬頭像和四千本藏書。塔雷伯每天黎明即起，寫作一小時。他出版過兩本書，第一本是論述衍生性金融商品的技術面，評價甚高；第二本是《隨機騙局：潛藏在生活與市場中的機率陷阱》（*Fooled by Randomness*），對華爾街習以為常的觀念而言，書內的主張近似於馬丁·路德的神學論文對羅馬天主教的挑戰。塔雷伯有時會在下午開車進城，到紐約市立大學聽哲學演講。非寒暑假期間，他晚上在紐約大學教授研究所財金課程，上完課後，常常可以看見他在三角地（Tribeca，紐約曼哈頓運河街以南一帶）的歐迪盎酒吧裡高談闊論，詳細地分析市場可能反覆無常，或是對希臘詩人卡瓦菲（C. P. Cavafy）表達崇敬。

塔雷伯在康乃狄克州格林威治市外的森林裡，一處無名的水泥辦公大樓內，經營「實徵投資基金」（Empirica Capital）。他的辦公室主要是一間交易室，大小相當於曼哈頓的無隔間小公寓。塔雷伯坐在一處角落，面前擺著筆電，四周圍繞著他的團隊：首席交易員馬克．史匹茲納傑（Mark Spitznagel）、交易員丹尼．托斯托（Danny Tosto）、電腦程式設計師溫恩．馬丁（Winn Martin）、研究生帕洛普．安蘇彭（Pallop Angsupun）。史匹茲納傑大概三十歲，托斯托、馬丁和安蘇彭看起來好像應該還在高中讀書。屋內另一個角落放著一座已經滿出來的書櫃，還有一台定在CNBC頻道但靜音的電視。房間裡有兩個古希臘人物的頭像，一個擺在塔雷伯的電腦旁，另一座則令人費解地擺在門邊的地上。牆上幾乎空無一物，只貼著一張略微破損的希臘手工藝展覽的海報、伊斯蘭教穆拉的照片，以及實徵投資基金的精神領袖：哲學家卡爾．巴柏（Karl Popper）的小幅鋼筆畫像。

某個春日早晨，實徵基金的員工對解決一個棘手的問題十分投入。這個問題與n的平方根有關，n指的是隨機觀察的次數。他們想要知道，n與觀察者對自身的估計有多大信心，呈現什麼樣的關係。塔雷伯站在門邊的白板前，手中的麥克筆在白板上發出尖銳的摩擦聲，他正潦草地記下可能的解答，史匹茲納傑和安蘇彭則很專心地看著。史匹茲納傑有著一頭金髮，來自中東，有做瑜珈的習慣，他跟塔雷伯相反，帶有某種俐落穩健的氣質。塔雷伯在酒吧裡會與人起衝突，史匹茲納傑就會把他們拉開。安蘇彭是泰國血統，正在普林斯頓大學攻讀財經數學博士，他留著稍長的黑髮，帶著點滑稽的氣質。塔雷伯一天當中，總要對好幾個人說：「安蘇彭很懶散。」不過語氣裡充滿愛惜之情，讓人覺得懶散這個名詞，在塔雷伯式的用語裡是有天分的同義字。安蘇彭動都沒有動他的電腦，卻經常把座椅轉過去背對著桌面；他正在閱讀認知心理學家阿莫斯．特維斯基（Amos Tversky）和丹尼爾．卡尼曼（Daniel Kahneman）的著作。他帶著有點失望的表情說，這兩個人的主張「不太能夠加以量化」。他們三人針對上述問題的解答，互相辯來辯去。情況顯示，塔雷伯的主張可能是錯的，然而在事情沒有解決之前，各個市場都開盤了。

塔雷伯回到自己的座位，開始為辦公室裡究竟該播放什麼音樂，與史匹茲納傑起了爭執。史匹茲納傑會彈鋼琴和吹法國號，並且自封為實徵基金的ＤＪ。他要放馬勒（Gustav Mahler）的音樂，但是塔雷伯不喜歡馬勒。塔雷伯抱怨：「馬勒對市場波動有不良影響。巴哈不錯，放《馬太受難曲》（St. Matthew's Passion）好了。」他向身穿灰色高領毛衣的史匹茲納傑比了個手勢。塔雷伯說：「你看他。他想學指揮家卡拉揚（Herbert von Karajan），也像一個想住在城堡裡的人。他有莫名的優越感，不喜歡閒聊，是個滑雪高手，那就是史匹茲納傑。」這時史匹茲納傑翻了個白眼。而塔雷伯口中帶點神祕語氣，一名被稱作吳博士的男子走了進來。吳博士替走道另一頭的一家避險基金工作，據說也是很了不得的人物；他身材瘦削，戴黑邊眼鏡，瞇著眼睛。大家問他對n的平方根有什麼意見，他拒絕回答。塔雷伯在這位訪客又晃回去以後，解釋說：「吳博士來這裡是找一點腦力激盪，也會借書，或是跟史匹茲納傑討論音樂。」他又沉下臉說：「吳博士是馬勒迷。」

以小搏大的選擇權

實徵基金採取十分特別的投資策略——買賣選擇權，也就是說，它不買賣股票和債券，而是在股票和債券上下賭注。比方說，假設通用汽車（General Motors）的股價是五十美元，再假設你是華爾街的投資大戶。有一個選擇權交易員來找你，提出一項交易。他打算在未來三個月內，以四十五美元的價格，把通用汽車的股票賣給你，你願不願意接受？你要收多少錢，才同意用這個價錢買這支股票？於是你研究通用汽車過去的股價走勢，發現通用汽車的股價很少在三個月的期間內，下跌超過一成的，而那個交易員只在通用股價跌到四十五美元以下時，才會要求你買下他的股票。於是你說只要相當小的代價，譬如每股〇．一美元，就願意承諾用這個價錢買進通用的股票，這麼做就是賣出購進股票的選擇權。

你是賭未來三個月內，通用汽車的股價維持相對穩定的可能性很高，如果你賭對了，那麼所收的〇．一美元就是淨賺。而那位交易員則是賭一種可能性不大的情況，即通用的股票會大跌，如果他賭對了，那獲利可能非常可觀。假設他以每股〇．一美元，跟你買了一百萬股的選擇權，之後通用的股價跌到三十五美元，他就用這個價格買進一百萬股，然後交給你，要求你用四十五美元買下；這樣一來一往，他突然變得很富有，你卻損失不貲。

這種交易在華爾街的術語，就叫價外選擇權（out-of-the-money option）。選擇權可以有多種不同的組合方式：你可以賣給那個交易員，通用汽車股價三十美元的選擇權；或者如果你想賭通用的股價會上漲，就可以賣出六十美元的選擇權。可以買賣選擇權的還有債券、標準普爾指數（S&P index）、外匯、抵押貸款，或任何有對價關係的金融工具，你可以賭市場大漲、暴跌，或維持不變。選擇權允許投資人以小博大，把一塊錢變成十塊錢，也讓投資人能夠避開風險。個人的退休基金如果買了選擇權來自保，或許在下一次的金融危機中便不至血本無歸。

選擇權操作的原理在於，所有這些賭博所代表的風險均可以量化，只要研究通用汽車過去的股價起伏，就可以算出未來三個月內，每股來到四十五美元的確切機率，也算得出以一美元買賣其選擇權是否划算。這個過程非常類似於保險公司在分析精算數字，以便求出某種壽險的保費多寡。在華爾街的投資銀行中，做此類計算的人稱為定量分析師或金融工程師（guants），團隊成員皆為博士，包括俄羅斯物理學家、中國應用數學家和印度電腦工程師。

預測走勢可不比預測死亡率那樣簡單

塔雷伯和實徵基金團隊均屬股市分析高手，但是他們反對股市分析的正統理論，理由是他們認為，像股市這種東西的起伏變化，跟死亡統計那種具體現象，是不會相同的。具體的事件，例如死亡率或者打撲克牌，乃是一組有限而穩定的因素，經過可預期的相互作用而產生的結果。這類結果往往呈現統計學家所稱的常態分配，走勢是一個鐘形曲線。然而市場的起起落落是否也呈現鐘形曲線？經濟學家尤金．法馬（Eugene Fama）曾經研究過股價。他指出，如果過去的股價漲跌走勢是常態分布，那我們就可以預期，股價什麼時候會大漲。他說所的大漲是偏離股價中數五個標準差，那要每七千年才會發生一次，可是這麼大的漲幅，卻是股市每三、四年便會發生的，原因就在於投資人的行為，不會遵照任何統計學上的秩序進行。投資人會改變主意、做愚蠢的事、互相跟進，或因恐慌而失去理性。法馬的結論是，如果把股市的漲跌繪製成曲線圖，那麼圖中必然會出現「厚尾」（fat tail）。意思就是，在股價分布的最高和最低點，一定會發生很多外圍事件，多到習於模擬具體世界的統計學家所想像不到的地步。

一九九七年夏天塔雷伯預言，長期資本管理（Long Term Capital Management）這類避險基金，由於不了解這個厚尾的概念，遲早會出問題。正好一年後，長期資本管理公司因為電腦模型顯示，市場應該會冷靜下來，於是賣出超量的選擇權。結果呢？俄國政府還不出公債的錢，市場像發瘋一樣，不過幾個星期，長期資本管理公司便垮台了。塔雷伯的首席交易員史匹茲納傑表示，他最近聽了長期資本管理公司一位前高階主管的演講，那位主管在演講中，替他們當年所做的賭博辯護。

史匹茲納傑說：「那位高階主管的說法是，各位想想，秋天裡我每天晚上開車回家，都會看到落葉四散在樹木的根部。就統計學角度來看，這些葉子落地有一定的分布模式，而我也可以相當準確地算出這個模式。可是有一天我回家的時候，樹葉卻變成一小堆一小堆。難道這就代表我之前提出的理論不成立嗎？不對。葉子變成一堆是人為事件。」換句話說，俄國人不償還公債，是做了一件不該做的事，是難得發生的破壞性事件。可是這正是塔雷伯所主張的：金融市場不是具體的世界，而遊戲規則是可以改變的。各國的中央銀行可以決定，不要償還由政府擔保的證券。

傳說中的黑天鵝是存在的

塔雷伯在華爾街最早的啟蒙者當中，有一位急性子的法國人尚—帕特希斯（Jean-Patrice），他的穿著十分花俏，重視風險到近乎神經質的地步。當時尚—帕特希斯會在凌晨三點，從Regine’s俱樂部打電話給塔雷伯，或是要他到巴黎的某家酒吧見面，自己飲啜著香檳，還有大膽裸露的女子環繞。有一次他問塔雷伯，倘若有飛機掉下來，撞上他住的房子，那他手上的部位（又稱倉位，期貨和選擇權之買賣交易的專有名詞）會有什麼下場？塔雷伯那時候還年輕，對此未加理會。尚－帕特希斯的問題聽似荒謬，可是塔雷伯很快就領悟到，沒有任何事情是荒謬的。塔雷伯經常喜歡引用哲學家大衛．休姆（David Hume）的話：「無論看過多少隻白天鵝，都不可以下結論說，天下所有天鵝都是白的。可是只要看過一隻黑天鵝，就足以反駁『天鵝都是白的』此一結論。」長期資本管理公司在俄羅斯從來沒看過黑天鵝，於是就以為俄羅斯沒有黑天鵝。

塔雷伯自創的交易哲學，即是完全根據有黑天鵝存在為基礎，亦即總有一天會發生出乎市場預料的事件。因此他從來不賣選擇權，只買選擇權。一旦通用汽車股價突然暴跌，會虧一大堆錢的人絕對輪不到他。他也從不賭市場會往甲方向或乙方向走，因為塔雷伯認為要賭這個，自己必須了解市場，可是他自認為不了解。他沒有巴菲特那種自信，因此購買選擇權時是漲跌都買，賭市場可能上揚，也可能下跌。塔雷伯不賭市場微幅的波動，何必那麼麻煩？假如別人均大大低估罕見事件發生的可能性，那麼通用汽車股價跌到四十美元的選擇權，價值就會遭到低估。所以塔雷伯大肆買進價外選擇權。他會同時買進數百檔股票的選擇權，如果還來不及行使就到期了，他便砸錢再繼續買。

可是塔雷伯卻根本不碰股票，無論實徵基金或是他的個人帳戶均是如此。買股票和買選擇權不一樣，買股票是賭市場未來的走勢，可是誰知道未來會如何演變？所以塔雷伯個人的財富，還有實徵基金好幾億的準備金，都放在美國國庫券上。華爾街很少人買賣選擇權能像他那麼厲害。然而股市一旦發生完全反常的事情，某個隨機發生的事件震撼了整個華爾街，造成通用汽車的股價暴跌，例如跌到二十美元，那塔雷伯不但不會落得屈居雅典簡陋公寓的下場，反而會變成富翁。

互為獵食者與獵物的師徒

不久前，塔雷伯到華爾街北邊的一家法國餐廳吃晚餐。同桌的都是股市分析高手：人人襯衫領口敞開，口袋鼓起，帶著整日與數字為伍者那種沉穩而略微孤僻的氣質。塔雷伯坐在桌尾的位子，就著茴香酒談論法國文學。席間有位一頭蓬亂白髮的西洋棋大師，他曾是棋王安納托利・卡波夫（Anatoly Karpov）的老師。另外一名男子曾先後服務於史丹福大學、艾克森石油（Exxon）、洛斯阿拉莫斯國家實驗室（Los Alamos National Laboratory）、摩根士丹利銀行，以及法國一家小而美的投資銀行。他們談數學和棋藝，一面擔心一位尚未抵達的夥伴。

帳單送來時，是交給一名在華爾街某大投資銀行做風險管理的男子，他瞪著帳單看了許久，有一點迷惑，又有一點好笑，彷彿已經記不起來，解這種老掉牙的數學題是什麼滋味。在座的人所從事的行業，形式上說是跟數學有關，其實是與認知（epistemology，認識論）有關，因為買賣選擇權都需要當事人面對一個問題：自己究竟知道多少。塔雷伯買進選擇權的理由是，他很確定自己根本什麼都不知道。更確切地說，應該是其他人自以為很了解市場，其實不然。可是在這次餐會上，賣出選擇權的大有人在，他們自認為只要夠聰明，算得出恰當的選擇權價格，就可以賭贏許多的一美元通用汽車股票選擇權。他們相信歸根究柢，世界上葉子的掉落模式，多少會在預期之中。

這兩邊主張的差別，見於多年前在康乃狄克州，塔雷伯與尼德霍佛出現的歧異。尼德霍佛崇拜的英雄是十九世紀科學家法蘭西斯．高爾頓（Francis Galton）。尼德霍佛給長女取名高特（Galt），他的圖書館裡也有一張高爾頓的全身肖像。高爾頓是統計學家和社會科學家（也是遺傳學家和氣象學家）。視高爾頓為英雄的人相信，把經驗性證據（empirical evidence）加以整理排比，加總數據資料的得分，那所有需要知道的東西都在掌握中。相對地，塔雷伯的英雄是卡爾．巴柏。巴柏主張我們無法確切知道某個論點是否正確，而是只能確定某個論點不正確。塔雷伯自稱從尼德霍佛身上獲益良多，可是尼德霍佛卻堅稱他的榜樣對塔雷伯是白費了。尼德霍佛說：「在《法庭上的魯波爾》（Rumpole of the Bailey）影集中，主角魯波爾接到的一個案例是，幫一位不相信上帝的主教辯護。塔雷伯是不相信經驗論思想的經驗派。」一個人如果認為經驗是不可靠的，那主張自經驗中學習又有什麼意義？今天的尼德霍佛從賣出選擇權上賺了不少錢，而且出售選擇權的對象多半是塔雷伯。換句話說，如果他們當中有一人的資產，在某一天增加了一美元，這一美元很可能是從對方那裡賺來的。這對師生已經成了獵食者與獵物。

反向操作投資心理學

很多年前，塔雷伯曾經在第一波士頓投資銀行工作，當時有一件令他猜不透的事，就是在交易室裡，大家都像無頭蒼蠅般忙東忙西。交易員應該每天早上進來，從事買進賣出，然後根據他進行的交易，替公司賺到多少錢獲得分紅。倘若一連太多週，交易員都未替公司帶來進帳，同事們就會以異樣的眼光看他；倘若他一連好幾個月都沒賺到錢，那就會被炒魷魚。大多數交易員都有傲人的學歷，身穿名牌西裝，打名牌領帶。他們總是急急忙忙地投入市場，仔細閱讀《華爾街日報》，並聚在電視機前看突發新聞。塔雷伯回憶道：「聯準會做了這個，西班牙總理做了那個；義大利財政部長說，里拉不會競相貶值；有某個統計數字高出預期；名分析師艾碧・柯恩（Abby Cohen）剛剛又說了如此這般。」這種場面便是塔雷伯無法理解的。

豪爾・塞佛瑞（Howard Savery）是一九八〇年代塔雷伯任職法國印度蘇弈士銀行（Indosuez）時的助理。塞佛瑞說：「他對於要做什麼，總是說得那麼抽象。他過去曾經把我們的現場交易員提姆搞得快要發狂。現場交易員習慣精確地指示：『八十七塊賣出一百口期貨。』塔雷伯卻是拿起電話說：『提姆，出掉一點。』提姆回問：『出掉多少？』他就會說：『哦，大概就好。』那等於是說：『我只知道要賣，心裡卻沒有譜。』當時雙方常用法語進行激烈爭吵，吵到尖叫的程度。收市以後，大家還是一起去吃晚飯和餘興節目。當時塔雷伯和實徵基金團隊，即是抱持對剛發布的貿易統計不感興趣的態度。因此當大家都斜傾在辦公桌前，仔細聆聽最新統計數字時，塔雷伯會故意大剌剌地走出去。」

如今在實徵基金的辦公室裡，沒有《華爾街日報》的蹤影。由於這個基金所持有的選擇權均由電腦挑選，所以主動的交易活動很少。那些選擇權多半在市場出現重大變化時，才會發揮作用，而大多數的日子，市場不會有什麼大變動。於是塔雷伯和團隊的工作內容，就是等待及思考。他們分析公司的交易政策，反向測試各種策略，並建構一個比一個更精進的定價模型。坐在角落的托斯托，偶爾會在電腦裡輸入一些東西；安蘇彭看起來已經神遊到遠方去了；史匹茲納傑負責接聽交易員打來的電話，並不時在兩個螢幕之間周旋。塔雷伯負責回覆電子郵件，以及打電話給總部在芝加哥的一個券商，發出帶有布魯克林口音的英語，問對方：「近來做得怎麼樣？」這裡與其說是交易室，不如說是教室。

塔雷伯吃完午飯，一路走回來時，大聲叫著：「安蘇彭，你有沒有自我反省？」而當安蘇彭被問到博士論文要寫什麼主題時，他竟然答：「大概就是這個。」一面無精打采地朝屋內四下揮揮手。

塔雷伯插進一句話：「安蘇彭實是在懶得可以，看來我們得幫他寫了。」

不會一夕傾家蕩產，只會失血而死

實徵基金的作法是，反向操作傳統投資心理學。像你我，如果因襲舊有的操作方式在市場上投資，不論哪一個交易日，我們因為股利、利息或市場整體走高而賺得小額利潤的機率相當大，可是我們幾乎沒有在一天之內即賺到大錢的機會。另外有一種機率很小但確實存在的可能性，就是萬一市場崩盤，我們會連帶爆掉。基於一些本能的理由，以上的風險配置方式，讓我們覺得這麼做是對的，所以能夠加以接受。像是在安蘇彭所讀的特維斯基和卡尼曼合著的書裡，即提到一個簡單的實驗：請受試者想像自己有三百美元，再請他們選擇要（a）再多得一百美元，還是（b）擲銅板，贏的話可以多得二百美元，輸的話就一無所有。結果大部分人寧可選（a）不選（b）。接著特維斯基和卡尼曼再做第二個實驗：請受試者假想自己有五百美元，再請他們選擇，寧可要（c）吐出一百美元，或是（d）擲銅板，輸的話要吐出二百美元，贏的話就不需吐出錢來。這時候選（d）的人多於選（c）。這四種選擇有趣的地方在於，它們發生的機率是相同的，可是我們卻呈現出不同的偏好。為什麼？因為面對虧損，我們比較願意賭一下，可是面對獲利，我們卻不願意冒險。所以我們喜歡每天在股市裡小賺一筆，即使這需要冒著在股市崩盤時失去一切的風險，也沒有關係。

相形之下，實徵基金的情況正好相反，他們每天都有在一天內賺大錢的可能性，這種可能性雖小，但確實存在；小賠的可能性雖然很大，但爆掉的可能性是零。所有實徵基金用一美元、五毛或五美分累積起來的選擇權，實際執行的很少，數量卻不斷增加。公司裡的任何一個人，只要看著顯示實徵基金部位的電腦螢幕上某個特定的欄位，就能夠很確切地告訴你，當天到此刻為止，實徵基金究竟賠或賺了多少錢。比方上午十一點半時，他們已經賺回當天花在選擇權上的二成八支出；到十二點半，賺回了四成，代表當天還沒有過一半，實徵基金的赤字已達數十萬美元之譜。前一天，它賺回八成五的費用；再前一天是四成八；再來連著兩天都是六成五。除了少數明顯的例外情況：像九一一之後股市重啟交易的那幾天，事實上，實徵基金從二〇〇一年四月起一直在賠錢。

塔雷伯說：「我們不會一夕之間傾家蕩產，只會失血而死。」失血而死，忍受持續虧損的痛苦，正是人類出於本能想要避免的。塔雷伯的前助理塞佛瑞說：「假設有一個人，長期投資俄國債券，且每天都有獲利，忽然有一天大難臨頭，使他賠掉五倍賺來的錢。可是在一年三百六十五天裡，他有三百六十四天仍然很快樂地賺著錢。換做另外一個人就困難得多了，因為他在三百六十五天裡，有三百六十四天是賠錢的，這人不免開始質疑自己，究竟能不能把賠掉的錢賺回來？我的做法到底對不對？如果要十年時間才賺得回來，那該怎麼辦？十年後我的神智還清不清楚？」

一般交易員從每日賺得的錢，可以得到反饋，那是令人愉快的成就幻覺，但在實徵基金工作卻得不到反饋。史匹茲納傑說：「那好比你已經彈鋼琴彈了十年，卻依然不會彈鋼琴小曲《筷子》（Chopsticks）。而唯一支持你繼續下去的只有一個信念，就是有一天早上醒來時，你會彈得跟拉赫曼尼諾夫（Rachmaninoff）一樣好。」這容易嗎？當塔雷伯等人在漸漸失血之際，卻看到尼德霍佛不斷獲利賺錢，這當然不容易。那一天如果你仔細觀察塔雷伯，你會發現有一些小地方，反映出持續失血還是有影響的。他看彭博社（Bloomberg）的行情資訊，看了稍久一點；他傾身去看每日損失的數字，次數多了一點。

塔雷伯也有不少迷信的忌諱。如果基金操作的情況不錯，他就會每天選同樣的位子停車。又，他因為把馬勒與去年市場長期低迷聯想在一起，所以變得不喜歡馬勒。史匹茲納傑說：「塔雷伯每次都說公司裡少不了我，我相信他是真心話。」史匹茲納傑的存在是在提醒塔雷伯，等待是有意義的。他是在幫忙塔雷伯抗拒人性的衝動，即寧願放棄一切，也要消除損失的痛苦。塔雷伯說：「史匹茲納傑是我的警察。」安蘇彭也是；史匹茲納傑的存在提醒著塔雷伯，實徵基金具有智慧上的優勢。

塔雷伯說：「關鍵不在於有想法，而在於有實現想法的處方。我們謝絕說教，而是需要一套訣竅。」他的訣竅是是事先講好規則，且對於每種情況應該怎麼處理，都規定得一清二楚。「我們定好這套規則，這麼做是為了告訴大家，不要聽命於我，要聽從議定的規則。當然我有權力改變規則，可是要改變規則也有一定的程序。從事這一行一定要嚴以律己；我們在尼德霍佛身上看到的偏見，在自己身上也看得到。」

總有一天會等到大塊的餅乾

在那次股市分析高手的聚餐上，塔雷伯三兩下就把麵包吃完了，當服務生又拿麵包來時，他大叫：「不要！」並且擋住自己的盤子。那是一場永無止境的掙扎：理智與感情的戰爭。侍者拿酒過來時，他又很快用手蓋住杯子。到點菜的時候，他要了牛排薯條餐，可是「不要薯條」，然後馬上設法為自己的選擇避險：跟隔壁的人商量，分一點對方的薯條。

心理學家沃爾特・米歇爾（Walter Mischel）曾經做過一系列實驗，把兒童單獨放在一個房間，孩子面前擺了兩塊餅乾，一大一小。他告訴孩子，如果想吃小塊的餅乾，只要按個鈴，實驗人員就會進來把餅乾拿給他。如果想吃大塊餅乾，就得等到實驗人員自己進來，那最多可能要等上二十分鐘。米歇爾錄下好多位六歲大孩子的實驗，他們獨自坐在房間裡，盯著餅乾看，設法說服自己耐心等候。有一個女孩開始唱歌給自己聽，且似乎對自己低語：只要耐心等待，就能吃到大塊餅乾。她閉上眼睛，然後轉過身去背對餅乾。另一個小男孩則拚命前後搖擺他的腿，接著拿起那個鈴來仔細觀看，盡量不去想搖搖鈴就吃得到的餅乾。這些錄影帶記錄了紀律和自制的起始：我們學會控制衝動的技巧。而觀察這些孩子如何拚命轉移注意力，即是我從塔雷伯身上頓悟到的震撼。

還有另一件事情有助於解釋塔雷伯的毅力，那不只是抗拒、規範或自我克制使然。就在去見尼德霍佛的一年前，發生了一件事。當時塔雷伯在芝加哥商品交易所（Chicago Mercantile Exchange）當交易員，久而久之喉嚨變得沙啞。起初他不以為意，認為喉嚨沙啞是每天待在交易場上的職業病。後來當他遷回紐約，終於跑去看醫生，地點在上東區一棟戰前建築裡，房子的外觀頗為吸引人。塔雷伯坐在診所裡，呆望著外面院子的磚塊，一遍又一遍讀著掛在牆上的醫師證書，耐心等待最後的判決。醫生回到診間，用低沉而嚴肅的聲音說：「病理報告出來了，病情沒有聽起來那麼嚴重。」然而他的病當然是很嚴重，他得了喉癌。塔雷伯的心門封閉。他走出診所，外面正在下雨，他一直走一直走，最後來到一間醫學圖書館。他在此拚命閱讀關於喉癌的資訊，雨水在他腳下積成一灘。這沒有道理，喉癌是老菸槍才會得到的，可是塔雷伯還年輕，也幾乎從未抽過菸。他得喉癌的風險大概是十萬分之一，小到幾乎很難想像的地步。他是黑天鵝！如今癌症已經治好，但是那段記憶也是塔雷伯的祕密，因為一旦曾經是黑天鵝，不只是看過、而且是自己當過、又面對過，就比較容易預見會再出現一隻。

當那一天快結束時，塔雷伯和他的團隊，再度專注到 n 的平方根問題。塔雷伯回到白板前，史匹茲納傑認真看著，安蘇彭無聊地剝著香蕉。屋外，太陽開始落在樹木後方。塔雷伯說：「先換算成 p1 和 p2。」手上的麥克筆，再次在白板上發出摩擦聲。「所以這裡是高斯分布，然後市場從低量區轉到高量區。p21、p22，接著得出特徵值（eigenvalue）。」他皺起眉頭，盯著自己的板書。市場此刻都收盤了，實徵基金虧了錢，這代表在康乃狄克州森林裡的某個地方，尼德霍佛必然賺了錢，這令人心痛。不過若是能夠堅定自持，把心神放在眼前的問題上，並且時時不忘，市場總有一天會發生全然出乎預料的事，因為在我們生存的世界，這種事情遲早會發生。塔雷伯看著白板上的那些等式，豎起一邊的眉毛，這個題目實在太難解了。「吳博士在哪裡？要不要打電話請吳博士過來一下？」

「皮克德號」的教訓

塔雷伯去拜訪的一年後，尼德霍佛爆掉了。尼德霍佛曾經賣出大量標準普爾指數的選擇權，從其他交易員那裡收到數百萬美元，以交換如果市場下挫，他即會用選擇權交易時的價格，向他們買進一籃子的股票。這是一場未曾做避險安排的豪賭，在華爾街稱為裸賣權（naked put），意指尼德霍佛與每個對手賭的都是同一種結果：他是賭賺小錢的可能性大，對方則是賭虧大錢的可能性低，結果是他輸了。一九九七年十月二十七日，市場大跌八%，許許多多向尼德霍佛購入選擇權的人，紛紛上門，要求他以未崩盤前的價格買回股票。他竭盡所能湊出一億三千萬美元，包括儲備金、存款、手頭上的股票，可是當券商來要更多錢時，尼德霍佛已經阮囊羞澀。一天之內，美國最成功的避險基金之一就此垮台。他不得不結束公司、抵押房子、向子女借錢，以及打電話給蘇富比拍賣公司，賣掉最珍愛的銀器收藏品：十九世紀為巴西菲格雷多子爵（Visconde De Figueirdeo）所製作的大件銀器「勝利雕像組」，以及一八八七年蒂芙妮公司替班尼特盃（James Gordon Bennett）帆船賽設計的超大銀質獎盃。那次拍賣進行時他刻意避開，他受不了目睹那個過程。

尼德霍佛最近曾經表示：「那是我這一生中最悲慘的遭遇之一，猶如至親好友去世一樣。」那是三月的一個週六，他當時在自家豪宅的圖書館裡；兩隻看起來很無聊的狗跑進跑出。尼德霍佛個子很高，是個運動員，有著倒三角形身材、令人印象深刻的面孔和哀傷下垂的雙眼。他沒有穿鞋，襯衫一邊的領子向內捲，說話時視線也望著他處。「我讓朋友失望，且生意失敗。我曾經是數一數二的財富經理人，如今我大概勢必得從零開始。」他停頓一下又說：「五年過去了。河狸蓋好水壩，河水把它沖毀，於是河狸想辦法把地基打得更好。我想我做到了，不過我總是留意可能會再次失敗。」遠方傳來敲門聲。來者是個男子，名叫密爾頓．龐德（Milton Bond）。他是個畫家，拿了一幅畫來給尼德霍佛看，畫的是《白鯨記》（*Moby Dick*）裡的白鯨莫比．狄克，正在撞擊捕鯨船「皮克德號」（Pequod）。其畫風是尼德霍佛愛得不得了的民藝風格，他到門廳去跟龐德見面，跪在那幅畫前，看著龐德拆封。

尼德霍佛的豪宅裡，還有其他「皮克德號」的油畫，也有「艾色克斯號」（Essex）的油畫，就是梅爾維爾（Melville）寫《白鯨記》所本的那艘船。在尼德霍佛辦公室裡的一面很搶眼的牆上，掛著一幅「鐵達尼號」的油畫。他說，這些畫是使他保持謙遜的方式。尼德霍佛說：「我特別注意『艾色克斯號』的原因在於，後來該船船長一回到馬里蘭州的南特基（Nantucket），就有人要聘請他。他們覺得在船遭撞沉後，他還能順利回來是因為處理得相當不錯。有人問船長：『怎麼會有人再給你一艘船？』他答：『我想是因為，雷擊不會兩次都打中同一個人的說法。』雷擊是十分偶然才發生的。於是他得到第二艘船，可是船又沉沒，卡在冰裡。這一次他徹底失敗，甚至拒絕救援，別人只好硬把他弄下船去。後來終其一生，他在南特基當門房，變成華爾街所稱的幽靈。」尼德霍佛此刻已經回到書房，頎長的身體伸展開來，兩腳搭在書桌上，眼睛有一點濕潤。「你懂了嗎？我禁不起再失敗第二次，那樣我就從此一敗塗地了。那就是『皮克德號』的意義所在。」

痛苦抗拒衝動才是真英雄

尼德霍佛爆掉之前的一個月左右，和塔雷伯在西港的一家餐廳用餐。尼德霍佛告訴他出售裸賣權的事。你可以想像隔著餐桌，尼德霍佛如何解釋自己的賭注屬於可接受的風險，市場慘跌到讓他足以垮台的機率小到微不足道，而塔雷伯則是邊聽邊搖頭，心中想起了黑天鵝。塔雷伯說：「我跟他道別時心裡很沮喪。眼前這個人，一次能夠揮上一千個反手拍，下棋時也彷彿身家性命都在上面。眼前這個人，不論一早醒來想要做什麼，最後總是做得比別人都好。我是在跟心目中的英雄說話……」這便是塔雷伯在尼德霍佛最風光的時候，並不想變成他的原因，也是塔雷伯不想要那些銀器和豪宅，或不想與索羅斯較量網球的理由。對於這一切的結局是什麼，塔雷伯看得再透徹不過。他可以在腦海裡想見，尼德霍佛向子女借錢、賣掉收藏的銀器，用空洞的聲音說，他令親友失望。塔雷伯沒有把握，自己有足夠的力量去面對那種情況。他不像尼德霍佛，也從來不覺得自己所向無敵。塔雷伯曾經目睹自己的家鄉被炸得滿目瘡痍，又是那十萬分之一罹患喉癌的人，有過這種經歷的人就不會那麼自信滿滿，所以在他心中，沒有任何東西可以取代免於自我因大難而煎熬的過程。

如此小心謹慎自然看似非英雄行徑，反而像是會計人員和主日學老師的那種謹慎無趣。其實我們會受尼德霍佛這種人所吸引，是由於我們內心也有同樣的想法：認為願意冒極大的失敗風險，還有能夠從慘敗中東山再起，都代表勇敢。可是在這一點上我們錯了。這是塔雷伯和尼德霍佛帶給我們的一課，也是這個多變的時代教給我們的教訓。能夠抗拒人類衝動的天性，採取刻意而痛苦的步驟，為無法想像的未來做準備，需要更多的勇氣和英雄氣概。

尼德霍佛在二〇〇一年秋天賣出大量選擇權，賭市場會維持平靜，而市場也一直沒有大幅的波動，直到出乎意料冒出來兩架飛機，衝進紐約世貿中心。尼德霍佛搖搖頭說：「我暴露在風險中，那是極難避免的事。」九一一這種事件根本無從預期得了，「那完全出乎意料之外。」

二〇〇二年四月二十二日、四月二十九日

自「九一一」那時起塔雷伯便聲名大噪。本文刊出幾年後，他的第二本著作出版，書名就叫《黑天鵝效應》（*The Black Swan*），極為暢銷。而二〇〇八至二〇〇九年的金融危機，也替他的基金賺進不少錢。二〇〇九年春季，正值金融風暴未息時，我在某個會議上碰見他。他說：「現在我們手上管理的資金有好幾十億，可是我們還是什麼都不知道。」不愧是典型的塔雷伯作風。

當我在進行這篇報導文章時，會和塔雷伯共進好幾個小時的午餐。儘管我喜愛與他共進午餐，不過要把這麼多小時的會談錄音檔謄出來實在令我有點擔憂。順便提一下，尼德霍佛在這些年間，已經失去、得到，然後再次失去龐大財產。

CHAPTER 4

頭髮本色

染髮劑和美國戰後的隱蔽歷史

早在經濟大蕭條時期，雪莉．波里柯夫（Shirley Polykoff）尚未成為同時代著名的文案撰稿人之前，她遇到一個叫喬治．哈波林（George Halperin）的男子。他出身賓州里丁市（Reading），是正統派猶太教拉比之子。兩人開始交往不久，哈波林就帶波里柯夫回家過節，跟家人見面。大家一起吃烤雞、猶太式甜胡蘿蔔（tzimmes）、海綿蛋糕。哈波林的父親為人熱情風趣，波里柯夫與他相處融洽；但母親就不是這麼一回事了，她信奉東歐正統派猶太教，頭髮往後梳得一絲不苟，在她眼裡，沒有人配得上自己的兒子。

「我表現得如何？」波里柯夫在兩人一坐上車準備回家時，立刻開口問道：「你母親喜歡我嗎？」

他避而不答：「我妹妹蜜爾翠覺得你很棒。」

她說：「很好，可是你媽媽怎麼說呢？」

他頓了一下說：「她說你有染頭髮。」又頓了一下：「那，你真的染了嗎？」

波里柯夫覺得受到羞辱，心中彷彿聽到未來的婆婆在問：「她有染還是沒染？」

答案當然是她確實染了頭髮。波里柯夫向來都有染髮的習慣，早年在只有歌舞女郎和阻街女郎才會把頭髮弄成金色的時候，她已經開始染髮。在紐約布魯克林的老家中，她從十五歲起就會來到尼可拉斯美容院（Mr. Nicholas's），由老闆「把背後的髮色弄淡」，直到天生的褐色全看不見為止。波里柯夫自認為應該是金髮，或者更確切地說，她認為要何種髮色，選擇權應該掌握在自己手上。

波里柯夫喜歡穿深橘、深紅、淡米黃和葡萄紫的衣飾，也穿戴紫色麂皮皮件和湖水綠絲質衫。她是那種會把設計師精品外套買回家，自己再繡上新花樣的人；那時她還自己經營廣告公司。有一次她為了向媚比琳（Maybelline）公司做簡報，特地驅車前往孟菲斯（Memphis），結果計程車在高速公路上拋錨。她跳下車，招手攔下一輛百事可樂的卡車。那位卡車司機告訴波里柯夫，他肯讓她搭便車，是因為過去從來沒有看過像她這樣的人。

曾經替她擔任創意總監的迪克．胡伯納（Dick Huebner）說：「波里柯夫會同時穿上三套衣服，每一套都很好看。」她明艷動人，才華洋溢又頗為自負，魅力叫人難以抗拒。她本人深信，這些特質均與褐色的頭髮不合，而她窮其一生想要把自己塑造成的人物，也不應該有褐色的頭髮。波里柯夫的父親希曼（Hyman），是個賣領帶的小商人，母親蘿絲（Rose）是個家庭主婦，都來自烏克蘭，之後分別定居於布魯克林的東紐約（East New York）和佛萊布許（Flatbush）。波里柯夫力爭上游，最後來到公園大道（Park Avenue）八十二號。她的女兒艾莉絲．尼爾森．佛瑞克（Alix Nelson Frick）說：「如果你問我母親：『你以身為猶太人為榮嗎？』她會回答是的，也不會迴避。可是她懷抱著一個夢想，就是一個人可以靠後天努力，取得一切富裕階級的形貌，包括特定的教養和相貌。她的想法是，每個人都應該想做什麼樣的人，就做什麼樣的人，包括當個金髮美女。」

髮色是一種有用的虛構情境

一九五六年，波里柯夫還是博達華商廣告公司（Foote, Cone & Belding）的資淺文案人員，公司把可麗柔（Clairol）這個客戶交給她。可麗柔當時要推出的產品是「青春可麗柔」（Miss Clairol），是首款可以在家裡使用的染髮劑；不論把髮色染淺、改變顏色，或是洗潤髮，一個步驟即可完成。比方說，選Topaz（香檳金色）系列或Moon Gold（淺灰色）系列，用雙氧水直接把染料塗在頭髮上，二十分鐘就會看到效果。可麗柔的業務團隊，在麥迪遜花園廣場（Madison Square Garden）對面，舊史塔勒酒店（Statler Hotel）舉行的國際美容大展上，示範這項新產品，數以千計的美容師擠滿了會場，瞠目結舌地看著一次次的示範。布魯斯．吉爾布（Bruce Gelb）曾與父親勞倫斯（Lawrence）和兄弟李察（Richard），共同經營可麗柔公司多年，他追述當時的情況：「這些美容師非常驚訝。這個產品對染髮界的意義，等同於電腦對計算機界的意義。業務員們不得不提來一桶桶的水，在觀眾面前一再為模特兒洗頭髮，因為那些美髮師認為，我們一定是在幕後對模特兒動了手腳。」

「青春可麗柔」使婦女首次能在家裡方便快速地染髮。可是波里柯夫心中的疙瘩仍在：未來可能成為婆婆的人反對染髮。於是她馬上想到，要用哪一句話當廣告詞。如果說她認為女性有權選擇金髮，那她更認為，女性應該有行使這項權力的自由。她把未來婆婆的意第緒語翻譯成英語，寫下：

「她有染還是沒染?只有她的美髮師最清楚。」可麗柔公司在一九五六年秋季,買下《生活》(*Life*)雜誌十三頁的廣告,「青春可麗柔」的銷售一飛沖天。這是她初試啼聲。

後來可麗柔推出突破性的產品:洗髮精式染髮劑「美而易」(Nice 'n Easy)。波里柯夫為此寫下:「他走得愈近,妳看起來愈美麗。」結合潤髮和染髮的「貴婦可麗柔」(Lady Clairol),讓中年婦女又多了銀色系和白金色系的選擇,波里柯夫寫的是:「金髮女子的人生真的比較多采多姿?」後來她又寫下更令人難忘的:「如果人生只有一次,就讓我以金髮來度過!」

戰後婦女史的重要一頁

據女性主義大師貝蒂・佛瑞丹(Betty Friedan)傳記的作者指出,一九六二年夏天,在《女性迷思:女性自覺大躍進》(*The Feminine Mystique*)剛要出版前,佛瑞丹對波里柯夫的廣告詞「著迷」到把自己的頭髮也染了。就這樣由波里柯夫撰寫廣告詞,由可麗柔公司改良產品。從五〇年代起,到波里柯夫不再負責這個客戶的七〇年代為止,美國婦女染髮的比率,由七%增加到超過四〇%。

如今,女性的髮色由褐變金、變紅、變黑、再變回去,眼睛眨都不眨一下。我們已經把染髮產品與口紅等量齊觀了。在藥妝店的貨架上,一瓶瓶的染髮產品,牌子有Hydrience、Excellent、Preference、Nature Instincts、Loving Care、美而易等,每一個都有好幾十種不同的色澤。萊雅(L'Oreal)以年輕族群為訴求的Feria染髮劑,有巧克力櫻桃色和香檳雞尾酒色。推出這些色系,問的不是：「她有染還是沒染？」而是直接假設「她染髮」。染髮劑現在已是一年數十億美元的大宗商品。

然而曾經有一度，大約是自艾森豪政府開始，到髮色具有意義的卡特政府期間，像「她有染還是沒染？」或是一九七三年萊雅「優異」（Preference）染髮劑的「因為我值得」這些廣告詞一出來，馬上就如同「雲斯頓（Winston）就是有香菸該有的味道」，或者「可口可樂萬事如意」一樣令人難忘。這些廣告詞在廣告已被遺忘很久之後，仍會縈繞在人們的腦海裡，最後變成日常用語；有些則不知怎的，還添加了跟原意大不相同的含意。從五〇到七〇年代，婦女進入職場，爭取社會解放，不僅有了避孕藥，也改變了對待頭髮的方式。當我研究這段期間的染髮劑廣告，卻很意外地發現，上述所有這些事情，不論是意義深遠或看似無關緊要的，全部交織在一起。

用髮色創造出另一個妳

當「她有染還是沒染？」的廣告，在一九五六年首次推出時，大部分廣告的訴求對象，仍然是搶眼有魅力的女性。照吉爾布的說法，就是「雪中櫻桃、冷若冰霜、熱情如火」那種調調。但是波里柯夫堅持，為「青春可麗柔」代言的模特兒要有鄰家女孩的模樣。她當初發給可麗柔公司的信中，寫著「要穿男性化襯衫、不要穿女性化禮服那種味道。要把喀什米爾毛衣披在肩上那種外形，就像鄰家女孩，只是更出色一點，比自己的老婆漂亮一點，住在漂亮的房子裡。」這個模特兒一定要屬於桃樂絲・黛（Doris Day）型，不可以是性感女神珍・曼斯菲（Jayne Mansfield）型，目的在於盡可能使染髮為大眾所接受。

最早的「她有染還是沒染？」電視廣告中，有一則拍的是一個家庭主婦，正在廚房裡做菜。她身材苗條，面貌姣好，身穿黑色小禮服，圍著圍裙。先生走進廚房，親吻她的嘴唇，讚賞地撫摸她那頭亮麗的金髮，然後又替她擋著門，好讓妻子把開胃菜端出去給客人享用。那是每個動作都經過精心設計的家庭場合，連妻子端菜出去，用手肘按下電燈開關時，略微傾斜的動作都十分講究。在早期的平面廣告裡，有一則是先由理查・艾維登（Richard Avedon），後來改為歐文・潘恩（Irving Penn）所拍攝，畫面上的女子有一頭紅金色秀髮，她躺在草地上，指間夾著一枝蒲公英，躺在她身旁的是一個八、九歲的小女孩。惹人注目之處在於，小女孩的頭髮跟媽媽一樣是金紅色。在「她有染還是沒染？」的平面廣告中，必定是媽媽帶著孩子，用意是為了消弭這句話裡的性暗示，好明白表現出，不僅是「放蕩的」女人，媽媽們也在用「青春可麗柔」，最重要的是展示母女都擁有相同的髮色。在這種對比之下，有誰猜得到媽媽的髮色，是從一個瓶子裡倒出來的？

波里柯夫的廣告宣傳轟動一時。信件蜂湧而至可麗柔公司，有一封來信說：「謝謝你們改變了我的生活。」此信在全公司上下傳閱，並且成為全國業務會議的主題。來信者寫道：「我和男友哈羅德在一起已經五年了，可是他從來不肯定下日子，這讓我很緊張。我現在二十八歲，媽媽一天到晚念我，再不快點嫁掉就沒人要了。」後來她在地鐵裡看到可麗柔的廣告，於是把頭髮染成金色。「結果你猜怎麼看？我現在與哈羅德在百慕達度蜜月。」波里柯夫曾經收到這封信的副本，隨信附上的字條寫著：「這簡直令人不敢相信。」波里柯夫以感性的金髮母女形象，創造出偶像的效應。

她自己的女兒佛瑞克說：「我媽媽想要變成照片裡那個女子。就是家住郊區、穿著優雅又嬌生慣養的女主人，是先生的附屬品、慈愛的母親、沒有自我的妻子，永遠不比先生出色。媽媽想要金髮的孩子。其實我小時候是金髮，可是大概到十三歲左右，髮色愈來愈深，媽媽就開始替我染髮。」當然波里柯夫完全談不上是那種女性，這也是早期可麗柔廣告裡一個重要的矛盾。她向來都有工作，從來沒有搬去郊區住。佛瑞克說：「她主張女性要有女人味，別太堅持己見，不要強過自己的先生，可是她卻大大超越我父親。我父親是個非常單純、沒有野心的學者型人物。母親卻非常出風頭，非常情緒化又跋扈。」

波里柯夫經常提起的一件事，甚至在她過世後還刊登在《紐約時報》的訃文中，就是她覺得女性賺的錢絕對不可以比先生多，所以直到六〇年代初，夫婿辭世後，她才讓博達華商把她的待遇調升到應有的水準。佛瑞克說：「那是傳聞，不是事實。不管她所處的真實情況如何，理想在她眼裡，永遠和現實一樣栩栩如生。她對自己心中的夢想深信不疑，且從未動搖，即便你對她點明，那個夢想有說不通的地方、有自相矛盾之處，或是事實上她並不是那樣在過日子，她也不改其志。」

對雪莉．波里柯夫而言，髮色不僅是一種有用的虛構情境，也是一座橋梁，能調和自己的夢想與實際身分。這能讓她面面俱到；她想要有桃樂絲．黛的模樣和感覺，卻不必真的變成桃樂絲．黛。在二十七年的婚姻裡，她生了兩個孩子，但是真正當家庭主婦的日子僅有兩週，而其中每一天都是家務和廚藝的災難。實在受不了的丈夫終於對她說：「親愛的，妳聽我說，妳在廚房裡是個糟糕的小女人。」於是接下來的第一個週一，她就回去上班了。

這種有用的虛構情境概念，就是外表形似，卻不必具有實質，對波里柯夫那個時代的美國人而言，特別能夠引起共鳴。她十幾歲時，想要爭取一家保險公司的職員工作，卻失敗了。後來她又用雪莉．米勒的名字，去應徵另一家公司，結果卻錄取了。

她先生也很了解外表的重要性。波里柯夫剛認識他的第一週，他成熟穩重的風度，對歐洲一些偏遠地方瞭若指掌，以及在美食與美酒方面的品味，在在使她眩惑。到第二週，她發現哈波林懂得的這些都只是裝模作樣，全是從《時代》雜誌上看來的。其實他是從白天在梅西百貨地下室做搬運工，晚上念法律起家的。他很善於偽裝，但就某方面而言，波里柯夫也是如此，因為身為猶太裔，就跟身為愛爾蘭裔、義大利裔、非洲裔，或是婦女運動初起的五〇年代的女性是一樣的，你不得不在千百種小地方偽裝自己，在別人眼裡是一個模樣，內心深處又是另一回事。「這種壓力是由於，初來乍到的移民擔心自己的外貌有問題、身高特別矮，或是身上穿的衣服不稱頭，會讓本地人覺得怪怪的。」佛瑞克說：「所以有很多人開始自己做衣服，這樣才可以模仿當時流行的樣式。你要把自己完全改造，讓自己變成道地的美國人。」

佛瑞克也從事廣告這一行（任Spier NY廣告公司董事長），是一位極為聰明能幹的女性，談起母親時則十分真誠，滿懷孺慕之情。「當時有各種流行語紛紛出籠，像是『人要衣裝』和『第一印象很重要』等。」所以「她有染還是沒染？」這個問題，不只是在說，沒有人能夠真正知道你做了什麼事；也是在說，沒有人能夠確實知道你是什麼樣的人。此話實際的含意不是問：「她做了沒有？」

而是問：「她是哪種人？」亦即：「她是個滿足的家庭主婦，還是女權運動者？她是猶太人還是非猶太人？難道她兩者都不是？」

誰說女人一定要為悅己者容？

一九七三年，伊蘭．史佩奇（Ilon Specht）在紐約的麥肯廣告公司（McCann-Erickson）當文案撰稿員。當時她年僅二十三歲，是加州來的大學輟學生。史佩奇離經叛道又特立獨行，從西岸來到東岸，在麥迪遜大道工作，因為那時候像她這種人，都是在這種地方就業。史佩奇的多年老友蘇珊．謝爾梅（Susan Schermer）說：「那時候的廣告業跟現在不一樣，那是七〇年代，還有人戴著羽毛飾品去上班。」史佩奇才十幾歲的時候，就在另一家廣告公司工作，她在那裡為和平工作團（Peace Corps），寫過一個著名的電視廣告。

「史佩奇？我的天啊，我合作過的人當中，她算得上是頂瘋狂的。」說這話的是伊拉．馬瑞斯（Ira Madris），她是史佩奇當年的另一位同事。在她追憶過往時，用「瘋狂」一詞代表的是最高讚譽。「非常聰明，非常固執己見，又很有創意。我們當時都相信，人要有某種程度的神經質才會有趣。史佩奇就有一點神經質，所以她這人特別有意思。」

史佩奇在麥肯公司，是與法國的萊雅公司合作，當時萊雅企圖挑戰可麗柔在美國染髮劑市場的獨霸地位。萊雅原本打算做一系列比較式的電視廣告，強調經研究後發現，他們的新產品「優異」，染出來的色澤更自然、更透明，所以在技術上優於「美而易」。但是由於這項研究不是在美國做的，整個宣傳計畫在最後一刻叫停。麥肯公司措手不及。同樣參與這個案子的麥可・桑諾特（Michael Sennott）說：「距廣告上檔的日子只剩下四週，我們手上卻空空如也。」史佩奇、美術指導馬瑞斯，和其他少數幾個人組成的創意小組，關在房間裡苦思。史佩奇憶起當時：「我們聚集在一個大辦公室裡，每個人都在討論這個廣告應該如何呈現。公司裡的男性主管想要做的是，一個女子坐在窗邊，風透過窗簾吹進來。你知道就是那種虛幻的場景，掛著大片飄逸的窗簾。窗邊那個女子完全是靜物，我想她連嘴都不必張開。」

史佩奇有一頭茂密烏黑的長髮，常用鬆鬆的髮飾綁住，口紅是黑櫻桃色。她說話又快又大聲，邊說還要邊旋轉座椅，同事經過她的辦公室時，有時候會用力敲她的門，彷彿引起她注意最好的辦法，就是學她那麼大聲。她追憶七〇年代時曾經談到，穿著光鮮西服的企業客戶，常稱讚他們辦公室裡的每個女職員長得都像模特兒，這令她覺得不可思議。她也談到當時身為年輕女性，在由年長男性主導的廣告業工作，代表了什麼意義；還有她寫的廣告詞明明用的是「女人」兩個字，卻被人劃掉改成「女孩」，她心中做何感想。

史佩奇說：「我那時已經二十三歲，是一個女人了。我很清楚他們對女性抱著傳統觀念。我覺得自己不是在寫一個女為悅己者容的廣告，可是他們似乎要朝那條路走。我心想：『見你們的大頭鬼。』就逕自坐下來，在五分鐘內搞定。那是非常個人化的訴求。我可以把整個廣告背給你聽，因為我寫的時候實在太氣了。」

她一動也不動地坐著，壓低了聲音說：「我用這個世界上最貴的染髮劑，萊雅公司出品的『優異』。我不是在乎錢，而是在乎自己的頭髮。重點不在於色澤，我相信染出來的髮色一定很漂亮。對我而言更重要的是，頭髮染過以後的質感——柔軟、滑順、蓬鬆，且貼在脖子上非常舒服。其實多花一點錢買萊雅也沒關係，因為我值得（講到這裡她舉起手掌，輕敲胸前）。」

起先大家以為，這則廣告的賣點在於，不著痕跡地合理化「優異」的價錢為何比「美而易」貴。可是大家很快便發現，最後這一句才打中要害。憑藉「因為我值得」這句話的威力，「優異」開始搶走可麗柔的市占率。一九八〇年代，「優異」超越「美而易」，成為美國染髮劑的領導品牌；萊雅更把這句話拿來當作整個公司的廣告詞。現在有七一%的美國女性，分辨得出這是萊雅公司的代表語，那是十分驚人的比例，相較於品牌名稱的代表性，廣告詞能夠令人聯想到公司本身，幾乎是史無前例。

「絲質襯衫女性」

從一開始，「優異」染髮劑的廣告宣傳即相當獨特。波里柯夫創作的可麗柔電視廣告，用的是男聲的旁白。而萊雅的電視廣告，都是模特兒自己的聲音。波里柯夫的廣告詞是「他人導向」：周圍的人在怎麼說（「她有染還是沒染？」）或是丈夫會怎麼想（「他走得愈近，你看起來愈美麗。」）而史佩奇的廣告詞，則是女人在對自己說話。就連選擇廣告代言人，這兩家公司也各有千秋。波里柯夫要求清新、鄰家女孩型的模特兒。麥肯和萊雅則要求模特兒能夠呈現，「因為我值得」這句話隱含的既堅強又脆弱的複雜氣質。七〇年代晚期，「優異」染髮劑的代言人是梅雷迪思・巴科斯特・伯尼（Meredith Baxter Birney）。那時她在電視影集《天才家庭》（Family Ties）裡，飾演剛離婚的母親，正在就讀法學院。麥肯買下的廣告時段是，在《朱門恩怨》（Dynasty）影集及其他以絲質襯衫女性為主角的節目時段播放。

所謂絲質襯衫女性（silk blouse women），意指強勢獨立的女子。繼而到八〇年代，代言人換成西碧兒・雪佛（Cybill Shepherd），當時她在《雙面嬌娃》（Moonlighting）影集中，飾演個性衝動而獨立的梅蒂，紅極一時。繼她之後的九〇年代，則是演出熱門影集《飛越情海》（Melrose Place）的性感難纏女星海瑟・洛克萊（Heather Locklear）。萊雅的這幾位代言人都是金髮，不過均個性鮮明。

加拿大人類學家格蘭特・麥瑞肯（Grant McCracken），在一九九五年出版過一本很精采的著作《頭髮大事》（*Big Hair*）。麥瑞肯在書中把金髮美女分成六大類，並稱這六類為「金髮週期表」：包括爆炸型，代表人物梅・蕙絲（Mae West）、瑪麗蓮・夢露；陽光型，代表人物桃樂絲・黛、歌蒂・韓（Goldie Hawn）；堅強型，代表人物甘蒂絲・柏根（Candice Bergen）；危險型，代表人物莎朗・史東（Sharon Stone）；社會型，代表人物名媛傑斯特（C.Z. Guest）；冷艷型，代表人物瑪琳・黛德麗（Marlene Dietrich）和葛麗絲・凱莉（Grace Kelly）。萊雅的創新之處，是在樸實、溫和、單純的「陽光型」，與聰明、勇敢的「堅強型」之間，開拓出利基市場。用麥瑞肯的話來說，堅強型金髮女子「不會對自己的感覺妥協，也不會偽裝自己的聲音」。

那種感覺很不容易掌握。多年來，有無數女星為萊雅試過鏡，卻未被錄用。馬德瑞憶述：「有一次我們請碧姬．芭杜（Brigitte Bardot）為萊雅的另一項產品代言。以芭杜如此大牌的女星，試那句廣告詞好多次仍然不行。她內心就是無法完全相信那句話，因此說出來就沒有說服力。」這不難理解，芭杜是爆炸型，不是堅強型的金髮美女。可麗柔也針對「優異」的感性訴求，推出自己的新品牌，在八〇年代請琳達．伊文絲（Linda Evans）擔任Ultress染髮劑的代言人，這個品牌是以「優異」染髮劑的高階市場為目標，結果同樣並不成功。伊文絲在《朱門恩怨》裡，飾演布萊克．卡林頓（Blake Carrington）備受寵愛的妻子，太過偏向陽光型。（桑諾特說：「她在影集裡做過最困難的事，就是把花重新插過。」此話或許有點言過其實。）

就算找到合適的金髮美女，還有廣告詞的問題要解決。波里柯夫在七〇年代，為宣傳「可麗柔小姐」，寫過一系列「我這麼做是為了自己」的電視廣告。然而這一句廣告語，充其量只是半調子地模仿了「因為我值得」而已，更何況這個牌子在剛開始之際，宣傳的是截然不同的訴求。佛瑞克跟我說：「我母親覺得『我值得』這種話太刺耳。她向來很在意周遭人的想法，她絕對無法暫時掩飾自己，以自信的態度說出這句話。」

事實上波里柯夫的感性，在吸收他人所長時曾經有所發揮，卻因為一些事件而被掩蓋。比方她在六〇年代，為「貴婦可麗柔」創作的「金髮女子的人生真的比較多彩多姿？」系列廣告，其中有一則的某一段，到一九七三年時來看，想必會令人感到痛苦。廣告中是一位有著亮麗金髮的年輕女孩，在湖邊由黝黑的英俊男士抱著，在半空中旋轉。他的手臂摟著她的腰，女孩的手臂則摟著他的頸部，她鞋子脫了，臉上洋溢著光彩。旁白是宏亮低沉的男聲，說著：「不管她是用什麼方法抓住這個男人，你都無法說服她：她成功了。」這是波里柯夫負面的一面：你可以靠假裝得到自己想要的東西，可是這樣就永遠無從知道，你是憑自己的本事，還是因為偽裝，才獲得成功。這導致看不清楚真正的自我風險。波里柯夫懂得純美式生活的價值，也懂得「他」的價值，無論是湖邊的英俊男子，或是終於肯帶你去百慕達蜜月的懼婚男友。然而到六〇年代結束時，女性更想要知道的是，自己同樣有價值。

掀起廣告業革命的丁克公司

雪莉．波里柯夫和伊蘭．史佩奇為什麼重要？這個問題好像從她們的廣告內容裡，很容易回答得出來。她倆都是出色的廣告撰文高手，能夠在一句話裡，掌握到時代流行的女性感覺。她倆代表著美國社會史上一個奇特的時刻，亦即染髮劑與移民同化、女性主義及自我評價等議題，為何會扯上關係。不過她倆的故事在某一方面代表更多的意義：消費者與所購買的產品之間的關係。廣告主很慢才體認到這種關係的心理學含意，也就是要賦予日常購物交易某種意義，以抬高其地位，否則別想吸引到現代的消費者。波里柯夫和史佩奇所創造的廣告，將這種精神發揮得淋漓盡致。我們也能從這些廣告中了解，二次大戰後的美國廣告業，是如何透過集體的努力，界定及拓展廣告風格。這項革命是由幾位社會科學家所主導，其中一位主要人物，是維也納出身、風度優雅的心理學家荷泰・赫索格（Herta Herzog）。赫索格的能耐是，知道像「她有染還是沒染？」及「因為我值得」這種廣告詞成功背後的道理，這一點最後使得赫索格與波里柯夫、史佩奇的地位同等重要。

赫索格任職於一家小廣告公司，名為丁克（Jack Tinker & Partners）。當年廣告界的人講起丁克公司時，讚佩之情無異於棒球迷談起一九二七年的紐約洋基隊。這家公司出自傳奇廣告人馬理恩・哈潑（Marion Harper）的構想。當年他認為自己經營的麥肯廣告公司規模太龐大、太笨重，無法有效營運，因此他挑出一些公司頂尖的人才，先讓他們在華爾道夫酒店的塔樓（Waldorf Towers）辦公，之後又搬到較永久的地點：西五十四街上的多賽酒店（Dorset Hotel），那裡可以俯看紐約現代美術館（Museum of Modern Art）。丁克集團租下酒店頂樓，附帶大陽台、義大利威尼斯磁磚地板、挑高的起居室、古典法式金碧輝煌的酒吧、大理石壁爐、壯觀的天空線景觀，還有定期更換的現代藝術品（全是為激發創意而懸掛的），所有的裝潢：牆壁、地毯、天花板和家具，全都是亮麗耀眼的白色。這裡原本是要專做創意部門，可是因為成績太過亮眼，不久客戶就川流不息地上門。

別克汽車（Buick）要為新款豪華雙門轎車取名時，丁克集團想出里維瑞拉（Riviera，原指法國南部蔚藍海岸度假勝地）。寶路華（Bulova）的新款石英錶要命名時，丁克建議了「Accutron」（音叉錶）。他們也與可口可樂、艾克森石油（Exxon）、西屋（Westinghouse）及無數廠商合作過，不過根據丁克集團嚴守的保密標準，他們無法透露是哪些公司。一開始丁克靠四個合夥人和一支電話起家，到六〇年代結束時，丁克已經占據了多賽酒店的八個樓層。

用心理治療的技巧發掘銷售祕訣

丁克公司與眾不同之處在於，特別仰賴被稱為動機研究（Motivational Research）的調查方法，那是一九四〇年代，一群來自維也納大學的歐洲學者所引進的研究方式。在那之前，廣告研究以數人頭為主，就是記錄什麼樣的人，買了什麼樣的東西。但是研究購買動機的人，要問的是背後原因：為什麼民眾要買這些東西？他們購物時是出於什麼動機？研究人員根據佛洛伊德的動力心理學（Dynamic Psychology）設計問卷，上面有幾百道問題。他們採用的方式有催眠、羅氏逆境圖畫測驗（Rosenzweig Picture-Frustration Study）、角色扮演，以及羅夏克墨漬測驗（Rorschach blot，以墨水點繪的圖形解釋受測者的性格），另外還發明了現在稱為「焦點團體」的方法。

這批知識分子中，有一位是二十世紀社會學大師保羅．拉薩斯費（Paul Lazarsfeld），他設計過一種小裝置，名為拉薩斯費－史丹頓分析機（Lazarsfeld-Stanton Program Analyzer），機上設有按鈕，可以確實記錄研究對象的情緒反應。另一位是漢斯．柴塞爾（Hans Zeisel），他在維也納時曾是心理名醫艾佛瑞．阿德勒（Alfred Adler）的病人，後來任職於麥肯廣告。還有一位是恩尼斯．狄契特（Ernest Dichter），他曾在維也納的心理研究院（Psychological Institute），受教於拉薩斯費門下，又替當時數百家主要的企業擔任過顧問。再來就是丁克集團的赫索格，她算得上是動機研究專家中的佼佼者，曾經訓練過數十個訪問員，派他們至各地去分析美國消費者的心理。

早年與赫索格一起合作的前廣告業務瑞娜．巴托斯（Rena Bartos），回憶往事時說：「有次我們談到了波多黎各的蘭姆酒，結果赫索格就打算進行人為什麼喝酒的研究，想要挖掘表面以下的東西。我們會請調查對象去喝一杯，由他們點自己平常喝的酒，然後我們先做一次心理測驗。等酒酣耳熱，談話要結束時，再做一次測驗。這麼做的用意是看看，人的個性在受酒精影響下會如何改變。」赫索格曾經根據自己的心理學研究，發現綠洲（Oasis）會讓人聯想到清涼、汩汩流出的泉水，這對老菸槍最具吸引力，從而協助廠商選擇了它做為香菸的名稱。

當年曾與她密切合作的赫伯特・克魯曼（Herbert Krugman）說：「赫索格風度好，個性溫和，善於表達，她有過人的獨到見解。我們有一個客戶是發泡錠胃藥我可舒（Alka-Seltzer），有一次他們在討論，下一檔電視廣告要採取什麼新手法。她說：『你們的廣告只呈現一隻手，把一片我可舒丟進一杯水裡。為什麼不丟兩片？那樣子銷售量會倍增。』結果我們照她的建議拍了。赫索格是點子王，大家都崇拜她。」

赫索格自丁克集團退休後又返回歐洲，先搬到德國，後回到故鄉奧地利。她為學術期刊《社會》（*Society*）寫過一篇分析電視影集《朱門恩怨》的專文。她也在大學裡教授傳播理論的課程。她曾經為耶路撒冷的「沙宣反猶太研究中心」（Vidal Sassoon Center for the Study of Anti-Semitism），做過關於納粹屠殺猶太人的研究。目前赫索格住在阿爾卑斯山裡的路塔什村（Leutasch），房子是一棟像圖畫書裡的人字形尖頂白色小屋。她個子不高，身材苗條，沉著冷靜，往昔的黑髮現在漸漸灰白。她說一口漂亮完美但口音很重的英語，遣詞用句言簡意賅。假使把赫索格與波里柯夫、史佩奇放在同一個房間裡，其他兩位會一面揮舞著珠光寶氣的修長手指，一面講個不停，赫索格則會默默地躲在角落裡聆聽。

赫索格說：「哈潑請我去做講究質量的研究，就是有品質的訪談，那是維也納的「經濟心理學研究中心」（Österreichische Wirtschaftspsychologische Forschungsstelle）所發展出來的專長。這種訪談不用問答的方式，而是用相關的話題開場，然後讓交談自然進行。訪談者不表達意見，只用一些簡單的問題，像是『還有其他的想法嗎？』來協助訪談對象。訪談者不是要影響對方，而是助其一臂之力。這非常類似精神分析法。」赫索格直挺挺地坐在起居室的椅子上，身穿黑色便褲和厚厚的褐色套頭毛衣，以抵擋阿爾卑斯山的寒氣。

在她身後是一排排擺滿了書籍的書架，那些藏書反映著戰後的文學和知識發展：有美國作家梅勒（Mailer）的德文著作及學者萊斯曼（Reisman）的英文著作。與她座椅垂直擺放的長沙發上，擺著一本已打開、面朝下的雜誌，是最新一期的精神分析刊物《心理》（*Psyche*）。「後來，我把各種心理學的東西加進調查過程裡，比如文字聯想測驗或是畫圖說故事測驗。假設你是我的訪談對象，訪談主題是肥皂。我已經跟你談過肥皂的種種。你覺得肥皂是什麼？為什麼要買肥皂？你喜歡和討厭肥皂之處在哪裡？最後訪談結束時，我說：『請畫一幅圖，畫任何你想要的東西，接著看著你的畫，講個故事給我聽。』」

赫索格請訪談對象在結束前畫圖，目的是想要從他們身上挖出一些故事，從中了解他們未說出口的內在欲望。照赫索格的說法，她這時候是在做精神分析。不過她不是像精神分析師那樣，透過你用的染髮產品，來分析你這個人；而是問有關你的事，以便了解染髮產品。她認為精神分析式訪談，用在這兩方面都行得通。也就是可以用心理治療的技巧，去發掘銷售的祕訣。像是「她有染還是沒染？」及「因為我值得」，也是同樣的道理；這兩句話不但傳達了有力的救贖訊息，而且也連結起與一瓶五美元染髮劑之間的關係，這才是其成功的真正關鍵。

家常用品有如一種「精神家具」

動機研究對麥迪遜大道歷久不衰的貢獻在於，其證明了大概沒有東西不適用於此法，亦即環繞在我們周遭的產品和廣告，跟一般精神分析研究的主題，包括關係、情緒和經驗等，同樣都是我們生活中的精神家具。

「我記得很清楚，我們在丁克做過一件事。」赫索格又回過來談她和丁克公司做過的一個妙招，她說：「我發現有人吃我可舒治胃痛，也有人治頭痛。我們知道，胃痛是很多人會說：『都怪我自己不好』的那種病痛。而我可舒當時的廣告，也多半以治療吃得過飽為主，吃太飽是自食其果。但是頭痛就不一樣了，那是外力造成的不舒服。」在赫索格眼裡，這是典型的心理學發現，亦即服用我可舒的人，可以分成兩個截然不同的類別；一類是犯罪者，一類是受害者。這也告訴製藥公司，為了爭取其中一類顧客，反而犧牲掉另一批顧客。更重要的是，這讓廣告主明白，只要選對字句，便可以解決其中一個難題，或者更理想的，是解決兩個白色小藥片的心理難題。赫索格露出微笑說：「所以我提議，如果能夠找到結合這兩種元素的廣告詞就太好了。後來文案人員想出來『如此這般』。」她重複「如此這般」幾個字，因為用得很漂亮。「那些如此這般的話並未顧此失彼，不是只強調胃或頭，而是兩者兼顧。」

——

這種家常產品有如精神家具的概念，仔細想想是相當激進的看法。在我們講述人類歷史的演進時，總不免偏重思想層面多於物質層面，偏重藝術作品多於商業產品。在六〇年代的社會英雄人物名單上，有詩人、音樂家、人權鬥士和運動明星。至於赫索格所代表的意義在於，指出如此高高在上的名單是不夠完整的。以維達・沙宣（Vidal Sassoon）為例，他在同一年代，帶給世人有型（Shape）、銳角（Acute Angle）、One-Eyed Ungaro 等髮型。人類學家麥瑞肯寫道，在「舊式美容術的天地裡，顧客的地位只相當於雕像的基座，是表現剪髮藝術的媒介。」可是沙宣把個人化變成剪髮藝術的標記，把女性的頭髮，自當時流行的髮式，也就是麥瑞肯所說的，「洛可可式繁複，以燙髮為底，靠髮捲定型，用髮膠固定的可笑造型」中解放出來。沙宣髮型革命不受重視的理由：他只不過是替人剪髮，前後只花半個鐘頭，也僅止於影響到個人的外貌，剪後一個月又要重新來過。若從赫索格的觀點來看，如果革命不易參與、訴求不明、無法複製，那又怎麼算得上是革命？

所以，「因為我值得」及「她有染還是沒染？」這兩句話威力如此之大，正由於它們是廣告，隨著廣告會有產品，而產品能夠提供詩詞歌賦、政治運動和激進思想所沒有的東西，產品給我們一種直接而且負擔得起的轉型工具。桑諾特對筆者說：「在『因為我值得』廣告宣傳的頭幾年，我們發現在初次染髮的女性當中，新增的愛用者超出我們整體的市占率。其中像離婚這種剛經歷人生變化的女性，會特別中意我們的產品。離婚女性愛用萊雅染髮劑的，比可麗柔多出很多。她們的孩子已經長大，又發生了不順遂的事情，所以要重新改造自己。」她們的感覺變了，史佩奇則正好提供她們改頭換面的途徑。再者，我們是否真的知道，是先有不同的感覺，還是先有不同的髮色？甚至這兩件事是否能分開來看，其實都是問題。她們在生活起變化的當下，也改了頭髮顏色。那不是非A即B，而是同時發生的。

選擇做最真實的自己

在九〇年代中葉，可麗柔美而易的代言人是茱莉亞．路易．德瑞福斯（Julia Louis-Dreyfus），她較為人知的是在影集《歡樂單身派對》（Seinfeld）裡，飾演伊蓮（Elaine）。她符合可麗柔的鄰家女孩傳統，是現代版的桃樂絲．黛。但是她所拍攝的電視廣告，與波里柯夫最早的「青春可麗柔」系列廣告，卻相去十萬八千里。其中拍得最好的一部，是德瑞福斯在公車上，對站在她前面的深色頭髮女子說：「如果染成金髮，妳會更好看。」然後她當場用美而易的一〇四號染劑染髮，引得車上其他的乘客驚呼、喝采。那個廣告徹底顛覆了波里柯夫：好玩，不嚴肅；公開，不隱晦。

萊雅也有所改變。七〇年代的柏雷迪思．巴科斯特．伯尼說「因為我值得」的時候，帶著相符的誠懇態度；可是到八〇年代，雪佛成為品牌代言人後，幾乎變得很輕佻，反映出對物質掛帥時代的認可；而由洛克萊代言所拍出來的廣告，則予人性感、放縱的感覺。她在當前的一則廣告中說：「新的萊雅優異。繼續吧，你值得。」當初賦予這句廣告詞極大威力的「因為」兩字消失無蹤，極具說服力的「我」則被「你」所取代；可麗柔和萊雅的宣傳重點合流了。據市調公司Spectra指出，合於以下條件的優異牌和美而易牌使用者，人數幾乎不相上下：年收入在五萬到七萬五千美元之間，會聽宗教電台廣播，住在出租公寓，會收看氣象頻道，去年買書超過六本，是職業美式足球迷、也是工會會員。

不過這兩個牌子仍保有基本上的差異，這對波里柯夫和史佩奇的歷史傳承是一種肯定。我們說有差異，並非指有一種可麗柔女性，另有一種萊雅女性。這方面的差別是比較細微的。正如赫索格所知道的，我們每個人在建構自我意識時，會向周遭世界東借一點，西借一點，借用想法、說法、儀式及產品，以微小但有意義的方式，來形塑我們的自我意識。這當中，信仰的宗教有關係，聽的音樂有關係，穿的衣著有關係，吃的食物有關係，而所用的染髮劑品牌也有關係。

萊雅的行銷副總經理卡蘿．漢彌頓（Carol Hamilton）說，她能夠一走進焦點團體聚集的房間，馬上就分辨出是可麗柔還是萊雅的愛用者。漢彌頓對我說：「萊雅的愛用者總是展現出較多的自信，通常也比較亮麗，不只是因為頭髮顏色，而是她們總會多花一點時間打扮，且穿的服飾也比較時髦。我絕對分得出來。」可麗柔的行銷副總珍妮．麥特森（Jeanne Matson）說，她也辦得到。她說：「對，不會弄錯。用可麗柔的女性，比較能夠代表美式美女形象，甚至更自然一點。不過那是為自己打扮的成分居多，而不是為了外在世界；用萊雅產品的女性比較有一點疏離感。而可麗柔女性身上散發著一種溫馨感，彼此間的互動比較多。當有人說：『我是用一〇一號染劑。』就會有人附和：『我也是！』你會看到這種熱烈的交流。」

雖然時光變遷，波里柯夫極具巧思的複雜安排已不復見，史佩奇表達的憤怒也已轉為魅力，我們如今只聽得到幾小節原始的音樂。即便如此，也足以確保「因為我值得」絕對不會與「她有染還是沒染？」搞混。史佩奇說：「這句話的意思是，我知道你們覺得我不值得，因為當時房間裡那群男人就是那麼想的；他們認為女人只是男人的附屬品。我居於守勢，可是我不服氣。我心想，不必讓你們來告訴我該怎麼做。多少世代以來，一直是你們在決定，我是什麼樣的人，因此我決定要反抗到底。」她說到「反抗」時，伸出了右手的中指。波里柯夫絕對不可能向任何人伸出中指，因為她忙於興奮地探索，她所認識的美國還有多少自我改造的可能性。在美國，單身女子可以染髮，最後的結局是戴著結婚戒指，躺在沙灘上。一九七三年波里柯夫在她的退休歡送會上，提醒在場的可麗柔和博達華商高階主管說：「在最早的染髮劑廣告播出後，信件曾如雪片般飛來，你們還記得那個染了金髮，結果終於一償宿願，到百慕達去度蜜月的女子嗎？」

大家都記得。

她說：「噢，那封信是我寫的。」我們只能想像，無論她再怎樣辯解，想必都教人無法生氣。

一九九九年三月二十二日

CHAPTER 5

約翰・洛克悔不當初

避孕藥發明人不知道的婦女健康相關事項

約翰・洛克（John Rock）於一八九〇年，在麻州瑪爾市（Marlborough）的聖母無原罪教堂（Church of the Immaculate Conception）受洗，結婚時是由波士頓的樞機主教威廉・奧康諾（Cardinal William O'Connel）證婚。洛克育有五個子女，十九個孫子女，且書桌上方永遠掛著十字架。自成年後，他幾乎每天都到麻州布魯克林的聖瑪莉教堂，在早上七點望彌撒。他的朋友都說，洛克愛上了天主教會。

洛克也是避孕藥的發明人之一，但他相信自己的信仰和職業毫無扞格之處。若有人對此表示異議，他也僅是重複小時候牧師告訴他的話：「永遠堅守自己的良心，絕對不要讓別人替你保管良心。我指的是所有其他的人。」即使是克里夫蘭的天主教蒙席法蘭西斯・卡尼（Monsignor Francis W. Carney，蒙席為教會授予某些聖職人員的榮銜），指責他是「道德強姦者」那時，以及長期擔任波士頓市立醫院產科主任的費德烈克・古德（Frederck Good），要當地的樞機主教理查・庫辛（Richard Cushing）把洛克逐出教會時，洛克也未曾動搖。避孕藥獲得批准後不久，有個憤怒的婦女寫信給他說：「你應該沒臉去見上帝。」洛克回信說：「親愛的女士，我的信仰告訴我，天主始終與我們同在。該輪到我去見祂的時候，是不需要引介的。」

在美國食品藥物管理局（ＦＤＡ）於一九六〇年批准避孕藥後那幾年，洛克頻頻在哥倫比亞廣播公司（ＣＢＳ）和國家廣播公司（ＮＢＣ）的訪問及紀錄片中露臉，也上了《時代》雜誌、《新聞週刊》（*Newsweek*）、《週末晚間郵報》（*The Saturday Evening Post*）等報章雜誌。他積極走訪全美各地，還寫過一本引起廣泛討論的書《時候到了：一位天主教醫師對結束避孕爭端的提議》（*The Time Has Come: A Catholic Doctor's Proposal to End the Battle over Birth Control*），曾經被譯成法文、德文和荷蘭文。洛克身高六呎三吋，瘦得像竹竿，待人彬彬有禮，他會替病人開門，稱呼病人也一定冠上「太太」或「小姐」。若談及他與避孕藥的關係，更讓他顯得可敬。國際非政府組織人口委員會（Population Council）的謝爾登・席格博士（Sheldon J. Segal）追述當年：「他很講究尊嚴，即使是不必打領帶的場合，也一定繫上領結，與他那一撮白頭髮正好相配。他的姿勢始終如箭一般筆直，甚至到他在世的最後一年都沒有變。」

洛克在哈佛醫學院是產科學大牌教授，一教就是三十多年。他是試管受精和冷凍精細胞的先驅，也是第一位完好取出受精卵的人；避孕藥則是他至高的成就。他的合作夥伴葛雷格利・平克斯（Gregory Pincus）及張明覺，負責解決發病機轉的部分；他自己則負責指導完成整個臨床實驗。蘿瑞塔・麥樂夫林（Loretta McLaughlin）一九八二年出版過精采的洛克傳記，她在書中寫道：「避孕藥能夠讓婦女避免意外懷孕，這種說法是經過他的名字和聲譽背書，才終於獲得認可。」

在避孕藥獲得批准前不久，洛克曾經到華盛頓去，就這種藥的安全性向食品藥物管理局作證。局裡的檢驗官巴斯卡爾·狄費里斯（Pasquale DeFelice）也信奉天主教，是來自喬治城大學（Georgetown University）的產科醫生。據說，狄費里斯曾一度提出令洛克難以置信的說法：天主教會絕對不會同意這種控制生育的藥。洛克的一名同事多年後追憶說：「我現在依然忘不了當時的情景，洛克站在那裡，臉部表情冷靜，眼睛盯住狄費里斯，然後以能夠把靈魂凍結的聲音說：『年輕人，你別低估了教會。』」

最後洛克的教會當然是令他失望了。一九六八年教宗保祿六世（Pope Paul VI）發布「人類生命通諭」（Humanae Vitae），宣告口服避孕藥和所有其他「人工」避孕法違反教義。六〇年代引發有關避孕辯論的那種激情和急切氛圍，如今已成追憶，不過洛克依舊值得一提，原因很簡單：他在調解教會和本身工作的過程裡，犯下一個錯誤。這是非戰之罪，是直到他過世後，經由他難以預見的科學進展才真相大白。可是由於這個錯誤，影響到他對避孕藥的看法：這是一種什麼藥物？如何產生作用？最重要的是這代表何種意義？由於洛克是避孕藥以何種面貌問世的推手之一，因此他犯下的錯誤，也影響到從此以後大家對避孕一事的觀感。

「師法自然」的節育法

洛克認為，避孕藥是一種「自然的」節育法。他所謂自然，並非指**感覺上**自然，因為有許多婦女顯然並不這麼覺得，特別是在早期，避孕藥所含的荷爾蒙劑量甚至是今天的好幾倍。他說自然的意思是，避孕藥發生作用的方式是自然的。女性排卵後，體內會大量分泌一種荷爾蒙，此種黃體激素屬於妊娠素的一種，使得女性只有在每個月的某一段期間才會懷孕。黃體素讓子宮為著床做好準備，並使卵巢不再排卵，以懷孕為優先。洛克曾經寫道：「健康女性體內，是黃體素在阻止排卵，並決定經前和經後的『安全期』。」女性懷孕後，體內基於相同原因，會持續分泌黃體素，以免再排卵而威脅到已經在進行的妊娠。換句話說，黃體素是大自然的避孕藥。那避孕藥呢？避孕藥就是藥丸式的黃體素。在婦女開始服用避孕藥後，這些荷爾蒙自然就不會於排卵後突增，也不只是在月事週期的特定時段才會分泌，而是持續以一定的劑量進入體內，讓排卵暫時停止。另外還要加一劑雌激素，以強化子宮內膜，而我們現在也已經知道，雌激素有保護其他組織的功用。可是對洛克而言，荷爾蒙如何組合和何時出現並非問題的癥結；重點在於避孕藥的成分，是複製人體內自然存在的東西。洛克在這自然的本質當中，看到了重大的神學意義。

舉例來說，教宗庇護十二世（Pope Pius XII）在一九五一年，贊同天主教徒用安全期避孕，他認為這是節制生育的「自然」方法，不會像殺精劑那樣殺死精子，或像子宮帽那樣破壞正常生殖過程，也不會像結紮那樣動到器官。洛克對安全期避孕法再清楚不過；一九三〇年代，他在麻州布魯克林婦女義診醫院（Free Hospital for Women），開設了美國第一家安全期避孕診所，教導天主教夫婦自然的避孕法。然而安全期避孕法之所以能使女性不懷孕，就是限制只能在黃體素分泌的那段期間發生性行為。那避孕藥又是如何產生避孕作用的？它是利用黃體素，把安全期拉長為一整個月。這不會動到生殖器官，也不會損及任何自然過程。洛克寫道，口服避孕藥「確實可以說成是『以藥物建立的安全期』」，在道德上與安全期避孕法似乎沒有兩樣。對洛克來說，避孕藥只不過是「師法自然」。

以二十八天為服用週期的小藥丸

教宗庇護十二世在一九五八年認可天主教徒使用避孕藥，但僅限於避孕效果為「間接」的狀況，也就是只為了治療經痛或「子宮疾病」等症狀而服用。這個決定更使洛克勇氣倍增，他知道短期使用這種藥，可以使月經週期不規則的婦女把經期調順。既然使用安全期避孕法若要成功，有賴於規律的月經週期，而這種避孕法又為羅馬教廷所允許，那麼經期不準的婦女，用避孕藥來輔助安全期避孕法，不是也應該准許嗎？如果這個推論可以成立，又為什麼不更進一步？聯邦法官約翰·努南（John T. Noonan）寫過一本書，闡述天主教會有關節育立場的歷史，書名為《避孕術》（*Contraception*）。他在書中寫道：

> 倘若為安全期而抑制排卵是合法的，那麼不是透過安全期避孕法而抑制排卵為什麼就不合法？倘若用藥丸加安全期可以避孕，那為什麼不乾脆只用藥丸？這兩種情況都是以抑制排卵為手段。怎麼加上規律的週期就出現了道德上的爭議？

以上論點看似複雜深奧，卻對口服避孕藥的發展極為重要。是洛克和平克斯決定了服用避孕藥應以四星期為週期：吃三週停一週（或是吃安慰劑），以便行經。但這個規律從過去到現在都沒有醫學上的理由。育齡婦女一般的月經週期是二十八天左右，取決於卵巢分泌的一連串荷爾蒙。起先是雌激素，再來是雌激素加黃體素，這能讓子宮內膜變厚，準備讓受精卵著床。如果卵子沒有受精，荷爾蒙濃度陡降，導致內膜剝離，便形成了經血。女性服用避孕藥後，因為能抑制排卵，就不會有卵子產生。於是卵巢的作用減緩，可使促成子宮內膜增生的雌激素和黃體素分泌大減。

洛克和平克斯知道，避孕藥裡的荷爾蒙對子宮內膜的作用極其輕微，所以女性服用後，想必幾個月都可能不會有月經。平克斯在一九五八年承認：「只要服用這種化合物就能夠阻止行經，那任何長度的週期應該都不成問題。」但是他和洛克認為，讓月經持續每個月都會來，可以使女性安心，於是他們決定每吃三星期，要停一星期保持行經。更重要的是，假使洛克想要證明，避孕藥只是安全期避孕法的自然變體，那還是讓女性保有月經比較好。安全期避孕法需要「規律性」，所以避孕藥也必須有規律性。

人們常說，沒有別的藥像避孕藥這樣，從外包裝一眼就認得出來。然而這種圓盤式包裝，除了配合二十八天一週期之外，還有什麼特殊用意？按照這種包裝發明者的說法，那是為了能夠裝進與粉餅盒一樣大小的紙盒裡，這樣攜帶起來「就不會露出蛛絲馬跡」。時至今日，避孕藥仍然常以圓盤式包裝出售，並以二十八天為服用週期。換句話說，避孕藥依舊是羅馬教會左右下的產物：因為洛克想要讓這個新避孕法，看起來愈自然愈好。但是洛克錯了，他被要求自然的觀念所誤導。其實他以為合乎自然的機制，卻一點也不自然。他帶給世人的避孕藥，後來也證實不是他以為的那種東西。在洛克的想法中，宗教的要求與科學的原則相互混淆了，而直到現在我們才開始解開其糾纏不清的關係。

一千年前的女性自然面貌

一九六八年，年輕科學家碧維莉．史特拉斯曼（Bevery Strassmann）前往非洲，與馬利的多根族（Dogon）一同生活。她進行研究的地點是薩赫爾（Sahel）的山桂村（Sangui），位於丁布土（Timbuktu）南方約一百二十哩處。薩赫爾是個大草原，雨季時一片翠綠，其餘時節則是半乾旱。多根族的農作物有小米、高粱和洋蔥，也飼養牲畜，族人則住在班迪亞加拉（Bandiagara）崖壁上的泥磚屋中。他們不避孕，且許多人仍堅守著祖先留下來的習俗和宗教信仰。多根族農民在許多方面，沿襲著當地人自古以來的生活方式。史特拉斯曼想要探索多根族婦女生殖概況，以便了解距今一千年前的女性生物學是一番怎樣的面貌。就某方面而言，史特拉斯曼是想解開一個謎題：什麼才叫自然？這與洛克和羅馬教廷在一九六〇年代爭議不休的是同一個問題。只不過她想了解的自然，並非神學上，而是演化上的自然。在人類的演化史上，諸如女性多久生育一次？多久來一次月經？幾歲時進入青春期，幾歲時進入更年期？哺乳對排卵有什麼影響？這些問題過去都有人研究過，可是不夠徹底，以致人類學家沒有把握能提供確切的答案。

史特拉斯曼任教於密西根大學安娜堡校區（Ann Arbor）。她身材苗條，一頭紅髮，語氣溫婉，追述在馬利的日子時，帶著幾分自嘲的幽默。她在山桂村住的房子原本是羊圈，後被改建成豬舍。史特拉斯曼原本打算在山桂村住一年半，可是由於在那邊的體驗實在太豐富、太令人激賞，所以她待了兩年半。她說：「我覺得自己太幸運了，就是捨不得走。」

史特拉斯曼一部分的研究，偏重在多根族隔離經期婦女的習俗，她們必須待在村子邊的特別小屋裡。山桂村有兩間經期屋，那是陰暗狹小、只有一個房間的泥磚屋，裡面以木板為床，每間至多可容納三人。史特拉斯曼說：「那裡可不是打打鬧鬧、輕鬆愉快的地方，只是一個晚上的住處。婦女在黃昏時來到這裡，清晨即起床去打水。」史特拉斯曼會取尿液樣本，以確定待在小屋裡的婦女正值經期，接著把這些紀錄做成清單。她待在馬利的期間，總共七百三十六個晚上，一直記錄著所有到過小屋的女性。她發現多根族女性平均的初經年齡是十六歲，會生育八到九胎。自初經來潮到二十歲時，每年平均有七次月經。其後的十五年，即二十至三十五歲，大部分時間不是懷孕就是哺乳（多根族女性因哺乳而不排卵的期間平均達二十個月），所以一年平均只有略高於一次的月事。再來從三十五歲到更年期（約五十歲左右），隨著生育力快速下降，每年平均有四次月事。整體來看，多根族婦女一生總共大約行經一百次（凡是幼年時未夭折的族人，通常都能活到六、七十歲）。比較起來，現代西方女子的一生平均行經次數，在三百五十次到四百次之間。

史特拉斯曼在密西根大學的辦公室，位於一個改裝過的地下室，旁邊是校內的自然歷史博物館。辦公桌後面是一排老舊的檔案櫃，她一邊說話，一邊轉身取出一堆發黃的圖表。每一頁圖表的左側，寫著山桂村婦女的名字和代碼，上方畫著一條時間線，分為三十天一格；每個婦女的月經以

X為記號。史特拉斯曼解釋說，山桂村裡有兩個女性不能生育，由於她們無法懷孕，所以是經期小屋的常客。她翻閱那些圖表，找出那兩個人。「你看，她在兩年內有二十九次月經，另外那個是二十三次。」在她們兩人的名字旁邊，是滿滿一條X記號。

史特拉斯曼又繼續說，一面順著那一頁往下指：「這個婦女快到更年期，她仍然有月經，但是週期有一點不規則。這邊又有一個正值生育年齡的女性，兩次月經，然後懷孕；我從此沒有在經期小屋看過她。另外這名女子生下孩子後，因為哺乳，有二十個月不曾去過小屋。她來過兩次月經之後再度懷孕，但不幸流產，接著有過幾次月經，又懷孕。再來這個女子在研究期間總共有三次月經。」史特拉斯曼手上那些圖表裡沒有幾個X，大部分的格子是空的。她又往回翻，翻到那兩個每月均有月經來潮的異常女子。「如果是密西根大學女學生的月經圖，那每一排都會像這個樣子。」

史特拉斯曼並沒有說，這些數字適用於所有的未工業化社會。不過她相信，女性一生月事的總次數，受飲食、氣候或維生方式（如畜牧對照農耕）的影響不大，而其他的人類學研究也支持她的主張。史特拉斯曼認為，更重要的因素在於哺乳或不孕的普遍程度等。但是整體來說，她認為初經晚、懷孕次數多、密集哺乳形成長期無月經，這種模式原本幾乎是普遍現象，直到一百年前「人口型態轉變」，生育率由高轉低，才有所改變。換言之，我們現在認為的正常，就是經常來月經，從演化的角度來看，反而是不正常的。史特拉斯曼說：「很可惜的是，現今的婦科醫生認為，女性應該每個月有月經。這些人根本不了解真正的月經生物學。」

月經次數多反提高了罹患癌症的風險

對史特拉斯曼和其他演化醫學的專家而言，女性從一生一百次經期轉為四百次，具有極重大的意義。這代表女性的身體所遭遇的改變和壓力，不見得是人類演化設計好能讓女性應付得來的。有一本寫得很精采並引起熱烈討論的著作《月事已經落伍了嗎？》（*Is Menstruation Obsolete?*）作者埃西馬・古丁赫（Elsimar Coutinho）博士及謝爾登・席格（Sheldon S. Segal）博士，是享譽世界的兩位避孕學研究專家。他們認為，近年來這種轉向「不停排卵」的變化，對婦女的健康構成嚴重的問題。這並不是說女性月經次數少，必定就對健康好。有時候，特別是針對某些疾病而言，女性如果月經不來，是需要多加留意的，例如肥胖的女性如果沒有月經，可能意味著得子宮癌的風險增加；女性運動員如果沒有月經，可能意味得骨質疏鬆症的風險變大。不過古丁赫與席格指出，對大多數女性來說，不停排卵並無任何意義，只是徒然增加腹痛、情緒起伏、偏頭痛、子宮內膜異位、子宮肌瘤和貧血發生的機會。他們說，其中貧血屬於「世界上最嚴重的健康問題之一」。

最嚴重的是，這會大大升高某些癌症的風險。畢竟在細胞分裂和複製的過程中倘若出現錯誤，以致防禦細胞增生的機制遭到破壞，便可能發生癌症。這便是通常隨著年齡增長，罹癌風險會升高的一個原因：體內細胞有更多時間犯錯。可是這也表示，任何會促進細胞分裂的改變，均有可能增加罹癌的風險，而排卵似乎就屬於這類變化。女性在排卵時，卵子會從卵巢壁擠出；為了癒合這個破口，卵巢細胞必須分裂、複製。而女性每懷孕生子一次，一生中得卵巢癌的風險便降低一〇%。

理由何在？可能是在懷孕的九個月與哺乳期間，女性約有十二個月會停止排卵，使得卵巢壁免於十二回合的細胞分裂。類似的理論也可套在子宮內膜癌上。女性在經期中，散布於子宮的雌激素，會刺激子宮內膜增生，引起可能帶來危險的細胞分裂，而月經來潮不頻繁的女性，便使子宮內膜免掉這方面的風險。卵巢癌和子宮內膜癌是典型的現代疾病，這有部分是起因於近百年來，女性演化為一生會有四百次月經的結果。

就這一點而言，避孕藥確實有一個自然效應，亦即避孕藥裡的黃體素會阻止新的卵子排出，因而減少卵巢細胞分裂的次數。黃體素也會抵消子宮內膜中激增的雌激素，從而遏阻子宮內膜的細胞分裂。服用避孕藥十年的女性，得卵巢癌的風險可減少約七〇%，得子宮內膜癌的風險可減少約六〇%。不過這裡所謂的自然，跟洛克想的不一樣。他以為避孕藥是人體運作過程的一種變體，不具侵犯性，所以是自然的。事實上晚近的研究發現，避孕藥自然的地方，其實全在於它產生的激烈作用：從現代生活中拯救了卵巢和子宮內膜。而洛克堅持服用避孕藥，必須以二十八天為一週期，更證明他的誤解有多深：避孕藥真正可能發揮的作用，不在於可以維持二十世紀的經期節律，反而在於可以打斷這個節律。

如今有一項生殖學專家愈來愈大力推動的運動，就是反對標準的二十八天避孕藥服用週期。Organon歐嘉隆公司已經推出一種新的口服避孕藥，名為Mircette，把停藥七天縮短為兩天。德州農工大學（Texas A&M University）的醫學研究員佩翠西亞・蘇拉克（Patricia Sulak）已經證明，大多數女性可以連續服用避孕藥六到十二週，然後才會有出血或點狀出血現象。蘇拉克最近更以真憑實據證明，每個月「停用」一週避孕藥的代價會是什麼。她和同事在《婦產科》（*Obstetrics and Gynecology*）學報發表的論文中，提出了大多數服用避孕藥的婦女都感受過的事實：在停用的那一星期，發生骨盆痛、脹氣和水腫的人數多出兩倍以上，乳房疼痛的人數多出一倍以上，會頭痛的人數也多出將近五成。這也等於說，有些吃避孕藥的女性，仍然會出現像正常行經時的那種副作用。蘇拉克的報告不長，是寫給少數專業人士看的枯燥學術論文。然而看過之後，令人對於洛克為了取悅天主教會所導致的結果，不得不感慨萬千。過去四十年來，全世界千千萬萬的婦女，經醫師指示服用避孕藥的方式，反而加深了她們的痛苦。這些都是為了什麼？難道只為了假裝避孕藥不過是藥劑版的安全期避孕法？

避孕藥可以抗癌？

一九八〇及八一年，南加州大學（USC）的醫藥統計學家麥爾康．派克（Malcolm Pike），到日本去了半年，在原子彈傷亡委員會（Atomic Bomb Casulties Commission）做研究。派克對於原子彈產生的效應不感興趣，而是這個委員會曾經對廣島和長崎的倖存者，辛苦地蒐集醫療紀錄，他打算仔細加以研究。他探討的問題是：為什麼日本婦女罹患乳癌的比率，只有美國婦女的六分之一？結果擾亂了我們對避孕藥的了解，程度不下於十年後，史特拉斯曼的研究。

世界衛生組織自一九四〇年代晚期，開始蒐集和公布世界各地的健康比較統計，而美日之間在乳癌上的差異，引起癌症專家極大的興趣。這個問題顯而易見的答案是：日本婦女似乎受到基因的保護，所以較不易罹患乳癌。可是這在道理上說不通，因為移居美國的日本女性，罹患乳癌的比率幾乎與美國女性不相上下。於是過去的許多專家以為，這必然是肇因於某種西方國家所獨有、但是目前還不清楚的化學物質或病毒。派克在南加大的同事，也是固定的合作對象布萊恩·韓德森（Brian Henderson）說，在他一九七〇年進入這一領域時，「病毒或化學物質致癌的理論十分盛行，成為相關學術著作的主流。」他記得的情況是：「乳癌被放在一個未知的大框架裡，這個框架就是說乳癌與**環境**有關；而環境這個詞對不同的人有不同的意義，可能指飲食、吸菸，或農藥。」

但是韓德森及派克對幾個統計上的特殊現象尤其感興趣。一則是得乳癌的風險，在女性三、四十歲這段期間顯著上升，到更年期時即開始趨緩。假設癌症是某種外在有毒物質造成的，那照理說，隨著基因突變和出錯的數量累積，每多一歲，得病的比率就應該持續增加。然而相形之下，乳癌似乎是由女性生育年齡的某種東西所引起；還有就是曾經切除卵巢的年輕女性，得乳癌的風險明顯降低。當她們的身體不會每個月分泌雌激素和黃體素時，發生腫瘤的情況就減少很多。派克與韓德森相信，乳癌也像卵巢癌和子宮內膜癌一樣，與細胞分裂的過程有關。畢竟女性的乳房對荷爾蒙含量變化的敏感程度，不亞於生殖系統。當乳房接觸到雌激素時，乳腺組織的乳管末枝小葉，也是大多數乳癌發生的地方，會進行一個回合的細胞分裂。到月經週期的中至末段，卵巢開始分泌大量黃體素，此時細胞分裂的速率更會加倍。

因此符合直覺的推論是：女性得乳癌的風險，跟乳房在一生當中，曝露於雌激素及黃體素下的量有關係。由於青春期開始，會引發女性身體各部分的荷爾蒙激增，而少女的乳房細胞似乎極易於發生導致癌症的錯誤，所以女性初經的年齡十分關鍵。（更複雜的因素是，生育子女證實可以保護婦女少得乳癌，原因可能是懷孕期的後六個月，乳房細胞變得成熟，對細胞突變的抵抗力大增。）女性更年期開始的年齡會有影響，每個女性的卵巢實際分泌多少雌激素和黃體素同樣很重要，甚至更年期後的體重也有關係，因為脂肪細胞會把別的荷爾蒙轉換成雌激素。

大量的黃體素一點都不自然

派克來到廣島，為的是測試這個細胞分裂的理論。他與當地醫療檔案庫的研究人員合作，先是分析日本女性的初經年齡。生於二十世紀交替時的日本婦女，初經平均在十六歲半；同一時期出生的美國女性，初經年齡是十四歲。照他們的推算，單單是這個差距，已經足以解釋美日女性罹患乳癌差距中的四成。派克說：「他們從當地婦女那裡，蒐集到令人歎為觀止的紀錄。你可以精確地追蹤到二十世紀這麼多年來的初經年齡變化，甚至可以看出二次世界大戰造成的效應。日本女孩的初經年齡，就在那個時間點因為營養不良和生活困苦而延後；到戰爭結束後，初經年齡又恢復提早。這便是這些資料太可貴的原因。」

派克、韓德森和研究同仁，接著把其他風險因素也納入研究，諸如更年期開始的年齡、首次懷孕的年齡及子女數，但這些因素與乳癌罹患率的關聯性，美日兩國之間的差異不大，因此不具意義。可是體重則不然，日本女性在更年期後的平均體重是一百磅（約四十五公斤），美國婦女是一百四十五磅（約六十五公斤）；這個因素占兩國乳癌差距的二五％。最後研究人員分析，日本及中國鄉下婦女的血液樣本，發現或許由於她們飲食中的脂肪含量低，所以卵巢分泌的雌激素量，也僅有美國婦女的七五％。這三項因素加起來，似乎已足以解釋美日之間的差異。好像也能夠解釋，亞洲女性移民美國後，為什麼乳癌罹患率會增加：亞裔女子吃美式飲食，初經的年齡提早，體重較重，雌激素分泌也較多。有關化學物質、毒性物質、高壓電和煙霧致癌的說法被束諸高閣。派克斷然說道：「有人說，我們對乳癌的認識，只能解釋這個問題的一小部分，或說它仍是個謎題，但那完全是一派胡言。」派克是南非人，年約六十幾歲，頭髮與鬍子都已經花白。他與韓德森在癌症研究領域地位崇高，沒有人會指責他宣布的研究結果尚不成熟。「我們對乳癌瞭如指掌，且認識乳癌的程度，正如我們了解香菸與肺癌的關聯。」

派克在日本發現的現象，使他開始思考避孕藥，原因是倘若劑量控制得宜，這種抑制排卵的藥丸，及其每個月帶來的雌激素和黃體素，顯然有成為抗乳癌藥的潛力。可是乳房又跟生殖器官有一點不一樣，黃體素因為抑制排卵，所以可以防止卵巢癌，又因為可以抵消雌激素的刺激效應，所以能夠預防子宮內膜癌。然而派克認為，對乳房細胞來說，黃體素並非解決辦法，因為黃體素是會引起細胞分裂的荷爾蒙。研究人員在研究避孕藥多年以後得出一個結論：避孕藥對乳癌的影響無所謂好壞，關於這一點，派克以上的主張正好可以用來加以解釋，也就是說無論避孕藥對乳癌有什麼好處，均會被引起作用的方式所抵消。

洛克曾經大肆宣揚避孕藥用的是黃體素，那是人體本身的避孕劑。派克卻看不出，讓乳房受制於這麼大量的黃體素，有什麼「自然」可言。在他覺得，形成有效避孕作用所需的黃體素和雌激素劑量，比維持生殖系統健康所需要的劑量多出許多，以致那多出來的部分，不必要地增加了乳癌的風險。真正自然的避孕藥，應當是**不必用到**黃體素，仍然有辦法抑制排卵。派克憶起整個一九八〇年代，他始終不曾或忘這個想法：「我們大家都在想，應該怎樣改良避孕藥。我們是日日夜夜苦思不已。」

騙身體相信自己處於更年期

派克提出的解決方法是，一種名為GnRHA的藥，這種藥已經存在多年。在腦下垂體試圖製造性荷爾蒙時，GnRHA會阻斷發出的訊號；GnRHA的作用是切斷電路。派克說：「我們對使用這種藥有相當多的經驗。」罹患攝護腺癌的男性，醫生有時會給他服用GnRHA，以使睪丸素暫停分泌，讓腫瘤不致惡化。有發育過早問題，即七、八歲甚至更小就進入青春期的女孩，醫生有時候也會用GnRHA來阻止性早熟。若是給育齡女性服用GnRHA，則可以讓卵巢停止分泌雌激素和黃體素。如果說常見的避孕藥，是讓身體以為即將受孕而停止排卵，那派克提出的這種藥，是藉著讓身體相信自己處於更年期，而產生避孕作用。

派克想要採用的方式是，把GnRHA放在鹽罐大小的透明玻璃瓶裡，上方有一個白色塑膠噴頭，使用時用鼻子來吸。藥劑在進入體內後很快就會分解，早晨吸上一劑能讓女性維持短暫的更年期。

當然更年期有其風險，女性需要雌激素來保持心臟和骨骼強壯，也需要黃體素來保持子宮健康，因此派克打算再加進這兩種荷爾蒙，只是劑量剛好足夠維持健康即可，比婦女經由避孕藥吃進體內的劑量低很多。派克說，服用雌激素理想的方式是可以調整劑量：由女性自行嘗試不同的劑量，然後找出最適合自己的那一種。黃體素則是在一年內服用四次，每次連續十二天。當採用這種避孕方式的女性停用黃體素時，每年就會有四次的月事。

派克和兩位腫瘤科專家，一位是達西．史派瑟（Darcy Spicer），另一位是約翰．丹尼爾斯（John Daniels），三人聯手合作成立了「平衡製藥」（Balance Pharmaceuticals）。公司設在聖塔蒙尼卡（Santa Monica），地點位於高速公路旁的一排白色工業區。其中一個租戶是油漆店，另一家看起來像出口公司。「平衡製藥」的辦公室在一間特大號的車庫內，大門又高又寬，地面則是水泥地。走進去之後是個接待區，擺著小茶几和沙發，後方擠滿了辦公桌、書架、檔案櫃和電腦。「平衡公司」正在對一小群乳癌高危險群的婦女測試避孕法，倘若結果不錯，公司就會申請食品藥物管理局的許可。

派克在「平衡製藥」所在的車庫裡，坐在很靠裡面的一張會議桌前，做了這番解說：「兩年前我遇到史派瑟，他說：『我們何不就來試驗一下？透過乳房X光攝影，我們應該可以看得出來，使用這種避孕藥的女性，乳房有什麼變化，就算再加一點雌激素回去以避免副作用，也沒有問題。』於是我們進行研究，結果發現有很大的改變。」派克拿出一篇他和史派瑟合著，刊登於《國家癌症研究院學報》（*Journal of the National Cancer Institute*）的論文，文中提供了三名年輕女性的乳房X光片。他說：「這些是她們在研究開始前照的片子。」包圍在黑色的乳房輪廓當中，有大塊大塊的白色纖維叢。派克和史派瑟認為，這些是代表乳癌風險的細胞，無節制分裂的跡象。在這幾張X光片旁邊，是同樣三名女性服用GnRHA一年後所照的片子，那些纖維叢幾乎完全消失。他接著說：「這意味著，我們確實阻止了乳房內部的活動。白色代表細胞增殖，而我們讓乳房活動慢了下來。」

派克從桌旁站起來，轉向身後的黑板架，拿起架上的草稿簿，快速在上面寫下一連串的數字。「假定有一個婦女自十五歲開始初經，到五十歲進入更年期，這中間乳房受到刺激的時間總共是三十五年。如果把受刺激的時間減半，那她得乳癌的風險不止會少掉一半，而是減至一半的四．五次方。」他用自己設計出來的乳癌風險統計模型加以計算，他說：「結果是二十三分之一，她得乳癌的風險僅有原來的二十三分之一。算出來絕對不會是零，那不可能。如果採用這種避孕法十年，風險至少減半；五年，至少減三分之一。那就彷彿讓乳房年輕了五歲、十歲，而且是**永久性**的。」他說，這種避孕法應該也能夠防止卵巢癌。

派克說這番話時，給人的感覺是他好像已經說過好多次了，對同事、家人、朋友和投資人都說明過。他此刻已然明白，自己的主張在別人聽來，是多麼怪誕而難以置信。他就坐在這裡，在聖塔蒙尼卡工業區一間寒冷、老舊的車庫裡，訴說著他知道如何拯救全世界千千萬萬的婦女。他打算採用的方式是，每天早上從瓶子裡吸進一些化學藥物，使年輕女性處於更年期狀態。這是個大膽的構想，他能夠在女性保持健康所需的荷爾蒙含量，以及久而久之會有害身體的含量之間取得平衡嗎？黃體素對乳癌真的那麼重要嗎？目前仍然有癌症專家對此抱持懷疑。最關鍵的是，女性會怎麼想？

洛克曾經用他那舊式的行事作風和醒目的白髮，為避孕的理由背書，也曾經從神學角度做訴求；他想方設法讓避孕藥看起來像是干預程度最輕微、最合乎自然的避孕劑，可以悄悄放進女人皮包，不致引起注意。而派克則是打算把四十年來所謂的「自然」神話擺在一邊。「婦女會覺得受到操弄，她們這麼想是理所當然的。」派克的南非口音，在說到激動處變得更重了一點。「可是現代的生活方式，意味著女性生物學發生了劇烈的改變。婦女紛紛走出家庭，變成律師、醫生，甚至總統。她們必須了解，我們正在嘗試的事情並不違反自然。這跟數百年前，初經十七歲來、一生會產下五個孩子，月經次數比現今大多數婦女少掉三百次一樣正常。現在的世界和以前不一樣，婦女受教育和不會經常懷孕的好處，便伴隨著罹患乳癌和卵巢癌的風險，我們需要加以面對。我有三個女兒，第一個外孫出生的時候，那個女兒已經三十一歲。現在很多女性都是如此，她們十二、三歲就開始排卵，直到三十出頭，連續二十年不間斷排卵後才生第一胎，那是一種全新的現象！」

要是發現事實的順序能顛倒過來就好了

約翰．洛克不斷為他的避孕藥請命，迫使教廷不得不加以理會。一九六三年春天，就在洛克的書出版後，梵蒂岡召開了會議，出席的有羅馬教廷的高官和非營利的計畫生育組織（Planned Parenthood）會長唐納．史特勞斯（Donald B. Straus）。後來這項高層會議又召開第二次，地點在聖母院大學（University of Notre Dame）。一九六四年夏天，在聖約翰節前夕，教宗保祿六世宣布，將請教廷官員組成委員會，重新檢討梵蒂岡對避孕的立場。這個委員會首次開會在羅馬的聖約瑟學院（Collegio San Jose），會上大多數委員顯然贊成認可避孕藥。從《美國天主教紀事報》（*National Catholic Register*）獲得的未公開委員會報告證實，洛克的辯解看來會勝訴。洛克很興奮，因《新聞週刊》還用他當封面人物，把教宗的照片放在內頁。相關文章的結論是：「自十六世紀哥白尼派主張，太陽是地球所屬行星系的中心以來，羅馬天主教廷從未遭遇過可能與新知識體系嚴重衝撞的情況。」

不過教宗保祿六世不為所動。他採用拖延戰術，一月月、一年年過去，卻遲遲不發布最後裁定。有人說，他受到梵蒂岡內部保守派的影響。就在這段期間，神學家們開始揭露洛克論點中的漏洞。天主教期刊《美洲》（*America*）一九六四年有一篇社論即指出，安全期避孕法「以禁慾『防止』懷孕，亦即在受孕期不要有性行為。而避孕藥是藉著抑制排卵來防止懷孕，這等於廢掉受孕期。再多的文字遊戲，也不能把節制性行為與節制排卵混為一談。」到一九六八年七月二十九日，教宗在「人類生命通諭」中打破沉默，宣布所有「人工」避孕法均違反天主教會的教義。

到事過境遷後，我們才可能看出洛克所錯失的機會。假使他早知道我們到現在才了解的事，因而不把避孕藥說成是節制生育的藥，而說成是預防癌症的藥；不說成是阻止生命而說成是拯救生命的藥，那教會很可能會點頭。教宗庇護十二世不是已經准許為了治療而使用避孕藥嗎？洛克只要像派克那樣去看待避孕藥：避孕作用，只是一種吸引服用者的手段，而且是為了讓年輕人吃下原本他們不會吃的東西。

可惜洛克活得不夠久，沒有機會認識到後來的演變。反而他親身經歷的是一九六〇年代末那段可怕的日子，避孕藥突然遭到錯誤的指控，說它會引起血栓、中風和心臟病。在七〇年代中期到八〇年代初，美國婦女服用避孕藥的人數減少一半。同時哈佛醫學院也接管了洛克創辦的節育診所（Reproductive Clinic），並且把他逼退。他從哈佛拿到的退休金，一年才七十五美元。他在銀行裡幾乎沒有存款，最後不得不賣掉麻州布魯克林的房子。一九七一年洛克離開波士頓，退隱到新罕布夏州的山間農舍裡。他在屋後的溪流中游泳，常聽美國作曲家約翰·菲利普·蘇沙（John Philip Sousa）的進行曲；黃昏時刻他會坐在起居室，與一大杯馬丁尼雞尾酒為伴。他最後一次接受公開訪問是在一九八三年，從那次的表現看得出來，過去的成就彷彿令他痛苦萬分，以致他完全不願想起。

當被問到他覺得一生中最滿意的時刻，這位避孕藥的發明者不可思議地答道：「現在。」他穿著俐落的白襯衫，打著領帶，坐在壁爐旁讀著《起源》（*The Origin*），那是講述達爾文生平的小說，作者為歐文·史東（Irving Stone）。「我常在想，天啊，自己實在好幸運。不必負責任，想要的東西也都有了。每二十分鐘我都能稍微沉澱一下，不會被世俗的事物所干擾。」

洛克過去曾經每天一早就去望彌撒，還在書桌上方掛著十字架。最後這次訪問他的是作家莎拉·戴維森（Sara Davidson），她把椅子挪得更靠近洛克，然後問他還相不相信死後復活。

洛克斷然答道：「我當然不信。」他沒有解釋為什麼，可是理由不難想見。教會擺不平天主教信仰的要求與洛克醫學研究的結果，而教會若是無法讓這兩方面和解，那又怎能期望洛克辦得到呢？洛克向來秉持良心，到頭來良心卻逼迫他不得不放棄自己最心愛的東西。這不是洛克的錯，也不是教會的錯。錯在科學的偶然性本質，這經常使得科學進展走在人類理解範圍之前。倘若我們發現自然真義的那些事件，發生的次序能夠反過來，那洛克的世界和我們的世界都會很不一樣。

洛克說：「天堂地獄、羅馬、所有天主教的東西，是一般老百姓的慰藉。」他只剩下一年可活。「我跟你說，我當了虔誠的天主教徒有很長一段時間，當時我真的相信那所有的一切。」

二〇〇〇年三月十三日

有些時候，聽聞一個概念和到釐清該如何處理這個概念之間，存在著一道鴻溝。在本章的例子中，幾乎就是十年。當年還在醫學院就讀的友人克里斯・葛洛佛（Chris Grover），就曾對我指出，從演化的觀點來看，現代女性的經歷非常不尋常。直到十九世紀初，生育年齡的女性仍極少行經。但時至今日，卻是各時期都行經。我發現這很吸引人。可是該如何將這個事實形塑成故事呢？而後，我發現了約翰・洛克。

CHAPTER 6

狗眼看人

西薩・米蘭和對動作的掌握之道

在糖糖對佛曼（Sugar v. Forman）一案中，西薩・米蘭（Cesar Millan）在抵達犯罪現場前，對相關事實一無所知。米蘭寧可如此，因為他的職責是去調解琳達・佛曼（Lynda Forman）與糖糖，所以米蘭事先知道的任何細節，都可能使他產生偏見，而同情受害的一方。

佛曼住在位於洛杉磯北方的使命山莊（Mission Hills），一個拖車屋停駐場裡；深色木質板壁、真皮沙發、長毛地毯。即便那一天有著南加州少見的清新天氣，屋內還是開著空調。佛曼年約六十來歲，實際年齡可能大些，但風韻依舊，為人風趣幽默，討人喜歡。她的先生雷伊（Ray）坐在輪椅上，看起來有點像退伍軍人。米蘭坐在他倆對面，身穿黑色牛仔褲配藍色襯衫，外形一貫地無懈可擊。

米蘭說：「那麼，有什麼我可以效勞的地方？」

佛曼答道：「你可以幫忙我們把一頭野獸，變成一隻溫馴可愛的狗狗。」顯然她想了很久，應該怎麼向米蘭描述糖糖。「牠十次有九次很壞，只有一次很可愛，牠晚上和我們一起睡覺，而且喜歡抱抱。」糖糖對佛曼非常重要。「可是牠只要看到任何搆得到的東西，一定非抓過來不可，然後就想要搞破壞。我先生不良於行，牠卻把房間搞得一塌糊塗；牠把衣服撕破，地毯也被牠弄壞。牠騷擾我的孫子，而且如果我打開門，牠就會跑出去。」佛曼捲起袖子露出上臂，只見上面到處是咬痕和抓痕，傷痂也不在少數，活像被刑求過。「可是我愛牠，我能說什麼呢？」

米蘭看著她的手臂，眨了眨眼說：「哇。」米蘭個子不高，但體格壯碩，不輸足球員。他年約三十五、六歲，有一雙圓圓大大的眼睛，橄欖色皮膚，潔白的牙齒。十四年前，他從墨西哥越過邊界來到美國，但是他的英文很好，唯有情緒激動，開始省掉冠詞時是例外；不過這種情況幾乎不會發生，因為他極少情緒激動。他看到佛曼的手臂時，發出一聲「哇」，可是這跟他說「有什麼我可以效勞的地方」時，是一樣的鎮定聲調。

米蘭開始問問題：「糖糖會不會在屋內小便？」佛曼回答：「會，牠與報紙、電視遙控器和塑膠杯，特別誓不兩立。」米蘭問到溜狗的事：「糖糖是快速向前跑，還是邊走邊聞？」他說到邊走邊聞時，還出人意表地模仿狗嗅來嗅去的樣子。佛曼說：「糖糖會邊走邊聞。」他又問：「那你們如何管教牠呢？」

「有時我把牠放到板條箱裡。只要十五分鐘的時間，牠就會坐躺下來，乖乖的。我不懂得怎麼管教，你問我的兒女就知道了。」

「所以府上沒有任何規矩。那你們用過身體接觸的方式嗎？」

「我用過，可是覺得不太舒服。」

「那些咬傷的痕跡呢？」

「我知道牠不是故意的，牠會用那種眼神看我。」
「牠是在提醒你誰是老大。」
「事後牠會舔牠咬我的地方，一舔就是半小時。」
「牠不是在道歉。狗狗會互舔傷口，那是為了維護整個狗群的健康。」
佛曼露出些許疑惑說：「我以為牠是在表示歉意。」
米蘭輕聲地說：「牠如果覺得抱歉，那一開始就不會咬人了。」
接下來是被告辯護時間。佛曼的孫女卡莉（Carly）走了進來，手裡像抱小嬰兒一樣，抱著一隻小獵犬。糖糖小巧可愛，但是牠有一種野性蠻橫的眼神。卡莉把糖糖放在地上，牠大搖大擺地走到米蘭身邊，嗅嗅他的鞋子。米蘭把一份報紙、一個塑膠杯和一個電視搖控器，放在牠面前。
糖糖咬起報紙，米蘭把報紙搶回來，結果糖糖又咬起報紙並跳上沙發。米蘭舉起手，鎮定而緩慢地「咬了」糖糖的肩部。他解釋說：「我的手就代表嘴，手指就是牙齒。」糖糖從沙發上跳了下來。米蘭站著，順勢阻擋了糖糖一下下；糖糖略事掙扎，很快便放鬆下來。米蘭退後，糖糖又衝向搖控器。米蘭看著牠，簡短地發出一聲：「噓——」糖糖猶豫了一下，又轉去咬塑膠杯。米蘭發出：「噓——」牠把塑膠杯放下。米蘭請佛曼去拿一罐糖糖喜愛的食物進來，他把罐子放在地板中央，並且站在旁邊護著牠。糖糖看看美食，再看看米蘭，接著開始嗅著地面，慢慢靠近，可是現在牠和獎勵品之間，有一道無形的界線。
牠不斷繞圈圈，卻始終保持三呎以上的距離，牠看起來好像快要跳上沙發了。於是米蘭移動身體重心，擋住牠的去路。米蘭又向糖糖靠近一步；牠退後，低下頭，躲進房間裡最遠的角落。糖糖臀部著地坐下，然後把頭平放在地板上。米蘭拿起狗食罐、遙控器、塑膠杯和報紙，一一放在距牠貼近地板的鼻子數吋之外。糖糖，這隻一度是使命山莊的恐怖之犬，此刻閉上了眼睛，豎起白旗。

最後米蘭說：「糖糖的外在世界沒有規矩，沒有界線。你們想給牠運動和愛，可是卻沒有真的身體力行。我們若是愛護一個人，會給他完整的一切，那才是真正的愛。可是你們並不真正愛這隻狗。」他站起身來，四下看了一看。

「現在去散散步吧。」

佛曼慢慢晃進廚房，過去暴戾的狗居然在五分鐘內變成了天使。她說：「實在教人不敢相信。」

狗神童米蘭

米蘭在洛杉磯中南區的工業地帶，經營「狗心理學中心」（Dog Psychology Center）。該中心由修車技工的工作間改裝而成，位於一條狹長的巷子尾端，外面是繁忙的街道，兩旁全是單調的倉庫和修車廠。在高大的綠色圍籬之後，有一個混凝土砌成的寬廣庭院，裡面到處都是狗。有些狗在曬太陽，有些在水池戲水，有些則躺在野餐桌上。米蘭專收顧客送來的問題狗，他讓每隻狗至少待上兩星期，以便融入這裡的狗群。米蘭沒有受過正規訓練，所知道的一切，均是因從小在墨西哥辛納羅亞（Sinaloa）祖父的農場上長大，無師自通而來。小時候大家叫他 el Perrero，就是「狗神童」的意思。他不斷觀察學習，到後來覺得自己已經可以讀懂狗的心理。如今米蘭每天早晨會帶著他那一群狗，到聖塔蒙尼卡山裡行軍四小時。他走在前面，狗跟在後面；其中鬥牛犬、羅威納犬（Rottweiler）和德國牧羊犬還背著背包，好在小型狗走累了時，可以放進大型狗的背包裡。行完軍以後回來，吃東西；接著是運動，吃東西；勞動，然後獎勵。

米蘭說：「我一共有四十七隻狗。」他把門打開，狗兒紛紛跑過來，一群雜牌軍，有大有小。米蘭指著一隻獵犬說：「這隻狗喜歡攻擊人，攻擊性真的很強。」在中心的一處角落，一隻愛爾蘭軟毛㹴（Wheaten Terrier）剛洗完澡。米蘭解釋道：「因為牠不信任人，所以在這裡已經待了六個月。牠曾經被打得很慘。」他隨意地搔抓一隻大型德國牧羊犬。「這是我在這裡的女朋友，名字叫做美麗。你沒看過牠和主人之間的關係。」他搖搖頭說：「那是非常病態的關係，彷彿《致命的吸引力》（Fatal Attraction）那種。美麗一看到主人，就會去抓她、咬她，而主人的反應就像是在說：『我也愛你。』再看那邊那隻，牠殺死過一隻同伴，另外那隻也殺死過一隻。這兩個傢伙是從紐奧良來的，牠們會攻擊人。那邊在玩網球的鬥牛犬，曾在比佛利山莊咬死一隻拉布拉多。再看這一隻，只剩下一個眼睛，另一個在跟別的狗打架時打瞎了，可是你看看牠現在。」那隻狗正用鼻子磨蹭著一隻法國鬥牛犬，看起來很愉快。那隻比佛利山莊來的拉布拉多殺手也是如此，牠正在陽光下伸懶腰。愛攻擊人的那隻獵犬也一樣，正伸出舌頭，在一張野餐桌前徘徊。米蘭站在全體狗群的中央，背挺得直直的，肩膀擺得四平八穩。這裡是監獄的庭院，但也是全加州最平和的監獄庭院。米蘭說：「一切的重點在於，每隻狗都要保持冷靜、服從。你現在看到的是一群心理狀態完全一致的狗。」

威嚴讓四十七隻狗乖乖聽話

米蘭是國家地理頻道《報告狗班長》（Dog Whisperer）節目的主持人。在每一集裡，他總是在狗鬧得天翻地覆的情況下出現，到結束時則留下一片祥和。他就像我們念小學時都碰過的老師，能夠走進吵得不可開交的教室，讓每個孩子安靜下來，並規規矩矩地上課。那位老師的祕訣是什麼？如果當年別人問我們這個問題，我們可能會回答：因為某某老師定下好多規矩，而且非常嚴格，所以大家都乖乖聽話。但其實我們在另一位老師的課堂上，也是中規中矩的，而且那位老師一點也不嚴格。我們真正想要說的是，這兩位老師都有一種難以言喻的、叫做威嚴的東西。倘若你要教一班淘氣的十歲學童、經營一家公司、指揮一支軍隊，或走進使命山莊的拖車屋裡，那裡有一隻讓主人也害怕的小獵犬糖糖，那就必須要有威嚴，否則你必屈居下風。

在「狗心理學中心」後方，在後院圍籬和鄰近建築物的牆壁之間，米蘭蓋了一條跑道，是一條足足有兩條街這麼長的泥土草地。他說：「這裡是我們的查克起司遊樂中心（Chuck E. Cheese）。」狗群看見米蘭走向後門，全都一如所料地向他奔來，只見一團團狗鬚和搖擺的尾巴，你推我擠地通過狹窄的後門。米蘭肩上背著一個袋子，裡面裝滿網球，右手則拿著一支長長的橘色塑膠網球勺。他把網球勺伸進袋子裡，撈出一顆球，用訓練有素的漂亮動作，在附近一棟倉庫的牆邊把球丟出去。十幾隻狗立刻跑上前去，不顧一切地追。米蘭轉身，朝相反方向又丟出一個球，然後再丟第三、第四顆球。到最後，空中和地上到處是球，整群狗拚命嘶吼、狂吠、嗥叫、跳躍、衝刺。

米蘭說：「這個遊戲每次持續五到十分鐘，或許十五分鐘。由我開始，由我結束。我不會說：『請停止。』我是命令這些狗停止。」接下來米蘭集中精神，直挺挺地站著，吹出一短聲口哨。那不是隨便一吹的口哨，而是有權威意味的一聲口哨。突然間，全場完全安靜下來。四十七隻狗全都停止跳躍衝撞，跟米蘭一樣，一動不動地站好，頭挺直，眼睛盯著他們的頭目。米蘭輕輕點一點頭，以不注意看幾乎察覺不到的姿勢，表示遊戲結束了，於是四十七隻狗全體轉身，高興地擠過後門，又回到院子裡。

你怎麼看狗，狗就怎麼看你

二〇〇五年秋天，米蘭曾經在洛杉磯與派翠絲和史考特，做過一集《報告狗班長》節目。這對夫婦養了一隻韓國珍島犬（jindo），名叫強比。強比原本是流浪狗，後來被這對夫婦撿到，加以收養。在外面溜狗時，強比都很乖，也很討人喜歡。但是在家裡，牠就變成恐怖大王，每當史考特想要叫牠聽話，牠就變得很兇惡。

史考特對米蘭說：「請幫我們馴服這隻野獸。我們已經請過兩位馴狗師，其中一位是標榜要取得主控權。他把強比背在背上，讓牠待在那裡，直到牠屈服為止；他做了不下二十分鐘，這隻狗一直沒有認輸。可是馴狗師一把狗放下來，強比就咬了他四口，那位馴狗師的手掌和手臂都被咬得流血了。我又找了另一位馴狗師，他們兩個都說：『你一定要把這隻狗送走。』」

米蘭走到外面去見強比；他來到後院，接著在強比旁邊蹲伏下來。他說：「我自己一個人過來，主人有點不放心。但老實說，比起缺少安全感的狗、會害怕的狗，或驚慌的狗，我反而對好鬥的狗感覺比較自在。其實讓我出名的是這種狗。」

強比過來聞他，米蘭為牠拴上皮帶。強比緊張地瞪著米蘭，爪子開始亂抓。米蘭把牠帶進起居室，並由史考特為牠戴上防咬的頸圈。米蘭試著要強比側躺下來，結果所有的撒野舉動此時全爆發出來。強比轉身、狂咬、扭動、打轉、跳躍、猛撲、掙扎，結果頸圈掉了下來。強比咬住米蘭，並在令人不寒而慄的猛烈狂怒中，把身體扭成一團。這人狗之間的鬥爭沒完沒了。派翠絲蒙住臉不敢看，米蘭只好請她離開房間。米蘭站立著、甩開皮帶，看起來就像牧場上的工人正在馴服一條特別暴戾的響尾蛇；汗水從他的臉上滴下。最後米蘭終於使強比坐下並躺下，然後又設法讓牠側躺。強比跌坐在地上，失敗投降。米蘭摸摸強比的肚子說：「只要這樣就好。」

米蘭和強比之間是怎麼回事？有一種解釋是，他倆大鬥了一場，是黑道大哥間的火拚。可是打鬥總有個起因，強比顯然是對米蘭的什麼舉動產生了反應。在牠開打以前，曾經聞過、探索過、觀察過米蘭，最後這個動作最為重要，因為根據我們對狗所知道的一切，有一點是其他動物幾乎都不具備的，就是狗善於對人類察言觀色。

狗兒善於解讀人類訊息

以人類學家布萊恩．哈爾（Brian Hare）對狗做過的實驗為例。他擺好兩個相隔幾呎的杯子，其中一個底下放著食物。狗知道有食物可吃，但不知道藏在哪個杯子。接著哈爾用手敲敲右邊的杯子，眼睛也直視著杯子，結果狗幾乎每次都會走向右邊那個杯子。可是哈爾對黑猩猩做過同樣的實驗，黑猩猩的基因雖然與人類有九八．六%雷同，卻無法正確地選出人類示意的那個杯子。狗會向人求助，黑猩猩卻不會。

哈爾解釋說：「靈長類非常懂得運用同類發出的提示。所以如果能夠再做類似的實驗，由黑猩猩或其他靈長類，做出符合牠們習性的暗示，或許結果會比較好。可是即使我們想要幫黑猩猩的忙，牠們也不善於利用人類的提示。牠們不懂：『為什麼你要告訴我食物在哪？』而狗兒主要的專長本能，就是當人在做非常人性化的動作，傳遞旁人可能確實很需要的訊息時，狗會加以注意。」狗並不比黑猩猩聰明，只是對人類的態度不同。哈爾又說：「狗真的對人很感興趣，可說到著迷的地步。對狗而言，人是一顆超大的、會走動的網球。」

狗十分在意人的身體是往哪邊傾斜，是向前還是向後？向前在狗兒眼裡可能代表攻擊性；向後，即使只有四分之一吋，也代表不具威脅性。那代表你放棄了動物學家所稱的，繼續向前的「預期動作」（intention movement）。你把頭歪向一邊，即使是稍稍的，狗就會解除武裝。你直視著狗，牠會把這個動作解讀為禁止。如果你把身體打直、肩膀平放、不要垮下，那可以決定狗是服從你的命令，還是不理不睬。你用大口均勻地呼吸，取代屏住氣息，可以決定是化解緊張氣氛，還是激起人狗間的緊張關係。動物行為學家派翠西亞．麥克康諾（Patricia McConnell）說：「我想狗是看著人的眼睛，看我們望向哪裡，也看我們的眼神。」她執教於威斯康辛大學麥迪遜校區。她說：「狗如果眼睛瞪得圓圓的，瞳孔放大，那是高度警覺、準備攻擊的前兆。我相信牠們極為注意人的表情有多放鬆，還有人的臉部肌肉有多放鬆，因為這是狗群之間一個很大的線索。下巴是否放鬆？嘴是否微微張開？此外，牠們極為注意人的手臂怎麼擺。」

麥克康諾在其著作《別跟狗爭老大》（*The Other End of the Leash*）裡，針對人狗之間最常見的互動之一，解開了其中的奧祕：溜狗時，兩隻套著皮帶的狗相遇後的反應。在我們看來，那是狗兒在互相打量對方。可是在麥克康諾看來，那是兩隻狗先打量過自己的主人後，才互相對看。她在書中寫道：「主人們經常很擔心兩隻狗處不處得來。如果不去看狗，改而觀察主人，你會經常發現人屏息、瞪眼、張嘴，呈現『保持警覺』的表情，在狗類文化中，是代表要發動攻勢的表情，所以我懷疑是人在無意中，發出了情勢緊張的訊號。如果你又拉緊皮帶，很多狗主人都是如此，那更誇大緊張效應，可能真的引起狗兒互相攻擊。想想看：兩隻狗在緊張的氣氛下相遇，周圍有同類鼓噪，人類又製造出緊張、怒目、喘不過氣來的氛圍。我算不清曾經看過多少次，當狗轉移視線，目睹主人僵硬的臉部表情後，便開始對另一隻狗嗥吼。」

用「動作句型」強化溝通意圖

那次當米蘭走下派翠絲和史考特家的階梯，到後院蹲伏下來，強比看到的是一個肢體動作十分特殊的人。米蘭的姿勢非常靈活，凱倫．布雷德利（Karen Bradley）首次看過米蘭工作時的錄影帶說：「他身體的線條非常優美。那種下半身的線條，讓我懷疑他過去是足球運動員。」布雷德利是馬里蘭大學舞蹈研究所主任，像她這樣研究動作的專家，採用名為拉邦動作分析（Laban Movement Analysis）的方式，來解讀人體的動作，包含描述人類如何移動重心、在動作時多麼靈活和對稱，或做某個動作需要出哪些力。

解讀某個動作是直接或間接，便是分析人傳達了何種注意力；解讀某個動作是快是慢、是強是弱，便是分析有何意圖；解讀某個動作是節制的還是隨意的，便是分析這有多明確。當我想強調自己的論點時，可以採取單一平順的動作，把手橫過身體。可是我怎麼做這個動作，會大大影響聽者如何詮釋我的論點。最好的作法是我放下手的動作，以爆發力但有節制的方式完成，也就是要有加速度的力量，但是收手時非常急速精準，頭和肩膀則順勢下傾，使得姿勢和手勢協調。反之，假定我把手向下擺時，頭和肩膀卻向上；或者我的手是用隨意、內斂的方式往下，就是力量不明顯而且逐漸減弱。這種動作反映的是，我在順應大家的主張，那會跟我做這個動作的用意正好相反。姿勢加手勢的組合稱之為動作句型（phrasing），偉大的溝通者能夠用動作句型去配合溝通意圖。例如他們明白，要強調自己所說的話，動作就必須既節制又有爆發力。米蘭在布雷德利眼裡，就有很棒的動作句型。

現在米蘭正在與派翠絲和史考特說話，他把雙手放在前面，放在拉邦分析家們稱為矢狀切面（sagittal plane，或稱輪面）的地方，也就是身體的正前方或後方。然後他向前傾，表示強調。不過前傾時，他會把手放到腰部以下，並靠近身體，以抵銷傾身時的侵犯感。當他再次向後靠時，雙手又提上來，填補胸前空出的位置。我們通常不會去注意這些事情，但一經別人點破，情緒含意就再明顯不過了——那是尊敬和保證的動作句型。這傳達出說話者想要表達的意思，卻不會讓人覺得受到侵犯。布雷德利關掉錄影機的聲音，只看米蘭動作的畫面。有幾個連續鏡頭，她反覆看了好多遍，那是米蘭在跟一家人對話，他的右手以優雅的弧度滑過胸前，擺向身體下方。布雷德利說：「他在跳舞。你看這裡，非常優美，是一小段優美的舞蹈。」

她繼續說明：「重點在於，他的動作句型長短不一。有些很長，有些很短，有些則是爆發式的語句，一開始充滿力量，再逐漸減弱。有些具有衝擊力，慢慢加溫，最後產生一種衝擊感。那些語句十分合適於他的工作，那才是我所說的有能耐。」

動作分析家往往喜歡觀察特定人士，例如柯林頓總統（Bill Clinton）或雷根總統（Ronald Reagan），他倆都是動作句型高手，但小布希總統（George W. Bush）就不是。小布希在某年的國情咨文演說中，從頭到尾都呆板地左右搖動，而且連下半身也是。不幸的是，有一大片垂直的旗幟掛在那裡，使他的搖動更為明顯。布雷德利說：「每次擺動結束時，他的視線就望向觀眾席上特定的地方。」她模仿小布希凝視時的眼神十分傳神：那種特地為莊嚴肅穆的時刻，所保留的側視、凝重表情，還有緩慢地來回搖擺的姿勢。「那有點原始，有點倒退。」布雷德利覺得那種表情，以及搖擺和凝視的動作，清清楚楚就代表還沒長大。當大家說，小布希好像永遠是個孩子，有部分便是指這一點。他的動作像男孩，這也沒有什麼不好，只是他不像雷根和柯林頓那種動作大師，沒辦法在需要更成熟反應的場合，擺脫孩子氣。

布雷德利說：「我們看到一般人的動作句型，大多都是沒有明顯特徵的。不過有些人，像我先生，就有明白的偏好。他是水平先生，他在會議上發言的時候，一定是向後靠，前面門戶洞開。他擺出這個姿勢，從頭到尾始終如一。」她說著便向後靠，雙臂大大展開，說話速度放慢。「不會有多大改變。幸好同事們很了解他。」她笑了。「碰到這種人，」她頭轉向電視螢光幕上的米蘭，接著說：「我們會為他開個電視節目；我是說真的，這是給他的一種獎勵。我們會被他吸引，因為我們會信任他所傳達的訊息。他要表達的東西不會隱藏，而動作句型可以增加信賴感。」

還須搭配同等的情感訊息

再回到強比與米蘭身上，從頭開始看影帶，只是這一次關掉聲音。米蘭走下階梯。這不是那個吹口哨引起四十七隻狗注意的米蘭，眼前的場景需要小心應對。「你看到他走路的樣子嗎？他把雙手放下，貼近身體兩側。」這次的分析家是蘇西．托特拉（Suzi Tortora），《舞蹈對話》（*The Dancing Dialogue*）一書的作者。托特拉在紐約擔任舞蹈動作心理治療師，身材高挑輕盈，有一頭黑色長髮和漂亮的動作句型。她的辦公室在下百老匯區，是一個寬大、空曠、有隔板的房間。托特拉說：「米蘭的體態非常筆直，腳就在身軀下方；他沒有多占任何空間，且放慢腳步。他是在告訴那隻狗：『我是自己一個人來的，不會有冒失的舉動。我還沒有自我介紹，但我就在這裡，你可以碰觸我。』」米蘭在強比旁邊伏下身來，他把重心放低，身體呈現出完美的對稱；他看起來很穩定，好似你沒辦法把他一拳打倒，這傳達一種鎮定感。

強比焦急地扭動著，仔細地審視著米蘭。當強比太過神經質時，米蘭會用力拉皮帶糾正牠。由於米蘭一面在說話，所以糾正的舉動很細微，一不小心就沒看到。於是托特拉再次倒帶播放，她說：「你看這多有節奏感？米蘭拉扯、等候；拉扯、等候。那動作句型實在太漂亮。你可以預期得到，對狗狗而言，節奏充滿了整個空間。米蘭帶來了有秩序的節奏，那是中等的節拍，其間有流連的餘裕。那節奏不代表不斷地攻擊，也不會冗長持續，而是輕快迅速。我敢打賭，與這種狗打交道時，一般人多怕會遭到攻擊，所以防衛心特別強，因此針對他們而來的敵意也不會少。現在這裡沒有敵意，米蘭在使力，卻不具侵略性。」

米蘭轉進到起居室，此時戰鬥開始。托特拉說：「你看他怎麼與狗互動。米蘭讓狗帶頭，給狗留餘地。」這不是特勤局幹員想要把攻擊者制服的打鬥。米蘭站直身體，一手抓著皮帶，高舉在強比上方；強比則轉身，狂咬、扭動、打轉、跳躍、猛撲、掙扎，米蘭彷彿是跟著牠一起動，為強比的攻擊提供一個鬆散的結構。他們也許看起來像在打鬥，可是米蘭並沒有打鬥之意。那強比在做什麼？兒童心理學家有一種控制論的說法，亦即如果讓健康的嬰兒，重複聽到很吵雜的聲音，最後他們還是能睡得著，因為嬰兒會習慣於噪音。第一次聽，噪音打斷他們入眠，可是到第二、三次，嬰兒已經懂得怎麼對付這種擾亂，可以聽而不聞了。這是嬰兒能夠自我控制。心理學家說，兒童撒野鬧脾氣，即處於失控狀態；他們的良好狀態在某方面被打破，無法讓自己回到原點，強比就是無法控制自己。牠不是在打架，而是在發脾氣。

而米蘭是很懂兒童心理的父母。強比停下來喘氣時，米蘭也隨之停下來；強比咬米蘭時，米蘭也不假思索地把手指放進嘴裡，不過他動作流暢且靈活鎮定，毫無焦慮感。托特拉再說：「米蘭的技巧中，時機的掌握也很重要。他現在的動作不複雜，不會一次用到很多力氣，且動作十分節制。你看他如何縮小範圍，現在他要收場了。」隨著強比安靜下來，米蘭開始撫摸牠。他的觸摸很有力，但是不帶攻擊意味，不會太強，以免有虐待動物之嫌；也不會太輕，以免產生不實在或難受的感覺。米蘭運用的動作語言，是一切語言當中最坦白、最透明的，他要告訴強比，牠很安全。此刻強比躺在米蘭身旁，嘴部放鬆，舌頭吐出。托特拉說：「你看那隻狗的臉。這不是打敗，而是鬆了一口氣的表情。」

後來米蘭進行示範，教導史考特怎麼安撫強比，但史考特卻辦不到，米蘭只好叫他停手。米蘭對史考特說：「你還是會緊張，還是沒有把握。你就是這樣才成為強比欺侮的目標。」要安撫狗，說來容易，做來卻不然。用溫柔的聲音說：「乖，強比，乖。」並配合輕搔腹部的動作，對強比來說並不夠，因為牠會解讀手勢、姿勢和對稱性，以及這撫摸確實的含義。牠要的是清楚明確與一致，史考特做不到這一點。當鏡頭轉向史考特時，托特拉說：「你看他臉上滿是緊張和銳氣。」

沒錯，史考特的臉瘦削細長，顴骨又高又寬，嘴唇厚，動作則緊繃焦躁。托特拉說：「他的動作紛至沓來，感覺既匆忙又緊張，以他運用眼神和視覺焦點的方式，就顯露出這種特性。他的手勢很複雜，同時又傳達好多訊息，有太多不同的動作特質一起出現，這會分散觀看者的注意力。」史考特常在戲劇中擔綱特定角色，有三十年的演員資歷，得過不少獎。他緊張、強勢的態度，使他成為一個有趣而複雜的人，這在好萊塢行得通，但對一隻有情緒困擾的狗，卻無用武之地。史考特說他愛強比，可是他的動作，卻跟其欲傳達的情緒無法配合。

因勢利導才能展現威嚴

托特拉曾經替艾瑞克（Eric）治療過幾年；艾瑞克是自閉兒，有嚴重的語言障礙和溝通問題。托特拉把一些治療的過程錄了下來，其中有一次，是他們開始療程四個月後，艾瑞克站在托特拉位於紐約州冷泉市（Cold Spring）的治療室中央。他是個眉清目秀的三歲半男娃，全身只穿著紙尿褲；媽媽坐在一邊，靠著牆。背景音樂放的是《大河之舞》（Riverdance），這剛好是艾瑞克最喜歡的一張唱片。現在艾瑞克正在發脾氣。

他站起來奔向音響，接著又跑回來，整個人趴在地上，手腳四下亂打。托特拉也學艾瑞克一樣，整個人趴在地上。艾瑞克坐起來，她也坐起來；他旋轉，她也旋轉；他扭動，她也扭動。托特拉說：「艾瑞克四處奔跑時，我沒有說：『我們改放安靜一點的音樂。』我不能讓他停下來，因為他停不住的。他不能從零加速到六十，然後又回歸到零。如果是普通的孩子，我可以說：『來做個深呼吸，我們來講道理。』這句話或許會有效。可是像他這樣的孩子就不行，他們活在自己的世界裡，我必須走進去與他們見面，再把他們帶出來。」

托特拉跪坐著，面對艾瑞克。他的腳向各個方向伸出去，她用手舉起艾瑞克的雙腳，慢慢地、輕輕地，開始順著音樂節拍移動他的腳。艾瑞克站起來，跑到房間的角落，然後又跑回來。托特拉站起來，照著他的動作做，不過這一次做得比他更靈活，更優雅。托特拉再次舉起艾瑞克的腳，這一次移動他整個身軀，以上下相反的方向扭轉開骨盆。「我站在他的正上方，直視著他，保持非常對稱的姿勢。所以我是在對他說：『我站得很穩，就在這裡，我很平靜。』我扶住艾瑞克的膝蓋，給他一些觸感的刺激，那是肯定而明確的感覺。撫摸是一種不可思議的工具，是另一種說話的方式。」

托特拉開始左右搖晃艾瑞克的膝蓋，他漸漸平靜下來，開始隨音樂做一些小小的調整。腳的動作放得更開，更有韻律，整個人的動作開始變得有條理。他回頭走進媽媽的懷抱，心情還是不太好，不過哭聲已經緩和。托特拉坐下來，面對著他，保持穩定、對稱、眼神直接接觸。

媽媽問：「你要紙巾嗎？」艾瑞克點點頭。

托特拉拿紙巾給他。媽媽說，她也要一張，於是艾瑞克把自己的紙巾給媽媽。

托特拉問：「我們來跳舞好不好？」

艾瑞克很小聲地說：「好。」

看到托特拉與艾瑞克的互動，令人不得不想起米蘭和強比：同樣是為無助的對象付出無比的精力、智慧和個人力量，同樣在面對混亂時保持鎮定。而最令人驚訝的是，他們同樣都表現出溫和的態度。每當談到有威嚴的人時，我們常常假設，這種人一定有很強烈的性格，而且會像風一樣席捲每一個人。像「斑衣吹笛人」（Pied Piper）即是一個典型的例子，他吹奏的曲子令人無法抗拒，使得哈姆林（Hamelin）當地所有的兒童都盲目地追隨他。然而米蘭和托特拉所處的情況不一樣，所吹奏的曲調也各有千秋。同時他們不是轉過身去，要別人來跟隨。米蘭讓強比領頭；托特拉則讓艾瑞克決定，要用什麼方法來治療。威嚴並非只靠能耐，還要因勢利導。

我們說，有些人「會掌控我們的注意力」，其實用掌控完全不對；沒有所謂掌控，只有吸引。在跑道上的狗，希望有人告訴他們，什麼時候開跑，什麼時候停止；他們是想要逃離無政府和失序狀態的難民。艾瑞克想要聽《大河之舞》，那是他最喜歡的音樂。而托特拉不是說：「我們來跳舞。」而是問：「我們來跳舞好不好？」然後她拿來一個鼓，開始敲打起來。艾瑞克的母親站起來，開始用愛爾蘭式的踢踏舞步，繞著房間轉。艾瑞克躺在地上，雙腳慢慢地順著音樂節奏打拍子。他站起來，走到房間的角落，躲在一個隔板的後面，然後又得意洋洋地走出來，接著開始舞動，一面繞著房間轉，一面吹著想像中的笛子。

要學會馴狗，得先學會馴人

米蘭二十一歲時，從家鄉來到美墨邊境的提瓦納（Tihuana），一名「蛇頭」以一百美元的代價，帶他越過邊境。他們躲在水深及胸的洞裡等候，然後跑過淤泥灘，穿過垃圾場，越過高速公路，由接應的計程車把他帶到聖地牙哥。在街頭流浪一個月後，他滿身髒兮兮地走進一家狗美容沙龍，在那裡找到了工作，負責處理棘手的案子，晚上就睡在辦公室。後來他搬到洛杉磯，白天做裝潢豪華房車的工作，下班後開著Chevy Astrovan廂型車，兼做狗心理治療師。二十三歲的時候，他愛上一個名叫伊露馨（Illusion）的美國女孩；當時她才十七歲，個子嬌小，黑皮膚，出落得很漂亮。

一年後他倆步入禮堂。

伊露馨憶起剛結婚那幾年：「米蘭是個大男人主義又自我中心的人，他以為全世界都繞著他轉。在他的觀念裡，婚姻就是男人吩咐女人該做什麼，不需要付出愛、關懷或諒解。婚姻就是讓男人滿意，到此為止。」

結婚之初伊露馨曾經染病，在醫院住了三週。她說：「米蘭來過一次，待不到兩小時。我對自己說：『這種關係不能再下去了，他只想跟那些狗在一起。』」那時候剛生小孩，又沒有錢，只好暫時分居。伊露馨對米蘭說，如果他不去看心理醫生，就要跟他離婚，米蘭只好心不甘、情不願地答應。伊露馨說：「心理醫生的名字叫威爾瑪（Wilma），是個強勢的非裔女性。她說：『你要妻子洗衣燒飯，照顧你。那她也有需求，她需要你的愛與關懷。』」伊露馨還記得米蘭憤憤不平地記著筆記：「他寫下那些話，說：『原來如此，就像狗一樣嘛，都需要運動、管教和愛。』」伊露馨笑道：「我當時生氣地看著他。搞什麼鬼，應該是談我們的事，為什麼你滿口都是狗經？」

米蘭說：「我一心想要抵抗，我覺得兩個女人聯合對付我一個。但我必須擺脫心裡的抗拒，可是很難做到。就在這個時候，我忽然靈光乍現，原來女人也有她們的心理需求。」

米蘭治得了街頭的流浪犬，可是在一開始，他卻連妻子的一些基本需求都體會不到。伊露馨說：「米蘭以前覺得跟人有隔閡，所以跟狗比較親近。由於他不善於與人相處，所以他是透過狗對這個世界產生歸屬感。他很難擺脫這個模式。」在墨西哥米蘭祖父的農場上，狗就是狗，人就是人，每個成員都知道自己的位置。可是在美國，狗被當成子女看待，主人也打破了人與狗的階級關係。糖糖的問題在佛曼，強比的問題在史考特。米蘭說，在心理醫生診所的頓悟，是他生命中最重要的時刻，因為他在那一刻領悟到，要在人世間成功，他不能只馴狗，還要馴人。

米蘭為了做節目，有次接了一件個案，是一隻叫「土匪」的吉娃娃。土匪頸上掛著一個大大的鑲鑽項圈，上面鑲的字是「Stud」（種犬）。牠的主人蘿莉（Lori）有張瓜子臉、一雙會說話的大眼睛，和性感的好身材。土匪不聽指揮，嚇壞客人，還威嚇別的狗，已經有三個馴狗師都治不了牠。蘿莉坐在起居室的沙發上跟米蘭說話，土匪坐在她腿上。蘿莉十來歲的兒子泰勒（Tyler），則坐在媽媽旁邊。

蘿莉說：「土匪第一次去看獸醫時，回來後大概兩個星期就開始大量掉毛。醫院裡的人說牠得了毛囊蟲皮膚病。」她記得購買土匪時，店家說牠是有資格參加比賽的狗，不過她請人查了土匪的血統，發現牠來自小狗繁殖場。蘿莉繼續說：「土匪從來沒有跟人接觸過，所以連續三個月，牠每星期泡藥水，消除這個症狀。」蘿莉一面說，一面用手輕輕護著土匪。「牠會躲在我襯衫裡，把頭靠在我胸前，一直待在那裡。」她眼裡含淚指著胸口說：「就在這裡。」

米蘭問：「那你先生合不合作？」他把焦點擺在蘿莉而非土匪身上，這是新米蘭才知道，舊米蘭忽略的地方。

「土匪是我們兩個人的寶貝，牠當時很需要關愛和幫助，一天到晚害怕得要命。」

「你仍然覺得需要為牠感到難過？」

「對，牠實在好可愛。」

米蘭顯得有些困惑。他不懂蘿莉為什麼還是為她的狗感到難過。

蘿莉試著解釋：「土匪那麼小，那麼無助。」

「你以為牠很無助嗎？」

蘿莉的手仍舊護衛著愛犬。泰勒看著米蘭，再看看母親，再望向土匪。土匪變得緊張起來。泰勒伸出手去摸狗，土匪跳出蘿莉的手臂去攻擊泰勒，牠又吠、又咬、又吼。泰勒大吃一驚，往後一跳。蘿莉也被嚇到，接著伸出手去，做出關鍵的反應：以焦急、撫慰的動作，用手圈住土匪，把牠抱回自己的腿上。這全部發生在一瞬間。

米蘭站起來，他說：「讓個位子給我。」他示意泰勒坐到旁邊去。「狗攻擊人已經夠多了，人並沒有阻擋牠，所以只會讓牠變得更自以為是，一切全以牠為主，好似牠才是你的主人。」米蘭從沒有那麼生氣過，他說：「你好像比較偏愛狗，但願這不是真的。如果泰勒踢狗，你會糾正他。現在狗要咬你的兒子，你卻不能嚴厲地糾正狗。」米蘭此刻進入強調語氣模式，他的動作句型肯定而明確，接著說：「我不懂，這麼明顯的道理你居然不懂。」

土匪很緊張，一邊退縮到沙發上，一邊開始吠叫。米蘭用眼角看了牠一眼，土匪再縮。米蘭繼續說話，土匪走到米蘭面前。米蘭站起來，他說：「我必須用身體接觸。」說著就用手肘輕推土匪。蘿莉看來嚇到了。

米蘭不敢置信地笑著，他問：「你是說牠用身體接觸我們就是公平，我們用身體接觸牠就不公平？」蘿莉前傾表示不同意。米蘭說：「你不以為然吧？」備感挫折的米蘭，現在轉而向整個房間裡的人說：「這行不通的，因為狗主人不願意讓你用平常管教孩子的方式。對我而言最困難的部分，就是父母親選擇狗，不選兒子，這對我而言相當棘手。我雖是馴狗師，而且很愛狗，可是我絕不會捨兒子，而去遷就一隻狗。你們懂得我在說什麼吧？」

他停下來，彷彿已經說夠了，反正相同的話也已重複太多次。有人嘴裡說「我愛你」，可是觸摸的動作卻沒有傳達相同的感覺。有人說「在那裡，在那裡」，可是動作不協調。有人說「我是你的母親」，可是伸手抱的卻是吉娃娃，不是自己的親骨肉。泰勒看來頗受打擊，蘿莉在位子上坐立難安，土匪亂叫。米蘭轉向狗說：「噓——」結果人人都呆住了。

二〇〇六年五月二十二日

PART
2

戴上另一副「眼鏡」

理論、預測和診斷

就像在州際公路上開車，卻用吸管來觀看！

CHAPTER 7

公開的祕密

安隆、情報和過多資訊的危險

二〇〇三年十月二十六日的下午，傑佛利．史基林（Jeffery Skilling）坐在休士頓聯邦地方法院的法庭中，他身穿一套藍色西裝，打著領帶，五十二歲的他看起來老態畢露，身旁一共坐了八名被告辯護律師。法庭外，整條街停的都是衛星轉播車。

承審法官西蒙．雷克（Simeon Lake）開口說：「我們今天下午在此要對美國政府對傑佛利．史基林，刑事案編號H-04-25一案做出判決。」他直接向史基林說：「史基林先生，你現在可以發言，提出要求從寬發落的資訊。」

史基林站起來，他一手建立的能源交易巨擘安隆公司，差不多正好五年前的這個時候破產倒閉，他五月間也被一個陪審團判決詐欺罪，根據一項和解協議，他名下幾乎所有財產均已吐給一個基金，賠償安隆以前的股東。

史基林零亂、斷斷續續地說：「說到悔意，法官先生，我是悔恨已極。」他說：「很多朋友——都是好人，已經死了。」對自己的部分，他堅稱未犯罪：「我對每一項指控都不認罪。」說了兩、三分鐘便坐下了。

雷克傳喚安・畢利沃（Anne Beliveaux），她是安隆稅務部門的資深行政助理，做了十八年，連她一共有九人被傳在宣判庭審時作證談話。

她對史基林說：「你會怎麼樣靠每個月一千六百美元度日？我目前就是靠這種收入過活。」因為安隆的破產，她的退休積蓄也一掃而空，她說：「史基林先生，一切都因為貪婪才有今天，你應該感到羞愧。」

下一位證人說，史基林摧毀了一家好公司；第三位說，安隆被因為在管理上違規而自毀前程。另外一人叫唐恩・鮑爾斯・馬丁（Dawn Powers Martin），在安隆工作長達二十二年，她更是直接斥責史基林說：「史基林已經被證明是騙子、小偷和酒鬼。史基林毀了我和我女兒的退休夢，現在應該將他打入牢中，不讓他在這個地球上隨意走動。」她面對史基林說：「你喝葡萄美酒時，我和我女兒卻須剪折價券、靠殘羹剩飯度日。」這類的斥責不斷在庭上響起。

法官宣判時要史基林站起來，他說：「證據證明，被告在安隆各項業務上一再對投資人撒謊，包括安隆自己的員工。」並表示除了從嚴量刑外，他別無選擇：史基林必須在監獄服刑二百九十二個月，也就是須坐牢二十四年。曾經領導被《財星》（*Fortune*）雜誌列名為「全球最令人景仰公司」的負責人史基林，所受的刑處是白領罪犯所受的最重刑罰之一，就算有出獄的一天，也已是白髮蒼蒼的老人。

史基林的律師丹尼爾・皮特洛契利（Daniel Petrocelli）說：「我只有一個請求。如果他的量刑減少十個月——這對量刑目的無傷，他便可以住進低戒護監獄中。只要少判十個月。」

律師請求法官寬大為懷，史基林畢竟不是殺人犯或強姦犯；他曾經是休士頓社區的柱石，小幅的刑期調整，可以讓史基林不必在殺人放火的無情罪犯之中度過餘生。

雷克法官回答：「不行。」

必須撥開雲霧才能見青天的謎團

國家安全顧問格雷戈利．崔佛頓（Gregory Treverton）曾經說謎有兩種：一種是只要再多一點消息，就能迎刃而解的難題（puzzle）；另一種是，要費心抽絲剝繭才能撥開雲霧見青天的謎團（mystery），兩者有所差別。賓拉登（Osama bin Laden）的下落是個難題，我們找不到他是因為情資不足，解決難題的關鍵可能就在賓拉登的身邊，而在我們找到那個消息來源之前，賓拉登會一直行蹤成謎。

相對地，推翻海珊（Saddam Hussein）後，伊拉克的內部情形是個謎團。這不是一個簡單、有黑白分明答案的問題。謎團需要我們對謎題的不確定性做出評估與判斷，困難不在於我們的情資過少，而在情報泛濫。中情局對伊拉克戰爭之後的伊拉克局勢有一個立場；國防部與國務院、前國務卿鮑爾（Colin Powell）與前副總統錢尼（Dick Cheney），以及其他無數的政治學者、記者與智庫的智囊亦有其見解；其實，巴格達所有的計程車司機也有他們的看法。

兩者之間的分別不小。如果我們認為「九一一」攻擊幕後的動機與方法只是難題，合理的反應是：加強情報蒐集、招募更多的間諜，並增加對「基地」（Al Qaeda）組織的情報偵蒐。我們若將「九一一」看做一團謎團，你會問：「增加情報量是不是反而會壞事？」你會希望改進情報圈裡的情報分析，或希望有更多思慮縝密、凡事都提出疑問的情報分析人才，在與「基地」有關的情報中爬梳；你會安排中情局的反恐小組跟聯邦調查局與國家安全署的人，每月高爾夫球球敘兩次，交換已知情報與意見。

如果難題出了問題，找出罪魁禍首不難，因為他是扣住情報的關鍵人物。謎團就模糊多了，有時是因為我們的情報不夠，有時癥結在於情報人員無法做出正確的解讀。難題可以找出令人滿意的結論，謎團往往不然。

如果全程觀察史基林案，你也許會覺得安隆醜聞是個難題；因為檢察官說，安隆進行無人懂得的暗盤交易，且高級主管扣住重大訊息，這些我們均未被充分告知。一手擘畫公司策略的史基林是個騙徒、小偷與酒鬼。「獲知資訊不足」，是典型的難題的前提（premise），也是安隆起訴案的中心推論。

法院首席檢察官對陪審團做終結辯論時說：

> 因為案情如此簡單，我結辯可能用不完給我的時間。它是黑白分明、真情與謊言兩下對立呈現。股東購買一張股票，也許這一張股票不能讓他們有權得到什麼，但他們有權知道真相及公司的財務狀況、要求安隆的主管與同仁，將股東的利益

置於私人利益之前，並受到誠實對待。

但是檢察官有所不知的是，他錯了；安隆不是一個難題，而是一個謎團。

沒有隱藏任何真相的安隆

二○○○年六月底，《華爾街日報》駐達拉斯記者約拿森．威爾（Jonathan Weil），接到投資管理業界一名熟人打來的電話。威爾在《華爾街日報》有一個叫「德州聽聞」（Heard in Texas）的專欄，密切觀察休士頓的大能源公司，如Dynegy與厄爾巴索（El Paso）等企業的動態。打電話的人說：「你該好好調查安隆與Dynegy公司的情況，看看這些公司的盈利到底從哪裡來。」他照辦了。

威爾對安隆採用的「按現實市場價格計算資產價值」的會計作法有興趣，許多進行複雜金融交易的公司都使用這套技巧。比方說，你是一家能源公司，與加州簽了一項一億美元的合約，要在二○一六年運送給對方十億小時的電力。這個合約值多少錢？未來十年你都收不到錢；除非時間到了，才會知道自己簽的這個約是賺錢還賠錢。然而一億美元的合約承諾，顯然關係到事業盈利與否至鉅。如果電力價格在未來幾年持續下跌，合約就會成為極有價值的資產。但在二○一六年迫近時，電力愈來愈貴，公司就可能虧損上億美元。以現市價格計算資產的會計方法是，在簽約時，將合約會帶來多少收入的估計數字記入帳上；如果後來發現估計有變，你在收支盈虧上加以適當調整就是了。

當某家這樣作帳的公司說，自己從一億美元的營收中獲利一千萬美元時，有兩種可能。第一種是，這家公司可能實際賺了一千萬美元，在付清帳單後，的確有這麼多錢可以留在銀行帳戶中；另一種可能是，公司只是猜想自己可以從一筆交易中賺得一千萬美元，但這筆利潤很多年都不會轉手入帳。威爾的消息來源，要他查安隆聲稱自己會賺得的錢，究竟有多少是「真的」（real）。

威爾拿到安隆的年度財務報表與季報，開始比較公司的收益表與現金流量表。威爾說：「我花了好一陣子，大概一個月左右，才釐清我需要朝哪些地方下手。安隆的財務報表上花樣與名堂很多，要鎖定其中某一特別的項目，需要撇除不必要的名堂。」威爾向密西根州立大學的會計學教授湯瑪斯·林斯梅（Thomas Linsmeier）請益，他們談到在一九九〇年代，若干金融機構對次級貸款採取按現市計價的會計方式，而在經濟走下坡時，客戶或還不起貸款或提前付清貸款，放款一方突然了解他們的盈利估計偏高太多。

威爾又向美國財務會計標準委員會（Financial Accounting Standards Board）的專家請教、向投資評等公司穆迪（Moody's）一名分析師打聽，問了不下十餘人，然後再回頭去看安隆的財務報表。他的結論讓人大吃一驚：在二〇〇〇年的第二季，安隆宣稱賺到的七億四千七百萬美元，也就是安隆主管以為會在未來某個時點上賺到的錢，並未入帳。如果把這筆子虛烏有的盈利從帳本上挪開，安隆第二季其實有重大虧損。這家美國最受景仰的公司之一、美國股市視為全美第七大企業，其實根本沒有現金進入公司的財庫。

威爾的報導於二〇〇〇年的九月二十日在《華爾街日報》刊出，幾天後被華爾街一名投資客詹姆斯．查諾斯（James Chanos）看到。查諾斯是專做空的投資客，他說：「我的耳朵豎起來了。我在週末看了證交所的年報與季報（按聯邦規定，企業必須公開的財務報表），標出有問題的地方。這是我第一次看，後來又多標出幾頁，看了那些我不懂的地方，然後又重看了三、四遍。我記得自己花了好幾個小時。」查諾斯看見的是，安隆的獲利率和股票收益直線下滑，而企業的命脈現金流量卻縮減到有如水滴一般；公司的報酬率比資金成本少。這就好像你用九厘利率跟銀行借錢，把錢投資在付你七厘的儲蓄公債上。查諾斯的結論是：「他們基本上是在套現。」

當年的十一月，查諾斯開始對安隆股票放空，在接下來的幾個月，他不斷放話說他認為安隆危機重重，他還對《財星》雜誌記者貝薩妮．麥克林（Bethany McLean）通風報信，麥克林後來讀了查諾斯與威爾兩人看過的同樣報表，也做了同樣的結論。她在二〇〇一年三月登出一篇報導，標題赫然是「安隆股價是否高估？」此後愈來愈多的記者與分析師，開始仔細檢查安隆的財務情況，而安隆的股價也開始跌跌不休。八月，史基林辭職、安隆的信用評等被降等；安隆極需交易週轉金，銀行卻開始不願借錢給它。十二月，安隆提出破產申請。

水門案才是典型的難題

安隆破產的始末，可與一九七〇年代最大的醜聞水門事件（Watergate Scandal）相提並論，並做一比較。記者鮑伯・伍華德（Bob Woodward）與卡爾・柏斯坦（Carl Bernstein）藉著消息來源「深喉嚨」（Deep Throat），揭發白宮包庇的醜聞。「深喉嚨」知道許多祕密，他的身分必須加以保密。當伍華德希望見「深喉嚨」一面時，必須先將一個插著紅旗的花盆移至公寓後面的陽台，當天傍晚他必須從家後面的樓梯離開、換好幾趟計程車擺脫跟蹤的人，最後於清晨兩點時分，在一處地下停車場中，跟消息來源見面。伍華德在《大陰謀》（*All the President's Men*）一書中，這樣記述「深喉嚨」大爆內幕的情形：

「深喉嚨」緩緩地說：「好，這事非常嚴重。你可以有把握地說有五十個人為白宮及尼克森籌款委員會做事，他們當間諜、當打手，專司蒐集情報或破壞，有些行動到了匪夷所思的地步，把對手打得落花流水。」

伍華德把他跟柏斯坦聽過的、用來對付政治對手的招數，包括竊聽、跟蹤、放假消息給媒體、偽造文書、取消競選造勢大會、調查助選員的私生活、安插臥底間諜、偷竊文件，以及在政治示威大會中安放伏兵等，一一念給「深喉嚨」聽，如果是真的，「深喉嚨」便點頭認可。

「深喉嚨」說：「這些資料全在檔案裡面，司法部與調查局都知情。」

伍華德大感吃驚，有五十個人直接聽命於白宮與尼克森籌款委員會要摧毀異己，他們無法無天了嗎？

「深喉嚨」點頭。

「白宮同意顛覆——這是正確的用字嗎？整個選舉過程都如此？已經實際付諸行動了嗎？」

「深喉嚨」又點點頭。這時他看起來有些不適。

「雇了五十名特工去完成？」

「說超過五十人也沒錯。」「深喉嚨」說完往外面的坡道走，那時已將近早晨六點。

水門案是典型的難題；伍華德與柏斯坦要把被掩埋的祕密挖出來，「深喉嚨」是他們的內線。威爾有內線嗎？不見得。威爾在投資管理圈子有一個朋友，這個朋友對安隆之類的能源公司起疑，但他不是內線。威爾的線索也沒把威爾帶向祕密檔案，從而得知安隆的祕密活動，這人不過是建議威爾去看安隆自行發布的系列公開文件。伍華德在黎明前的暗夜，在地下停車場中與他的線民碰頭；威爾則是打電話給密西根州大的一名會計專家。

威爾報導整理完畢後曾經打電話給安隆公司，徵詢他們的說法。他說：「他們派了會計主管和另外六、七人到達拉斯。」他們到《華爾街日報》的一間會議室與威爾見面，安隆主管坦承，他們所謂的盈利是「希望」賺到的錢。雙方談到安隆怎麼確定未來會賺多少錢，威爾說：「他們告訴我，運用數學模型進行估算的都是金頭腦。」

「他們都是麻省理工學院的博士。我問說：『那數學模型能測出加州今年的電力市場會大亂嗎？不能？為什麼不能？』他們說：『這是難以預測的那一型。』那時是二〇〇〇年九月底，我又問：『你們覺得誰會贏？布希還是高爾？』他們說不知道，我接著問：『無論是環保主義的民主黨當選總統，還是德州油商入主白宮，你們不覺得市場反應會有分別嗎？』」「對話氣氛非常和氣，對數字沒有爭議，爭議的是如何詮釋的問題。」

在安隆案陸續在陽光下攤開的同時，這次會議最令人嘖嘖稱奇。安隆案的公訴檢察官告訴陪審團說，應該判史基林有罪、送他去坐牢，因為安隆隱瞞真相。檢察官說：「你們有權知道公司的財務情況。」但是安隆隱瞞了什麼真相？威爾得知與報導的每一件事，安隆自己也承認確有其事。威爾想證實自己的數字無誤，該公司要員還親自搭飛機到達拉斯，在《華爾街日報》的會議室裡與他會面。

然而尼克森沒有到《華盛頓郵報》去見伍華德與柏斯坦，他躲在白宮裡。

一份厚達十二萬頁的交易摘要

安隆會計手法當中的第二個問題，可能也是惹禍上身的地方，是極為依賴所謂的「特殊目的實體」（Special-purpose entities, SPEs）。

所謂特殊目的實體指的是，公司如果在營運情況不好時，想去跟銀行貸款一億美元，銀行就算是願意借，也會索取極高的利息。不過這老闆手中有一堆石油租約，預期未來四、五年內會賺進一億美元，因此老闆把這些租約交給一家合夥事業，也就是SPE，由它出面貸款。銀行把一億美元交給了合夥事業，合夥事業再把這筆錢交到真正要借錢的老闆手中。這一點點的金融操作，其之用大矣。這種轉手（當時）不須在公司的收支帳冊上做紀錄，因此公司可以在債務不增加的情況下，增加資金。由於銀行相信石油租約會帶來足夠的盈利支付融資，因此也比較願意以較低的利率提供借方這筆資金。在美國企業中，SPE是司空見慣之事。

安隆將SPE遊戲發揮得淋漓盡致。安隆轉給合夥事業的，未必全是可以獲利的石油合約等藍籌股資產，有時押出去的是賠錢的資產。安隆也不是把資產賣給外人，因為外人會對這些資產所值提出各種質疑。安隆在所謂的事業夥伴中，安插自己的主管去經營這些公司。「友」公司出面，貸款銀行就範，輕騎過關；如果擔保品價值下跌，安隆會以自己的股票補止差額。換句話說，安隆不是把自己的一部分賣給外在的企業實體，而是將自己肢解後賣給自己，這種策略不僅在法律上走偏鋒，風險也極高。安隆與SPE財務上的糾纏不清，最終引爆了垮台。

當起訴史基林的檢方指稱安隆誤導投資人時，一部分指的是這些SPE；安隆的管理階層有義務公開公司的財務命脈，有多少押在這些鋌而走險的交易上，以及到了什麼程度。受委託調查安隆危機的包爾斯委員會（Powers Committee）指出，安隆「未完成一項重大目標，亦即未充分交代交易的本質，以協助閱讀財務報表的人了解公司情況。」換言之，社會沒有被充分告知。

這些結論，再度暴露出整個安隆事件的教訓，並不是用這樣一句話就可那麼明確。透過威爾在《華爾街日報》的數名同僚，主要是約翰·艾史威樂（John Emshwiller）與芮貝佳·史密斯（Rebecca

Smith），在二〇〇一年夏末開始的報導，社會大眾應該對ＳＰＥ企業的性質略知一二。艾史威樂是怎樣揭發安隆的弊端？其實跟威爾與查諾斯一樣，他看了安隆自己公開的財務檔案。科特・艾成華（Kurt Eichenwald）的著作《愚人陰謀》（*Conspiracy of Fools*），是安隆崩潰的寫照，他在書中描述，艾史威樂是怎樣發現相關的安隆文件：

> 是第八項「相關方面移轉」幾個字，使艾史威樂的血液加速流動。艾史威樂的任務是追蹤史基林辭職後的動態。他提出採訪要求，後來更在電腦上，下載了一份安隆最近向證交所提出的報表，以找尋新聞線索。他發現的東西讓他大感震驚。事業夥伴是由一名姓名不詳的「高階主管」負責。這些也許是非常艱澀的東西，但數字看起來非常驚人。安隆在那年的頭六個月裡，跟事業夥伴交易的營收超過二億四千美元。

不管從什麼標準來看，安隆的ＳＰＥ，都是目無法紀與經營不力的鐵證。但你不能責備安隆掩飾這些遊走在法律邊緣的交易，因為它沒有；安隆公開了這些交易行為。更正確的指控應該是，關於ＳＰＥ，安隆對投資人交代得不夠。但多少才是「夠」？安隆有三千家ＳＰＥ，每一家的書面文件可能超過一千頁。如果三百萬頁的資料通通公開，投資人恐怕早就淹沒在字海中，無助於他們了解。那麼，公布經過編輯的每筆交易如何？杜克法學院（Duke Law School）教授史蒂文・施華茲

（Steven Schwarcz），最近從不同企業公開的二十份ＳＰＥ報告中，做了一次抽樣性檢閱。這些摘要報告是為有興趣的人士所匯編，他發現每份摘要平均密密麻麻多達四十頁。因此安隆的ＳＰＥ摘要，即使每頁編排不空行，三千家每份四十頁就厚達十二萬頁。可不可以就這些摘要再做成一份摘要？安隆的破產清算人就這麼做了，他整理出一千頁。那麼，從摘要的摘要中，再摘出摘要呢？包爾斯委員會也整理出這樣一份摘要，該委員會只看了「最重要交易中的實質內容」，會計部分仍像厚達兩百頁的天書。一如史華茲說的，這兩百頁還是在「有後見之明與全國最優秀的法律人才相助之下」完成。

一個難題每多一項新資訊，問題就容易解決一些。如果有人告訴你賓拉登躲在白夏瓦（Peshawar），找到他的難度就小了些。如果再加上一點情報說，他藏在白夏瓦西北角一帶，問題就更容易了；但是這裡的遊戲規則似乎不同。根據包爾斯的報告，安隆董事會的許多董事，「對該公司的ＳＰＥ交易的經濟原理、後果與風險，似乎無法理解」，而這些董事是坐在董事會中詳細討論ＳＰＥ交易的人！艾成華在《愚人陰謀》中表示，安隆財務長安德魯．法斯托（Andrew Fastow）也不了解ＳＰＥ交易的財務後果，而這些交易是他促成的。

就安隆事件寫過文章的維拉諾瓦大學商學院（Villanova University School of Business）會計學教授安東尼．卡塔納奇（Anthony Catanach）說：「這些是非常精細複雜的交易，即使檔案都放在眼前，也很難說安隆的財務稽核亞瑟．安德森（Arthur Andersen）旗下的人馬都看得懂。這牽涉到高級管理，光看包爾斯報告、光畫曲線圖，我就弄了**兩個月**。這些交易嚴重扭曲。」

值得一提的是，即使安隆的ＳＰＥ是常態問題，也非常難懂。ＳＰＥ的本質本來就非常深奧，一家企業成立ＳＰＥ是要在貸款時讓銀行放心。而要讓銀行放心，該公司便需向貸方與事業夥伴，就若干特定部門的特殊業務提供詳細資訊。公司愈能向貸款機構擔保（在交易合約中提供明確的保證、擔保與說明），在外人眼裡，交易就愈難理解。施華茲說，安隆對外公開的若干財報「屬必要性的不完美」。一家公司可以讓財務交易簡化，好讓人看得懂，但這樣一來，就有淡化潛在風險的風險；要不你也可以試圖公開每一項潛在風險，但如此會眼花撩亂到誰也看不懂。對施華茲來說，安隆事件說明，在一個財務操作愈來愈複雜的時代，「透明定律」——一家公司愈公開，對社會愈有利——跟時代的現實狀況脫節了。

德軍是否真有致命的超級武器？

在一九四三的夏天，納粹試圖透過心戰，廣播吹噓德軍已發展出一種「致命的超級武器」。盟軍情報單位立刻忙碌起來，間諜證實德軍的確建了一座祕密武器工廠，法國北部的空中攝影顯示，有一棟怪異的水泥設施朝向英國。盟軍憂心忡忡，他們派出轟炸任務去干擾德軍這項神祕行動，並草擬若干計畫，因應未來英國可能遭到的致命空襲。雖然無人確定這樣的武器屬子虛烏有、也無人敢說裡面在搞什麼名堂，但工廠存在似乎是真的；法國北部的確有發射台，雖然那可能只是個假基地，目的是要誘開盟軍，免得真的目標遭到轟炸。德軍的祕密武器是個難題，而盟軍沒有足夠的情報去解開這個難題。不過這個問題也可以換個角度來看，而最後證明新角度遠比舊角度有用：德國的祕密武器問題是個謎團。

解決二次世界大戰謎團的人，是一小批分析專家，他們的工作是監聽德國與日本的海外與國內心戰與宣傳廣播。英國分析小組在二次世界大戰爆發不久前成立，由英國廣播電台負責管理。類似的美國單位叫「怪胎小組」（Screwball Division）。史學家史蒂文．莫卡多（Stephen Mercado）寫道：在一九四〇年代早期，美國的「怪胎小組」座落在華府遊說團體集中的K街（K Street），一棟不起眼的辦公大樓內。分析員監聽的是一般無線電短波放送的演說，他們戴著耳機，不斷聽著納粹的廣播，然後要從納粹的公開說法中，例如德軍重新對俄羅斯展開攻勢，進行解讀。當時一名記者形容這些分析廣播宣傳的人，是「集個人主義者、周遊各國無固定職業、住所的人與稍許瘋癲人才之大成」，他們對納粹的祕密武器有特定的看法。

首先，德國領導是在國內廣播宣傳中吹噓已有祕密武器，這一點非常重要。宣傳的目的是要提振士氣，而納粹領導說的話如果不實或蓄意誤導，威信就會搖搖欲墜。例如，當一九四三年春天德軍潛艇（U-boats）面對盟軍反擊開始失利時，納粹宣傳部長喬瑟夫．戈培爾（Joseph Goebbels）技術性地承認戰爭失利，將重點從最近的奏凱轉移到預測未來終將勝利，並怪罪是天氣作怪造成潛艇出師不利。在此之前，戈培爾從未對自己人撒過謊，因此他說德國有祕密武器，極可能就代表這是真的。

從那個假設開始，情報分析員在納粹的公開廣播與聲明中爬梳，尋找答案。他們下結論說，截至一九四三年十一月之際，祕密武器的存在是「無合理懷疑原則」（beyond reason doubt，或直譯超越合理懷疑原則），而且這是一種全新的武器，很難反制，可能會造成慘重結果，德軍一旦動用，百姓都會受到衝擊。一九四三年五月時，祕密武器「非常可能已經過了實驗階段」，不過當年八月發生的一件大事，嚴重延後祕密武器的部署。分析員部分是根據納粹在八月間，突然絕口不提祕密武器之事長達十天之久，當他們後來再次提及時，威脅的口氣已不像以前那麼肯定。最後他們暫時推估，祕密武器可能在次年一月中旬至四月中旬之間準備好，期間的誤差率為一個月。這項推論部分是根據納粹一九四三年底的宣傳，因為宣傳口氣突然變得非常嚴肅與特別。如果不能在幾個月內推出祕密武器，戈培爾是不會這樣提高德國人的希望。祕密武器是納粹的V-1型飛彈，分析員對宣傳的每一項推測結果都是正確的。

政治學家亞歷山大·喬治（Alexander George）在他一九五九年出版的《宣傳分析》（*Propaganda Analysis*）中，記載著V-1型飛彈的相關推論，讀起來簡直就像是當代的事。間諜打的是十九世紀的仗，但分析員卻是當代的思維，他們的勝利說明，當今的世界丟給我們的是複雜與充滿不確定性的問題，需要我們用抽絲剝繭、解決謎霧的態度去面對。

癌症的診斷也面臨了相同問題

診斷攝護腺癌，以前有如一個難題，醫生必須做直腸指檢，並觸摸病人的攝護腺是否有突起的硬塊。不過今日卻不用等到病人有了這些症狀才做檢查，醫生可以定期追蹤中年男士的PSA（攝護腺特異抗原）；如果結果看起來有問題，他們會用超音波顯影照攝，接著也可做活體組織化驗，在顯微鏡下檢查抽出的組織或腺體切片。然而，各方湧來的資訊都不是結論性質，因為ＰＳＡ升高並不代表你有癌症，ＰＳＡ正常也不代表你沒有問題；什麼才是正常的ＰＳＡ數值，醫學界也一直有爭議。活組織化驗結果也非百分之百定論，因為病理學家找的是初期癌症的證據（在很多情況中，只是日後有可能轉化為癌細胞的東西）。兩名資格相當的病理學家，可能看的是同一個標本，卻對檢驗對象體內是否有癌細胞意見相左。

即使他們對化驗結果看法一致，由於大多數的攝護腺癌生長緩慢，可能永遠不會造成問題，因此醫生也可能對治療的益處看法不一。泌尿專家現在必須從一堆不可依靠與互相衝突的說法中，釐清「真相」。他已經不用再證實病人是否有惡性腫瘤，而是在預測而已；以前的醫生篤定的事，現在只能用「高度可能的結果」或「暫時預估的結果」等字眼來取代。猶如威爾奇（H. Gilbert Welch）醫生在他的《我應該做癌症檢查嗎？》（*Should I Be Tested for Cancer?*）一書中所提出的問題，醫學進步對攝護腺癌，或是對其他任何一種癌症的診斷而言，已經從比較單純的難題，轉為複雜的謎團。

情報世界也有這樣的轉變。在冷戰時期，美國與蘇聯集團（Soviet bloc）的關係架構是穩定且可預期的，我們只是不知道細節罷了。一如前國家情報委員會（National Intelligence Council）副主席崔佛頓在其《重塑資訊時代的國家情報》（*Reshaping National Intelligence for an Age of Information*）」中所說：

當今情報界面對的迫切問題是各種難題，原則上情報一取得，問題就迎刃而解。例如蘇聯的經濟規模有多大？過去有多少飛彈？是否發動過突襲？冷戰時期，這些難題就是情報人員日常要破解的工作內容。

東方集團（Eastern bloc）解體後，崔佛頓等人認為情報界如今面對的局面已經徹底翻轉。全球大部分地區是開放的，因此情報人員不再依賴其他間諜的零星情報，轉而面對的是大海一般的資訊。解決難題仍然重要無比：我們仍需要知道賓拉登的下落，仍需要知道北韓的武器設施位置，但是解決謎團的重責大任逐漸走向舞台中央。東方與西方世界可以預期的穩定對立已經動搖，現在情報分析員的工作是，協助決策高層在失序的世界中走出正確航向。

若干年前，海軍上將巴比．殷曼（Bobby R. Inman）曾應邀出席國會一委員會作證，對如何加強美國情報系統表示意見。殷曼曾是美國國家安全署署長，也曾擔任過中情局副局長，他個人即是冷戰時期中情報結構的具體象徵。因此他的回答是：重振國務院。國務院是外交決策機構，外界並不認為它與情報相干，然而殷曼說：「在後冷戰時期，一切資訊都可以公開取得的階段，你需要的是具有外語能力、對觀察對象之宗教文化有深入了解的觀察員。」殷曼認為，我們不需要那麼多間諜，卻需要許多稍許瘋癲的情報解讀人才。

我們需要的是瘋癲的資訊解讀人才

安隆事件顯示，金融界也需要進行同樣的轉變。耶魯大學法學教授強納森・瑪西（Jonathan Macey）曾發表一篇重要文章，鼓勵社會重新思考安隆案，他說：「一個經濟體要有充分的財務報表制度，光靠企業公開財務資訊是不夠的。我們需要有一批金融中介人，能夠愉快地勝任接收、處理與詮釋企業公布的金融資訊。」解決難題的人「依賴發報器」，從我們得知的情資中理出頭緒；解決謎霧的人「依賴接收器」，啟動聆聽的技巧。瑪西認為，在企業的作風愈來愈複雜、花樣愈來愈多時，華爾街有責任跟上步伐。

科羅拉多大學法學院（Colorado Law School）教授維克多・傅萊奇（Victor Fleischer）指出，安隆不軌的重要線索之一，是它在過去五年中有四年沒繳所得稅。安隆利用「按現實市場價格計算資產價值」與「SPE」的花招，來掩飾自己沒有賺到預估會進帳的錢，但國稅局並不接受「按現實市場價格計算資產價值」的會計，納稅人得依據實際收入報稅。從國稅局的觀點看來，安隆的SPE，一如傅萊奇所形容的，是不存在的事件。除非事業夥伴出售資產（或賺或賠），SPE只是會計上巧立的名目。安隆沒有付稅，因為在國稅局眼中，它並沒有賺錢。

從稅法來看安隆，跟從傳統的會計角度來看安隆，得到的圖像大不相同。但要看到那一點，必須對稅法有研究，熟悉特別的成規與複雜的稅務規定，也要知道要提問什麼問題。傅萊奇指出：「安隆會計收入與需繳稅收入之間的差距很容易看出。」但是差距的來源卻不是一般人所能洞見，因此他說：「了解稅法需要特別的訓練。」

學生的熱情與毅力讓專家失色

伍華德與柏斯坦並沒有特別的訓練，水門案發時，他們才二十來歲，甚至還在《大陰謀》中自我調侃沒有經驗。伍華德的專業是辦公室政治，柏斯坦是大學退學生。但這都不礙事，因為難題中的主要因素，如包庇陰謀、通風報信者、祕密錄音帶等，只要能夠發揮年輕人的熱情與毅力便能解決。解決謎團如果需要經驗與洞見，伍華德與柏斯坦大概拿不到安隆的獨家。

瑪西說：「企業史上有些醜聞是有人買空賣空，但安隆並不是那種類型的犯罪企業。我認為安隆幾乎遵守了會計規則，只是走偏了。安隆在財務進行的做假是，在分析師與做空的投資人該留意的地方，誇張扭曲真相。真相並沒有被隱藏起來，你得去看財務報表，問問自己：『這是怎麼一回事？』這幾乎就像安隆有人在說：「我們在四十二條注解上玩弄文字，如果你想知道內情，來問我們。就是這麼回事，但沒有人去問。」

在亞歷山大．喬治分析宣傳資料的經歷中，看過美國分析員對納粹所做的數百項推論，他的結論是，正確率高達八一％。但喬治探討他們成功與失敗的篇幅是一樣多的。英國人對德軍的V-1飛彈問題研究的最有成果。他們有系統地追蹤納粹報復威脅的「次數與程度」，據此正確判斷出V-1飛彈計畫，是如何在一九四三年八月在盟軍轟炸下遭到重挫，以及V-1飛彈的發射日期。相較之下，K街的分析工作失色很多。喬治說，美方並未發展出一套完善的分析與假設推理技巧，靠的是

「印象派」分析。喬治自己就是K街瘋癲人才的一員，他很可以找藉口為以前的同僚開脫說，這些人從來沒離開辦公桌，他們只是處理心戰宣傳，重大消息來源是戈培爾，而這人是騙子、小偷兼酒鬼。但這是「難題思維」；解決難題，我們把犯案目標CEO關進監牢二十四年，便以為任務完成了。解決謎團，需要不斷重看犯案的禍首名單、願意把罪狀放大一點來看，因為找不到謎團中的真相（即使是包在宣傳中的謎團），並不只是宣傳者的錯，也是你的錯。

在一九九八年的春天，康乃爾大學商學院六名學生決定以安隆為主題，進行他們的學期研究計畫。當中的一名學生傑．克魯格（Jay Krueger）說：「我們上李勉群教授（Charles Lee）的財務報表分析課程，他在財金界非常有名。」李勉群在上半學期帶著學生做一系列的密集個案研究，教學生如何運用技巧與精密的工具，去研判企業向證交所提出的財務年報與證交所檔案，然後讓學生自己挑選一家企業去研究。克魯格說：「我們有位研二生曾到安隆爭取實習機會，因此對安隆非常感興趣，便建議我們去做。這項計畫持續六週，是半個學期。我們要經常開小組會議、要做比率分析。這是商學院常見的課程，我們取五十個不同的財務比率，再參照企業與其業務每一項可取得的資訊，看看他們跟對手競爭表現的高下。」

這群學生盡全力評估安隆的會計作法，且不斷分析安隆的每一樁業務、一頁一頁地閱讀附注，利用貝尼希模型（Beneish Model）、雷夫及席爾加拉健（Lev and Thiagarajan）股價報酬指標，與艾德華茲－貝爾－歐爾森（Edwards-Bell-Ohlsen）財報分析法，希望透過這些統計工具，找出安隆財務表現的明顯公式。克魯格說：「我們的確對他們的企業模式、經營成果，提出了好多問題。」這些學生的結論讓人一目了然。安隆採用的策略，跟競爭對手比起來風險高多了，而且有非常清楚的跡象顯示，安隆可能在盈利數字上玩弄花招。當時安隆的股價是四十八美元新高，而兩年後，股價更是向上翻了一倍，但是學生質疑這是否高估了。他們的報告貼在康乃爾大學的商學院網站上，任何人只要有興趣，都可以上網閱讀這二十三頁的分析。這些學生在報告第一頁用粗體字寫著：「賣掉！」

二〇〇七年一月八日

用今天的標準來看，安隆案可能還到不了金融醜聞的門檻，安隆的金額比起後來幾年發生的金融危機，簡直是小巫見大巫。但本篇與另一篇幾年前完成，刊在本書第三部分的「人才迷思」，其實是資訊時代的「典型醜聞」。歷史對此已經加以證明。如果我們更加記取安隆案的教訓，二〇〇八年的金融海嘯還會發生嗎？

CHAPTER 8

百萬金元巴爾

為什麼解決遊民問題比漠視不管還省錢？

墨利．巴爾（Murray Barr）是個前陸戰隊員，身材有六呎高，體格粗壯像頭熊，當他跌倒時（幾乎天天都發生），要兩三名壯漢才能把他扶起。巴爾有著黑色的直髮，橄欖色皮膚，街上的人都管他叫「老灰」，他缺了很多顆牙，但總是笑容可掬，人人都喜歡他。

他最喜歡喝的是伏特加，對啤酒很不屑，覺得喝起來像「馬尿」。在他所住的雷諾市街道上，一．五美元就能買到二百五十毫升的廉價伏特加。口袋裡有錢的時候，他花錢也不手軟，會買七百五十毫升一瓶的那種；身無分文時，他就到賭場走一圈，將賭客留下來的酒，一口飲盡。

雷諾市區的自行車車隊警察派屈．歐布萊恩（Patrick O'Bryan）說：「取締無業遊民時，我們一天會抓他好幾次，這種事不斷上演。巴爾被捕之後，我們幫他醒酒，但幾個小時後他又回到街頭，舊戲重演。很多遊民酒喝多了，就會動粗和破口罵人，巴爾也是這號人物。但他非常有幽默感，我們有時也就不怎麼追究。他口不擇言時，我們就說：「巴爾，你知道你挺喜歡我們的，而他也會說：『是呀，我知道。』然後還是繼續對我們滿嘴粗話。」

歐布萊恩的搭擋史蒂夫．鍾斯（Steve Johns）說：「我當警察十五年了，這十五年裡，不斷對巴爾捉了又放、放了又捉。」

鍾斯與歐布萊恩都勸巴爾戒酒。多年前巴爾接受了一項戒酒治療，他的行動雖受到軟禁般的限制，表現卻良好無比，後來更找到一份工作，也很賣力。但治療停止後，巴爾又故態復萌。歐布萊恩說：「一旦巴爾結束治療，就沒人可以加以管束，而這正是他最需要的。我覺得這大概是因為他曾經是軍人吧。他是一個手藝不錯的廚子，有次存了六千多美元的積蓄，準時上工，該幹什麼活兒就幹什麼活兒。他們恭喜他，讓他重回社會，結果差不多一個星期過後，他就把錢花完了。」

巴爾通常都醉得不省人事，無法在監獄的酒鬼監禁室醒酒，必須先送到聖瑪莉醫院（Saint Mary's）或華修醫學中心（Washoe Medical Center）去。聖瑪莉醫院急診室的社工瑪拉．鍾斯（Marla Johns）一週中總有好幾天會看到他。她說：「救護車把他送來，我們先把他弄清醒了，酒醒了才送去坐牢。我們打電話請警察來接他，其實我就是這樣跟我先生結識。」瑪拉後來嫁給史蒂夫．鍾斯。

她繼續說：「巴爾就像變化環境中一個不變的常數，來時總是笑口常開，他叫我『我的天使』。我在急診室走動時，他會說：『我的天使，真高興見到你。』我們會不斷開玩笑，我求他不要再喝酒了，但他總是一笑置之。有時一陣子沒看到他，我會擔心，會打電話給驗屍局。當巴爾不酗酒時，我們就知道他是在什麼地方工作，我和我先生會去他工作的地方吃晚飯。我和我先生約會、打算結婚時，巴爾說：『我能不能去參加婚禮？』我幾乎覺得巴爾來好像是天經地義的事，我半開玩笑地說：「那你得保持清醒才行，你在喜宴、酒吧上買醉的帳單，我可付不起。」我和史蒂夫共組家庭、懷孕之後，他曾把手放在我的大肚子上，為孩子祝福。他心地非常善良。」

二〇〇三年秋天，雷諾警察局開始嚴格取締遊民在市中心要錢的行為，報紙大幅報導，警方在當地的談話性節目中飽受批評，議者認為掃蕩乞討行為形同人身騷擾，遊民又不是要對雷諾市怎麼樣，只是討生活罷了。歐布萊恩說：「有天早上我聽電台的談話節目，他們簡直是把警察批評得體無完膚，痛批取締遊民是多麼不公平。我當時心想，這些人可沒在寒冬的陋巷中，去尋找凍死的屍體過。」他憤憤不平，在雷諾市區中，遊民不缺食物，因為福音廚房、天主教服務中心，甚至麥當勞速食店，都賑濟無食物可吃的饑民；遊民乞討是為了找酒喝，而酒只有百害而無一利。他和鍾斯執勤的時間，至少有一半是在處理像巴爾這樣的人，而個案社工也跟警察一樣多。有人在街頭昏倒時，這些人會打電話給救護員說「一個倒下」，趕來的救護車中有四個人，而病人往往要在醫院住上幾天，因為露宿街頭又經常酒醉，表示一定會生病。救護過程的每一個環節都要花錢，而且絕不便宜。

歐布萊恩與鍾斯打電話給救護車服務單位，然後又打電話給當地的醫院。歐布萊恩說：「我們列出三個有長期酗酒問題又最常被捕的人名，並從兩家醫院當中的一家，追蹤這三個人的下落。其中一人不久前還在坐牢，因此他流浪街頭才六個月，但累積的醫療帳單已高達十幾萬元，而這還只算規模較小的那家，因此另外一家大醫院的帳單金額應該更高。另外一個從波特蘭來的遊民到雷諾才三個月，卻累積了六萬五千美元的醫療帳單。第三個人即使沒有時時刻刻酒不離手，帳單也達到五萬。」

這三人的頭一人便是巴爾，鍾斯與歐布萊恩都了解，如果把巴爾過去十年住院的醫療帳單都加起來，再加上濫用藥物與酗酒的治療費用等，他個人的醫療帳單之高，不會輸給內華達州任何一個人。歐布萊恩說：「要是不管巴爾，要花的費用可能高達一百萬美元。」

符合長尾理論的員警問題

十五年前，在警察毆打羅德尼·金（Rodney King）事件發生後，洛杉磯警察局深陷危機之中，各方都指責警方種族歧視、紀律鬆馳和充滿暴力傾向，而且認為上梁不正下梁歪的現象遍布警局內各個階層。在統計學的語言中，洛杉磯警察局的問題屬於「常態分配型」；也就是說，如果你把問題依據統計數字製成圖，看起來會是一個「鐘形曲線」，一條線兩端的警察數目都不大，絕大部分的問題位於中間。這種「鐘形曲線」思考，幾乎已在我們腦海中定型，使我們自動以此來組織經驗。

不過當華倫·克里斯多福（Warren Christopher）領導的一個特別委員會，開始調查洛杉磯警察局時，卻發現其中另有隱情。在一九八六至九〇年之間，該局八千五百名員警中，有一千八百人遭到「過度使用暴力」或「使用不當策略」的指控，然而應該是膨脹的中央地帶，卻鮮少遭到什麼控訴，而且，只接到兩次不滿申訴的員警超過一千四百名。要知道，這些都是未經證明的指控，而且都會警察被指濫用暴力，是一項難以避免的特質（紐約警察局一年約有三千個不滿抗訴案件）。有一百八十名警察受到四件以上的控訴，四十四名的抗訴在六件以上，十六名八件以上；有一名警察遭到的抗訴高達十六件。如果你要把洛杉磯警察局的難題製成圖表，它不會像是一個鐘形曲線，倒會像一根曲棍球桿，符合統計學者的「長尾理論」——所有的活動並不集中在中段，而是集中在某一端。

克里斯多福委員會的報告不斷提到，問題集中在少數警察身上。有一名警察遭人指責「濫用暴力」十三次、「使用暴力」二十八次、一次開槍與五次其他名目的指控。另外一人有六次「濫用暴力」、十次「使用暴力」、三次開槍與十九次其他項目的指控。第三名警察有二十七次「使用暴力」紀錄，第四人同樣被指控有三十五次。還有一名警察的檔案上，寫滿了諸如「用槍托痛毆跪在地上、被銬嫌犯的頸項；毒打十三歲少年；將嫌犯從椅子上推下；嫌犯趴在地上雙手被銬，卻對其背部與頭側加以拳打腳踢」。

這項報告讓人忍不住覺得：如果解雇這四十四名有嚴重問題的警員，洛杉磯警察局不就會在轉眼之間，變成一個運作良好的警察單位？不過報告也暗示，表面上問題看起來不難解決，但實際上卻不然，因為這四十四名壞警察是這樣惡劣，當局卻睜一隻眼閉一隻眼，顯示警察單位的現行除惡機制已經睡著了。如果你誤以為洛城警局的問題屬「常態分布」的鐘形曲線，你可能會提議，透過加強對中段警察的訓練，或是較好的選才方式，來改善警察的表現，問題不就解決了嗎？然而，對少數有問題警察而言，用在中段的溫和藥方，起不了什麼效用。

解決遊民問題比漠視不管還省錢

在一九八〇年代，當遊民首度成為問題時，大家也都以為問題屬鐘形曲線：絕大多數的遊民幾乎長期處在沒指望的狀態。這種想法引發的結論是，如果有這麼多遊民、這麼多問題，問題怎麼可能解決？十五年前，波士頓學院（Boston College）一名叫丹尼斯·古漢（Dennis Culhane）的研究生，在費城難民聚居的地方住了七週，蒐集論文資料。幾個月之後他回到老地方，沒想到幾月前見過的遊民全不見蹤影，他說：「我那時明白，大多數遊民都想好好活下去。」

古漢成立了一個資料庫，去追蹤在遊民收容系統中，來來去去的是那些人，這也是美國首次有這類的資料庫。他的發現，徹底改變了我們對遊民問題的認知：遊民問題並非「常態分布」，而是「長尾分布」。他說：「我們發現八〇%的遊民進出得非常快，多數只會在收容所待上一天，第二常見是兩天，且出了遊民收容所之後就永去不回。有的人若是非得住進收容所，滿腦子想的都是死都不要再回來。」

另有一〇%是古漢所謂的「不定期遊民」，每次會來住個三星期，尤其是冬天；這群人多半很年輕，極為依賴毒品。最後一〇%是古漢最感興趣的，也就是曲線最遠一端的團體，他們是住在收容所中的長期遊民，經常一住就是好幾年。這群人年紀較大，許多有身心疾病，也是我們經常會想到的，睡在人行道上、到處行乞、醉倒公共場所、在地下道或在橋下棲息的那班人。古漢的資料庫顯示，紐約市在九〇年代前半，大約有二十五萬遊民，這是一個驚人的數字，不過其中只有二千五百人**長期**居無定所。

這一批人的醫療保健與社會成本超出許多人的預期。古漢估計，紐約花在這二千五百名遊民的錢，每年至少多達六千二百萬元。古漢說：「收容所的安置床位，每年的花費為二萬四千美元，我們說的是擠得水泄不通的行軍床。」波士頓地區最盡力照顧遊民的波士頓遊民醫療計畫（Boston Health Care for Homeless Program），最近追蹤一百九十名長期遊民的醫療花費。在五年的時間裡，有三十三人死亡、七人被送到安養中心，但該組織發現，五年中仍有一萬八千八百三十四次的緊急送診紀錄，每次急診最少要花一千美元。加州大學聖地牙哥醫學中心，追蹤十五名酗酒遊民後發現，在十八個月的時間中，這些人送急診的次數總計高達四百一十七次，平均每人的醫療費用達十萬美元。聖地牙哥有一名跟巴爾情況相似的人，急診次數為八十七次。

聖地牙哥市緊急醫療主任暨這項遊民觀察計畫的執筆人詹姆斯·鄧福德（James Dunford）說：「如果是住院治療，通常都是有吸入性肺炎的人。這些人喝醉了，嘔吐物進入肺中，演變成肺氣腫。另外還因為雨中露宿，導致失溫；這群人有多重感染，住進加護病房，也有許多是在被車撞倒的情況下送進醫院。他們的神經脆弱，動不動就跌倒摔破頭，造成內出血，如果不及時止血，便會送命。最後一種情況至少要造成五萬美元的醫療花費。他們在酒癮發作時會感到極度不適，且經常帶有嚴重肝病，抵抗感染的能力因此大打折扣。問題沒完沒了。我們要為這群人做化驗，花費極大；護士看著同樣的病人不斷上門，不堪折騰，嚷著要辭職。而我們能做的，也只是把他們料理到能夠站起來走一段路的程度。」

遊民問題就像洛杉磯警察局的壞警察問題，癥結只出在幾個麻煩的個案身上。這算是個好消息，因為當問題集中時，你可以集中精力來思考如何處理。壞消息是，這些麻煩的個案實在棘手；他們是身上帶著肝病、有精神狀況或有多重感染、隨時隨地會倒在街頭的人，這群遊民需要時間、照顧，更要花上不少醫藥費，而政府與慈善機構已經為長期遊民花費無數。古漢認為，正視與解決遊民問題所花的錢，遠比漠視問題要少。巴爾消耗掉的醫療費用，絕不亞於內華達州任何人，即使聘請一位全職護士照顧他和給他一間公寓，恐怕也要不了那麼多錢。

不要再當凱子爹了

二〇〇二年當時的美國總統布希任命菲利普・曼加諾（Philip Mangano）擔任跨部會遊民問題委員會（U.S. Interagency Council on Homelessness）執行長，監督全美二十個聯邦計畫。曼加諾身材瘦削，華髮蓋頂，所到之處均像磁石一般，他致力解決遊民問題是從麻州開始，提倡「長尾理論」不遺餘力。在過去兩年中，他穿梭美國的城鎮，向各地的市長與市議會解釋遊民問題的真正成因，強調興建施粥廚房與收容所，到頭來只會使得長期遊民一輩子都是遊民。如果你認為遊民問題是中間曲線寬廣、無法處理的問題，就會覺得只能用興建施粥廚房與收容所來了事，但是如果這是一個邊緣問題，就能找到辦法解決。截至目前為止，曼加諾已說服兩百多個城市，大幅重新評估現行的遊民政策。

六月中，曼加諾在前往愛達荷州首府波伊西市（Boise）途中，在紐約停留，他說：「我最近到聖路易市，跟當地從事這方面工作的人交換意見。他們碰見一群非常難纏的遊民，什麼方法都不管用。我聽了之後便建議說，何不拿些錢租幾間公寓，帶著鑰匙去跟這些人說：『這是公寓鑰匙，如果你現在願意跟我走，我就給你這把鑰匙，你可以住進公寓裡。』他們採納了我的建議，後來願意住進去的遊民愈來愈多。我們的意圖是，捨棄老舊的觀念，不要再對遊民計畫當凱子爹，無止盡地提供經費，改而投資在可以實際結束遊民現象的辦法上。」

曼加諾是歷史迷，有時聽黑人麥爾坎．X（Malcom X）的演講，聽著聽著便睡著了。他在談話中經常會提到跟民權運動、柏林圍牆有關的事，更是經常把美國的反抗黑奴制度的歷史掛在嘴邊。他說：「我反對蓄奴，我在波士頓的辦公室，就在波士頓公園五十四兵團紀念碑的對面，離威廉．蓋里森（William Lloyd Garrison）發表演說、主張立即廢除黑奴制度的派克街教堂，與費德烈．道格拉斯（Frederick Douglass）發表著名演說的特勒門教堂（Tremont Temple）都距離很近。我深信對社會不公不能只是處理，而應予終止。」

提供住處能減少政府負擔達三分之二

丹佛市中心舊的青年會（YMCA）位於城中商業區的第十六街東邊，老建築主體是一棟美觀的石材建築，一共六層樓高，一九〇六年落成；與其相連的建物則是在一九五〇年代加蓋的，一樓是健身房與復健運動室，二樓以上的樓層則是數百間單人房公寓，每間都有微波爐、冰箱與中央空調，過去幾年中，這些公寓由科羅拉多遊民聯盟持有與管理。

即使是從大城市的標準來看，丹佛的遊民問題也極為嚴重。丹佛的冬天比起其他地點來不算太冷，夏天遠比鄰近的新墨西哥州或猶他州涼爽，因此丹佛對窮人有如磁石。市府自己的估計是，市中心約有一千名長期遊民，其中的三百人沿十六街中段的購物走廊，或在附近的公民中心公園棲息。城中許多商家擔心，這些揮之不去的遊民會嚇走上門的顧客。此外，北邊幾條街有一個外觀普通的戒酒中心，每年收容的人多達二萬八千人，其中許多是醉倒在街頭的遊民，有些更是因為喝一種被稱為「提克醫生」（Dr. Tich）的漱口水而昏醉。丹佛市社會服務經理羅珊・懷特（Roxane White）說：「你可以想像這會對腸胃造成什麼樣的傷害。」

十八個月前，丹佛市也跟曼加諾簽約，在聯邦與地方經費支持下，科羅拉多遊民聯盟推出的計畫，迄今已幫助了一百零六人。這個計畫是以丹佛的巴爾，也就是對丹佛財務系統最傷的遊民為對象。遊民聯盟尋找流浪街頭時間最久、有犯罪紀錄，以及有濫用藥物或精神病史的人。處理禁藥問題的主任瑞秋・波斯特（Rachel Post）說：「我們收容了一名六十出頭，可是看起來好像八十多歲的女性遊民。她長期酗酒，每天早上起來的例行公事就是找酒喝，跌跤對她來說是家常便飯。另外還有一名我們第一週收容進來的人，嗑止痛藥就像吃飯，而且得一直接受心理治療；他一共坐了十一年的牢，出獄後流浪街頭三年。如果這聽起來還不夠慘，再告訴你，他的心臟有一個破洞。」

丹佛市吸引遊民上門的策略，跟曼加諾在聖路易市推行的策略一樣：你想不想免費住進一間公寓？登記的人將來不是住進ＹＭＣＡ的單人房，就是住進位於市府在其他地點承租的建築裡，條件是只要配合遊民計畫的規定。在ＹＭＣＡ過去用來打壁球的地下室中，目前設立了一個指揮中心，負責遊民個案的人員在此辦公。每週五天，每天早上八點半到十點之間，社工會跟參加計畫的每一位遊民接觸，細心評估他們的情況。會議桌的牆上掛著幾面大白板，上面寫滿了醫生的看診時間、上法院的時間與服藥時間表。波斯特說：「我們會探望這些遊民，並評估他們入住後的生活情況。有時我們跟某些人每天都有接觸，理想的狀況是，我們希望每隔幾天就與這些遊民接觸一次。現在真正讓我們擔心的人有十五人。」

這種服務的成本，大約是每名遊民每年一萬美元。丹佛的單人公寓，每月平均要三百七十六美元，每年約四千五百美元；這表示收容與長期照顧一名遊民，最多要花一萬五千美元，大約是此人流浪街頭會造成政府負擔的三分之一。而這項計畫的最終理想是，一旦此人安定下來並找到工作，便有更多能力可以自力負擔房租，因此政府每年需要付出的金額可減至六千美元。加入此一計畫的公寓戶數愈來愈多，政府希望未來十年可以再增加八百戶。

追求效率而犧牲了道德正當性

當然在現實上，解決問題並不是這樣乾脆俐落。這項計畫的設立初衷是，讓貧病交加的遊民能夠安定下來，最後能夠就業，但這只是一個希望而已。對有些人來說，這根本是緣木求魚，畢竟這些人是最棘手的案例。波斯特說：「遊民中有一個年輕人，才二十幾歲就有肝硬化，有次大出血，血液裡的酒精濃度高得離譜，為〇．四九，足以致命。在我們安置給他的第一間公寓，他把所有的朋友都邀來大開派對，把公寓搞得一塌糊塗，還打破了窗戶。在我們給他的第二間公寓中，他又故態復萌。」

波斯特說，那個年輕人可以滴酒不沾幾個月，但一旦破戒就會大肆破壞，把公寓搞得不成樣。令社工非常傷腦筋，不知下一步該怎麼做。波斯頓剛跟紐約的同事通完電話，他們談到一次又一次地給遊民機會，等於變相鼓勵這些人不負責任。對某些人來說的確如此，但有其他的選擇嗎？如果這些人重回街頭，政府要花更多的錢。

目前社福政策的背後思考邏輯是，政府的一切協助都是暫時和有條件的，避免讓受助遊民產生依賴。但一個不惜飲鴆止渴、才二十七歲就有肝硬化問題的人，協助能不能產生效果，以及能有什麼效果，都令人存疑。波斯特說：「最難搞的是那些油滑遊民，他們覺得再流浪街頭沒有什麼大不了的。夏天來臨時，他們就會說：『我哪需要遵守那些規定！』」對付屬長期遊民的對策，必須與「常態分配型」的社會政策相反，讓適用的對象產生依賴感是最好不過，因為你希望那些流浪在外的人進入系統之內，在YMCA地下室的社工人員監督下，重新建立生活。

「長尾理論」的遊民政策令人焦慮的癥結也在此。從經濟觀點來看，這個辦法非常有道理，但從道德角度來說，卻有失公平。丹佛無疑有成千上萬的人，每天都要兼兩三份工作才能勉強度日，這些人才是需要幫助的一群，卻沒有人給他們一把公寓的新鎖匙；得到救濟鑰匙的，反而是那些飲「提克」漱口水與滿口粗話的人。當仰賴救濟金度日的單親母親，在救濟額度滿了或遇到經費不足的時候，我們會立即停掉她的救濟金；可是破壞公寓的酒鬼遊民，我們卻一再給予機會。社會福利本應有某種道德正當性，應受照顧的是寡婦、殘障老兵與低收入或失業的單親媽媽。讓醉倒街頭的遊民有免費公寓可住，在道理上很難讓人心服口服，出發點完全是著眼於效率。

我們也認為社會福利的分配不應該武斷，我們不單是抽樣性地救濟一些貧窮的家庭或殘障榮民，而是只要達到正式認定標準，或在道德上具備可信度的弱勢族群，都應該一視同仁給予協助。丹佛的遊民計畫也不是來者不拒，目前等候住進公寓的遊民高達六百人，這些人恐怕要等上好多年才有屋可住，有些或許更只能望洋興嘆。問題在於經費不夠充裕，讓人人都能受益，因此不如幫助幾個人的成本效益大。要公平，成立施粥廚房或收容所最公平，但兩者都不能解決遊民問題。我們的道德本能，對解決難纏個案無濟於事，「長尾理論分布」的問題，逼我們做出不愉快的選擇。我們要不就堅守既有方針，要不就真正著眼於解決問題，這是無法兩全的事。

跟遊民問題沒兩樣的空污問題

離丹佛市中心的舊YMCA西北幾哩，在二十五號州際公路交流道外的史必爾大道旁，有一個巨大的電子標示，它連到一個檢測行經車輛廢氣排放量的儀器，廢氣污染控制良好的車輛經過時，電子標示牌會打出「良好」的記號；超過標準量很多的車輛，則會打出「不良」的記號。站在史必爾大道出口觀看標示一段時間，你會覺得幾乎每輛車的測量結果都是「良好」。一輛Audi A4如此，一輛別克「世紀」（Buick Century）也是如此；行經的豐田可樂娜（Toyota Corolla）、福特「金牛」（Ford Taurus）與Sabb 9-5等車的反應也都是「良好」。也許二十分鐘過後，一輛福特Escort老爺車或一輛保時捷（Porsche）改裝車經過時，標示顯示出了「不良」的字樣。在史必爾大道上觀看空氣污染問題，跟聽YMCA裡的社工討論如何解決遊民問題，兩者的結論是一樣的：我們花了許多力氣想解決這些問題，而問題卻集中在少數幾個嚴重案例上。

大多數的汽車，尤其是新車，引擎都極為乾淨，一輛二〇〇四年的速霸陸（Subaru）如果性能良好，僅會排放〇．〇六％的一氧化碳，幾近於零。但在幾乎所有高速公路上，車齡、保養不良或車主刻意改裝，形形色色的原因加起來，就能使小部分車子製造出超過一〇％的一氧化碳，比標準高出近二百倍。在丹佛，是五％的汽車在道路上製造了五五％的廢氣。

唐諾．史泰曼（Donald Stedman）說：「跟人一樣，年齡愈大，汽車愈容易出問題。我們指的是各種機械故障，例如電腦系統有問題、燃料噴射裝置關不上，以及觸媒失靈等，造成了高排放量。」史泰曼研究化學，是丹佛大學的汽車排放檢測專家，他說：「在我們的資料庫中，至少有一輛黑烏賊，每哩要噴出七十公克的碳氫化合物，足以抵上一輛本田喜美的廢氣量。不只老車有問題，高里程的新車，例如計程車，一樣是問題車。九〇年代洛杉磯一名地方法院檢察官，發明了一套有效但極少人知道的控制方法。他前往洛杉磯機場，發現所有貝爾車行（Bell Cabs）的計程車都是高汙染源：其中一輛的汙染排放量，甚至超過本身的車重。

在史泰曼看來，現行的廢氣檢測制度不大有道理，丹佛有一百萬汽車駕駛人每年須去驗車、檢查排放量，車主得從工作崗位請假、排隊等候，還須繳交十五到二十美元的驗車費，去測一個他們九〇%都不需要的檢驗。史泰曼說：「不是每個人都去做乳癌檢查，也不是每個人都做愛滋病的檢查。」定點的廢氣排放檢驗，其實不太能測得出問題來，對解決少數車輛所造成的問題也效果不彰。跑車迷開的高性能引擎跑車最會造成污染，但他們往往會在驗車當天，換上一個乾淨的引擎。有些人將車籍登記在偏遠、沒有排氣檢測的城鎮；或在高速公路風馳電掣後，引擎尚熱時去驗車，因為污染的引擎此時看起來乾淨；還有人不應該通過檢驗，卻被放行，因為骯髒的引擎變化極大，有時可以短時間內乾淨燃燒。史泰曼說：「丹佛的檢測辦法，對空氣品質並沒有多少助益。」

重點在於缺乏執行力

史泰曼提議以機動檢測代之。二十年前他發明了一個手提箱大小的儀器，在車輛行經高速公路時，利用紅外線立即監測與分析車輛廢氣的排放情形；史必爾大道的廢氣檢測標示即可安裝一個史泰曼設計的儀器。他更表示，丹佛可把六、七個偵測儀器安裝在廂型車上，讓廂型車停在高速公路的匝道，並出動警車駐守，只要有車輛未通過標準，交通警察便可當場將可疑車輛攔下。六輛廂型車每天可以監測三萬輛汽車。史泰曼估計，丹佛當局目前要花二千五百萬美元對汽車駕駛人做實地檢測，但用這些錢，市府當局卻可以找出那二萬五千輛真正的禍首。不出幾年，丹佛都會區的汽車廢氣排放，可減低約三五%到四〇%，丹佛當局不用再處理廢氣問題，卻可以終結它。

那麼為什麼沒有人採用史泰曼的方法？這又不涉及道德議題，我們對警察攔截違規車輛的作法早就習慣，加一個污染防制儀器，應不會招徠反彈。然而我們出自本能的社會傾向卻反對我們這樣做，因為大家心裡都認為，污染問題「人人有責」、是大家共同造成的。我們早已發展出一些辦法與制度，不會縱容或坐視問題坐大。美國國會通過相關立法，環保署也制定了若干規定，汽車業者產製的車輛比以前乾淨，因此空氣也改善了。但史泰曼並不在乎華府或生產汽車的底特律做了什麼，要防制空氣污染固然跟立法有關，但跟遵守法律更有關。這是一個政策執行與否的問題，而不是政策問題。

史泰曼的提案最後還有一個問題，他希望用裝有檢驗儀器的六輛廂型車，解決丹佛的空污問題。但這麼大的問題，能這樣三兩下就解決嗎？

正因為此，克里斯多福委員會的發現不能令人感到滿意。我們每遇到常態官僚機制不能解決的大問題，便成立一個網羅一時之選的高階委員會，希望研擬出全面性的解決辦法。但該委員會最深入的發現是什麼？長官在評估一個有毆打羈押嫌犯習慣的警察時，只輕描淡寫地評道：「該名員警平時的行為均相當守法，公眾亦對其有信心。」長官不閱讀下屬實際檔案時，就會做出這種烏龍報告，克里斯多福委員會的報告暗示，只要身為長官的警官閱讀下屬員警的檔案，就可解決洛杉磯警察濫用暴力的問題。因此問題不在政策，而在執行。聽起來，洛城警局只須遵守既有的法規，不過卻不是希望警方能有大幅度改革的社會大眾所樂於聽見的；解決屬「長尾分布」性質的問題，不但違背我們的道德本能，也與我們的政策本能相悖。因此我們很難不下這樣的結論：長期以來我們把遊民看成沒有希望的團體，原因不是不知如何是好，而是不想知道怎麼做會更好。老方法的確簡單多了。

「長尾理論」的解決方法對右派沒有太多吸引力，因為涉及到要對不值得特別照顧的一群人給予照顧。它也對左派缺乏誘惑力，因為強調效率過於公平，充滿芝加哥學派冷冰冰的成本效益觀點，即便可以解決遊民問題、減少空氣污染或改良警察紀律，這些崇高的目的都不能完全讓社會大眾心動。丹佛名氣如雷貫耳的約翰·席肯洛波（John Hickenlooper）市長，過去曾把解決遊民問題視為市政第一優先，二〇〇六年夏天在丹佛年度的市政重大演說中，對遊民問題的著墨超過其他任何議題。他選擇在丹佛的公民中心公園發表演說，也充滿象徵意義，因為這裡是遊民的群聚之地。他曾多次在當地的談話性節目中，談到丹佛市是如何努力解決這個問題，也曾委託專人研究，遊民人口是如何損耗丹佛的資源，但是他也透露：「還是有人在我走進超級市場時，把我攔下說：『我不敢相信你會幫助這些遊民與無賴。』」

一年前的一個清晨，瑪拉·鍾斯接到她先生打來的一通電話。史蒂夫已經到辦公室了，瑪拉說：「電話把我吵醒了，而且他在電話中泣不成聲，我以為是哪位同事出什麼事了，想不到他告訴我說：『巴爾昨晚死了。』」他死於胃出血，那天部分警察局的同仁曾經為他默哀以示悼念。

瑪拉繼續說：「我幾乎每天都會想到他。耶誕節時，我總是會替他購置一份耶誕禮物，確定他有手套可戴、有毯子可蓋、有外套可穿；我們彼此關懷。有次某個酒醉的病人從病床上跳下來，想要對我怎麼樣，巴爾見狀立即從他的病床上跳下，揮拳對那人說：『你別想動我的天使一根寒毛。』如果定期追蹤巴爾，他的表現好極了；他會有固定的地方住，有份工作，每天定時上班，絕不碰酒，所有該做的他都照做。有一類人，如果有人盯住，他們很可以成為社會成功的一分子。巴爾就需要有人看住他。」

然而，雷諾當然無法提供一個合乎巴爾需要的環境，一定是有人認為此舉的成本太高了。瑪拉說：「我告訴史蒂夫，如果沒有人請領巴爾的遺體，我可以去領。我不會把他就這樣送到無名墓穴中。」

二〇〇六年二月十三日

CHAPTER 9

影像問題

乳房攝影、空軍戰力和觀看的限制

第一次波斯灣戰爭（Gulf War）爆發之初，美國出動了兩中隊的F-15E攻擊鷹式戰鬥轟炸機，目的在找出伊拉克對付以色列的「飛毛腿」（Scud）飛彈並加以摧毀。這些飛彈多半在晚上，從改裝過的拖拉機發射台上發射；發射台則在伊拉克西部沙漠四百平方公里的「飛毛腿盒子」一帶神祕移動。美軍的計畫是出動F-15E在「飛毛腿盒子」上方巡邏，當伊拉克發射「飛毛腿」飛彈，夜空為之照亮時，F-15E飛行員即能飛向發射點，隨著沙漠縱橫交錯的道路，找出目標來。在這項任務中，美軍用的是造價高達四百六十萬美元、最先進的導航與定位技術，可以利用紅外線攝影，在飛機上將方圓四哩半的地帶拍攝成高解析度的畫面。而要在一個空曠的沙漠中，找尋笨重的聯結車能有多困難？

幾乎是在瞬間，「飛毛腿」攻擊報告就從戰地傳回，「沙漠風暴」（Desert Storm）指揮官士氣大振，美國空軍退役上校巴利．華茲（Barry Watts）說：「我記得戰後到尼里斯（Nellis）空軍基地參觀。他們做了一個很大的靜態展示，把所有在『沙漠風暴』中出過任務的戰機召集到一處，每架飛機前各放了一個牌子，上面各自說明立了什麼戰功。你若據此算一算共有多少『飛毛腿』飛彈被摧毀，得到的總數大約是一百。」就空軍來說，他們不是「猜測」自己命中多少發射台，而是真的「知道」。空軍有造價四百多萬美元的攝影儀器，能照出近乎完美無缺的照片，而照片當然不會做假。查爾斯・羅森（Charles Rosen）與亨利・澤納（Henri Zerner）曾經寫道：「照片無法說謊，也不會說謊，這是我們的信念。我們信任攝影機勝過雙眼。」因此，美軍宣布搜索「飛毛腿」的行動大勝。然而到戰爭結束，美國空軍開始任命一個小組檢驗「沙漠風暴」空戰的成效時，該小組說，確切摧毀「飛毛腿」發射台的實際數字是「零」。

在公路上開車卻用吸管來觀看

問題在於，飛行員是在夜間出勤，人眼的深度知覺（depth perception）會受到影響。夜間紅外線導航與定位技術可以在夜間看清一切，但只在對準位置時才有用，而夜間正確位置卻不是那麼明顯。同時，飛行員只有五分鐘的時間找尋獵物，因為飛彈發射後，伊拉克的飛彈發射台會立即遁入巴格達和約旦之間，高速公路下方的許多地下排水道中，而飛行員藉以掃描偌大沙漠的儀器螢幕，卻只有六吋平方大。在波斯灣戰爭中出過多次「飛毛腿」偵察任務的麥可・狄古爾（Mike DeCuir）回憶說：「這就像在州際公路上開車，卻用吸管來觀看。」另外，「飛毛腿」發射台在螢幕上長得什麼樣子，空軍也不清楚。

狄古爾說：「我們有一張地面的情報照片，不過是在二萬呎高空與方圓五哩之內拍攝的，你必須想像它在黑白螢幕上是什麼樣子。當時的解析度仍可看出發射台像大卡車，而且有輪子，但在二萬呎的高度上，其他部分就看不出來了。」戰後的分析顯示，若干飛行員擊中的目標，其實是伊拉克人用舊卡車與飛彈零件製成的誘餌，也有一些是在通往約旦的高速公路上的油罐車；油罐車不就是拖拉機拖著又長又亮的圓柱形物體嗎？在二萬呎高空，以四百哩的時速飛行，在六吋平方大小的螢幕上，任何光亮的圓柱形物體都很像一枚飛彈。波斯灣戰果分析小組的成員華茲說：「我們一直都有這個問題。你在夜間出勤，覺得感應器好像偵測到什麼動靜，於是你準備好武器、發射炸彈；真的很難判斷你到底做了什麼。」

換句話說，製造一個可以在夜間攝影的高科技攝影機不難，但只有在對準了方向時，攝影機才能發揮效力；而即使這個時候，照出來的照片也不是一目了然。影像需要解讀，而解讀的任務往往比拍攝時所需克服的技術障礙還大。這就是「搜尋飛毛腿」行動的教訓：要借助影像澄清，卻往往造成混淆。

一九六三年的「查普德」（Zapruder）影片，非但不能解決甘迺迪遇刺案的疑團，反而加深了爭議。警察毆打非裔青年羅德尼．金（Rodney King）的錄影帶公布後，輿論譁然，警察被指責濫用暴力，但陪審團後來決定被控訴的警察無罪，根據的也是同樣的影片。然而關於影像的爭議，所有的領域都可能沒有乳房攝影來得大。放射專家發明了最先進的X光攝影器材，用來篩檢婦女乳房的腫瘤，所持的理由是：如果能夠有近乎理想的照片，腫瘤便可及早發現與消除。然而對於乳房攝影的優點，說法極為混淆。我們是否也對影像投注了過多的信任？

無法完全呈現真實的X光片

紐約市史隆－凱特林癌症紀念醫學中心（Memorial Sloan-Kettering Cancer Center）的乳房影像顯影部門負責人，大衛．德蕭（David Dershaw）醫師，五十幾歲，跟影星凱文．史貝西（Kevin Sapcey）極為相像。不久前，他在史隆－凱特林辦公室中，解釋如何閱讀乳房攝影的X光片。

他把一張X光片放在看片燈箱上說：「癌細胞以兩種型態顯現。你先找腫瘤與腫塊，也要看鈣化的情形。如果發現鈣化，你要判斷這是可以接受的鈣化，還是癌症引起的鈣化？」他指著一張X光片說：「這名女性有乳癌，而且有一些微小的鈣化點。你看到了嗎？這些斑點其實很小。」他取出一個放大鏡來觀看；隨著癌細胞的擴散，也會產生鈣沉積。他說：「這就是我們要找的東西。」

德蕭又把數張X光片放在看片燈箱上，一一解釋不同的白點所代表的意義。有些鈣化群呈透明的橢圓形，德蕭說：「這些叫做蛋殼狀鈣化，基本上是良性的。另外一種鈣化像火車軌道般，沿著乳房兩側的血管出現，這也是良性的。還有一種厚重的鈣化像玉米花一樣，這些是死的組織，也是良性的。還有一種鈣化是浮動在囊腫液體裡的鈣，叫『鈣奶』。」他換上幾張新的X光片說：「有些鈣呈不規則狀，且密度、大小與形狀都很不一樣，這些通常屬良性，但有時是因癌症而出現。記得剛剛看的直線軌道嗎？桿狀鈣有時也在血管裡，可是，當鈣在血管外呈不規則狀時，就是癌細胞。」

接著德蕭的解釋開始令人糊塗了：「有些良性的鈣化現象，永遠是良性，有些卻經常與癌有關，它在光譜的兩端。大多數的鈣化位在光譜中央一帶；要分辨鈣化是不是能夠接受，並不是那麼絕對清楚。」

腫塊也是同樣的道理，若干腫塊只是正常的細胞堆積。醫生判斷腫塊是良性，是因為細胞團的細胞壁看起來圓而平滑。而擴散極快的癌細胞，細胞壁非常突出與參差不齊，會侵入到鄰近的組織中。不過，有時良性腫塊很像惡性腫瘤，惡性腫瘤看起來也很像良性腫塊。有時許多細胞組織單獨分開來看很可疑，但又那麼普遍，也許婦女的乳房組織看起來就是這個樣子。

德蕭說：「如果做胸腔斷層掃描，心臟永遠看起來像個心臟，大動脈永遠看起來是大動脈，如果中間出現了腫塊，那顯然是異常。看乳房攝影，在視覺上就跟看身體其他部位的影像不同；人體各個部分的解剖基本上是相同的，但我們對乳房就沒有標準化的資訊。我感覺醫生面對病人要做的最難判斷是：這人是否正常？雖然缺少大體可以適用在每個人身上的合理標準，有時甚至連左右乳房的相同標準都沒有，醫生卻要在這樣的情況下判斷是正常還是異常。」

德蕭的絃外之音是，乳房攝影並不能達到我們對影像的一般期望。舉例來說，在攝影術發明之前，繪畫中的馬在奔跑時都是前腿前伸過頭，後腿直直向後伸，因為看不清馬在奔跑時究竟是什麼樣子，因此我們印象中馬就是這樣奔馳。直至一八七〇年代，愛德華・邁布里奇（Eadweard Muybridge）對外公開了名噪一時的駿馬奔馳照片，世人才恍然大悟，馬狂奔起來是什麼樣子，這才結束了以前的錯誤觀念。影像的意義應該是：有了它，我們便可以捕捉住現實。

影像的解讀有太多灰色地帶

但乳房的X光攝影不同，我們一般談到的鈣化與腫塊時，含意清清楚楚，但應該清楚展示在照片中的卻是一團模糊。華盛頓大學港景醫學中心（Harborview Medical Center）醫生兼流行病學家瓊安・艾爾摩（Joann Elmore），有次要求十名放射科專家看一百五十張的乳房X光片，其中二十七張後來發現有乳癌、一百二十三張為健康。一名放射專家第一次的癌症判斷，正確率高達八五％；另一人的正確率只有三七％。對同一批片子，有一人在七八％的病例中看見可疑的細胞組織，另一名放射醫生在半數癌症病例中看到「不對稱腫瘤陰影」，也有一名醫師完全沒看見。有一張特別令人擔憂的乳房攝影，三名放射科醫師認為正常，二名認為異常，但也不排除是良性；四人拿不定主意，一人堅信是癌（結果沒事）。這些判斷上的差別，有些是技術問題，例如在嚴格訓練與經驗累積後，放射科醫師判斷乳房X光攝影的技術會日益精進。然而在X光片的研判上有太多灰色地帶，有時如何解讀甚至是個性問題。若干放射科醫生看見模稜兩可的情形，會不做多想地說是正常，有些則會立即感到可疑。

那麼，這是不是表示放射科醫師應該盡量懷疑呢？我們可能會這樣想。然而有時審慎只徒然製造出另一個問題。艾爾摩的研究中，發現最多癌症病例的醫生，也建議立即對六四％的未罹患癌婦女做活組織切片檢驗、超音波與再次的X光照射。在現實世界中，要求這樣高比例的健康婦女進行曠日費時、耗錢耗力的檢查，其實是有違職業道德的。乳房攝影不是一種醫療形式；如果是醫療形式，醫生當然可以逕自要病人長期利用。乳房攝影只是一種醫療上的篩檢，目的是篩檢出病人有問題的地方，讓他們接受到醫療關懷。如果篩檢不能達到效果，要它何用？

達特茅斯醫學院（Dartmouth Medical School）教授吉爾伯・威奇（Gilbert Welch）指出，從目前的乳癌死亡率看來，未來十年內，每千名六十歲的婦女有九人會死於乳癌。如果這些婦女每人每年做一次乳房X光攝影，死亡數字會降到六人。換言之，檢查這一千名婦女的放射科醫師在未來十年中，為了要救三條性命，必須看一萬張X光片——這還是最樂觀且有效解讀X光片的估計。放射科醫師之所以推測，片子上大部分模稜兩可的東西是正常，是因為大多數結果確是如此。就這方面來說，放射科專家就像機場裡的行李檢查員，負責判斷行李中一團團黑色物品是否是炸彈，如果認定每件行李中都有可疑的東西，就沒有人上得了飛機了。當然，這並不表示黑色的可疑物一定不是炸彈，你要判斷的只是X光螢幕上的東西看起來像什麼，然而螢幕卻很少提供足夠的資訊。

———

德蕭拿起另一張X光片，這是一名四十八歲婦女的X光照。乳房攝影顯示出乳房密度，組織愈密，愈吸收X光，照片影像上也會呈現不同程度的黑白色調。脂肪幾乎不會吸收X光束，因此會呈黑色。乳房組織，尤其是年輕婦女的厚乳房組織，在X光照射下呈灰或白色。這名四十八歲婦女的乳房後方多為脂肪，靠近前方則是密集的腺體組織，因此X光完全呈現黑色，乳頭後面是一塊大白色。在左乳的脂肪部分中，可以清楚看到一塊白點。

德蕭說：「這一小塊不光整、不規則、侵犯到周邊的組織，看起來就像癌細胞，直徑約有○．五公分。」他仔細端詳了X光片一會兒，這是效果最好的乳房攝影，影像清楚顯示出需要解決的問題。他隨即取了一支筆，指著腫瘤右邊厚厚的一團，它與腫瘤的顏色完全一樣，他說：「腫瘤之所以照得出來，是因為位於乳房的脂肪部分。如果腫瘤所在位置是乳房組織密度高的地方，你永遠也看不到，因為腫瘤組織所呈現的白色與正常組織呈現的白是一樣的。如果腫瘤藏在那裡，即使有四倍那麼大，我們還是看不見。」更糟糕的是，最可能造成傷害的腫瘤尤其可能逃過乳房攝影的法眼。

觸覺或許比視覺更值得信任

研究病理家佩姬．波特（Peggy Porter）領導的一個小組，分析過去五年中在普吉灣健保合作社（Group Health Cooperative of Puget Sound），被診斷出的四百二十九名乳癌病例。根據腫瘤原位擴散的情形判斷，其中有二百七十九個病例，多屬於第一期，大部分的腫瘤都很小，不到兩公分。病理學家根據「核分裂率」對腫瘤的侵襲程度分級，發現在幾達七成的病例中，腫瘤多被列為「低度威脅」，這些癌症也屬可能治癒的一種。俄亥俄血液腫瘤專家雷思麗．魯夫曼（Leslie Laufman）最近參與國家衛生研究院（National Institutes of Health）乳癌諮詢小組的研究，她說：「大多數腫瘤的成長速度非常緩慢，也會出現鈣化的現象，乳房攝影就是要找出那些鈣化現象。乳房攝影的功用，可說是要專門發現成長緩慢的腫瘤。」

然而在波特研究的病例中，有一百五十個卻未能透過乳房攝影檢查出癌症。有些情況是腫瘤藏在乳房厚密的組織後面，但大部分的情形卻是在進行乳房攝影時，腫瘤根本還不存在。這些病例的患者，都是有定期做乳房攝影的婦女，且醫生也根據攝影結果判斷她們沒有問題。她們得知罹患乳癌是在兩次乳房攝影之間，可能是醫生用觸診發現病人乳房有硬塊，或是病人自我檢查時發現。而此時經觸診發現的腫瘤，與發現腫瘤後的攝影檢測相比，屬第三期的可能性為兩倍、病人細胞核分裂飆高的可能性為三倍；二八％的病人癌細胞已經擴散到淋巴結，比乳房攝影檢查多出一〇％。這些癌細胞的侵略性極強，因此在兩次乳房攝影之間，已經惡化到能被檢查出來了。

在兩次乳房攝影之間發現的惡性腫瘤，暴露出為何絕大多數的乳癌專家堅持，五十五到六十九歲的婦女要定期做乳房攝影檢查。在波特的研究中，婦女做X光乳房攝影的間隔時間為三年，在這長達三年的漏洞中，腫瘤有可能出現。因此許多乳癌專家認為，除了乳房攝影外，婦女還應接受定期與「徹底」的臨床診斷（所謂徹底的診斷，是以觸診檢查鎖骨到腔廓尾椎部分；一次觸診的範圍是一個銅板那麼大，經過特殊訓練的醫生會從皮下、乳房中央，一直檢查到前胸壁，每一側乳房檢查的時間不得少於五分鐘）。一九八〇年代，一個在加拿大進行的乳房攝影效益研究中，一組婦女定期接受徹底的乳房檢查，但不做乳房攝影；另一組除了徹底檢查外，還接受定期乳房攝影。結果發現，兩組的乳癌死亡率沒有差別。加拿大的這項研究很有爭議，若干乳癌專家也堅信乳房攝影有好處，但我們不能否認這項實驗的基本發現：一雙有經驗的手可以摸出乳房的健康狀態，讓我們無法輕易地下結論說，影像的確比觸感所告訴我們的更有價值。

感官心理學家馬克．戈斯坦（Mark Goldstein）說：「我們的手指表面，每平方公分有數百個感應器，就手指能夠感覺到的刺激範圍而言，沒有一種科技能與手指的敏感度相提並論。」戈斯坦是「關懷乳房」（MammaCare）公司的共同創辦人，專司醫生與護士臨床檢查的訓練，他說：「手指是一個絕佳的工具，但我們對觸覺的信任，卻不及對視覺的信任。」

什文福問題

一九四三年八月十七日，二百架美國第八空軍大隊的B-17型轟炸機自英國出發，前往德國的什文福市（Schweinfurt）出任務。兩個月後，二百二十八架B-17二度轟炸什文福市。這兩個夜晚是二戰史上轟炸力道最猛的夜間攻擊，而盟軍在什文福的經驗，再度凸顯影像的解讀問題。

什文福突襲是美軍一心要追求精準轟炸的一個例子。史蒂芬．布狄安斯基（Stephen Budiansky）在其佳作《空中火力》（*Air Power*）中記述，一次大戰的空中轟炸所得的主要教訓是，在八千或一萬呎的高空進行轟炸，可能是一項極為艱難的任務。在戰爭激烈進行之際，轟炸機必須調整飛行速度、適應高空的風速與風向，在準備投下炸彈的同時，更須兼顧瞄準器是否與地面保持平行角度，這需要複雜的三角估算，幾乎是一項不可能的任務。基於種種原因，包括技術挑戰在內，英軍乾脆放棄了追求精準，在兩次世界大戰中，英軍追求的是「士氣／區域轟炸」策略，不加選擇地在城市一帶投擲炸彈，目的在摧毀與渙散德國百姓的士氣。

但美軍認為，轟炸的命中率問題可以解決，他們仰賴的即是「諾登投彈瞄準器」（Norden Bombsight）。這項發明是卡爾．諾登（Carl Norden）個人的精心傑作，他在紐約市的一家廠房中，製造了一個五十五磅重的機械計算機「馬克XV」（Mark XV），這部計算機能用陀螺儀與齒輪估算風速、高度與側風，進而判斷出正確的投彈點。諾登的事業夥伴誇口，「馬克XV」能從二萬呎的高空，把炸彈準確地投到酸黃瓜醃桶中。如同布狄安斯基指出的，美國政府花了十五億美元的經費研發，這筆錢比製造原子彈的一半還多。他在書中寫到：「諾登投彈瞄準器被鎖在空軍基地的地窖中，出任務前，由武裝衛兵護送到飛機上，直到起飛前才把遮蓋的帆布拿掉。」因此現在美軍對自己的轟炸機更有信心，並藉此發展出一套戰略，能轟炸、識別與選擇性摧毀戰略目標，而此將事關納粹戰爭成敗。

在一九四三年初，美國空軍司令亨利．阿諾德（Henry Arnold）將軍，曾集合一群有名望的民間人士，請他們分析德國經濟，並建議重要的轟炸目標。這個轟炸任務諮詢委員會認為，美軍應以德國的滾珠承軸工廠為目標，因為滾珠承軸跟飛機製造有關，而什文福正是德國滾珠承軸工業的重心。盟軍為兩次突襲付出慘重代價，三十六架B-17轟炸機在八月的轟炸行動中被擊落，十月突襲中折損六十二架；在兩次任務中，另有一百三十八架受到重創。然而損失被視為是值得的，因為戰爭均勢維持住了，當戰報進來時，阿諾德高興地說：「現在我們拿下什文福了！」但他錯了。

情報未如武器一樣精準

美軍二戰的轟炸任務，跟波斯灣戰爭時追蹤「飛毛腿」飛彈的情形不一樣；就後者來說，美軍找不到轟炸目標，或是說誤認了轟炸目標。B-17轟炸機在「馬克XV」的相助下，猛轟滾珠承軸廠，可是問題是，美國空軍軍官拿到的目標照片，並未告訴他們真正需要知道的情報。德國有充分的滾珠承軸囤貨，也不愁從瑞典或瑞士增加進口。美軍也不知道德國人只要稍微改良設計，便能減少飛機製造對滾珠承軸的依賴。更糟的是，雖然工廠被炸得七零八落，但裡面的機器卻完好無恙。生產滾珠承軸的機器極為堅硬，軍備部長亞伯特．史佩爾（Albert Speer）在戰後說：「即使遭到重擊，德國的坦克、飛機或其他武器，都未因缺乏滾珠承軸而減產。」看見一個問題，與了解問題癥結所在，是兩碼子事。

近年來，長程精準武器的崛起，使得「什文福問題」尖銳化。如果可以瞄準並擊中屋後的廚房，就不必轟炸整棟房屋，因此使用的炸彈只要兩百磅而不須用到一千磅。也就是說，一架飛機可在一次任務中裝載相當於五倍的炸彈、轟炸五倍多的目標。這聽起來很棒，可是這也表示，需要取得的目標情報必須多五倍，並必須精確五倍才行，因為目標若是在浴室，而不是在廚房，你就炸不到了。

這也是美軍指揮部在伊拉克戰爭中所面臨的問題。在戰爭早期，軍方對特殊目標，也就是薩達姆．海珊與執政的復興黨（Baathist）高幹藏身的地方，發動一波波空襲。五十五次代號「斬首」的任務，都利用了先進的「GPS制導」炸彈，可以自戰鬥機投放，命中目標十三公尺距離內。這些轟炸的命中率驚人，其中一項行動把一家餐廳完全夷平，另一次炸彈穿透到地下室。但終歸說來，每一次出擊任務都失敗了。「問題不在命中率，」對高科技武器缺失著墨無數的華茲說：「在跟轟炸目標有關的情報品質，因為我們需要的情報量，在過去十年早已提高了不知多少倍。」

寧可不知道診斷結果的婦女

乳房攝影有類似的「什文福問題」，這種情況在醫生稱為「乳腺管原位癌」的病變上，再明顯不過；在負責輸送母奶到乳頭的乳腺管裡，會出現鈣化叢，這個腫瘤還未擴散到乳腺管外，非常細小，若非乳房攝影，少數婦女甚至不知道自己已經得了乳癌。在過去二十年，定期接受乳房X光攝影的婦女愈來愈多，診斷出乳腺管原位癌的人也激增。在美國，每年大約會發現五萬個新病例，而乳房攝影偵測到的每一件乳腺管原位癌病例，都可以及時除去她們的病灶。但是瞄準乳腺管原位癌與切除病灶，對於抗癌帶來什麼意義？我們會以為，如果每年能發現五萬個乳癌初期病患，末期侵犯性癌症的病例應該相對減少才對。但我們並不清楚情況是否就是如此，因為在過去二十年中，侵犯性乳癌的病例每年都穩定地呈小幅成長。

一九八七年，丹麥的病理學家解剖若干四十幾歲的婦女，她們的死因都不是乳癌。這些病理學家看了約二百七十五個乳房組織標本，在四成死者的身上，發現了一些癌細胞的證據，多半是乳腺管原位癌。就統計學來看，由於乳癌在婦女死因中的比例不到四%，這些婦女如能長壽，絕大多數應該都不會因乳癌而死。加州大學舊金山分校乳癌專家卡拉．柯里考斯克（Karla Kerlikowske）說：「對我而言，這表示此種基因的變化相當頻繁，有時甚至不會對婦女的健康造成影響。我們的身體自有一套修復機制，也許在腫瘤上發生的情況就是如此。」醫療鑑定專家吉伯特．威奇認為，我們忽略了癌細胞難以預期的生長特質，以為那是一個不盡早干預就會送命的過程，他說：「一名國際癌症研究總署（International Agency for Research on Cancer）的病理學家告訴我，我們犯的最大錯誤，就是在乳腺管原位癌後面加了一個『癌』字。自從加了一個癌字標籤後，醫生便紛紛建議治療，因為大家都認為這種病變會演變成侵犯性癌症，但我們知道並非所有的情形都是如此。」

當然，在一定百分比的病例中，的確乳腺管原位癌會轉成惡性重症。有些研究顯示，這種現象的發生並不頻繁；有的研究則認為發生率很高，十分值得關切。我們並沒有確切的答案肯定哪一種說法才對，而且，僅看乳房攝影就判斷這是否會成為日後惡性腫瘤的病灶，幾乎是不可能的事。正因如此，若干醫師認為，除了把每一件乳腺管原位癌病例皆視為等同威脅生命的重病，別無選擇。這表示這些病例中，有三〇%要做全乳房切除、三五%要做部分切除與放射治療。

照一張品質好一點的X光片，是不是就可以解決問題？不見得，因為我們不確定肉眼所見到底是什麼。當影像畫質變得更好時，我們又會落入看見更多不知如何解釋的東西的地步。在乳腺管原位癌一事上，我們並不真正了解乳房攝影提供給我們的資訊。威奇的新書《我需要癌症檢查嗎？》提出有力數據，探討有關癌症篩選技術與醫療問題上的不確定性。書中說：「在一九八〇年代初期以來，將近有五十萬名婦女被診斷出有乳腺管原位癌並接受治療，而於此之前，幾乎沒人聽說過這種病。這種病例的增加，是更仔細的檢查——使用更精密的乳房攝影儀器——所帶來的直接影響。如此說來，你就能明白，為何有些婦女寧願不知道乳房攝影的診斷結果了。」

乳房X光攝影是否真為必要？

我們對付乳腺管原位癌的方法與教科書上的抗癌例子近似：利用精密的儀器做乳房攝影、盡早發現腫瘤、立即進行又猛又狠的處理。主張定期接受乳房攝影的醫學界人士，將「及早發現」的理論宣導得非常成功，因為我們在本能上覺得這種思維很有道理。腫瘤的威脅是在視覺上呈現。大就是不好，小比較好處理，因為轉移的可能性小。然而，面對難以捉摸的腫瘤，視覺本能也在這裡行不通了。

安德森癌症醫學中心（M.D. Anderson Cancer Center）的生物統計暨運用數學系主任唐諾・巴利（Donald Berry）表示，腫瘤直徑每增加一公分，女性的死亡風險只增加一〇%，他說：「假設我們有一個鑑定腫瘤大小的門檻，超過那個門檻的腫瘤會要命，低於那個則否。問題在於門檻是會變動的。當我們發現一個腫瘤時，我們不知道它是否已經移轉了，也不知道是腫瘤的大小驅動了移轉過程，還是只要再長幾百萬個細胞，腫瘤就會影響身體其他部位。我們的確知道腫瘤愈大愈不好，但並不是壞到哪裡去，其間的關係不如我們以為的那麼密切。」

科學家最近對乳房癌腫瘤進行基因分析，他們選擇了若干已經被追蹤多年的乳癌患者，將患者分成兩組；一組病人的癌細胞已經緩解，另一組的癌細胞已經擴散到身體其他地方。然後科學家回到每件癌症病例被發現的最早時刻，對成千上萬的基因進行分析，以判斷是否可在那一刻預測誰能克服癌症、誰會敗陣。早期檢查，是假設不可能做那種預測，所以腫瘤要在真正變危險前拿掉。不過科學家發現，即使腫瘤在一公分的範圍內（乳房攝影可以檢查出來的範圍），它的命運似乎就已注定。默克製藥公司（Merck）的基因表現分析專家史蒂夫．傅能德（Stephen Friend）說：「我們發現，從切除的腫瘤中可以採集到一些生物組織，這能精準預測腫瘤會不會移轉。我們總以為小腫瘤無用武之地，但事實是，那一小團東西能告訴我們，腫瘤可能會朝良性或惡性發展。」

這裡的好消息是，也許有一天我們可以在基因的層次做乳癌篩檢，亦即利用其他的檢驗方式，甚至是血液檢查，尋找癌細胞的蹤跡。這也有助於解決對乳癌過度治療的長期問題。如果能將腫瘤可能移轉的小部分婦女區分出來，即可不須動輒都要運用手術、電療與化療。由於基因特徵研究的進步，許多科學家對如何抗癌感到樂觀。這項進步跟乳房攝影的影像或更好的攝影技術無關，與其有關的是影像之外的事。

科技有其限制

在此情況下，我們不難明白為何乳房攝影引起這麼多爭議，因為影像顯示與傳達的訊息未必一致。即使歷經四十年的研究，五十歲到六十九歲的婦女接受乳房X光攝影的益處仍甚有爭議，更遑論是否有充分的證據證明，五十歲以下、七十歲以上女性需要定期做乳房攝影了。我們有辦法解決這些歧見與爭議嗎？巴利說，可能沒有，因為只有臨床實驗之後，才能確實回答乳房攝影明確的益處，而這樣的實驗必須牽涉到超過五十萬女性，花費百億美元，這太不切實際了。

乳房攝影結果難有精確的判斷，也使放射科醫生成為誤診訴訟的主要對象之一。佛羅里達州律師克萊．帕克（E. Clay Parker）代表若干乳癌患者，對奧蘭多一名放射科醫生提告，結果贏得勝訴，法官判賠五百一十萬美元。帕克說：「問題在於乳房攝影專家，也就是放射科專家，做了成千上萬的這類乳房攝影，讓女性有『乳房攝影有效』的錯覺；如果發現有腫塊，且發現得早，他們會告訴婦女存活率很高。但當他們為自己辯護時，這群人會說，實際上，什麼時候發現並沒有多大的差別。你不禁要問：『那麼，為什麼要做乳房攝影？』」

答案是，乳房攝影並不是十全十美的救命之道，保守的估計是，乳房攝影會減低一〇％的乳癌死亡率。這對平均年齡在五十歲到六十歲之間的婦女來說，大約可以多出三天的壽命。或者換個比方來說，這與戴安全帽騎十個小時的自行車，兩者的健康效益不相上下。這項效益不算小，將它乘以全美數百萬成年婦女，相當於每年可拯救幾千條性命。如果再加上電療、手術與其他新的有效藥物治療，定會提高乳癌女性的預後診斷。乳房攝影的效果不如我們期望的那樣好，但總比不用好。

德蕭說：「我們做乳房攝影的人逐漸明白，在推廣乳房攝影上可能過度賣力。雖然這不是刻意營造的，但可能會被認為乳房攝影給人的感覺超過了其實際成效。」他邊說，邊看著一批X光片，如果底片上的腫瘤再向右移個幾公分，底片上便完全看不出來。看這樣的X光片令他緊張嗎？德蕭搖搖頭說：「你必須明白科技有其限制，我的工作不是要找出乳房攝影上沒有顯示的影像，而是要看我能在影像上找到什麼。如果我沒有辦法接受這點，就不該來研判乳房攝影的影像。」

每個人都有自己的一套說辭

二〇〇三年二月，在伊拉克戰爭爆發之前，美國國務卿鮑爾（Colin Powell）前往聯合國演說，譴責伊拉克藐視國際法。他提出兩名伊拉克軍事高階官員的通聯紀錄，裡面談到伊拉克企圖隱瞞大規模摧毀武器的事。他提到有目擊者指稱，伊拉克有生化武器的設施，最令人信服的是，他提出一系列的高解析度衛星照片，上面還有仔細的註記，他說這些就是伊拉克的生化武器設施，地點位於首都巴格達以北的塔吉（Taji）。

鮑爾說：「在我提供各位衛星影像前，請先容我說明一下。我要給各位看的照片，有時對常人，或對我來說都很難懂，有多年經驗的專家，甚至不知花了多少鐘頭在底片燈箱上，才能真正看清與了解照片。但當我向各位提出這些衛星照片時，我會盡力解釋清楚這些影像在專家眼中，代表的是什麼。」第一張照片的拍攝時間是二〇〇二年十一月十日，時間點在美國發動伊拉克戰爭的三個月前，也是在伊拉克承諾應該銷毀所有大規模武器多年之後。在第一張放大的照片中，我們看見一棟長方形的建築，旁邊停放了一輛車。鮑爾說：「我們更靠近看一點，請看左邊的影像。左邊的碉堡是四個碉堡當中的一個放大照，它是一間化學倉庫，兩個箭頭標出這裡存放有化學武器；標有『防護』字樣的箭頭指向一座設施，是這類碉堡的一個重要特徵。設施內有特別的警衛與儀器，嚴防並監視有物質外洩。」然後鮑爾又指出設施旁的一輛車，他說：「這是專門消除化學污染的車輛，伊拉克人在碉堡中工作時，這輛車會按實際需要在四個碉堡外圍移動。」

鮑爾的分析是假定我們能夠從照片上看出，不斷移動的車輛是哪一型卡車。但是高空攝影拍出來的卡車，可能不如預期中那樣清楚，有時油罐車與拖著「飛毛腿」發射台的卡車看起來一模一樣。有影像是不錯，但如果你要真正知道自己看的是什麼，需要的可能就不只是影像資料而已。我與擔任中情局影像分析師多年的派崔克．艾丁頓（Patrick Eddington）一起看一些照片，他仔細地觀察在他手提電腦上出現的那一張，並告訴我：「他們說這些是消毒車，但是解析度足以告訴我它們不是，我也看不出有哪輛車是我認得出來的消毒車。」

他說，標準的消毒車是一種俄製的廂形車，而照片上的卡車車體太長了。艾丁頓推薦我去跟服務於中情局有二十七年之久的雷伊．麥高文（Ray McGovern）談，他也是老布希總統擔任副總統時的個人情報官。麥高文說：「如果你是專家，的確可從這種照片看出許多名堂。」他聽過另一種解釋，他說：「我認為，那是一輛消防車。」

二〇〇四年十二月十三日

CHAPTER 10

借來的東西

指控剽竊會毀了你的生活？

二〇〇四年春天某一天，精神科醫師桃樂絲．路易斯（Dorothy Lewis）接到友人貝蒂（Betty）打來的電話。貝蒂在紐約工作，剛在百老匯看了一部叫做《凍》（Frozen）的戲劇，編劇是一名英國劇作家，叫布萊恩妮．拉佛瑞（Bryony Lavery）。貝蒂說：「不知為什麼，這部戲讓我想到你。」路易斯問貝蒂戲的內容是什麼，貝蒂回答，有一個劇中人是精神科醫師，專門研究連續殺人罪犯。路易斯說：「我跟貝蒂說，我需要看這部戲，就跟我需要前往月球一樣稀奇。」

路易斯研究連續殺人犯已經二十五年，在與神經科專家約拿森．平克斯（Jonathan Pincus）合作下，發表過無數篇研究報告，指連續殺人犯通常在心理、生理與神經方面有功能失常的問題；他們在孩童時代幾乎均受過凌虐，要不就是性暴力的受害人，也幾乎都有某種腦部受傷的情形或心理上的疾病。一九八八年，她出版了一本回憶錄《心智喪生之罪》（*Guilty by Reason of Insanity*），將其一生的研究與工作詳述於書中。在連續殺人犯泰德．邦迪（Ted Bundy）坐電椅前，她是探視的最後一個人。世上大概沒有其他的人，會像路易斯這樣反覆思考連續殺人犯的問題了，因此貝蒂說她應該去看《凍》劇時，路易斯覺得好像是要自己在放假日去上班一樣。

但是這樣的電話不斷打來。《凍》劇已成為百老匯的熱門話題，也獲得「東尼獎」提名。認識路易斯的人只要看過這部戲，一定會告訴她應該去看。六月間，她接到《凍》劇上演戲院的一名女士打來的電話。「她聽說我從事這個領域的研究，不知道我是否願意在戲上演後做一評析。我以前做過類似的事，是一次非常愉快的經驗，便一口答應了。我請她把劇本送來，因為我想看劇本。」

劇本寄來了，路易斯坐下來準備一睹為快。劇本一開始就引起她的注意，當中有一句話──「那天就是那一類的日子」；路易斯在自己的書中描述一個殺人犯時曾用過這樣的表現，不過她這時還認為只是巧合而以。「接下來有一幕是描寫一名女士坐在飛機上寫信給朋友，她的名字是艾妮莎·戈蒙杜提爾（Agnetha Gotmundsdotir）。她寫信給她的同事，一位叫做大衛·納科斯（David Nabkus）的神經學家。這時我意會到事情不單純，也開始明白為什麼有那麼多人打電話給我，要我看這部戲。」

她的人生被搬上銀幕

路易斯開始在劇本上逐一畫線。她在紐約大學醫學院工作，《凍》劇的精神科醫師也在紐約醫學院工作；路易斯與平克斯曾對十五名死刑犯的腦傷做過研究，戈蒙杜提爾與納科斯也對十五名死刑犯的腦傷做研究。有次路易斯在檢查殺人犯約瑟夫·富蘭克林（Joseph Franklin）時，富蘭克林用一種近乎猥褻的態度嗅她；《凍》劇中的殺人犯雷夫，也對戈蒙杜提爾猛嗅。有次在路易斯檢查殺人犯邦迪之際，親了邦迪的臉頰；戈蒙杜提爾在《凍》劇中也親了雷夫。路易斯說：「我寫過的東西全都出現在劇中，我坐在家裡讀劇本，恍然大悟到這寫的就是我。我覺得自己受到了一種特別的侵犯，有種被搶的感覺；我不相信靈魂，但如果真有靈魂，這就好像被人偷走了一樣。」

路易斯沒有接受訪問做劇評，而是聘請了一位律師；她也大老遠從新港跑到紐約去看《凍》劇。她說：「在我的書裡，我提到自己拿著黑提包跑出家門，裡面有兩本袖珍書，而這部戲一開始，便是戈蒙杜提爾提著一個大黑袋與提包，急急忙忙跑出家門去演講。」路易斯曾透露過，自己小時咬過妹妹的肚子；而在劇中，戈蒙杜提爾幻想自己攻擊飛機上一位空服員，並咬她的脖子。等戲落幕後，全體演員上台接受觀眾提問，路易斯說：「有一位觀眾問：『拉佛瑞是從哪裡得來的靈感，刻畫戲中的精神科醫師？』戲中擔任男主角的演員說：『噢，她是從英國醫學雜誌中看來的。』」

路易斯身材嬌小，有一雙又大又孩子氣的眼睛，她回憶到：「我不介意戲裡描述的是一位對前腦或腦緣系統有興趣的精神科醫師，市面上有一大堆這樣的東西，電視上更是每個星期都有；《法網遊龍》（Law & Order）、《CSI犯罪現場》（C.S.I.），都用過平克斯和我寫過的材料。這非常好，也可以接受，但拉佛瑞不只是引用我們發表過的東西，她取用的東西跟我的人生有關，這就是我感到被侵犯的地方。」

在律師的要求下，路易斯做了一份清單，一一記下她覺得劇本中有問題的部分。這份清單足足有十五頁，第一部分是比較《凍》劇與《心智喪生之罪》一書相似的部分；另有一部分將一篇路易斯的人物特寫，與《凍》劇中字句幾乎一樣的地方做對照——共有十二個例子、約六百七十五個字。那篇人物特寫的題目是「受傷」，登在一九九七年二月二十四日那期的《紐約客》雜誌上，該篇報導的執筆人是我。

「受傷」

文字的所有權屬於作者。在社會把愈來愈多的關心與資源，投注到保護智慧財產權的創作上，其中的道德意涵再簡單不過。在過去三十年裡，著作權法加強了，法庭也比以前更願意做智財保護的判決。好萊塢與唱片事業打擊盜版不遺餘力，而在學術界與出版界，抄襲行為也從沒風度被看成是一種犯罪行為。桃樂絲・肯斯・古德溫（Doris Kearns Goodwin）從其他史學家那裡取用了幾段話，卻沒注明出處，當這事被發現之後，要她辭去普立茲評審委員會的呼聲紛至沓來。這樣做是理所當然的，如果她去搶了一家銀行，第二天想必馬上會被炒魷魚。

「受傷」一文是我在一九九六年的秋天寫就的。寫作過程中，我曾前往路易斯在貝勒芙醫院（Bellevue Hospital）的辦公室拜訪，觀看她對連續殺人犯的錄影，有次我還前往密蘇里與她碰面。路易斯在那裡與民權領袖維農・喬丹（Vernon Jordan）、攝影家賴利・傅林特（Larry Flynt）等人，為富蘭克林審判案作證；富蘭克林已承認開槍殺人。在錄影帶中，富蘭克林接受一家電視台訪問，記者問他是否有悔意。我寫道：

他說：「我不能說我感到後悔。」他停了一下，然後接著說：「我唯一感到遺憾的是這不合法。」

「什麼不合法？」

他的態度就好像回答現在是幾點鐘似的：「殺死猶太人。」

那次的對話，也幾乎一字不差地出現在《凍》劇中。我在那篇報導中提到，路易斯並不覺得富蘭克林必須為自己的行為負完全責任；她認為他精神失常，孩提時遭到暴力侵犯，自己也是受害人。我寫道：「邪惡犯罪與病態犯罪的區別在於，前者是罪惡，後者是癥狀。」這句話也出現在《凍》劇中，而且不只一次，是兩次。於是我傳真給拉佛瑞一封信：

我很高興自己成為其他作家的靈感來源；如果你提出引用的要求，只是稍微表示一下，我都會樂意配合。可是未經同意便取用材料，是偷竊行為。

幾乎就在我把信送出之際，我有了不同的想法。其實，即使我說自己被搶了，我內心並無那樣的感受，或是特別生氣。在我得知自己的作品在《凍》劇中引起迴響時，我對朋友表示的第一個反應是：只有在這種情形下我才能登上百老匯，而我這麼說其實是半開玩笑。在某種程度上，我感覺拉佛瑞借用我的話是一種讚美。聰明世故的作家，會將所有提到路易斯的地方改頭換面，並改寫引用出自我的文章的句子，讓出處完全看不出來。但是，如果拉佛瑞掩飾了靈感來源，我是不是就感覺好些呢？

至於路易斯的不滿，完全可以理解。她考慮採取法律途徑，而為了勝訴，她要求我讓她擁有該篇文章的版權。我起先同意了，但後來又改變心意。路易斯說「她要挽回自己的人生」，可是要這麼做，顯然要先從我這裡得回，但這似乎有些怪異。

後來我拿到一份《凍》劇的劇本，讀來真是扣人心弦。我知道這不該列入考慮的因素，然而我非但沒有文句被人拿去利用的感覺，反而感覺到它們成了一個崇高目標的一環。該年九月底，英國的《泰晤士報》、《觀察家報》（*Observer*），以及《美聯社》（Associated Press）都相繼爆料，指稱拉佛瑞剽竊他人作品與其中的來龍去脈，全球媒體隨即紛紛轉刊。拉佛瑞曾經看過我的一篇報導，因此對某些內容有所回應，並將其建構到自己的藝術作品中。而現在，她的名聲搖搖欲墜，這中間似乎有什麼不合情理的地方。

我們都誤解了智財權的真正定義

一九九二年，「野獸男孩」（Beastie Boys）發行了一首叫〈Pass the Mic〉的嘻哈歌，曲子一開始的六秒鐘旋律，是取自爵士長笛樂手詹姆斯．紐頓（James Newton）一九七六年所做的〈合唱團〉（Choir）一曲。這一段旋律是所謂的「多重聲唱」；在〈合唱團〉一曲中，紐頓先在長笛上吹一個C

音，然後唱出C、降D與C音，高調吹出的C音變聲後與歌聲融合在一起，製造出繞梁三日的複雜音感。野獸男孩在〈Pass the Mic〉中重複使用紐頓這一旋律超過四十次，效果驚人。

在音樂的世界中，版權可分成兩個領域：表演（錄製唱片），以及幕後的作曲。例如你要寫一首饒舌歌，想拿比利．喬的〈鋼琴師〉（Piano Man）的一段錄音當合聲，首先必須取得唱片公司的授權，其次須徵求比利．喬或歌曲版權擁有者的同意。〈Pass the Mic〉取得第一類的授權，但沒有得到作曲家的首肯，例如紐頓提出告訴，卻沒有打贏官司，他打輸的原因，正可讓我們重新思考智慧財產權的問題。

官司的核心不在於紐頓表演的特殊性；大家都同意，在野獸男孩付了唱片使用費，也就是付了演唱者的表演版稅後，就有權利用紐頓的演奏，中間也未涉及他們是否抄襲原創音樂中的一小段，並用在自己作品中的問題。問題在於，野獸男孩是否必須提出第二項授權要求？紐頓曲子中的六秒鐘旋律，其獨特與原創性是否到了紐頓可以宣稱他擁有這段音樂的程度？法庭判決說，沒有。

野獸男孩是否侵權官司的主要專家證人是，紐約大學的音樂系教授勞倫斯．費拉拉（Lawrence Ferrara），當我請他解釋判決時，他走到放在辦公室角落的鋼琴，談了三個音符：C、降D與C。他大聲說：「只此而已，沒別的了！這段六秒鐘的旋律只用了這些音符。你知道這是什麼嗎？不過就是漣音（mordent，或譯波音）與迴音（turn）而已，已經有人嘗試過千百次，沒有人可以宣稱擁有這些音符的主權。」

費拉拉接著又彈了古典樂中最有名的連續四音，貝多芬《第五交響曲》的問題：G、G、G與降E音符。它顯然是貝多芬的作品沒錯，但這是否是貝多芬的原創？費拉拉說：「這就很難說了。事實上，其他作曲家寫過這些音，貝多芬自己也在一首鋼琴奏鳴曲中用過，貝多芬之前的作曲家也寫過。用da-da-da dummmm, da-da-da-dummm哼這四個音，而且重複這麼多次，這首曲子是貝多芬譜的沒錯，但光憑G、G、G與降E四音，誰也不能說這四個音是他創的。」

費拉拉有次為安德魯・洛伊德・韋伯（Andrew Lloyd Webber）作證，韋伯被一名天主教民謠作曲家瑞伊・雷普（Ray Repp）提告。雷普說，韋伯一九八四年的作品《歌劇魅影》（The Phantom of the Opera）中的〈幽靈歌〉（Phantom Song，亦即主題曲），跟他六年前，也就是一九七八年的作品〈直到你來〉（Till You）音律極為相似。費拉拉坐在鋼琴前，把兩首曲子的開場片段都反覆彈奏了好幾遍，果然像極了！他邊彈邊說明哪首曲子是誰作的：「這是韋伯，這是雷普；同樣的音符序列，唯一的差別是韋伯寫了完美的第四個音符，雷普寫了第六個。」

模仿他人的發明合乎社會利益

不過費拉拉還沒說完：「讓我們看看韋伯在一九七八年之前的作品——《萬世巨星》（Jesus Christ Superstar）、《約瑟》（Joseph）與《貝隆夫人艾薇塔》（Evita）。」

他在找曲譜，終於在韋伯的《約瑟的神奇彩衣》（Joseph and Amazing Technicolor Dreamboat）音樂劇中，找到了他要的東西——〈班傑明舞曲〉（Benjamin Calypso）。他開始彈奏，我一聽就聽出來雷同之處。費拉拉說：「這是〈幽靈歌〉的頭一節，裡頭甚至用了同樣的音符。這是他一九六九年《約瑟》演唱會中演唱的〈無路可走〉（Close Every Door）。」費拉拉穿著考究，蓄著修剪整齊的鬍鬚，他的表情生動，談到韋伯案件便非常激動。當〈幽靈歌〉的第二句從費拉拉的指間滑出，他說：「〈幽靈歌〉的前半段在〈班傑明舞曲〉中出現，第二半在〈無路可走〉裡有跡可尋；兩者完全一樣。〈班傑明舞曲〉跟〈幽靈歌〉在若干主旋律上的近似程度，超過雷普的曲子，因此雷普的指控可說無法成立。韋伯一九八四年的創作，其實沿用的是自己過去的作品。」

以〈合唱團〉一案而言，野獸男孩的模仿並不構成剽竊，因為那六秒鐘的旋律實在是太微不足道。以《歌劇魅影》一案來說，韋伯並不構成竊盜罪，因為爭議中的材料不屬於雷普的原創。根據著作權法，關係重大的不是你抄襲了別人的作品，而是抄襲了什麼，以及抄襲了多少。尊重智財法並非嚴格等同道德原則「不可偷竊」，而是在有些情況下，你可以大大方方地偷。舉例來說，著作權的保護有時間限制，一旦作品進入公共財領域，任何人都可以使用。又比如說，你在地下實驗室中發明了乳癌療法，受到智財權保護的期限是二十年，但二十年後，誰都可以利用你的這項發明。

在專利發明的階段給予保護的用意是，要鼓勵大眾創作發明，並提供經濟誘因，但在特定的時間過後，每個人都能「偷用」你的乳癌療法，因為充分模仿他人的發明合乎社會利益。只在這個前提下，他人才能從你的發明中學習並繼續改進，然後創造出更進步與廉價的替代辦法。保護與限制智財權之間的平衡，其實明記在美國憲法之中：「國會有權力去促進知識與實用技術（useful Arts）的進步，以保護作者與發明者對他們各自的作品與發現，在有限的期限內享有排除權的方式。」請注意，這裡有「時限」二字。

文字是否屬於智財權的一種？

這麼說來，如果若干財產屬於創造者，文字便屬於寫這些文字的人囉？答案是否定的。史丹福大學法學教授勞倫斯．萊希格（Lawrence Lessig）在他的著作《自由文化》（*Free Culture*）中說：

在日常語言中，將著作權稱為「財產」權會造成若干誤導，因為著作權這種財產相當奇特。當我從你家後院搬走野餐桌時，我知道自己取走了一件東西；因為我拿走了，你就沒有了。但如果我拿走的是你把野餐桌放在後院這個的點子時——比如也去商店買一張野餐桌擺在後院，我拿走的是什麼？

雖然「東西」與「點子」兩者之間有顯著的不同，但重點不僅於此；重點在於，幾乎對所有的案件而言，釋出到這個世界上的想法，一律都是免費的，只有極少數的情形例外。當我模仿你的穿著時，我並沒有從你那裡拿走什麼——當然如果我天天這麼做，的確可能有點奇怪。如同傑弗遜總統（Thomas Jefferson）所說：「**他從我領受若干想法、接受若干啟示，我並沒有因而減損；他向我借燭光點亮蠟燭，我並沒有因此變黑暗了。**」這番話放到我模仿他人穿衣服，尤其真確。

萊希格認為，近年來，在著作權上劃分私領域與公領域時，法院與國會都太過於偏袒私領域。

例如若干開發中國家以平行輸出的方式，從其他獲得授權的開發中國家，取得比較廉價的西方國家專利藥品。這種作法可以拯救開發中國家的無數性命，但遭到美國極力反對，理由不是因為西方製藥公司的利潤會受到損失，而是因為侵犯了「神聖不可侵犯」的智財權。萊希格寫道：「我們的文化在這方面的平衡感已經淪喪，若干跟我們的傳統毫無關係的智財權基本教義派，現在在這個文化中稱霸為王。」

不過，即使是萊希格譴責的極端派，也體認到智財權有其限制。美國並沒有說，開發中國家永遠不能取得廉價版的美國藥品，僅說要等到這些藥品的專利過期。萊希格與智財權死硬派爭論不下的，在於模仿權與保護模仿權之間的界線應該在「何處」或「何時」劃出，而不是應不應該劃分界線。

然而文字剽竊卻不同，這也正是奇怪的地方。在規範作家能否抄襲他人作品一事上，文學界所定的道德標準最高，立場也比任何過度保護智財權的人更為極端——抄襲絕對不能接受。不久前，哈佛大學法學教授勞倫斯．特瑞伯（Laurence Tribe）被指其一九八五年的著作《上帝拯救這個法庭》（*God Save This Honorable Court*），擅自取用歷史學家亨利．亞伯拉罕（Henry Abraham）的材料。這個指控有多嚴重？在保守刊物《標準週刊》（*The Weekly Standard*）的一篇揭發文章中，約瑟夫．布唐（Joseph Bottum）舉出若干非常接近原文，但重新組合的語句，但他最強烈的證據是特瑞伯這個句子：「塔虎脫（Taft）公開宣稱，皮特尼（Pitney）是高等法院中『軟弱的一員』，他無法把案子派給皮特尼。」就是這個句子，一共二十二個字。

能脫胎換骨地借用才是最高境界

在我得知《凍》劇之事後不久，我到紐約上東區去見一位在音樂界做事的朋友，我們坐在椅上閒聊，他邊聊邊在成堆的ＣＤ中翻找。他先放了雷鬼音樂歌手Shaggy演唱的〈天使〉，然後再放搖滾樂大老史蒂夫．米勒樂團（Steve Miller Band）的曲子〈小丑〉（The Joker），他要我仔細聽貝斯低音相似的部分。接著他又放了齊柏林飛船（Led Zeppelin）的〈全部的愛〉（Whole Lotta Love），和藍調高手馬帝．華特斯（Muddy Waters）的〈你需要愛〉（You Need Love），讓我了解齊柏林飛船如何在藍調音樂中尋找靈感。他又放了尚巴．瑞克斯（Shabba Ranks）與Krystal的〈兩倍我的年紀〉（Twice My Age）和七〇年代溫情流行歌曲〈陽光季節〉（Seasons in the Sun），一直放到我可以在第一首歌曲裡聽見第二首的回聲。他放了「轟」合唱團（Wham!）的〈去年耶誕〉（Last Christmas）與流行歌手巴利．曼尼羅（Barry Manilow）的〈沒有你無法微笑〉（Can't Smile Without You），向我解釋為何曼尼羅頭次聽到〈去年耶誕〉大概會嚇一跳。接著他又放庫爾夥伴（Kool and the Gang）的〈喬安娜〉（Joanna）一曲，〈去年耶誕〉簡直是向庫爾夥伴合唱團致敬。

我的朋友還說到：「你聽到超脫樂團（Nirvana）那種一開始和緩，後來逐漸大聲到快要爆炸的唱法，其實很多是學小妖精樂隊（the Pixies）。而超脫樂團主唱兼詞曲創作的科特．柯本（Kurt Cobain）才華過人，有本事把這些變成自己的東西。」他指的是該樂團最出名的歌曲〈彷彿青春氣息〉（Smells Like Teen Spirit）。我的朋友哼起波士頓樂團（Boston）的熱門曲目〈不只是一種感覺〉

(More than a Feeling)的和絃重複部分，他說：「我第一次聽到超脫樂團的〈彷彿青春氣息〉時，我對自己說：『那段吉他的即興演奏是從〈不只是一種感覺〉出來的，但表現方式非常不同，帶有一種全新而迫切的感受，非常精采。』」

他放了另外一張CD，是洛．史都華(Rod Steward)的〈你覺得我性感嗎？〉(Do Ya Think I'm Sexy)。這是一九七〇年代紅極一時的暢銷曲，副歌部分擁有獨特的、讓人琅琅上口的記憶點，讓人容易上口，在唱片發行那年，是許多美國人可能會在淋浴時哼上一段的調子。然後他再放巴西藝人喬治．班喬(Jorge Ben Jor)演唱的〈泰姬瑪哈〉(Taj Mahal)給我聽。後者問世的時間比洛史都華的暢銷曲早上幾年。我朋友二十幾歲時，在紐約許多地方當過DJ，有一陣子對世界音樂趨勢發生濃厚的興趣。他臉上閃過一絲狡滑的微笑說：「那時就被我逮到了。」〈泰姬瑪哈〉開頭的幾個音節極具南美風味，跟我們剛剛聽的截然不同，可是我馬上就聽出來了；它是那麼明顯與錯不了，令我笑了出來。幾乎每個音都是〈你覺得我性感嗎？〉裡「記憶點」的音符。史都華有可能是自己想出這段重複合絃，因為兩者相似並無法證明就是受到班喬的影響，也有可能他去過巴西，聽到了當地的曲子，而且十分欣賞。

我朋友有好幾百個這種例子，我們可以坐在他家的客廳裡大談音樂家譜，一談就是幾小時。這些例子讓他生氣嗎？當然不會，因為他太懂音樂了，知道抄、改、變是創意過程中難免的事。沒錯，抄襲可能做得太過分；一名藝術家或藝人如果只知複製他人的作品，若通融這種現象，是扼殺了真正的創作。不過，如果我們對創作表現的監督過度吹毛求疵，也一樣有危險；試想，如果齊柏林飛船不能盡情在藍調音樂中搜尋，我們就沒有〈全部的愛〉可聽；如果柯本未曾聽過〈不只是一種感覺〉，並挑出心儀的部分加以改編，〈彷彿青春氣息〉這首歌，我們就要緣慳一面。而在搖滾樂的進化史中，〈彷彿青春氣息〉實在比〈不只是一種感覺〉往前跨了一大步。

成功的樂手必須了解，能夠脫胎換骨地「借用」，與一成不變地「套用」，兩者之間有天壤之別，而我這時也明白，在拉佛瑞抄襲的話題上，到底有什麼是我們欠缺討論的。是的，她抄了我們的作品，但無人問她為何抄，也沒人問她抄了什麼，或是她抄襲引用是否有一遠大的目標。

一切都是為了藝術

拉佛瑞在十月初的某天來到我的公寓。那是一個週六下午，天氣宜人。她五十多歲，有一雙淡藍色的眼睛，金色短髮有些零亂，身上穿的是牛仔褲與綠襯衫，腳上是一雙木底鞋，外貌有點讓人覺得她飽經風霜。在前一天的《泰晤士報》上，藝評家班・布蘭利（Ben Brantley）對她的新作《去年的復活節》（*Last Easter*）毫不留情。這原本是她奏凱的時刻：《凍》劇已經被提名「東尼獎」，《去年的復活節》也在外百老匯上演，然而此刻她卻滿腹心事地坐在我的餐桌旁。她說：「我內心真是五味雜陳。」說話之際，她不斷搓弄雙手，好像需要一根菸似的。拉佛瑞說：「我想人在工作時，心情會是介於絕對的信心與毫無信心之間，我兩種情形都有。寫《凍》劇時，我十分有把握自己可以寫得好，現在卻又跌入毫無信心的深淵。」她看著我說：「我真是抱歉之至。」

拉佛瑞開始解釋：「我創作時會在好幾件事情中遊走。我會從報紙剪下感興趣或感覺可在舞台上使用的資料，然後就像煮濃湯一樣，事情開始凝固成形，故事情節和架構會漸漸出現。我看過類似《沉默的羔羊》（*The Silence of the Lambs*）的驚悚讀物，讀過一些聰明過人的殺人魔故事。我也看在約克郡的兇殺案紀錄片；人稱『摩爾殺人犯』（Moors Murderers）的邁拉．辛德利（Myra Hindley）與伊安．布萊迪（Ian Brady），他們殺害了好幾名兒童。我感覺他們的殺人行為並不是一種聰明得可怕的犯行，而是聰明反被聰明誤，是集陳腐、愚蠢與破壞之大成。電視對受害人家屬所做的訪問，讓我覺得他們好像被凝結在時間裡。其中一人說：『我願意原諒他人，但如果現在有人把殺人犯放出來，我無法饒恕他，而會殺了他。』那一段也出現在《凍》劇裡面。我當時正在構思醞釀，後來我母親住院開刀，那本來是一個簡單的手術，可是醫生刺穿她的子宮與腸道，她得了腹膜炎，結果死了。」

當拉佛瑞談到母親時，還得強打起精神：「我母親當年七十四歲，我現在感覺自己已經完全原諒了那名醫生。我很難過母親遭遇到這樣的事，但我感覺那是無心之過。」可是，拉佛瑞的情緒把她自己搞糊塗了，因為她可從極小之事，聯想到自己人生中埋怨多年的人。她說：「從許多方面來看，《凍》劇是希望能剖析饒恕的本質。」

拉佛瑞最後決定讓劇本中出現三個人物。第一人是連續殺人魔雷夫，他在綁架一名女童後將其殺害。第二位主角是女童的母親南西，第三位是紐約精神科醫師戈蒙杜提爾，她飛到英格蘭去檢查雷夫。隨著劇情的發展，這三名劇中人逐漸交會，逐漸改變；在饒恕他人的同時，他們也逐漸

「解凍」。對雷夫這個人物，拉佛瑞說自己是從一本跟連續殺人犯有關的著作《染血的童年》（*The Murder of Childhood*）中取材，該書的作者是雷伊．韋爾（Ray Wyre）與提姆．泰特（Tim Tate）。南西一角，她根據的是《衛報》的一篇文章。該文的執筆人是瑪莉安．巴丁頓（Marian Partington），她的妹妹被連續殺人犯韋斯特夫婦（Frederick & Rosemary West）殺害。至於戈蒙杜提爾，拉佛瑞根據的是，她在一家英國刊物上看到的文章，該篇恰好轉載自我寫的報導。她說：「我要的是一位科學家，她了解，也知道如何向受害人家屬解釋，饒恕是可能的，並知道如何說明連續殺人不是一種邪惡的罪行，而是一種病態的罪行。我想力求正確。」

用新文字服務舊構想才是扼殺創意

那麼她為什麼不說明，引用的是我與路易斯的著作？她怎能如此在劇情細節上要求正確，卻忽略了引用出處上的正確？拉佛瑞沒有答案，她尷尬地聳聳肩說：「我以為可以使用，從未想到要問你；我以為那是新聞素材。」

她知道自己無法自圓其說；她又說她把我的報導放在寫作劇本時，一個專用的大檔案夾裡，在《凍》劇首次在伯明罕上演時，這個專門收集《凍》劇材料的檔案夾搞丟了。對這番補充，她大概也知道無濟於事。

接下來，拉佛瑞開始談到對她有同樣啟發的巴丁頓，她的說法變得更加複雜。在創作《凍》劇那段時間，她寫信給巴丁頓，告訴她自己是如何依賴她的經驗。當《凍》劇在倫敦上演時，她還跟巴丁頓碰面。我在遍覽英國媒體對拉佛瑞的報導中發現，《衛報》兩年前，也就是剽竊風波還未浮現之前，登過這樣一篇教導：

拉佛瑞深知自己因巴丁頓的文章受惠甚多，也非常樂於承認。她說：「我總是會提到這段往事，因為巴丁頓的慷慨，的確惠我良多。寫這方面的題材千萬要謹慎，這會碰觸到他人的破碎人生，你不希望他們無意中得知，自己引用了他們的故事。」

那麼，拉佛瑞絕非對其他人的智財權漠不關心，只是對我的智財權漠不關心，而那是因為在她眼裡，用她自己的話來說，她用的是「新聞」。拉佛瑞抄用了我對路易斯同僚平克斯，進行神經系統檢查的描寫；抄用了關於長期高壓下，神經會受到何種干擾的描述；也抄用了我謄寫的，富蘭克林接受電視訪問時的文字紀錄。她複製了我對受虐兒童研究的一句引文，也抄了路易斯一句關於邪惡性質的名言；她沒有抄襲我的思想、結論或結構，卻採用了我一些有關大腦額葉結構與功能的描寫。這些句子的著作權我不敢妄自居功，我似乎也是根據教科書上的描述而改寫。將自己的妹妹遭連續殺人犯殺害的始末寫成故事，這對當事人而言有真正的情感價值，拉佛瑞知道引用而不交代出處對不起巴丁頓，就像拉佛瑞自己說的，這會碰觸到一個人破碎的人生。那有關精神官能的制式描述，是否也屬於同一範疇呢？

拉佛瑞如何選用我的文字也大有關係。借用如果只是為了一味抄襲，便逾越了分際。就像古德溫撰寫甘迺迪家族傳記，可以；借用了其他甘迺迪傳記中的文字，卻沒有交代出處，會遭撻伐。不過，拉佛瑞不是在撰寫路易斯的人物特寫，她是在寫一本以全新面貌出現的劇本——如果一個母親遇見殺死自己女兒的兇手，她會如何反應的故事。她沿用了我對路易斯其人其事的描述，作為她劇本的構成要素，目的是為兇手與母親兩人之間的衝突情節鋪路。創意不就是在這種情況下產生的嗎？有問題的不是舊文字為新構想服務，用新文字去服務舊構想，才是扼殺創意。

智慧財產權有許多條生命

這也是抄襲讓我們思考的第二個問題。這個問題有點過於極端，也跟究竟是什麼扼殺了創意的大問題無關。我們都接受作家有權發揮其他作家用過的點子，只消想想有多少連續殺人魔小說是根據《沉默的羔羊》複製，就不難了解。然而，當前衛女作家凱西・艾克（Kathy Acker）將哈諾德・羅賓斯（Harold Robbins）一部小說中的性交場景，逐字逐句地搬到自己的一本諷世小說中時，她被打成了文抄公，並受到等著吃官司的威脅。當我在報館工作時，我們經常奉命「跟進」《泰晤士報》的報導——根據別人的點子寫成新的版本；而如果我們的文字一旦與《泰晤士報》報導所用的任何措辭「吻合」，即使是最平凡的遣詞用字，可能就會犯了大戒。這時不可剽竊的道德戒命，就變成要在極小的文字差別上吹毛求疵。因為新聞的高度重複性質，新聞報導不能說自己擁有新聞的主權，而必須在每一句的文字上具備原創性。

路易斯說，讓她感到受傷的事情之一是，在《凍》劇中，戈蒙杜提爾與她的夥伴納科斯有染，路易斯擔心會引來別人的誤會。路易斯對我說：「那種文字是誹謗，我馬上就被認出來。很多人打電話對我說：『路易斯，寫的是你。』如果劇中的其他描述都是真的，他們會認為劇中兩人之間的性關係也是真的，這也是我覺得受到侵犯的另一個原因。如果你要取用他人的人生做素材，而且要別人一眼就看出來，你就不應該製造出一段緋聞，更不應該用它做為劇本的高潮。」

我們不難想見，路易斯坐在觀眾席上看見「自己行為失檢」時，會有多驚愕。但實情是，拉佛瑞有權為劇中人製造一段風流韻事，因為戈蒙杜提爾不是路易斯，而是一個虛構的人物，只是以路易斯的人生為本，但添加了許多純屬想像的情境與行動。在現實生活中，路易斯親吻了邦迪的臉頰，而在《凍》劇中，戈蒙杜提爾親了雷夫。路易斯親吻邦迪，完全是因為邦迪先親了她，而主動親吻殺人犯與只是回吻，兩者間有極大的差別。當我們初次看見戈蒙杜提爾時，她匆匆跑出屋外，並在飛機上思索殺人念頭；路易斯也是想著跟殺人有關的事匆匆跑出屋外。但是《凍》劇中那一景是要我們認為，在那一刻，戈蒙杜提爾瘋了。我們絕對不會認為路易斯瘋了，她是去幫助別人重新思考犯罪的觀點，因為她對自己與工作都有堅定的把握。

路易斯生氣，不僅是因為拉佛瑞如何將她的人生故事翻版搬上舞台，更因為拉佛瑞改寫了她的人生故事。路易斯不僅對這種剽竊感到震怒，也對利用舊文字服務新觀點的藝術感到怒不可遏。她的怒氣是完全可以理解的，因為這種為藝術創作的修改行為，傷害性可能不下於剽竊作品中的偷盜行為，只不過，藝術本身何罪之有？

當我閱讀《凍》劇的劇評時，我不只一次注意到，劇評家會未注明出處地引用「邪惡犯罪與病態犯罪的區別在於，前者是罪惡，後者是癥狀」。當然那是我的句子，拉佛瑞從我這裡抄去了，現在劇評家也從她那裡抄走。抄襲他人的人現在也被抄襲。就這個句子來說，其中無涉藝術創作上的辯護：在被抄與轉抄的過程中，原文始終一成不變，而且這也不是「新聞」素材。但是，「罪惡與癥狀」二詞是我擁有的嗎？其實甘地也有一句名言用了同樣的兩個詞。我相信如果在英國文學寶庫中爬梳，我也會發現一堆「邪惡犯罪」與「病態犯罪」的語例。

讓我們再回到〈幽靈歌〉的例子，這裡的關鍵是，如果雷普借用了韋伯的旋律，他肯定是不知情，而韋伯也不知道自己借用了自己的心血。萊辛格提醒我們，智慧財產權有許多條生命——當報紙送到家門口時，新聞內容變成我們知識中的一部分，接著報紙被拿去包魚。當新聞被重塑成第三或第四種意義時，我們已經忘了當初新聞是從哪裡來，也無法掌控它要往哪裡去。反對抄襲的基本教義派最後一項不誠實的地方是，它鼓勵我們相信這些影響與進化的進程並不存在，每位作家的文字都是血源單純的「處女受胎生子」，而且直到永世。我可以對自己的文字被人使用大發雷霆，但我也可以簡單地表示，那句話我用了好久，可以放它走了。

拉佛瑞說：「發生這些事真是要命，因為我對我自己人格的看法也受到攻擊。」她坐在廚房餐桌旁，帶來的一束花擺在身後的流理台上。「我感覺糟透了，因為自己的粗心，現在必須自食苦果；我願意補救，可是不知如何開始，我真是不知道自己做了錯事。接著《紐約時報》開始刊登報導，全球各地也跟著登。」她沉默了好一會兒，她心碎了，但她更感到的是困惑，不明白為何六百七十五個尋常無奇的字句，能把一切都毀了。拉佛瑞開始啜泣：「我還在思索一切發生過的事，這一定有個目的……不管是哪一種目的。」

二〇〇四年十一月二十二日

CHAPTER

11

連點成線

情報分析改革的弔詭

一九七三年秋天，敘利亞軍隊開始在敘利亞與以色列邊界集結大批坦克、火砲與步兵。同時在南邊，埃及部隊已取消一切休假，召集數千位後備軍人，舉行大規模軍事演習，另外他們還修築道路，準備沿蘇伊士運河（Suez Canal）建立防空與火砲據點。到了十月四日，以色列一次高空偵察任務顯示，埃及已將火砲移防進攻據點。

當天晚上，以色列軍事情報局（Aman，俗稱阿曼）得知，駐守在塞得港（Port Said）與亞力山卓港（Port Alexandria）的俄羅斯艦隊，已經準備移航，蘇聯政府也開始將顧問與其家屬撤離開羅與大馬士革。接著在十月六日凌晨四時，以色列軍情局從該國最信任的情報消息來源接到一通緊急電話，消息人士說，埃及與敘利亞是日稍晚將發動攻擊。以色列高層立即召開會議，戰爭是否迫在眉睫？軍情局局長艾里・柴拉（Eli Zeira）看了所有的證據，判斷不會有事。然而他錯了。

那天下午，敘利亞由東攻擊，以色列在戈蘭高地（Golan Heights）的稀薄防守不堪一擊；埃及自南攻擊，轟炸以色列的據點，還派遣了八千步兵渡過蘇伊士運河。儘管前幾週的警告接二連三，以色列高層還是措手不及。他們為什麼沒能化零為整，將一點一點的情報連成一條線呢？

贖罪日戰爭源起

發生於一九七三年十月六日的「贖罪日戰爭」（Yom Kippur War），又稱第四次中東戰爭，起源於埃及和敘利亞分別從南北對以色列發動攻擊。那一天，空襲警報在以色列上空響起，原本沉寂的電台當天也恢復播音，向民眾廣播戰爭突然開打的消息。在那場戰爭中，埃、敘等阿拉伯國家傷亡逾二萬七千人，以色列也付出了近萬人死傷的沉重代價。三十八年後，埃及與以色列的關係早已正常化，而以、敘之間也揭開了間接和談的序幕。

如果我們從十月六日下午往前推，源源不絕的線索似乎指明了山雨欲來，我們不免要問，以色列的情報單位是不是出了什麼問題？但從另一方面來看，我們若從贖罪日戰爭往前回推幾年，將以色列情報人員所掌握的情報與順序加以重建，我們會得到一幅完全不同的圖畫。在一九七三年的秋天，埃及與以色列看起來一副要打仗的樣子，但在當時的中東，每個國家看起來好似隨時隨地都要開戰。例如在一九七一年秋天，埃及總統與國防部長公開宣布開戰時間迫近；埃及三軍總動員、坦克與架橋裝備均已送到蘇伊士運河，攻擊據點也做好了十足的準備，但接下來什麼事也沒發生。一九七二年十二月，埃及再度動員，軍隊沿運河大興防禦工事，據以色列的可靠消息來源指出，埃及攻擊在即，但結果是什麼事也沒發生。

在一九七三年春天，埃及總統接受《新聞週刊》（*Newsweek*）訪問時說：「埃及此刻正在積極動員，準備重啟戰爭。」埃及部隊朝蘇伊士運河逼近，運河沿岸的防禦工事加強；政府積極動員捐血、民防人員也收到動員召集令，埃及全國上下動輒實施燈火管制。在一九七三年一月至十月之間，埃及部隊動員了十九次，卻沒開戰一次。以色列是一個全民皆兵的小國，全國動員起來是勞民傷財的事，以色列政府心裡也明白，如果貿然動員，而埃及與敘利亞即使不是真心要打仗，以色列本身的動員也可能被視為挑釁，因而激起一場戰爭來。

從其他的跡象來看，這一次也沒什麼特別，蘇聯把駐外人員家屬送回國內，可能只是因為與阿拉伯諸國失和。沒錯，有可靠消息清晨四點來電，肯定表示傍晚會有攻擊，但是同一消息人士的前兩次攻擊警告卻告落空。還有就是，這名消息人士說，攻擊是在傍晚發動，而這麼晚的時刻攻擊，對展開空襲來說時間會不夠。換句話說，在一九七三年十月六日下午之前，以色列情報人員並未從種種情報或蛛絲馬跡中，看見阿拉伯國家以往的攻擊模式。這就好像看羅氏墨漬測驗（Rorschach blot），大多只是事後諸葛，事前完全未曾看見。在檢討「九一一」事件上，並追究究竟是誰的失誤時，這類情報研判問題值得一看再看。

情報研判失敗究竟是誰的錯？

「九一一」之後的許多檢討中，一本叫做《基層細胞：九一一陰謀，聯調局與中情局為何不能防患於未然》（*The Cell: Inside the 9/11 Plot, and Why the F.B.I. and C.I.A. Failed to Stop It*）的著作頗受屬目，作者約翰・米勒（John Miller）、麥可・史東（Michael Stone）與克里斯・米契爾（Chris

Mitchell），在書的開頭便提到一名叫做薩伊・諾塞爾（El Sayyid Nosair）的埃及人，因為一九九〇年十一月在紐約曼哈頓中城的美麗華酒店（Marriott Hotel），射殺「猶太防衛聯盟」（Jewish Defense League）的創始人梅爾・卡漢（Meir Kahane）而被補。事後警方在諾塞爾位於新澤西的公寓中搜出十六箱檔案，裡頭有軍事特別作戰學校（Army Special Warfare School）的手冊、中途攔截到的致參謀首長聯席會議（Joint Chiefs of Staff）的電報複本、炸彈製造手冊，也有有阿拉伯文注解的地圖，以及諸如自由女神像、洛克菲勒中心與世貿中心等一一標出的地標。根據《基層細胞》一書，諾塞爾跟紐約布魯克林區的軍火走私販與伊斯蘭激進例子過從甚密，而這些激進分子跟兩年後（一九九三年）發生的世貿中心爆炸案都有牽連。

世貿案的主謀是拉米茲・尤瑟夫（Ramzi Yousef），他一九九四年曾經在馬尼拉出現，顯然是要設法行刺將要訪問該地的教宗，並預謀以飛機衝撞五角大廈或中情局，以及同時炸毀十二架越洋班機。誰又是尤瑟夫在菲律賓的關係人？穆罕默德・哈里發（Mohammed Khalifa）、華里・汗・阿敏沙（Wali Khan Amin-Shah）與伊伯辛・穆尼爾（Ibrahim Munir），這些人都是並肩作戰的恐怖分子，全都向沙烏地阿拉伯百萬富翁奧薩瑪・賓拉登（Osama bin Laden）效忠。

米勒在過去十年裡，大部分時間都是為電視新聞網工作，是頂尖的記者。《基層細胞》書中最精采的部分，便是記述他如何發掘恐怖分子破壞工作的獨特經驗。在一九九三年二月，世貿中心遭到攻擊後，他緊緊跟隨一波波緊急救援車輛進城，而在爆炸現場，又有一大批記者尾隨著他，其中也包括我在內。我們有志一同地認為，取得消息的最好方式，便是聽他跟人交談。米勒後來成了聯調局紐約反恐辦事處幹員的好友，尤其是與兩名負責人尼爾・赫曼（Neil Herman）與約翰・歐尼爾（John O'Neill）相知甚深。

他對「基地」組織（Al Qaeda）的一切動向都窮追不捨，在「基地」組織攻擊美軍軍艦「柯爾號」（U.S.S. Cole）時，他曾隨聯調局的人前往葉門採訪。一九九八年，他與攝影記者在伊斯蘭馬巴德的萬豪酒店，與一個他們只知叫做艾克塔（Akhtar）的人碰頭，艾克塔將他們送過邊界，在阿富汗的山陵之間訪問到賓拉登。在《基層細胞》書裡，米勒翔實的記述讓我們彷彿活生生地看到，「基地」組織從一九九〇年到「九一一」事件的演變。《基層細胞》一開始便問：「為什麼這會發生在我們身上？」該書的三位作者認為，從卡漢的遇害到「九一一」事件，可以理出一條軌跡。他們指出，在過去十年發生的恐怖事件中，沿著這條軌跡，可以看見一清楚、不斷重演的模式，並從中找到答案。

已經發生的事「必然」會發生

《基層細胞》三位作者的答案，與參議院情報委員會（Senate Select Committee on Intelligence）副主席理查・薛比（Richard Shelby）英雄所見略同，他的「九一一」事件調查報告可說是擲地有聲。薛比在報告中不厭其煩地指出，所有漏掉的線索或誤解的訊號，在在都指向「基地」組織會有更大規模的恐怖攻擊。在當時，中情局早就知道，「基地」組織兩名成員哈里德・米哈達（Khalid al-Mihdhar）與諾夫・哈茲米（Nawaf al-Hazmi）已經進入美國，但未將這項情報提供給聯調局或國安會。聯調局在亞利桑納州鳳凰城的一名幹員，曾經將一項備忘錄送回總部，薛比第一句話就寫道：「這項通訊的目的是知會局裡及紐約當局，賓拉登可能會統籌一項行動，派遣學生進入美國，到民營的航空大學或飛行技術學院求學。」但聯調局並未針對這項情報有所行動，也未對恐怖分子有意利用飛機當武器的事多有連想。

聯調局根據恐怖分子嫌犯札卡利亞斯．穆沙維（Zacarias Moussaoui）在飛行學校的可疑行為，將其收押，卻無法把這個案子推理到恐怖分子的下一步行動。薛比在報告中指出：「情報界的最大問題是，在恐怖分子有意攻擊美國的象徵性地標上，沒有能力將得到的『點』連成『線』。」「連點成線」一詞二〇〇一年的九月十一日之前不斷在報告與報導中出現，幾乎成了一種有口無心的咒念。我們事後回想時恍然大悟，那時顯然就有模式可尋，但愛自誇吹噓的美國情報圈卻看不見。

不過，事後這些檢討，並不能解答因贖罪日戰爭而浮現的問題：「模式」在攻擊前明顯嗎？無論我們會不會在事過境遷之後，修正對事情的判斷，這個問題都是心理學者十分感興趣的議題。例如，在尼克森總統前往中國大陸進行歷史性訪問前夕，心理學家巴魯克．費施霍夫（Baruch Fischhoff）曾經詢問若干人，要他們預測尼克森此行會有哪些成果，諸如此行促成中美永久建交的可能性大不大？尼克森此次能夠能見到中國領導人毛澤東嗎？尼克森可以宣稱此行成功嗎？結果，這次訪問公認是一次外交上的大勝，費施霍夫事後再去訪問同一批人，要他們回憶當初是否抱著不同的預估。他發現，大部分的受訪者「此時此刻」都「記得」，他們對尼克森這次訪問都非常樂觀，即令第一次接受調查時不是如此。

即使受調者原本並不認為尼克森有機會見到毛澤東，但事後，當報紙全是尼克森與毛澤東兩人見面的報導時，受調者也口口聲聲說，「記得」自己當初便判斷兩人見面的機會很大。費施霍夫稱此現象為「潛在認定」（creeping determinism）：事後回想起來，已經發生的事其實「一定」會發生，而且這種感覺會隨著事情的發生而放大。一言以蔽之，這種「潛在認定」的主要效果是，預期之外的事情會變成預期中的事。他寫道：「一件事情事過境遷之後，要是有人回想起來並加以重建，則發生的機率會增加、吃驚的程度會減少。」

閱讀薛比的報告，或者是《基層細胞》中，關於諾塞爾與賓拉登等人的描述，油然而生的感覺一定是：如果中情局或聯調局能夠連點成線，九一一事件就不會那樣讓人感到突如其來。然而，這是公允的批評，還是「潛在認定」？

情報蒐集的雜音問題

一九九八年八月七日，兩名「基地」組織恐怖分子在肯亞首都奈洛比（Nairobi）的美國大使館外，引爆了一卡車的炸藥，造成二百一十三人喪生、四千多人受傷。米勒、史東與密契爾三人認為，肯亞的美國大使館爆炸案，就是典型的情報研判失敗。他們說，中情局在爆炸案發生前，就已掌握了一名潛伏在肯亞的「基地」分子的姓名與行蹤，另外幾名「基地」成員也在密切監督之下。中情局握有一封長達八頁的信，該信是一名「基地」分子所寫，裡頭提到即將有「工程師」（製造炸彈者的代號），會來到奈洛比。美國駐肯亞大使普魯登・布希奈（Prudence Bushnell）也曾寫信給華府，苦求加強安全措施。

肯亞一名議員兼律師說，在八月七日攻擊發生前好幾個月，肯亞就知會美國情報單位這項攻擊陰謀；一九九七年十一月，一個在賓拉登旗下公司工作，名叫穆薩塔・馬穆德・薩伊德・阿姆德（Mustafa Mahmoud Said Ahmed）的男子，走進奈洛比的美國大使館，告訴美國情報人員一項炸毀大使館的計畫正在醞釀中。美國官員如何反應？他們遣返了潛伏在肯亞的基層細胞首腦（一名美國公民），然後突然中斷了對「基地」成員的監視，也不管八頁信的意義何在。據說他們把肯亞的情報警告，遞給了以色列駐外情報單位「穆沙德」（Mossad），但以方卻不認為真有威脅，因為在偵訊阿姆德之後，他們覺得此人可信度不夠。爆炸案發生後，《基層細胞》一書的作者說，國務院一名高階官員打電話質問布希奈：「這種事怎麼會發生？」

米勒等人寫道：「布希奈的恐懼首次轉為憤怒，千言萬語不知從何說起，她火冒三丈地答道：『我寫了一封信給你！』」

一切不都跡象確鑿、歷歷在目嗎？不過，這是否也陷入了「潛在認定」的陷阱？因為我們看到的都是事後經過剪輯的說法，沒聽到其他被美國跟監的人怎麼說，也不知道情報單位收到多少其他的警告。有多少情報一開始好像很有搞頭，但後來卻一點用處都沒有？情報蒐集的重大挑戰，永遠都是「雜音」問題：無用的情報總是比有用的多。薛比的報告提到，聯調局的反恐單位從一九九五年算起，共接到六萬八千條不明線索，其中真正有用的，大概不超過幾百個。

簡言之，情報分析專家必須慎選，因此由這個標準來看，情報單位在肯亞做的決定，似乎不是不合理。結束對「基地」成員的跟監，聽起來不可思議，然而它的首腦也的確在當時離開了肯亞。沒錯，布希奈警告了華府，不過一如《基層細胞》作者所承認，炸彈威脅在非洲是天天上演。以色列情報單位的官員研判肯亞情報可疑，也非沒有道理。阿姆德是為賓拉登工作沒錯，但他未通過測謊；以色列情報單位也得知，阿姆德曾向其他幾國駐非洲大使館發出類似的警告，但後來都證實是子虛烏有。當有人走進你的辦公室、沒通過測謊，又被發現到處兜售同樣的不實消息時，能怪你把他打發走嗎？

簡短含混難判意圖

米勒等人在書中以一段電話通聯紀錄舉證，也犯了同樣的錯誤。這段話是義大利情報單位在二〇〇一年八月所錄，內容是「基地」行動成員阿布達・卡達・艾斯・薩耶德（Abdel Kader Es Sayed）與艾爾・希拉（al Hilal）的談話。米勒等三人認為，這似乎是另外一件預示九一一攻擊的情報。

希拉對薩耶德說：「我正在研究飛機。如果是阿拉的旨意，我希望下次見到你時，可以帶一片飛機的窗戶或飛機的碎片給你。」

薩耶德問：「有聖戰計畫嗎？」

希拉回答：「未來有，你留心聽新聞，記得『上面』兩個字眼。」薩耶德以為希拉說的是他的家鄉葉門，但希拉糾正他說：「突襲會從另外一國發動，是那種你永遠也忘不了的攻擊。」

過了一會兒之後，希拉談到攻擊計畫：「可怕的景象從南到北、從東到西到處都是，策劃這項計畫的人是個瘋子，但也是個天才，他會把他們嚇呆了。」

這是段引人聯想的對話，現在看起來似乎指的是「九一一」事件，但這又是什麼樣的「預測」？裡頭既未提到地點，也未提到目標與方法，只暗示有一些恐怖分子談到，要用飛機來幹一件大事。但我們要記得的是，這兩名恐怖分子與過去三十年裡的其他恐怖分子並無太大不同。

在現實世界中，情報千篇一律都非常含混，跟敵人意圖有關的情報都很簡短，沒有細節；沒有細節，就很難判斷意圖。例如，一九四一年四月，盟軍得知德國大軍移防俄羅斯前線，這項情報沒有爭議餘地，因為移防的軍隊不但被看見了，連數目都被清點過了。但這項移防的真正用意何在？邱吉爾（Winston Churchill）的結論是，希特勒（Adolf Hitler）要進攻俄羅斯；史達林（Joseph Stalin）則認為希特勒是有意要進攻，但是只有在蘇聯未達到德國最後通牒情況下才會出兵；英國外相艾登（Anthony Eden）認為希特勒是虛張聲勢，以取得蘇聯進一步讓步；英國情報單位判斷（至少開始時如此），希特勒只是要強化東線防禦，以防蘇聯攻擊。

唯一能肯定這項情報的方法是，如果盟軍能夠取得第二項情報，便能證實德軍的真正目的，就好比希拉與薩耶德之間的通聯紀錄。同樣地，倘若我們能夠取得類似德軍動向的詳細情報，才能確定希拉與薩耶德之間通聯紀錄的真正意義。但是情報單位很少能夠這麼奢侈地兩種情報都取得，他們的情報分析員也不是能夠猜出他人心事的人；要了解他人腦中想的是什麼，完全是因為人類的事後眼光，我們才漸漸培養出這項技巧。

《基層細胞》說，在「九一一」事件前的幾個月，華盛頓其實惶恐不安：

二〇〇一年夏天頭幾個月，「基地」組織可疑分子之間的通話紀錄顯然升高，一名原本在押的「基地」成員開始跟政府合作，也讓調查人員相信賓拉登正在策劃一項大行動。一項被攔截到的「基地」訊息提到「廣島型」事件，而且計畫很快展開行動。那年夏天，中情局一再警告白宮，攻擊迫在眉睫。

事實是，這些擔憂都未能保護我們，證明了受限的不是情報圈，而是情報。

醫療人員也可能落入誤判的陷阱

一九七〇年代初期，史丹福大學心理系教授大衛．洛森漢（David L. Rosenhan）把一名畫家、一名研究所學生、一名小兒科醫師、一名精神科醫師、一名家庭主婦與三名心理諮詢專家邀集到一起，要他們持假名到不同的精神病院就醫，說自己聽到不熟悉的聲音，例如「空虛」、「碰」與「空洞」等字眼。除此之外，這些假病人在就醫期間，要轉而提供真實的回答、舉止要正常，並要利用每一個機會告訴醫院裡的人，現在聲音已經不見了、自己已經沒有什麼別的症狀了。這八名假病人平均住院了十九天，其中一人甚且住了兩個月。洛森漢希望查出，醫院的醫護人員是否看穿一切，結果是他們始終都沒有識破。

洛森漢的實驗從某一方面來看，是典型的情報問題。一個訊號（正常的人），埋藏在像山一樣複雜與混亂的雜音（精神醫院）中，情報分析員（醫生）有義務將點連成線，他們卻搞砸了。在住院期間，八名假病人一共收到二千一百顆藥物，並接受心理訪談；醫生將他們的精神狀況寫成病歷，也做了病理分析摘要。假病人應洛森漢的要求，將治療過程寫成紀錄，這不久也成為他們病理紀錄的一部分。一名護士在其紀錄中渾然不覺地寫道：「病人有書寫行為。」這些人是因「病」住院，也因此始終擺脫不了這項診斷。一名護士一天詢問某位在醫院走廊上踱步的病人說：「緊張嗎？」他糾正她說：「不，是無聊。」但始終改不了護士的想法。

解決這個問題的辦法似乎很明顯，亦即醫生與護士必須警覺，有時心智正常的人也會住進精神病院。洛森漢因此前往一所教學研究醫院，告訴醫療人員說，未來三個月內，他會再送來一個或幾個假病人。結果在之後的三個月，該院收了一百九十三名病人，其中四十一人被一位以上的醫療人員診斷為正常。但這次他們又錯了，洛森漢一個假病人都沒送來。要解決一類的情報問題（過度診斷），該精神病院製造出另外一個問題（輕度診斷）。這可能是第二類，也是比較嚴重的「潛入性決定論」的一種後果：我們對過去認為是問題的問題矯枉過正，以致為未來製造出新問題。

改變未必是一種進步

以「珍珠港事件」為例，這被公認是一件組織之間協調上的失敗。美國掌握了各種日本會偷襲的證據，但情報訊號四散在各個不同的情報單位中；陸軍不跟海軍說話，雙方相互猜忌競爭。中情局之所以在一九四七年成立，部分原因也在於希望成立後可以確保情報統籌處理。

「珍珠港事件」過後二十年，美國情報又在「豬玀灣事件」（Bay of Pigs）上慘遭挫敗；甘迺迪政府粗糙地低估古巴的作戰能力，以及古巴人對卡斯楚（Fidel Castro）的支持。不過這次診斷完全不同，爾文．詹尼斯（Irving L. Janis）著名的有關「團體思維」的研究指出，「豬玀灣事件」的誤判，是因為出於一個關係緊密的小團體的建議，他們的封閉限制了辯論與競爭。而如今，由中央統籌管理也成了問題。戰後甚有影響力的組織社會學者哈若德．威倫斯基（Harold Wilensky），盛讚小羅斯福總統（Franklin D. Roosevelt）主政時期凝聚出的「建設性對立」，他認為這種建設性競爭，促成小羅斯福能夠蒐集重大情報，進而能對「經濟大蕭條」（Great Depression）時期的各種問題對症下藥。他在一九七六年的著作《組織之間的情報》（*Organizational Intelligence*）中指出：

> 小羅斯福利用一位匿名線民的情報，挑戰或質疑另一項情報，讓雙方都不敢掉以輕心。他延攬各方人馬，而這些人的工作環境與性質，大多會與其他單位起衝突。在外交事務上，他授權莫利（Moley）與威爾斯（Welles）的工作，與國務

卿霍爾（Hull）的工作重疊；在許多公共工程計畫上，艾克斯（Ickes）與華理斯（Wallace）的任務幾乎雷同。在福利事項上，他把兩個功能與縮寫名稱都極易混淆的組織PWA與WPA，分別委派艾克斯與普金斯（Hopkins）指揮。在政治上，法利（Farley）發現自己不時需要與其他政治顧問爭寵。結果是：在可供選擇的方案浮上檯面之際，或在羅斯福與專家們需要做出重大選擇時，各方的意見與不同的爭議也適時受到媒體的報導。

「九一一」事件前的情報圈，持的正是這種心態。聯調局與中情局一如艾克斯與華理斯一樣，是死對頭。可是這時社會已經改變看法，不贊成這種態度。一如薛比所責備的，中情局與聯局這時互相較勁。他的報告指出：「『九一一』事件是客觀的重大教訓，讓我們知道不能有效在組織之間及時分享情報，會如何危害國家社會。」薛比希望重新建立起情報的統籌運用，更強調合作。他希望有一個「由中央統籌、累積全國性情資的實體，能夠超越各組織、擺脫官僚單位競爭，並獨立作業」。他認為，情報組織應該由一個極小而高度緊密聯繫的團體運作，因此他建議完全解除聯調局的反恐業務，他說：

> 聯調局充滿個人主義的心態，對被告不法行為的追究，及對文字證據的重視，大過從不完全或零星資訊得來的可能推論，且以此作為其決策根據。執法單位無論

是處理情資、做成結論，或是思考方式，都有別於情報組織；情報分析專家無疑不會是一個稱職的好警察，警察顯然也不會是一個好的情報分析師。

在二〇〇三年的國情諮文中，布希總統按照薛比所希望的，成立了「恐怖威脅統合中心」（Terrorist Threat Integration Center），將聯調局與中情局的反恐活動納於一個特別的單位。情報業務在文化與組織上的多樣性以前備受讚賞，如今卻被人不屑一顧。

情報圈也需要良性競爭

事實上，檢討「九一一」事件之後，我們發現老制度仍有優點。聯調局想法跟中情局不同不是有其好處嗎？畢竟是聯調局掌握了兩個最精確的情報分析：聲請搜索恐怖分子穆沙維的公寓，以及鳳凰城幹員通風報信的備忘錄。這兩件事都說明了，聯調局的分析之所以可貴，正是因為不同於情報分析師的「大圖畫」與或然性推論；聯調局幹員專注一個案件，窮究不捨，拿到的正是證明被告跟「基地」組織與不法行為有關的文字證據。

中情局與聯調局之間一時瑜亮的較勁也非全然不對。《基層細胞》形容菲律賓警方搜尋尤蘇夫與同黨穆拉德的公寓後，聯調局的反恐探員立即飛到馬尼拉，跟「中情局各幹各的」。完全就像聯調局與中情局的一貫作風，前者要將穆拉德押起來，後者希望用他來放長線釣大魚。兩個單位最後還是通力合作，但合作完全是不得不然。雙方的確「因對立和猜忌」而失和，但這樣的競爭對立有何不可？

一如米勒等人所說：「聯調局前國內反恐單位負責人赫曼，反對與中情局一起工作跟程序無關，他根本就不認為中情局對擒拿尤蘇夫有幫助。赫曼說：『那時，我認為中情局無法在一間浴室中找到人；我甚至不認為他們找得到浴室。』」改革情報組織的人認為，聯調局與中情局的競爭對立基本上像夫妻失和，應該可以一起共事的人，就是不能一起共事。但是這種情形也不妨看作市場競爭，這可以促使企業更努力，並製造出更好的產品。

世間沒有所謂完美的情報體系，而每一種立意良好的改進，都要在權衡輕重後拿捏得恰到好處，才有效用。例如，一名因偽造文書罪而被美國通緝、被加拿大羈押的嫌犯，向警方供出五名阿拉伯移民的姓名與照片，指稱這五人已經越界進入美國；聯調局於是在該年的十二月二十九日發出警告通報，把五人的姓名與照片公布在調查局的「打擊恐怖主義」網頁上，連布希總統也針對此事發表談話說：「我們要知道這些人為何偷渡到美國、他們在美國做些什麼事。」而結果證明，這完全是該名加拿大嫌犯捏造出來的故事。事後，聯調局一名官員說，該局是為了「謹慎起見」才讓這些照片流通。今天我們的情報單位都非常敏感，但是這樣的敏感並非沒有代價。

一如政治學者理查．貝茲（Richard K. Betts）的論文〈解析、戰爭與決定：為何情報分析失敗難以避免〉（Analysis, War, and Decision: Why Intelligence Failures Are Inevitable）分析所說：「讓警告系統更加敏感，可以減低遭受突襲的風險，但因為假警報一而再、再而三地發生，反而會使敏感度降低。」如果我們不斷去買膠帶來密封窗戶以防止攻擊，但結果什麼動靜都沒有；如果政府的橙色警告燈號連亮數週，結果什麼事也沒發生。我們不免會懷疑，接到的每一項警告是否確有其事。珍珠港的太平洋艦隊，為何對日本的偷襲信號如此麻木？因為，在一九四一年十二月七日前數週，他們已經檢查過七件日本潛水艇在珍珠港海域活動的報告，結果七項情報都不是事實。洛森漢研究中的精神醫師，起先是漏掉病人心智正常的診斷，但在知道可能有人喬充病人後，開始覺得所有的病人大概都正常；這是一種改變，但未必是進步。

在贖罪日戰爭發生後，以色列政府任命了一個特別調查委員會，被傳喚的證人之一就是軍情局局長柴拉將軍。他們問柴拉，為何堅持認為戰爭不會馬上開打？他的回答是如此簡單：

> 參謀首長必須做決定，他的決定必須清楚，軍情局能為參謀首長做的，是提供他清楚明確的預估，而且要客觀。我知道，預測愈清楚，出錯的機率也愈大，但這原本就是軍情局首長專業上的困擾。

歷史學者艾略特・柯恩（Eliot A. Cohen）與約翰・古奇（John Gooch）在其著作《軍事災難》（*Military Misfortunes*）中指出：「柴拉的篤定結果成了致命的錯誤。軍情局領導人在一九七三年九月與十月所犯的錯誤，不在他們相信埃及不會進攻，而在於無比的信心。這種無比的自信反讓決策者迷糊。他們未向總理、參謀首長、國防部長提出模稜兩可的情勢研判，且直到最後一天都堅持不會有戰爭。」

當然，柴拉提供了一個不含糊的答覆，是因為這是政治首長與社會大眾對他的要求。沒有人希望含糊不清或模稜兩可。今天，聯調局給我們的是依照顏色來畫分等級的警告訊號，並經常談到恐怖分子頻頻連繫之事。這一切資訊都令我們感到無可奈何又生氣，因為它們是那麼含糊。頻頻連繫是什麼意思？我們要的是一種預測，希望敵人的意圖就像一個拼圖，情報人員可以透過破碎的圖片把整幅圖畫拼出來，讓我們知道全部的內情。然而故事內情很少清楚過，至少在事情發生前沒有；有時要一直到若干有企圖心的記者或調查委員會，決定要挖個水落石出時，我們才會真正清楚。

二〇〇三年三月十日

CHAPTER

12

失敗的藝術

為什麼有些人驚慌失措，有些人緊張失常？

那是一九九三年英國網球大賽「溫布頓」（Wimbledon）決賽中決定性的一盤，比賽進行到第三盤重要的一刻，捷克選手雅娜‧諾弗娜（Jana Novotná）似乎所向無敵。她目前以四比一領先，在發球的一刻，她與對手本局的得分是三比二，也就是說她只要再添一分，就會贏得此「局」；再得五分，這「場」比賽就江山底定，人人稱羨的冠軍盃即可到手。她剛剛向對手施特菲‧葛拉芙（Steffi Graf）擊出一記反拍，球從球網邊緣掠過，突然落在球場邊陲，葛拉芙搶救不及，只能乾瞪眼。

球場的看台上坐滿了人，肯特公爵與夫人依照慣例坐在他們的皇家包廂。諾弗娜身穿白色球衣，金色的頭髮用髮帶攏在後面，她顧盼自若，信心十足。可是這時局面突然起了變化，她的發球觸了網。她穩下步伐，把球高高拋起，身體像弓一樣後彎，準備再發第二球，可是這次更糟；她的揮拍似乎不夠用心，好像只有手在使勁，身體和雙腳都沒有配合用力，發球再度落空。接下來她對葛拉芙的殺球攻勢也顯得反應遲頓，連葛拉芙的正手抽球也接不到。

來到局點（game point），她的扣殺球落在網上；非但沒得到五比一，現在兩人之間成了四比二。輪到葛拉芙發球，她輕鬆得分，四比二追成四比三。諾弗娜發球，球卻拋得不夠高；她的頭垂了下來，動作明顯遲緩。一次雙誤、兩次雙誤後，又出現了三次發球雙誤。葛拉芙的正拍抽球，把諾弗娜的防線拉得大開。諾弗娜非但沒有運用正拍交叉出球讓葛拉芙疲於奔命、讓自己能夠回到防守位置，反而不自覺地擊出一個又低又直的球，讓葛拉芙迎個正著，得分變成四比四。諾弗娜是否突然意識到自己原本已勝利在望？她是否記起自己從未贏過重要的大賽？她是否看到球場上另一端的葛拉芙——她這個世代最偉大的網球明星？

諾弗娜在底線等待葛拉芙發球；她變得急躁，不斷搖晃身體、輕輕跳動。諾弗娜自言自語，目光掃射全場。她在本局再也沒得分，葛拉芙以五比四後來居上。諾弗娜在邊線上用毛巾擦拭臉龐與球拍，然後一根一根地擦拭手指。又輪到她發球。她沒打中對方的抽球，連邊都沒沾到。她搖搖頭，又喃喃自語起來。她第一次發球沒有成功，接著發第二次。在接下來的你來我往中，她一個反手，揮拍不當，球變成高飛球。諾弗娜此時變得不像一個一流的網球選手，反像一個剛出道的新人。她在壓力下快要不支。

到底是什麼原因令她這樣招架不住？觀眾席上一片不解。壓力不是會激發我們拿出最佳實力嗎？我們會更努力、更專注；我們的腎上腺素會增加，促使我們發揮最佳表現，但此時諾弗娜到底是怎麼了？

來到冠軍點，諾弗娜擊出一記小心、無甚力道的高吊球，葛拉芙以一記難以招架的高殺球還擊，球賽至此令人鬆一口氣地結束。諾弗娜目瞪口呆，她走向球網，葛拉芙在她的雙頰上親吻。在頒獎典禮上，公爵夫人把銀質亞軍獎盃頒給諾弗娜，並附在她耳邊悄聲地說了幾句話。這時，在球場上剛剛發生過的一切終於擊垮了諾弗娜。她滿身是汗、筋疲力竭地面對著優雅的公爵夫人，公爵夫人把她摟過來。諾弗娜趴在公爵夫人肩上，啜泣起來。

「驚慌失措」與「緊張失常」讓表現失常

人有時會在壓力下猶豫遲疑；飛行員會摔飛機，潛水夫也會溺斃。在激烈的競爭與眾目睽睽之下，籃球選手有時找不到籃框、高爾夫球選手看不見標號旗桿。遇見這種情況，我們有時會說他們「慌了」（panicked），有時會說他們「發揮失常」（choked），後者是運動比賽中常聽見的用語。但是這些字眼到底是什麼意思？有何不同？不管是「驚慌失措」或是「緊張失常」，兩者都是貶義，幾乎跟「放棄」一樣糟糕。然而，形形色色的失敗都一樣嗎？從失敗的形式，可以如何看出一個人的性格與思維？我們生存在一個迷戀「成功」，以及迷戀記述無數有才之士如何克服挑戰與障礙的時代。但是記述有才之士有時也會失敗的各種狀況，我們同樣也可以學習到很多東西。

「失常」聽起來像一個含混而籠統的字眼，但它描述的其實是一種非常特殊的失敗。舉例來說，心理學家經常使用一個非常原始的電腦遊戲，來測試人的運動技能。他們叫你坐在電腦螢幕前，螢幕中有一列四個方塊，鍵盤上則有四個相對的按鈕。X會輪流出現在螢幕上的方塊中，而你獲得的指令是，每次X出現時，要按下相對的按鍵。根據維吉尼亞大學心理學家丹尼爾．威林漢（Daniel Willingham）表示，如果事前你得知X出現的模式，你在按鍵時的反應速度會大有進步。你會小心翼翼地先試上幾回，等到熟悉順序後，速度就會加快。威林漢稱此為「外顯學習」（explicit learning）。如果事前不知道X出現的順序，即使玩上一陣子，也不知道其中有模式可尋，後來的反應速度仍然會變快：你是不自覺地在學習出現的順序——發生在意識之外的學習，威林漢稱此為「內隱學習」（implicit learning）。

這兩種不同的學習系統是分開的，學習的基礎位於不同的大腦部位。威林漢說，一個人第一次學習什麼事情，例如反手拍或殺球，會以一種非常審慎且機械的方式思考與學習，等技巧愈來愈純熟後，「內隱系統」就會接手，學的人可以不加思考、優美地揮出反拍。部分「內隱學習」的位置在大腦基底核，且跟我們學習的強度與時間有關，一旦這系統發揮作用，無論是打過網急墜球（drop shot，放小球），或是發出時速一百哩的凌厲快球，手感和準確性會愈來愈好。威林漢說：「這種能力是逐漸累積出來的。你打過幾千個正拍球，有時打過一陣子可能仍須付出注意力，但已經不須多費力氣，到了最後猶如反射動作，你根本不消注意手在做什麼。」

可是在壓力下，有時「外顯系統」會接手，這便是「緊張失常」。諾弗娜之所以在溫布頓決賽中動搖，是因為她再度開始思考自己的擊球。她的流暢度與手感完全不見了，她發球出現雙誤，對於需要在力道與時機上付予高度敏銳反應的殺球，卻走樣揮拍。她好像成了另外一個人——擊球時緩慢而謹慎，好像又成了一個初學者；發球、截擊或高吊球的方式，回到她孩提時代初學網球時的練習招數。此時她依賴的是「外顯系統」。同樣的事也曾發生在紐約洋基隊二壘手查克．諾布勞奇（Chuck Knoblauch），不知為什麼，他好像有困難把球傳往一壘。在洋基球場四萬球迷面前，面對比賽壓力，諾布勞奇發現自己回到了外顯模式，投球像個少棒球員。

一是想太多，一是無法思考

「驚慌失措」完全是另外一回事。航太總署（NASA）探討人因因素（human factor）的專家艾菲蜜亞．墨菲（Ephimia Morphew），對我講述一次她潛水時的意外事故，她說：「大約十年前，我們到蒙特瑞海灣（Monterey Bay）考開放水域潛水證照。我那年十九歲，有兩週的潛水經驗。這是我第一次在沒有教練陪同下潛入開放水域，只有我跟朋友兩人，我們必須潛到四十呎深的海底練習。我們把口中的呼吸調節器取下來，從潛水背心中取下備用的一副，練習使用備用調節器。同伴完成了練習，接著輪到我。我取下嘴上的呼吸調節器，將備用的那副放進口中。先吐氣，排水，然後吸氣；可是出乎意料之外的是，我吸入的是海水。緊接著，連接咬嘴與氣瓶的管子鬆了，從管子出來的空氣打到我臉上。」

她說：「我立刻伸手去抓取同伴的空氣補給，好像要把它扯開一樣。我根本未經思考，完全是生理上的反應。我眼見我的手在做一些不負責任的事，我跟自己交戰，告訴自己不要那麼做。然後我盡力回想還可以做些什麼，但是腦子裡一片空白。我只記得一件事：如果你不能照顧自己，讓你的同伴來照顧你。我把手縮回來，就站在那裡。」

這是一個典型的驚慌例子。墨菲在那一刻的思考停止了，她忘了自己還有另外一個空氣來源，那個功能正常的才剛從她嘴巴裡取下的呼吸調節器。她也忘了同伴亦有空氣補給可用，而且兩個人可以共用。她忘了抓同伴的呼吸調節器，可能危害到兩人的性命，她那時只剩下最原始的本能：取得空氣！壓力將她的短期記憶掃得乾乾淨淨。經驗豐富的人不會驚慌，因為儘管短期記憶在遇到壓力時會被壓抑，他們還有些殘留的經驗可以利用。但像墨非這樣的新手有什麼可以憑藉？她說：「我拚命想還可以做什麼，但腦子卻一片空白。」

「驚慌」也會導致心理學家所說的「知覺窄化」。在七〇年代早期的一項研究中，參與實驗的人接受一項視覺敏銳度的測驗。受測對象在壓力艙中會感覺到自己下潛了六十呎，同時以眼角餘光觀察，在看到一閃一閃的光點時，就按下按鈕。結果發現在壓力艙中的受測對象，心跳率比控制組高出甚多，顯示他們承受到壓力。壓力並未妨礙他們的視力正確度，但他們眼角餘光所見，卻只有控制組一半。墨非說：「我們都傾向只專注於一件事。還有一個有名的例子是，當落地燈（landing light）熄滅時，飛行員無從知道起落架是否已經放下，正副駕駛都一心一意注意著跑道燈光，沒有人注意到自動駕駛儀已經被解除，結果飛機摔了下來。」墨非伸手去抓同伴的空氣補給，因為她只能看到那麼一個空氣補給。

從這個例子來看，「驚慌失措」與「緊張失常」剛好相反。「失常」是因為想太多，「驚慌」是因為未經思考；「失常」跟失去本能有關，「驚慌」則會促使回歸本能。兩者可能看似相同，但實有天壤之別。

要命的「死亡螺旋」!

在有些情況下，驚慌失措與緊張失常兩者的確沒有多大的差別。如果你在一場實力接近的網球比賽中輸了球，可能是因為驚慌，也可能是因為失常，但不管是那一種情形，你都輸了。但也有一些明顯的例子告訴我們，怎麼失敗的，對於我們了解為什麼會失敗，事關緊要。

就拿小甘迺迪（John F. Kennedy, Jr）一九九九年夏天駕飛機失事來說吧。那次飛行的詳情，已是眾所皆知。七月一個週五傍晚，他戴著妻子與小姨子前往瑪莎葡萄園島（Martha's Vineyard），當晚霧濛濛的，小甘迺迪沿著康乃狄克州的海岸線飛行，他利用下方的燈火作為指引。到了羅德島的韋斯特利鎮（Westerly）時，他駛離了海岸線，直直向羅德島灣（Rhode Island Sound）飛去。此刻，黑暗與薄霧顯然使他失去了方向感。他採取了一連串奇怪的舉動：飛機開始傾斜向右轉，更往海的方向飛，然後又向左；飛機爬高俯降，加速又減速。在距目的地只有幾哩的地方，小甘迺迪失去了對飛機的掌控，他的私人飛機墜落到海裡。

用技術名詞來說，小甘迺迪錯在他沒有保持機翼平衡。這是要命的一點，因為飛機一旦向一側傾斜，便會開始轉變，機翼會喪失部分垂直升力，如果不能及時修正，這個過程會加速。傾斜的角度愈大，轉向就愈大，然後飛機開始以愈轉愈小的螺旋快速下降。飛行員管它叫做「死亡螺旋」。小甘迺迪為何不停住這種俯衝？因為在能見度低與高壓力的時刻，要保持機翼呈水平狀態，甚至察覺自己是在「死亡螺旋」狀態，可能都十分困難。小甘迺迪被壓力擊垮了。

倘若小甘迺迪飛行時是大白天或是明月當空的夜晚，他可能不會出事。坐在駕駛艙中的飛行員，從艙中往前看，前方的地平線可使他明顯地看出機翼的傾斜角度。但如果這時外面是一片漆黑，地平線消失了，沒有外部指標可賴以判斷飛機傾斜程度。平常在地面，即使是黑暗之中，我們也知道是否在水平狀態，因為我們內耳中有感知的機制。然而在螺旋下墜的情況下，因為飛機的重力效應作用在我們的內耳，即使飛機沒有保持水平，飛行員也完全沒有感覺。同樣地，我們搭乘的民航機如果起飛後向一側三十度傾斜，你旁邊的乘客擺在大腿上的書也不會滑到你的大腿上，飛機地板上的筆也不會滑向「低」的那一邊。因為飛行的物理現象，使得飛機在轉彎時，客艙裡的乘客感覺自己仍處於水平狀態。

「我們剛才掉了一千呎！」

這是一個相當難懂的觀點，為了要了解，我特別與《天空之內》（*Inside the Sky*）的作者威廉・藍吉威奇（William Langewiesche）一同飛行。我們在聖荷西（San Jose）機場碰面，裡面有個噴射機中心，停滿了矽谷大亨的私人飛機。四十幾歲的藍吉威奇有著一身棕色皮膚，相貌與電影《太空先鋒》（The Right Stuff）中的幾位飛行員明星相較也不遑多讓。我們在黃昏時出發，向南邊的蒙特瑞海灣飛去。海岸上的燈光漸漸離我們遠去，夜色籠罩在地平線上，藍吉威奇讓飛機稍稍左傾，手離開了操縱桿。我從天色中看不出什麼端倪，便把注意力集中在儀表板上。從陀螺儀看來，我們正在傾斜；起先是十五度，後來是三十度，再來是四十五度。

藍吉威奇冷靜地說：「我們在螺旋俯衝。」我們的空速在穩定加速當中，從一百八十、一百九到二百節（Knots）。高度表的指針在往下掉，飛機像石子一樣，以每分鐘三千呎的速度往下掉。我可以聽見引擎的聲音稍稍提高了一點，在速度不斷加快時，風聲也比以前大了。但如果藍吉威奇一直與我交談，我根本不會聽出這些來。如果艙內沒有加壓，尤其是在飛機急劇下墜那一段，我的耳內可能會劈叭響，但是除此之外，我什麼異樣也不會感覺到。螺旋下降時，重力負荷（G-load，慣性力）完全正常，用藍吉威奇的話說，飛機喜歡螺旋下墜；我們從開始下墜到現在只不過六、七秒鐘的時間。突然藍吉威奇擺平機翼，把操縱桿向後拉回，讓機頭提高，結束了往下掉的趨勢，到此時我才感覺到重力負荷的全面力量，將我往椅背上推。藍吉威奇說：「飛機傾斜時，你不會感到重力負荷，對新手來說，這一點最令他們困惑。」

我問藍吉威奇，我們可以再往下掉多久，他回答：「五秒鐘之內便會超過飛機的極限。」那時，想要拉回飛機的力量會撕裂飛機。我轉頭再看儀表板，要求藍吉威奇再做一次螺旋俯衝，但不要告訴我。我坐好等待，正要告訴他隨時可以開始時，突然我被拋回椅背上，他說：「我們剛才掉了一千呎。」

在經驗上無法感知，亦即不知道自己開的飛機在搞什麼，正是夜間飛行之所以讓人感到莫大壓力的原因。小甘迺迪離開康州海岸線的導航燈光，在韋斯特利鎮轉向大洋飛去時，必定就有這種感受。當天晚上一名飛到南塔克特島（Nantucket）的飛行員，向國家運輸安全委員會（National Safety Board）說，當他在瑪莎葡萄園島下降時，往下看，結果什麼都看不見。「沒有地平線、沒有燈光，我以為島上停電了。」小甘迺迪這時等於是個盲人，他必定知道自己身處怎樣的險境。他完全靠儀器飛行的經驗相當少。以往他飛往瑪莎葡萄園島時，地平線或燈光都清楚可見。小甘迺迪最後一連串奇怪的操作，是他拚命要在陰霾中找尋光亮。他想找到瑪莎葡萄園島的燈光，找到失去的地平線。在運輸安全委員會對失事報告的描述中，你幾乎可以感受到他的絕望：

約在21:38時，目標（甘迺迪的小飛機）開始右轉南飛。大約三十秒後，目標在二千二百呎高空停止下降，開始爬升，持續大約三十秒鐘。在這段時間內，目標停止轉彎，空速減到一百五十三節。大約在21:39時，目標保持在二千五百呎高度，向東南方向飛行。大約五十秒後，目標左轉，向上爬到二千六百呎。目標繼續左轉，開始以每分鐘九百呎的速度俯衝。

思考、專注是此時最需要的

然而他是「驚慌失措」還是「緊張失常」？在這裡，兩者具有關鍵性的區別。如果他是「失常」，他會設法回到「外顯學習」模式；在駕駛艙的操作動作會顯著放緩，也不那麼流暢，他會回到從前初學飛行時的情形，並對教練教的那一套，以機械式、有自覺的方式運用。這樣可能反倒好，因為此時小甘迺迪需要思考，把注意力集中在儀器上，地平線依稀可見時的本能飛行模式，這時已經用不上了。

可是從一切跡象看來，他陷於恐慌狀態。在他需要想起飛行步驟時，他的腦子可能就像墨非在海底時一樣，是一片空白。不但未檢查儀器，而且似乎把注意力集中在一個問題上：瑪莎葡萄園島的燈火在何處？小甘迺迪在高空之中，對陀螺儀與其他儀器視而不見，就如因壓力艙實驗在邊緣視野閃爍的燈光。他依靠的是本能，而在暗夜裡，本能什麼也不能告訴你。運輸安全委員會的報告說，小飛機機翼仍保持水平，是在九點四十分後的七秒鐘內；飛機墜毀海上的時間是九點四十一分，這要命的關鍵時間還不到六十秒。

四十分過後的二十五秒後，飛機傾斜的角度大過四十五度，駕駛艙中一切大概感覺正常，但小甘迺迪必定聽見了機外漸強的風聲，或是引擎在飛機加速下墜之際傳出的吼聲。可能這時他再度依賴本能，把操縱桿向後拉，以拉抬機頭，但是未先讓機翼恢復水平便拉操縱桿，只會使旋轉加劇。也有可能小甘迺迪什麼都沒做，他僵在儀表板前，在飛機墜毀海上時，仍在狂尋瑪莎葡萄園島的燈光。有時飛機螺旋下墜時，飛行員根本什麼也沒做，藍吉威奇稱此為「自由落體落到底」。

小甘迺迪那晚的遭遇，說明了「驚慌失措」與「緊張失常」之間的重大不同。「驚慌」導致常態性的失敗，對這一種失敗，我們都有所體會。小甘迺迪驚慌，是因為他對儀器飛行了解不夠，如果

他能夠再多飛一年，可能就不會慌張；人都相信，表現會隨著經驗的增加而改善，勤快能夠克服壓力的障礙。

反觀經驗和訓練對「失常」的幫助有限。諾弗娜的失敗絕不是因為不夠努力，她受的網球訓練與體能狀況，跟大賽中任何一位選手都一樣。經驗又幫了她什麼忙？在一九九五年的法國公開賽第三輪，她「失常」的狀況甚至比對葛拉芙之役更為嚴重，她在第三盤時還以五比零領先，最後卻輸給薔達．魯賓（Chanda Rubin）。無論是與魯賓還是葛拉芙交手，諾弗娜的表現之所以會先強後弱，至少有部分原因是如出一轍：連番失手讓她覺得，即使自己在第三盤中以五比零領先，還是有可能輸掉比賽。如果「驚慌」是常態的失敗，「失常」便是一種反常的失敗。

刻板印象的威脅

史丹福大學心理學家克勞德．史提爾（Claude Steele）與其同僚，近年曾經做過數項實驗，以了解特定團體在壓力之下是如何表現。他們的發現或可幫助我們對「失常」的了解。史提爾與同僚約書亞．艾隆森（Joshua Aronson）為一群史丹福大學部學生進行標準化測驗，如果事先告訴學生這是要測量他們的心理能力（intellectual ability），白人學生的表現就會比黑人學生好很多。但當同一項測驗以「抽象的實驗室工具」呈現在學生面前，與能力無關，白人與黑人學生的成績幾乎相同。史提爾與艾隆森將此種差異，歸因於「刻板印象威脅」（stereotype threat）。黑人學生被帶進一個外人對他們有刻板印象的情況中，在此案例中與智能有關，他們的表現在壓力下就會差強人意。

史提爾等人發現，只要有團體被貼上負面標籤，這種「刻板印象威脅」在任何情況中都會發酵。如果為一批符合資格的女性施行數學檢測，表明要測量她們的計算能力，女性的表現會比相同程度的男性來得遜色；而如果說這只是一項研究工具，她們的成績絕對不亞於男性。我們再看史提爾的學生胡利歐·賈西亞（Julio Garcia）的一項研究，他在執教的塔夫茲大學（Tufts University）召集了一批白人運動員學生，由一名白人教練帶著他們進行一連串的體能測驗：立定跳高、立定跳遠與二十秒伏地挺身。然後教練要他們再做一次同樣的測驗。沒錯，你猜對了，賈西亞的實驗發現，學生們的第二次表現每一項都比第一次稍好。

賈西亞實驗的第二步是，召集一批不同的學生進行同樣的體能測驗，只是這一輪實驗中，第一次的負責教練是白人，第二次則由一名非裔的教練接手。白人學生在第二次立定跳高項目上的表現沒有進步；但如果在第二次一模一樣的實驗中，把白人教練換成高大粗壯的黑人教練，結果白人學生的跳高比第一次的跳高成績差，不過伏地挺身的成績兩次都一樣。這裡頭並沒有什麼先入為主的觀念說，白人學生做伏地挺身不如黑人，唯一的影響是立定跳高，這是因為西方文化說：白人不會跳。

黑人學生的測驗成績沒有白人學生好、白人學生沒有黑人學生那麼擅長跳躍，這些發現不是新聞，問題是，我們總認為這種壓力下的表現不理想，是因為慌張造成的。我們對表現欠佳的學生和運動員會說的話，跟我們對潛水或飛行新手一樣，我們會勉勵他們：加倍努力、全力以赴、把能力測驗看得更加慎重。然而史提爾告訴我們，我們會看到女學生或黑人學生在「刻板形象威脅」下表現失常，但我們卻不會看到一個驚慌的學生，在面對考試時亂猜一通。他解釋說：「你看到的反而是謹慎和自我懷疑。在他們接受面試時，你會感覺，如果這些人是處於刻板印象威脅的情況中，他們會對自己說：『我在這裡千萬要小心，不要搞砸了。』接著，在擬定好策略之後，他們會平靜下來，完成考試。但是要在一種標準化測驗中考出好成績來，這樣做並不是正確的辦法，因為你愈這樣，就離快速處理的直覺愈遠。他們以為自己做得很好，也試著去做好，但結果卻不然。」這就是「失常」，不是驚慌。

賈西亞實驗中的運動選手與史提爾的學生就像諾弗娜，不像小甘迺迪。他們失敗是因為自己做的是自己原本擅長的事。只不過，那些在意自己表現的人，始終都感受到刻板印象的威脅。在這種情形下，我們平常用來克服失敗的方法（例如加倍努力、正視考試），都只會使問題惡化。

這是一個很難領會的課題，但更難的領略的是，「失常」時我們需要學著不那麼在意「人」，而要在意「情況」。諾弗娜面對葛拉芙轉勝為敗，卻一籌莫展。唯一能拯救她的是，如果在關鍵性的第三盤，轉播的攝影機關掉、公爵與夫人已經回家，而且觀眾都離席到場外去等候結果。然而在現實比賽中，這當然都不可能。選手「失常」是運動競賽中重要的戲劇成分，雖然眾目逼視，選手卻能夠克服觀眾帶來的壓力，這是奪得冠軍重要的一部分。不過，我們一生不是時時刻刻都須這麼處變不驚，我們必須學著了解，有時表現不好並不反映一個人的實力，而是來自觀眾的壓力使然；有時不盡理想的測驗成績不表示接受測驗的人是不用功的學生，相反地，這說明他是好學生。

人生如球場

一九九六年高爾夫球名人賽（Masters Golf Tournament）的前三回合裡，葛雷．諾曼（Greg Norman）領先的程度似乎無人能夠超越，他綽號「大白鯊」，是全球公認最佳的高爾夫球選手。金髮寬肩，在球場上昂首闊步，不在球道上流連，桿弟在後跟著有些吃力。到了比賽最後一天，打到第九洞時，諾曼跟位居第二的英國選手尼克．佛爾多（Nick Faldo）在同一組。兩個人第一桿都打得不錯，現在他們面對果嶺，在標號旗桿前有一個陡坡，如果球擊得不夠遠，便會滾下來。佛爾多先揮桿，球的落點非常安全，過了球洞。

接著輪到諾曼，他盯著球。轉播員說：「現在要小心不要擊出短球。」這是顯而易見的。諾曼揮桿，然後定住，他的球桿指著半空中飛行的球；不幸被言中了，那是個短球。諾曼鐵青著臉，看著球滾下坡來。犯了這個錯誤，他心裡好像潰堤了。

在第十洞，諾曼一個曲球把球打到左邊，第三桿大大超過了洞口，並且錯失了一記可以進的推桿。到了十一洞，諾曼需要打出一桿距離球洞三．五呎的推桿，以保平標準桿數，這對他來說應該是家常便飯。他握抓球桿前抖抖手和腿，希望放鬆一下，但球沒進洞，這是他的第三次柏忌（bogey）。在十二洞，諾曼把球打到水裡；十三洞，他的球落在一片松針上；第十六洞，他的動作變得如此機械化而不協調，他揮桿時，轉臂的弧度超過了身體，球又飛到另一個水池裡。這時他沮喪地拿著球桿，對著草皮做了一個揮刀割草的動作。一再的走樣演出，已經注定了結局：一生的良機就此溜走。

佛爾多那天起初落後諾曼六桿，但在兩人自觀眾群中緩緩走向第十八洞時，他已領先諾曼四桿。最後的幾桿，他不慌不忙，始終都低著頭，只偶爾輕輕地點個頭。他了解當天在球道與果嶺上發生了什麼事，他沒有得意忘形，因為他知道自己並非全然大勝，諾曼也不是全然大敗。

當比賽結束時，佛爾多摟住諾曼，輕聲說：「我不知道該說什麼，只想給你一個擁抱。」然後他說了一句對失常的人唯一能說的話：「我對剛才發生的事感覺糟透了，真是遺憾。」說完，兩個大男人都哭了。

二〇〇〇年四月二十一日、二十八日

CHAPTER 13

太空梭爆炸的省思

有誰該為「挑戰者號」太空梭失事受責難？沒有任何人。我們最好習慣這種狀況。

在這科技時代，我們有一套對應災難的儀式。當飛機墜毀或化學工廠爆炸之後，所有實體證據，每一片扭曲的金屬或水泥碎塊，都會像聖物般被仔細定位、測繪，加上標籤分析，然後將發現呈交給調查委員會，委員會便進一步深究、約談相關人員後，嚴肅地做出結論。這是一種再次保證的儀式，基於這個原則，我們從意外中獲得的經驗將有助於防患未然。從三哩島核能廠（Three Mile Island）意外事件發生後，美國沒有關閉核能發電，也沒在每次發生飛機墜毀事件後便放棄飛行，就可知道，這種災難後的檢討儀式有其效力。在眾多災難的檢討儀式中，最徹底執行的一次是，一九八六年一月二十八日在佛羅里達州南部的「挑戰者號」（Challenger）太空梭爆炸事件。

在「挑戰者號」爆炸發生後五十五分鐘，最後一塊碎片掉入大海的同時，搜索打撈船已抵達現場，並在該區滯留三個月之久。這項史上最大的打撈任務，打撈漂浮碎片的作業區域廣達十五萬平方海里，事故地點周遭的海底則由潛水艇搜索。在一九八六年四月中旬，打撈小組找到幾塊燒焦的金屬，證實了專家先前所懷疑的肇事原因：爆炸是因太空梭火箭推進器外的一個密封裝置沒有封好，導致火焰鑽入外掛燃料箱。

獲得這項證實後，總統下令成立的特別調查委員會，在該年六月做出結論是，密封裝置出了問題，足以證明航太總署與主要承包商摩頓瑟科爾（Morton Thiokol）工程上的粗糙與管理上的鬆懈。受到責難後，航太總署重新回到設計桌上，在努力了三十二個月之後，根據所得到的教訓，推出了全新的太空梭「發現號」（Discovery）。這是美國於「挑戰者號」出事後，首次的太空梭任務，全國上下均屏息觀看「發現號」升空；「發現號」的全體人員，更為此舉行了一個簡短的紀念儀式，任務指揮官費德烈．郝克（Frederick H. Hauck）上校針對七位遇難的「挑戰者號」太空人說：「親愛的朋友，你們的殞落讓我們能夠再度找回信心，並重新開始。」災難後的檢討儀式至此畫下句點，航太總署再度回歸。

災後檢討儀式並無太大意義

然而，災難過後的種種檢討與發現，萬一不對又怎麼辦？假設這無助於避免未來的災難，我們又該怎麼辦？近幾年來，部分學者及專家對像是墜機或三哩島事故等災後檢討儀式的看法是，這固然是重新出發的機會，但也是一次又一次地自欺欺人。對這些修正論者來說，人類所創造出的複雜科技，內涵環環相扣，每個環節都有內在問題，一旦這些高科技出了意外，究竟什麼是真正的罪魁禍首，可能很難窮究。

這股修正論風潮亦吹到「挑戰者號」的災後檢討上。社會學者黛安．伍漢（Diane Vaughan）出版的《挑戰者號發射決定》（*The Challenger Launch Decision*），對「挑戰者號」出事前的各種事件，率先做真正深入的剖析。一般的看法是，「挑戰者號」出事是因為出現「異常」狀況、航太總署的人該做的沒做；但伍漢的結論恰好相反，她說太空梭出事正是因為航太總署的人做了該做的事。她的書上說：「航太總署並沒有做出懷有惡意的重大決定，相反地，他們所做的是一連串看似無傷的決定，只不過這些無傷的決定，卻一點一點地把航太總署推向災難性結局。」

伍漢的分析當然引起激烈的辯論，不過，即使只有部分正確，她的論點也具有可觀的影響力。處在現代這樣一個時代，我們周遭有發電廠、核子武器系統，以及每小時處理幾百架飛機起降的機場。我們的了解是：這些設施與系統都有風險，不過是可以處理的風險。然而，正常運作的複雜系統中若有免除不了的潛在災難，這種理解便是錯誤的。風險不是那麼容易處理的，意外也不是那麼容易預防，災後的檢討儀式並沒有什麼意義。第一次聽到「挑戰者號」的故事，是那麼充滿了悲情，但數十年之後重新敘述，聽起來只是陳腐的老調。

「正常意外」

也許要了解有關「挑戰者號」的各方爭論，最好的方式是從之前的一個重大災難開始談起——三哩島的核電廠意外事件。三哩島核電廠在一九七九年三月出事，總統任命的特別調查委員會的結論是，這是人為錯誤，電廠的操作人員尤其難辭其咎。但修正論者認為，實情遠比委員會所做的結論複雜，而他們的說法值得我們詳細審視。

三哩島事件是肇因於，該廠的巨大過濾性給水泵因堵塞而停轉。這種問題在三哩島核電廠動輒就會出現，不算太過嚴重。然而這一次，堵塞使得濕氣滲到電廠的冷卻系統中，兩個閥門跳脫，開合失靈，冷卻水因而無法進入電廠的蒸氣產生器。

三哩島核電廠有一套備用的冷卻系統，專供這種情況使用。然而就在冷卻系統那一天做怪之際，說也奇怪，備用系統的閥門沒有開啟；閥門沒打開，控制室顯示閥門沒打開的指示器，也恰巧被一個掛在上方的待修標籤遮住了。這時，反應爐只能依靠另一個備用系統，也就是靠另一個釋壓閥運作。不幸的是，這天釋壓閥也不靈了，原本應該關起來的，這時卻打開了。更糟的是，控制室的操作人員原本可以從一個測量表得知，釋壓閥出了問題，偏偏量表這時也失靈。等三哩島工程師意會到發生了什麼事時，反應爐爐心已經快融毀了。

換句話說，這場大災難是因五件不同的事件而釀成，而控制室中的工程師對其中任何一項都渾然不覺。他們沒有做出什麼嚴重的錯誤決定，使原本就嚴重的問題一發不可收拾。所有的故障：堵塞的給水泵、閥門跳脫、指示儀器被擋住、釋壓閥故障與量表失靈，其實都是芝麻般的小問題。分開來看，這些故障只是小麻煩，不會造成大問題，可是出人意料之外的是，當這幾個小問題撞在一塊時，大問題就發生了。

這種災難是耶魯大學（Yale University）社會學者查爾斯．裴洛（Charles Perrow）所稱的「常態性意外」。裴洛所謂的「常態」，並非表示經常發生，他的意思是，我們可以預期在複雜科技的正常運作中，會發生這類的意外。他認為，現代化系統是由幾千萬個零組件組成，彼此之間的運作關係複雜到難以預測，由其複雜性看來，多個小錯誤的結合而釀成大災難，幾乎是躲都躲不掉。他一九八四年發表了一篇以意外事故為主題的論文，檢視著名的空難、石油外溢、化學工廠爆炸，以及核子武器意外的實例，告訴我們什麼是所謂的「常態性意外」。如果看過賣座電影《阿波羅13號》（Apollo 13），你就已經見識過一個最有名的「常態性意外」：「阿波羅13號」無法完成任務，是因為太空船的氧氣與氫氣箱無法交互作用，但一個指示燈分散了太空人對真正問題該有的注意。

如果「阿波羅13號」是「真正」的意外，任務出事是因為重大錯誤或人謀不臧而誤了大事，根據它拍成的電影也不會這樣轟動一時。在真正的意外中，罪魁禍首會被大聲責罵及追究，就像好萊塢驚悚片中常見的模式。但《阿波羅13號》之所以如此扣人心弦，是因為裡面的主要情緒不是憤怒，而是欲哭無淚、欲訴無言——因微不足道的原因而出了這麼大的錯，驚訝地說不出話來。整件事沒有人可以究責、沒有什麼見不得人的祕密可挖，除了在不知為何失敗的地方重建整個系統外，沒有其他地方可以求助。到頭來，常態性意外更令人感到害怕。

「正常」的決策文化造成了風險

「挑戰者號」的爆炸屬於「常態性意外」嗎？從嚴格的角度來看，答案是否定的。不像三哩島事件，「挑戰者號」的爆炸是因為單一的災難性故障所引起，亦即防止熱氣從火箭推進器外洩的橡膠密封圈沒有發揮作用。不過伍漢認為，橡膠密封圈的問題其實是一個象徵：航太總署的文化才是事故的真正原因。那種文化促成航太總署對「挑戰者號」做成各種決定，而決策過程跟常態性意外發生的路徑完全吻合。

問題的核心在於，航太總署是如何評估火箭推進器的橡膠圈問題。火箭推進器共有四節，每一節都靠薄薄的橡膠圈綁住，將其密封套牢。回到一九八一年，在一次又一次的太空梭飛行之後，橡膠圈愈來愈常出問題，有幾次橡膠圈甚至出現嚴重的腐蝕；橡膠若腐蝕，表示熱氣會外漏。還有，早就有人懷疑，橡膠圈在冷天中會因硬化而影響密封程度。在一九八六年一月二十八日的早上，太空梭發射台其實是在被冰包覆的狀態，升空時的氣溫只比零度稍高。摩頓瑟科爾的工程師事前預測會有低溫，建議延後發射，不過航太總署沒採納這項建議。就是因為這項決定，爾後的特別委員會與若干批評者，都指責航太總署（即使無罪）犯了誤判的大錯。

伍漢並不懷疑，航太總署的決定有致命的瑕疵，但在閱讀數千頁通話紀錄與航太總署內部文件後，她找不到有任何怠忽職守的證據，更未發現有人因為政治因素或求績效，而犧牲了安全考量。她認為，航太總署所犯的錯，出現在正常作業程序中。舉例來說，指明氣溫過低會影響橡膠密封圈的性能，現在看來，顯然是後見之明，因為當時並不是那麼明顯。在前一次的太空梭飛行任務，發射升空時的氣溫是華氏七十五度，橡膠圈卻有更嚴重的損傷；航太總署之前曾數度提案要在氣溫低至華氏四十一度的情況下發射太空梭（但後來因其他因素而取消），摩頓瑟科爾公司對於低溫的危險卻隻字未提，因此對航太總署來說，反對「挑戰者號」這次按時出任務似乎不成理由，而是武斷的看法。

伍漢證實，在發射前夕，管理階層與工程師曾經有不同意見，但她也指出，這種爭執在航太總署是家常便飯。在內部討論火箭推進器接合的文件中，特別調查委員會看到「可接受的風險」與「可接受的腐蝕」多次出現時，雖然感到大為震驚，但伍漢表示，在「可接受的風險」下出飛行任務，是航太總署常態文化的一部分。事實上，在失事的那一次任務中，詳列的「可接受風險」項目厚達六大冊。伍漢說：「雖然橡膠密封圈腐蝕問題本身並沒有被預測出來，但問題的出現，跟我們對大規模科技系統有關的工程期待吻合。在航太總署，有問題是常態，『異常』這個詞每一天都被掛在嘴上。『偏離正常』可以控制，但無法消除，整個太空梭系統是根據這個前提在運作。」

航太總署製造出的是一種封閉的文化，照伍漢的說法，是「異常正常化」，所以對外界而言，那些決定明顯可議，但就航太總署的管理來看，卻是審慎而合理。伍漢對航太總署的內部描寫，令人讀了之後感到非常不安；她一一舉出「挑戰者號」發射前的決定與決策順序，每一項決定其實都很細微，就好像造成三哩島災難的一連串小問題一樣，很難說在發射升空的過程中，到底是在什麼時刻出現了問題，或者什麼問題可以在下次改進。伍漢的結論是：「我們可以說『挑戰者號』的升空決定，完全是照規矩來。但是文化背景、規則、程序與過去一直都有用的成規，這次卻全都失靈了。這次悲劇，我們不能怪罪是精打細算的管理階層違反規則；如果真要歸咎，要怪的是附從的心態。」

在愈安全的環境愈大意

我們還可以從另一個角度來看這個問題，也就是人類處理危機的觀點。現代災難檢討儀式背後的一項假設是，如果可以找出並消除風險，運作的體系就會更安全。舉例來說，太空梭推進器的接合裝置若改善許多，類似「挑戰者號」的太空災難發生率就會降低，其中的道理顯而易見，好像大可不必質疑。而這，正是另一群學者的研究範疇，稱為「風險平衡理論」（theory of risk homeostasis），或者說，學術界對「風險平衡理論」能不能、該不該適用，以及適用的程度，有相當激烈的辯論。加拿大心理學家傑若·威爾德（Gerald Wilde）在其《目標風險》（*Target Risk*）一書中，對此有深入淺出的解說：在特定情況下，看起來會讓系統或組織更安全的更動，其實未必可以更安全，因為人類似乎有一種基本傾向，在一個地方把風險降低了，但同時卻會甘冒另一種更高的風險。

我們再來看幾年前德國所做的一項有名實驗，利用「防鎖死煞車系統」（ＡＢＳ）進行測試。ＡＢＳ可以大幅改善煞車性能，尤其是在濕滑的路面。在慕尼黑，有個計程車隊的部分車輛安裝了這種新的科技，同車隊的其他車輛（其他方面的條件都相當）未裝，兩組計程車在三年的時間內，受到暗中的密切觀察。你可能會以為煞車性能較佳的車輛，安全駕駛情況也會比較好，但事實卻完全不然。有了ＡＢＳ，部分司機的肇事率並沒有改善，反而明顯變成惡劣駕駛。他們開始開快車、急轉彎，換車道時也比較不守規矩。他們踩煞車比較猛，車距也比較近；不是那麼願意併車道，險些擦撞的情形也較多。換句話說，ABS不是用來減低事故，計程車司機是把這當作額外的安全裝置，有了ABS，他們可以放膽飆車。如同經濟學者所形容的，他們「消耗掉」風險減低率，而不是將其「保留下來」。

「風險平衡」不是時時刻刻都會發生，補償行為往往只部分抵銷掉安全措施所降低的風險，安全帶就是一個例子。可是發生的情況已經多到必須加以正視的程度了。為什麼行人在有畫線的行人穿越道上，被撞死的機率超過無畫線的地區？因為在有標示的地區，我們對駛來的車輛比較不提防，這是我們對「安全」環境的「補償」心理。根據一項研究，美國人開始使用孩童無法打開的藥瓶後，兒童因致命性藥物中毒的事例反而大幅上升。因為成人對不讓孩子拿到藥瓶，變得不太留意。

「風險平衡」也在反方向的情形下發生作用。一九六〇年代晚期，瑞典下令靠左行駛改為靠右行駛，對這種改變，我們大概會以為這樣一來交通事故一定會大增，但事實上，車禍不但未增加，反而減少了。駕駛人為了適應新的交通規則，以更加小心駕駛的心理來補償。在新規定實施後的一年裡，交通事故死亡率下降減少了一七%，過後才慢慢回到先前的水平。威爾德半開玩笑地說，真有意加強道路安全的國家，可能應該考慮定期改變靠左或靠右行駛的規定。

如此說來，「風險平衡」會如何適用到航太總署與「挑戰者號」上，我們不需多花腦筋就能想像得出。特別調查委員會成員，也是諾貝爾物理獎得主理查．費曼（Richard Feynman）的名言是：「航太總署的決策過程是一種俄羅斯輪盤賭。」費曼說，當橡膠密封圈開始出問題、但並沒有發生意外時，航太總署開始相信「未來飛行任務的風險將不再這麼高，我們可以把標準降低一些，因為上次就全身而退」。而且解決橡膠密封圈問題，並不表示風險就煙消雲散了，因為航太總署認為有類似問題的太空梭零件，列出來足足有六大冊之多。有了妥善的橡膠密封圈，只會給航太總署有信心去賭俄羅斯輪盤而已。

寧可「用」掉安全措施卻不願「省」下來

這種結論令人感到沮喪，但不令人意外。實情是，我們對安全所做的承諾、或是忠實執行的災後檢討，總是戴著虛偽的面具；我們並不真正堅持一切都要盡量安全。過去全美曾實施將速限定在五十五哩，這項措施所拯救的生命，可能比政府過去的任何單一交通措施都多，但在一九九五年，國會卻只用了一分鐘，就通過了提高速限。這證實了，我們寧可「用」掉類似安全帶和安全氣囊等的安全措施，而不願意將它們「存」下來。近年來，無論是飛機的設計或飛行的導航技術，都有很大的改良，可以想見，我們以為這些發明可使空難發生率降到最低，但消費者真正希望的是，有便宜的機票可買、有更可靠與便捷的飛機可坐，因此交通安全進步的好處，至少有部分被飛機在繁忙與惡劣天候中的起降消耗掉了

類似「挑戰者號」這樣的災難帶給我們的教訓是，我們建構了一個世界，在這個世界中，高科技的潛在災難深深鑲嵌在我們日常生活當中。在未來某一刻、因為某一最世俗平常的原因、在最好的用意下，航太總署的太空載具可能還會爆炸墜落，我們至少應誠實承認這一點。如果我們做不

到、如果這種可能性叫人無法承受，那麼我們唯一的選擇是：諸如太空梭的一切，我們是否應全面棄而不用。

一九九六年一月二十二日

PART

3

誰是大明星？

人格、特質和智慧

他會穿雙排釦西裝，釦子全部扣得好好的！

CHAPTER 14

大器晚成

為什麼我們用早熟來衡量天才？

班・方登（Ben Fountain）是艾金・甘普・史特勞斯・豪爾暨菲德房地產公司（Akin, Gump, Strauss, Hauer & Feld）的事業合夥人，心生寫作念頭時，甫出法學院校門沒幾年，在這之前，他唯一發表過的文章還是跟法律有關。他受過的寫作訓練屈指可數，只修過大學的寫作課程。他曾經嘗試下班回家後夜間寫作，但往往都因為太累而作罷。後來他決定辭職專事寫作。

方登回憶道：「我內心極為害怕，覺得自己已經跳下懸崖，卻又不知降落傘會不會張開。沒有人希望浪費生命，我原本可以好好開創一番事業，卻放棄大好的法律工作。我父母原本非常以我為榮，父親對我尤其得意，但一切都太瘋狂了。」

他在二月某個週一的上午開始了新生活，每天早上七點便坐在廚房餐桌前。他定了一個計畫，每天從早上開始一直寫到中午，然後躺在地板上二十分鐘讓腦袋休息一下，再回去工作。他當過律師，有嚴謹的訓練，他說：「我很早就知道若不盡情抒發，我會滿心不舒服，因此我總是努力地寫，把它看作一件正當工作，不會拖拖拉拉的。」他的第一個故事是關於一個證券經紀人的故事；這位證券經紀人利用內線交易，逾越了道德界線。全文共六頁長，方登花了三個月的時間寫完。完工後，他著手寫另外一篇，然後又寫了另外一篇。

在寫作生涯的頭一年裡，方登共賣出兩篇作品，他愈寫愈有信心，完成了一部長篇小說，但他覺得寫得不理想，把它鎖在抽屜裡。接下來他便進入自己所謂的黑暗期。他調整自己的期許，重新出發。有個短篇故事上了《哈潑》雜誌（*Harper's*），紐約一名文學經紀人看見這篇文章，立刻與方登簽約；他把數篇短篇小說集結成冊，取名《與切・格瓦拉的短暫相遇》（*Brief Encounters with Che Guevara*），由哈潑柯林斯（HarperCollins）旗下的艾科公司（Ecco）出版。書出版後，佳評如潮；「時報書評」（Times Book Review）稱之為「讀之令人心碎鼻酸」，此書並贏得海明威基金會的「金筆獎」（Hemingway Foundation/Pen），也登上「書卷獎」（Book Sense Pick）首選。《與切・格瓦拉的短暫相遇》上了主要的地區性暢銷書排行榜，《舊金山紀事報》（*San Francisco Chronicle*）、《芝加哥論壇報》（*Chicago Tribune*）與《科克斯書評》（*Kirkus Reviews*）均將其評選為年度最佳書籍之一，並將方登與格雷安・葛林（Graham Greene）、伊夫林・沃（Evelyn Waugh）、羅伯・史東（Robert Stone）及約翰・勒卡雷（John le Carre）等名家相提並論。

方登努力了十八年

方登的崛起聽起來像則熟悉的故事：一個鄉下出身的年輕人，突然在文壇上聲名大噪。事實上，方登的成功絕非僥倖。他在一九八八年辭去了在房地產公司的工作，早年每一篇文章發表前，就至少被退了三十次。他擱在抽屜裡的小說花了四年的工夫才完成；一九九〇年代後半全是黑暗期，他在二〇〇六年因《與切．格瓦拉的短暫相遇》一書而轉運時，距他決定坐在廚房餐桌上展開寫作生涯的一刻，已經相隔十八年。這名來自鄉間的「年輕作家」揚名文壇時，已經四十八歲。

老耄大師與年輕天才

天才，一般人總認為與「早發」密不可分——我們總覺得，真正的創意，必須充滿年輕人的清新與奔放。奧森．威爾斯（Orson Welles）的傑作電影《大國民》（Citizen Kane）問世時，他才二十五歲；赫爾曼．梅爾維爾（Herman Melville）三十二歲完成的鉅著《白鯨記》，是二十多歲時開始寫的；莫札特二十一歲便完成了他劃時代的《降E大調第九號鋼琴協奏曲》。若干創作型態，例如抒情詩，必須是「英才早發」之作，似乎已成鐵律。詩人艾略特（T. S. Eliot）完成〈普魯法洛克情歌〉（The Love Song of J. Alfred Prufrock）時才二十歲；研究創意的學者詹姆斯．考夫曼（James Kaufman）認為「詩人年輕時即才華畢露」；《流》（*Flow*）一書的作者米哈里．契克森米哈賴（Mihaly Csikszentmihalyi）附和此說，表示：「最抒情的詩句是年輕人寫的。」研究個人天賦的心理學家霍華德．嘉納（Howard Gardner）說：「在抒情詩這塊領域，天才均被發現得早、燃燒得亮，然後就像一縷輕煙般消失了。」

幾年前，芝加哥大學經濟學家大衛．賈蘭森（David Galenson）決定探究世人對創意天賦的種種想法是否是正確。他閱遍自一九八〇年代以來出版的四十七本重要詩選，統計哪些詩最常出現。當然這種對文學加以量化的作法是有爭議性的，但賈蘭森只是想統計文學界學者眼中的重要美國詩作是哪些。結果他發現前十一名依序是：艾略特的〈普魯法洛克情歌〉、羅伯．洛威爾（Robert Lowell）的〈臭鼬時刻〉（Skunk Hour）、羅伯特．佛洛斯特（Robert Frost）的〈下雪傍晚行經樹林〉（Stopping by Woods on a Snowy Evening）、威廉．卡羅斯．威廉（William Carlos William）的〈紅色手推車〉（Red Wheelbarrow）、伊莉莎白．畢夏普（Elizabeth Bishop）的〈魚〉（The Fish）、艾茲拉．龐德（Ezra Pound）的〈水商之妻〉（The River Merchant's Wife）、席維亞．普拉斯（Sylvia Plath）的〈父親〉（Daddy）、龐德的〈在地鐵車站〉（In a Station of the Metro）、佛洛斯特的〈修牆〉（Mending Wall）、華勒斯．史蒂文斯（Wallace Stevens）的〈雪人〉（The Snow Man），以及威廉的〈舞〉（The Dance）。

這十一首作品分別是詩人在二十三、四十一、四十八、四十、二十九、三十、三十、二十八、三十八、四十二與五十九歲時完成。賈蘭森的結論是，說抒情詩作是年輕人的天下，一點根據也沒有。若干詩人在生涯的早期即有最好的作品，若干是在創作幾十年之後才有佳作誕生。佛洛斯特詩選中的詩作，有四二%是在五十歲之後才寫就；威廉是四四%；史蒂文斯為四九%。

賈蘭森在其「老耄大師與年輕天才：藝術創作的兩種生命周期」研究中指出，電影方面也是如此。不錯，確實也有像威爾斯那類的奇才，二十五歲就在導演藝術上登峰造極，但是也有像希區考克（Alfred Hitchcock）那樣的導演，在影壇不朽的幾部作品如《電話情殺案》（Dial M for Murder）、

《後窗》（Rear Window）、《捉賊記》（To Catch a Thief）、《怪屍案》（The Trouble with Harry）、《迷魂記》（Vertigo）、《北西北》（North by Northwest）與《驚魂記》（Psycho）等，都是他在五十四歲到六十一歲之間完成。馬克·吐溫的《頑童歷險記》（*Adventures of Huckleberry Finn*）是在四十九歲時出版，而《魯賓遜漂流記》（*Robinson Crusoe*）是丹尼爾·狄佛（Daniel Defoe）在五十八歲那年寫成。

然而，賈蘭森腦海中最揮之不去的兩個例子是畢卡索（Picasso）與塞尚（Cezanne）。賈蘭森深愛藝術，藝術家的故事他均知之甚詳。畢卡索是光芒四射的天才，他的成名作《加薩奇瑪斯的喪禮》（Evocation: The Burial of Casagemas），二十歲就畫出來，而且之後不久他藝術生涯中許多最偉大的作品，包括《亞維農的少女》（Les Demoiselles d'Avignon）是在二十六歲畫就。畢卡索可說是一般人心目中不折不扣的天才寫照。

塞尚則否。如果你前往巴黎奧塞美術館的塞尚展廳——全世界最佳的塞尚作品收藏處——你會發現牆上整排的傑作全是完成於他藝術生涯中的晚年。賈蘭森做了一個簡單的經濟分析，計算畢卡索與塞尚畫作拍賣的行情，與其完成畫作的時間。他發現畢卡索二十幾歲完成的繪畫，價值是六十幾歲完成的四倍之多；然而塞尚卻是恰好相反，在六十幾歲創作的繪畫，價值是年輕時創作的十五倍。年輕人的清新、活力與衝勁，沒給塞尚帶來什麼，他是大器晚成。在估算天才與創意時，不知為什麼，我們忘了塞尚一生所帶給我們的啟示。

方登第一天住在廚房餐桌前寫作，一切都很順利，他明白證券經紀人的故事應該如何展開，但第二天就完全傻住了。他無法將故事訴諸語言，覺得自己彷彿又回到一年級，完全沒有定見可以落筆，他說：「我必須在腦海中想像一棟建築、一間房間、一面牆、髮型或衣服，那些最基本的東西。我發覺自己沒有將這些事情轉化為文字的能力，我出去購買圖解字典、建築辭典，去上相關的課程。」

方登開始蒐集與自己興趣有關的文章，不久他就發現自己迷上海地。方登說：「海地的檔案愈來愈大，我想：『好，這就是我要寫的小說。』有一、兩個月的時間，我對自己說，我不需要去那裡，我什麼都可以想像。但幾個月之後，我想自己一定得親自去一趟，因此在一九九一年的四月還是五月，我去了海地。」

方登的法語不怎麼樣，更別說是海地式克里奧爾法語（Haitian Creole）了。他從來沒出過國，在海地不認識任何人，他回憶道：「我去了家旅館，走上樓梯，有個人站在樓梯頂端，他說：『我叫皮耶，你需要導遊。』我說：『的確，你說的沒錯。』他是個真誠的人，而且很快就搞清楚我不想找女人，也不想找禁藥，那一切我都沒興趣。」方登繼續說：「皮耶當場便告訴我：『我可以帶你去一些地方、可以帶你去見某人。』」

方登對海地深為著迷，他說：「海地簡直就像個實驗室，過去五百年裡發生的事——殖民主義、種族問題、強權、政治、生態災難，一切都以濃縮的方式在那裡呈現，而我在那裡如魚得水。」他之後又屢次前往海地，有時去上一週，有時兩週，在那裡結交了一些朋友，他還邀請海地友人到達拉斯作客（除非有海地人在家裡住過，你才算真正活過，方登說）。

「我的意思是我介入其間，不能隨便走開，整個過程有非理性與非線性的部分。我寫的是一個非常特殊的時代，有些事我必須知道，有些我可以不知道。我遇見一個在『拯救兒童』組織服務的人，他在中部高原（Central Plateau）工作，要去那裡得坐上巴士顛簸十二小時，我沒有必要去那裡，可是我去了。一路吃了許多苦頭和塵土。那是一趟非常辛苦的旅程，但也是趟壯舉，這與我寫的書無關，但絕對沒有白去。」

在《與切．格瓦拉的短暫相遇》一書中，有四個故事跟海地有關，也是全書最有力的一部分。這些故事讀起來非常有海地風情，彷彿是在地人寫給外界的世界看，而不是從外界看裡面。方登回憶到：「小說寫好後，我覺得意猶未盡，感覺還有東西值得探索、發掘，而且可以一直往深處探究。海地總有什麼東西等我去發掘，我一共去了不下三十次。」

從錯誤中開花結果

賈蘭森認為，天才如畢卡索者，很少從事這樣開放無限制的探索；他們比較傾向於「觀念上的」，而且有清楚的念頭知道自己要往哪裡去，接著便是執行。畢卡索有次接受藝術家馬利亞斯．狄札雅斯（Marius de Zayas）訪問表示：「我很難體會『研究』一詞的重要性，在我看來，『研究』對繪畫來說一點意義都沒有，『找尋』才重要。我在繪畫中採用的幾種方式，絕不能視為是向某種未知的理想行進。我從未做過試驗或實驗。」

賈蘭森說，晚達者的方法卻剛好相反，他們比較喜歡採用實驗法。他在「老耄大師與年輕天才」一文中寫道：「他們的目標不明確，因此過程也是暫時與漸進的。」他說：

因為目標不明確，這些藝術家很少感覺自己已經成功，結果他們的事業也受追求單一目標所支配。這些藝術家不斷反覆地畫著同一主題，在「從錯誤中學習」的實驗過程中，漸漸改變繪畫的處理方式；每一件作品都把他們帶向下一件，沒有一幅比其他幅特別，因此實驗派畫家很少打預備的草稿或輪廓，而是將繪畫創作視為一種搜尋過程。他們的目標是在過程中發現作畫的形象，並認為學習是比完成作品更為重要的目標。實驗藝術家在事業往前之際，也逐漸強化了自己的技巧，在漫長的過程中提升了自己的作品。這些藝術家是完美主義者，千篇一律地因為不能達到目標而感到沮喪，這是他們的特質。

畢卡索希望找到，非找尋；塞尚恰好相反，他說：「我在繪畫中尋找。」一位實驗性的創作者會回海地三十次，有「尋找」思維的人就是因為這樣，而明白了自己想要做的是什麼。當塞尚為畫評家葛斯塔夫．傑佛瑞（Gustave Geffroy）畫人像時，他要傑佛瑞在整整三個月的時間中，擺姿勢充當模特兒八十次之多，可是到最後還是宣稱畫像失敗（其實這幅人像是奧塞美術館的鎮館作品之一）。塞尚為他的畫商安伯洛斯．瓦勒德（Ambrose Vollard）畫像時，他要瓦勒德早上八點就來，在搖搖欲墜的台子上一直坐到十一點半，中間不能休息，就這樣擺姿勢擺了一百五十次，但最後也同樣放棄了這幅畫。他會先畫一景，重新畫過後不惜再重新來過。他在灰心生氣之餘將畫撕成千萬碎片，是人盡皆知之事。

馬克．吐溫也一樣。針對馬克．吐溫從錯誤中學習的方法，賈蘭森引述文學批評家富蘭克林．羅吉斯（Franklin Rogers）的話：「他的例行程序似乎是，以某種結構來展開長篇小說的寫作，當然他也很快就發現這樣瑕疵百出。這時他會思考新的情節來克服困難，重寫已經寫過的，直到再次出現新的瓶頸，再次展開同一過程。」寫《頑童歷險記》時，馬克．吐溫摸索、失望、修訂與放棄著作，重複這個循環不知多少次，這本書寫了近十年才大功告成。在大器晚成者的世界中，這些晚達的大師不是因為性格有缺陷、心有旁騖或缺乏野心，而是因為從錯誤中學習的實驗過程中，創意才能慢慢開花結果。

《與切．格瓦拉的短暫相遇》選集中，〈中央山脈的瀕臨絕種鳥類〉（Near-Extinct Birds of the Central Cordillera）一篇屬上乘佳作，故事內容描述一名鳥類學家在哥倫比亞遭游擊隊擒為人質。跟方登其他作品一樣，文章讀起來令人悠然神往，但是創作過程卻一點也不「悠然」。方登說：「我這篇故事寫得非常吃力。我總是過度使力，我寫了五百頁，嘗試各種形式。」方登目前正在寫一本長篇小說，預訂二〇〇八年出版的，但出書日期已經過了。

早年的失敗是晚年的成功之母

賈蘭森詮釋創意，認為創意可以分為「觀念上」與「實驗性」兩種，這種想法的影響不只一端。舉例來說，我們有時以為大器晚成是指起步晚的人，這些人到了五十歲才知道自己長於某些事，難怪比較晚才有成就，但這並不完全對，塞尚開始畫畫的時間幾乎跟畢卡索一樣早。我們有時也以為，有些大器晚成者是被人發現得晚，世人只是太晚才開始欣賞他們。在兩種情況中，天才與大器晚成基本上都一樣；晚達表示他們是天才，只是在市場上失利。賈蘭森的論點其實對此不以為然，他認為大器晚成的意思是，這些人直到事業晚年才精銳盡出。

英國望重一時的藝術批評家羅傑．傅萊（Roger Fry），曾就塞尚的早年作品評論說：「塞尚無法對他的人生戲劇所須扮演的角色，給予逼真的詮釋，因此他的抱負不斷遭到阻擾。」他又說：「縱有如此天縱的英才，塞尚卻又缺少基本的發揮能力，而後者只是畫匠在一般商業藝術學校中要學的最基本技巧；要實踐塞尚的抱負，得高度具備這種能力。」換句話說，年輕的塞尚不會畫畫。塞尚三十一歲所畫的《晚宴》（Banquet），傅萊的評語是：「顯然我們無法否認，塞尚的技巧欠佳。」他甚至說：「一般小有才華的人，都能夠從一開始就知道如何自我表現，但像塞尚這樣豐富、複雜與矛盾的人，需要長期醞釀才能大放光芒。」塞尚想完成的目標是如此飄忽不定，只有在窮數十年之努力、技法臻至成熟後，才能揮灑自如。

這也是方登長期努力要博得文學界青睞，過程中的惱人課題；在到達功成名就的漫漫長路上，晚達者有時就像一無所成的窩囊廢。大器晚成的人雖然不斷在失望之餘，撕毀或重新修正作品，不斷改變自己的方向，但這些作品有時看起來真的稱不上大家的手筆。天才一切看起來都輕鬆無比，一開始就有人吹捧；大器晚成者則備嘗辛酸，不但要堅忍，還要有盲目的信心（幸虧塞尚的原始素描沒被高中輔導老師看見，並在看了之後勸他不要自不量力，乾脆改學會計算了）。每當我們發現一位大器晚成的人，我們總不免要想：有多少人像他一樣，卻因為我們有眼不識泰山，而未給予該給的鼓勵、誤了人家的前程？當然我們也必須接受的事實是，對他人的天份，我們可能是愛莫能助，我們怎麼知道，一人早年的失敗是他晚年的成功之母呢？

熱情是最重要的寫作特質

在會見方登後不久，我去拜訪小說家強納森・薩佛蘭・佛爾（Jonathan Safran Foer），他是二〇〇二年暢銷小說《啥都瞭了》（*Everything Is Illuminated*）的作者。方登已華髮早生，體型瘦削，態度溫和，套句他朋友的話說，方登有點像「喬治亞州奧古斯塔的職業高爾夫球選手」；佛爾三十出頭，看起來卻好像才剛到法律允許可以喝酒的年齡。方登另有一番謙沖風度，彷彿多年來的奮鬥已把他過去的稜角磨平；佛爾則讓人覺得，如果談話中你碰觸他一下，就彷彿被電到一般。

佛爾說：「我是從後門進入寫作這一行。我內人是作家，從小就寫日誌，她的父母說：『好了好了，關燈睡覺。』她會偷偷拿出手電筒，躲在被子底下看書。我想我真正開始讀一本書的時間比一般人晚得多，我就是不感興趣。」

佛爾到普林斯頓大學念書，大一那年選了喬伊斯・卡洛・奧茲（Joyce Carol Oates）的寫作課程，他自己解釋那是「一時興起，也許是因為自己覺得課程應該多樣化些」。他以前從來沒有寫過東西，他說：「老實說，我對這門課並無太多期望，不過半個學期過後，有一天我提早到教室，碰見老師，她說：『我很高興有機會跟你談一談，你寫的東西我很欣賞。』那番話使我豁然開朗。」

奧茲告訴佛爾，他已具備最重要的寫作特質，那就是熱情。那門課程要求學生每學期要寫一篇故事，而佛爾每週總要寫上十五頁。

他笑著說：「為什麼有裂縫的水壩漏得如此之兇？我內心有東西不吐不快，就像有壓力一般。」

二年級時，他選了另一堂寫作課，接下來的夏天他前往歐洲，希望找到祖父的故鄉，也就是烏克蘭的一個小村莊。那之後他去了布拉格，像每個念英文系的大學生一樣，他閱讀卡夫卡（Franz Kafka），並坐在電腦前勤敲鍵盤。

他說：「我只是信手而寫，我並不知道自己在寫作，也無意寫一本書。在十週裡我寫了三百頁，真是寫個不停，以前我從沒這樣過。」

他這本小說的主角是一名叫做佛爾的少年，佛爾前往爺爺的故鄉，到烏克蘭的一個村莊去尋根。他的三百頁習作，就是《啥都瞭了》的初稿。這本不同凡響的小說，奠定了佛爾在文壇的地位，也使他成為當時獨特的文學聲音中的一股絕響。當時他才十九歲。

佛爾開始談到其他的寫作方式，透過這些方式，你可以年復一年地磨練寫作技巧。佛爾說：

「我無法那樣寫作。」他似乎對此感到困惑不解，顯然他不懂實驗性發明家是怎麼做事的，他說：「假如你想學的技巧是原創性的，而如果是原創性，請問怎麼學？」

佛爾形容烏克蘭之旅說：「我到父母的故鄉卓奇布洛得（Trachimbrod），我在書裡也用了這個地名，是真有其地。但是你知道有多好玩嗎？我為這本書做了那麼多研究，只有這個地名進到書裡。」他寫了全書第一個句子，自覺得意，但是接下來他就反覆思考下一句該怎麼寫。佛爾說：「我第一個星期全在想第一句以後該如何，但我下了決定以後，我就完全解放，靈感源源不絕。」

讀《啥都瞭了》，就跟讀《與切．格瓦拉的短暫相遇》一樣，會產生一種時空移轉感，把你帶進文學作品的世界。兩本書都是藝術品，但就創作的藝術家而言，兩人簡直是南轅北轍。方登前往海地三十次，佛爾只去了卓奇布洛得一次，而且那一次「其實是完全空白」。佛爾說：「我對卓奇布洛得可說是一無所知，完全只是用來做書的跳板，有點像一個空的游泳池需要裝滿水一樣。」他為全書得到靈感的時間：三天而已。

背後都有一個愛的故事

方登放下法律工作成為作家，不是只憑一己衝動。他已經結婚生子，他和妻子莎倫（Sharon）是杜克大學（Duke University）法學院的同學；他在房地產公司工作時，莎倫在處理稅務的湯普森暨奈特（Thompson & Knight）公司服務，等著晉升成為公司合夥人，兩人其實在達拉斯市中心的同一棟大樓裡工作。他們在一九八五年結婚，一九八七年生了一個兒子，莎倫休了四個月的產假才回去上班，該年底，她順利成為公司的合夥人。

莎倫回想道：「我們把兒子送到市中心的托兒所，兩人一起開車，一人把他送到托兒所，另一人直接去上班。下班時，我們當中一人會去接兒子，晚上八點左右我們會幫他洗澡、哄他睡覺，直到那時才有時間吃晚飯。我們會四目相覷，心想：「這還只是開始。」說到此時，她做了個鬼臉，接著說：「這樣過了一、兩個月，我先生說：『真不知道別人是怎麼辦到的。』長此以往，兩個人大概都會吃不消，方登問我：『妳想待在家裡嗎？』我其實對自己的工作非常滿意，但他不是。因此我感覺自己留在家裡似乎沒道理，而且除了從事法律的工作外，我並沒有什麼特別喜歡做的事，可是他有。因此我說：『這樣好不好，我們還是有些時候讓孩子待在托兒所，同時也能讓你兼顧寫作？』我們就那麼辦了。」

方登每天早上七點半就可以開始工作，因為莎倫那時已經把兒子送到托兒所，他下午會停下手邊的工作，因為要去接兒子回家，家裡的伙食採購和家務事也由他料理。一九八九年他們有了第二個孩子，這次是個女兒，方登此時已是北達拉斯的全職居家父親。

莎倫回憶道：「方登剛開始扮演家庭主夫時，我們曾經考慮到這樣做也許行不通，我們問：『怎麼知道行不通？』我說：『試個十年再說。』」對莎倫來說十年非常合理，「知道自己喜歡什麼、不喜歡什麼，需要時間。」當十年成為十二年、十三年，又到了十四、十五年時，孩子已經上高中了。這期間，方登一個字都沒出版過，但莎倫始終支持自己的先生，她相信方登的寫作技巧愈來愈好，已非吳下阿蒙。對方登前往海地，莎倫也同意，她說：「我無法想像寫一個你連去都沒去過的地方。」她甚至跟他同去過一次，從機場進城的路上，一路都有人在焚燒輪胎。

她說：「我的收入不錯，不需要兩份收入。」莎倫有一種安靜、不張狂浮誇的特質。「有兩份收入當然很好，但一份也夠我們用了。」

莎倫是方登的妻子，但用以前的話來說，她也是方登的「背後金主」。今天我們用這個字眼形容作家，可能帶有一種貶抑的口吻，覺得用在必須受市場支持的畫家身上可能比較合適。不過，市場一詞只對佛爾或畢卡索這等人適用；前者的才華在其事業發端時即已湧現與實踐，後者的天分則是一看便知，藝術經紀人願意在他二十歲初抵巴黎時便每月慷慨解囊，付他一百五十法朗。如果你是那種創意事業開始時胸無成竹、毫無頭緒，且需要邊做邊學、不斷實驗的人，你需要有一個人在旁邊，用一雙推動搖籃的手，陪伴你度過漫長與困難的歲月，直到你的藝術達到真正的水平。

有時非得努力二十年，才氣才會透出來

這也是塞尚的各種傳記，為何能深植人心的原因。所有有關他一生的記述，都是從他個人的生活開始，然後迅速演變成塞尚的生活圈子。他生活圈中最重要的人物，當推兒時的摯友埃米爾．左拉（Emile Zola）。是左拉說服在鄉間格格不入的塞尚前往巴黎，是他在塞尚長期潦倒中成了塞尚的保護人、監護人兼引航人。

以下是左拉在巴黎寫給塞尚的一封信，當時塞尚還年輕且住在普魯旺斯；洋溢在信中的父執關

懷，多於兄弟之情：

你問的是一個老問題。只要有意願，一個人當然可以在這裡工作生活，其他任何地方也都一樣。而巴黎能夠提供的東西，不是其他地方找得到的，例如你可以從上午十一點到下午四點，在美術館或博物館裡臨摩大師的畫作。你應該如此切割時間：上午六時到十一時，你前往畫室對著模特兒寫生，然後去吃午飯；下午十二時至下午四時，你在羅浮宮或盧森堡博物館臨摩你鍾情的大師作品。這樣一天便工作了九小時，我認為這樣夠了。

左拉信裡細述，可以怎樣花費每個月的一百二十五法郎津貼：

我估算你需要哪些開銷：租屋每月要花二十法郎、午餐十八蘇（sou）、晚餐二十二蘇，也就是一天二法郎、一個月六十法郎……。你也得付畫室錢，便宜的瑞士畫室（Atelier Suisse），我想要十法郎。另外要花十法郎買畫布、畫筆與顏料，這樣也要一百法郎。因此洗衣、照明與其他無數的大小需要，只有二十五法郎可以使用。

卡米耶・畢沙羅（Camille Pissarro）是塞尚一生中第二號重要人物。是畢沙羅願意收塞尚為徒，指導他如何畫畫，兩人經常一起到鄉間寫生。

安伯伊斯・佛拉德（Ambroise Vollard）也是塞尚的貴人，他在塞尚五十六歲時，贊助了塞尚的首次個人畫展；在畢沙羅、雷諾瓦、竇加與莫內等人敦促下，佛拉德到艾克斯（Aix）苦找塞尚。他看到塞尚的一幅靜物圖畫，因塞尚嫌棄而甩在樹梢。佛拉德在城裡四處打探，到處放話說要買塞尚的油畫。傳記作家菲利・卡洛（Philip Callow）在他的《失去的地土：塞尚的一生》（*Lost Earth: A Life of Cezanne*）中說：

> 沒多久就有一人夾著個布包到佛拉德的旅館，以一百五十法郎的價錢，賣掉布裡所包的畫，佛拉德更靈機一動想：「何不跟那名畫商一起回他住的地方，瀏覽幾幅塞尚較佳的作品？」佛拉德以一千法郎買下一整批畫，離去時，一幅不受青睞、被那人妻子扔出窗外的油畫幾乎打中佛拉德的頭。所有的畫作都蒙著厚厚的灰塵，塵封在閣樓的一堆無用廢物當中。

這些都發生在佛拉德同意讓塞尚寫生、同意從早上八點擺姿勢到十一點半，中間沒有片刻休息時間之前，而最後畫像還是被塞尚嫌到不行而丟棄。佛拉德在他的回憶錄中說，有次他在充當模特兒時睡著了，從臨時搭成的站台上摔了下來，塞尚發怒責備他說：「蘋果會動嗎？」這就叫友誼。

還有塞尚的父親，銀行家路易—奧古斯特（Louis-Auguste）。塞尚二十二歲初次離開艾克斯時，是父親出的車資；即使在各種跡象都顯示，塞尚可能只是個不成材的玩票藝術愛好者，塞尚的父親仍然不吝支付他的一切生活需要。如果塞尚一輩子留在普羅旺斯，在左拉看來，他永遠只是個一個銀行家失意的兒子；在畢沙羅眼中，他一輩子都不會畫畫；佛拉德則認為，塞尚的油畫只有在閣樓裡腐爛的命運。但對塞尚的父親來說，塞尚長期習畫表示他永遠無法在財務上有出息。這是一張十分特殊的金主名單，對頭三人（左拉、畢沙羅與佛拉德）來說，他們不用沾塞尚的光，因為即使塞尚不存在這個世上，他們照樣大有名氣，而第四位金主是一位極有理財天賦的企業家，死時留給塞尚四十萬法郎的遺產。塞尚不僅有奧援，而且他的奧援是由夢幻團隊的金主所組成。

這是大器晚成故事中的最後一個課題：他們的成功極為依賴他人的支持。在以塞尚為主角的各種傳記中，路易—奧古斯特均被形容為不知藝術為何物的守財奴，對兒子的藝術才華根本不懂得欣賞。不過，路易—奧古斯特並沒有義務長年支持兒子，絕對有權要求兒子找一份「正經」的工作，就像莎倫有權否決她先生屢次要到混亂的海地考察一樣。莎倫很可以表示，她有權過一個符合她職業與地位的生活，有權像北達拉斯的權貴一樣開ＢＭＷ，她卻捨棄了這種身分象徵，開的是樸素的本田雅哥（Honda Accord）。

但她對夫婿的才華篤信不疑，或者說得更簡單些，她相信自己的先生，一如左拉、畢沙羅、佛拉德與路易—奧古斯特相信塞尚一樣。大器晚成者的故事，千篇一律都是愛的故事，而這也可能是一般人無法慧眼識英雄的原因。我們總認為忠貞、堅持，以及願意金援看似「前途無亮」者，與成就一位曠世奇才搭不上邊，然而有時奇才絕非曠世，有時他們非得在廚房餐桌上努力了二十年之後，才氣才會透出來。

方登說：「莎倫從來沒提過錢的事，一次也沒有。」方登接受訪問時，莎倫就坐在他身旁，從他看妻子的眼神中，我們不難體會出他明白《與切．格瓦拉的短暫相遇》一書的成功，有多少要歸功於自己的太太。他的淚水幾乎盈眶，說：「我從來沒有感受到她曾經給我壓力，明示、暗示都沒有。」

二〇〇八年十月二十日

CHAPTER

15

最具成功相

當我們無法評估誰適合這份工作時，我們如何聘雇員工？

在密蘇里大學老虎隊（Missouri Tigers）與奧克拉荷馬州立大學牛仔隊（Cowboys）交鋒那天，球探丹．尚卡（Dan Shanka）帶著他的隨身DVD錄放影機，下榻在密蘇里州哥倫比亞市的一家旅館裡。尚卡曾為國家美式足球聯盟（National Football League, NFL）的三支球隊效力過，在擔任球探之前，他是美式足球隊教練；在當教練前，他擔任過線衛，用他自己的話說：「那是在動三次膝蓋手術，以及體重和現在相差一百磅之前的事。」現在他每年要評估全美八百到一千二百名球員，協助職業球隊在大學隊伍選秀。這表示他在過去三十年裡看過的球賽，絕不亞於任何美國球迷。他的隨身DVD錄放影機裡，是他對今晚大賽要做的功課——老虎隊前次出戰內布拉斯加大學剝皮隊（Cornhuskers）比賽的剪輯錄影。

尚卡仔細觀看比賽錄影，只要有讓他眼睛為之一亮的鏡頭，便立即停下來倒片。他很欣賞老虎隊的兩名外接員傑瑞米．麥克林（Jeremy Maclin）與查斯．考夫曼（Chase Coffman），對該隊身有瘀傷的強衛（strong safety, SS）威廉．莫爾（William Moore）也激賞有加，但對他們的興趣都不及對老虎隊的明星四分衛球員，結實、臂力過人的四年級生查斯．丹尼爾（Chase Daniel）。

尚卡說：「我喜歡看見四分衛持球邊衝邊把球傳給外接員，這樣他就不必為拋傳而放慢速度。」他旁邊擺著一疊評估表格，每當看球賽時，他便會在表格上針對丹尼爾每次的拋傳製圖和打分數。「然後要看他能不能當機立斷。如果沒有製造射門得分的機會，他能不能把球拋開，待機會來時再搶攻？他能不能承受包夾衝撞？能不能在衝撞下拋傳？他在有隊友助攻與屏蔽的拋傳保護區內傳球漂亮，還是持球衝鋒時拋傳也一樣強勁有力？你希望看到的是一位企圖心強的競爭者，有耐久力。這些四分衛能不能把隊帶到下場得分區，在接近終場前得分？你的球隊一路領先，當然不錯，但我要看的是球隊在落居下風時，四分衛會怎麼做。」

螢幕上，丹尼爾猛然拋出一個短球，出手之際，一名防守球員狠狠地撞上他。尚卡說：「你看他是怎樣挺住？他硬是不倒，硬是在承受撞擊之際把球拋出。這個孩子勇氣十足。」丹尼爾六呎高，重兩百二十五磅，胸膛與軀幹厚實，舉手投足間流露出近乎驕傲的自信。他拋球快速而有節奏，能靈巧閃躲守方。他的短傳令人猝不及防，長傳精準。球賽結束時，他七八%的拋傳均無虛發，讓內布拉斯加隊在自家球場，吃了五十三年來最慘的敗仗。尚卡說：「丹尼爾快如遊龍，必要時會衝鋒陷陣。」尚卡看過所有出色的大學四分衛，都對他們打過分數，在他心目中，丹尼爾最不同凡響，認為他「也許是全國大學球隊的最佳四分衛之一」。

令人跌破眼鏡的金童

不過尚卡也談到一九九九年在費城老鷹隊（Philadelphia Eagles）任職時的見聞與心得。那年大學選秀會的頭一輪有五名四分衛，個個都跟眼前的丹尼爾一樣前途未可限量，但到頭來只有唐那文．麥納布（Donovan McNabb）沒讓人失望。其他的，有一個一開始不錯，但後來就無甚表現，另外兩個完全不行，最後一個表現更是荒腔走板，退出ＮＦＬ後，連加拿大加式足球聯盟（Canadian Football League）也混不下去。

在那的前一年，同樣的事也發生在萊恩．李夫（Ryan Leaf）身上，此人可說是一九九八年的丹尼爾。他被聖地牙哥閃電隊（San Diego Chargers）相中，是選秀會中的探花，得到七百萬美元簽約金的大賞，但後來李夫的表現卻慘不忍睹。二〇〇二年同樣的事發生在喬依．哈林頓（Joey Harrington）身上；哈林頓是奧勒岡大學的金童，是選秀會的榜眼。尚卡始終都不能對哈林頓的未成大器釋懷。

「我跟你說，我親眼看見哈林頓怎麼踢球。他傳球、拋球有如雷射一樣精準，即使在重圍中出手也不成問題。他論臂力有臂力、論體型有體型，也有踢球的腦筋。」尚卡說到這裡有些激動，彷彿又回到哈林頓衝鋒的時光。「他簡直是球賽中的表演鋼琴家，我真的欣賞他極了。」但是哈林頓在底特律獅子隊（Detroit Lions）受訓的成績令人失望，後來事業無疾而終。尚卡的眼光回到電腦螢幕上，他心目中有可能成為全國最優秀的四分衛，正率領隊伍在全場上下奔馳。「這種能力能不能在

NFL表現出來？」尚未搖搖頭，只有天知道。

這就是所謂的「四分衛」選秀問題，有些工作你根本無從預知新人聘用之後會如何表現。那麼，對這種情況，什麼才是正確的擢拔人才之道？

選出優秀教師一樣不容易

近年來，已經有若干領域開始正視這個問題，但在眾多行業中，選才之茲事體大、影響社會之深，沒有一個行業像教育這一行。

當代教育研究一項相當重要的工具是「加值型」分析。每學年的頭尾，在不同老師授課的教室裡，學校用制式的測驗成績來檢視學生的學業成果。假設布朗太太與史密斯先生兩人教的都是三年級的學生，在九月開學的第一天，學生的數學與閱讀的成績都是五十分，到了六月再次學測時，布朗太太的班級得到了七十分，史密斯先生的學生卻掉到了四十分。根據加值理論，學生分數變化，是顯示布朗太太比史密斯先生勝任的一個有意義指標。

當然這只是一種粗糙的測驗方式，學生在教室裡學了多少東西，不是只有老師要負責任，也不是老師傳授給學生的所有價值，都可以用標準化的考試來衡量。然而如果你持續觀察布朗與史密斯三、四年，老師在學生測驗分數上的效果是可以漸漸預測出來。數據若夠，不但有可能分辨出哪些老師是好老師、哪些欠佳，而且還可發現好老師與壞老師之間有相當大的差別。

史丹福大學的經濟學家韓努學（Eric Hanushek）估計，平均說來，壞老師的學生可以學到學校一學年所教的一半，而好老師的班級則可以學會一年半的東西。單單一學年裡，學生學習成效的差別就高達一年。「教師效應」大過「學校效應」，也就是說，你的孩子待在壞學校裡，碰到的卻是好老師，實際上要比在好學校裡遇見壞老師，要好得多。「教師效應」也比所謂的「班級人數效應」強得多；學生從一位不怎麼樣的老師班上，轉到評鑑在第八十五百分位的好老師教授的班級後，成績進步了。而要達到這種效果，一般班級的人數必須減半。一位優秀老師的成本與一位平庸教師成本是一樣的，而若要班級人數減半，學校就必須蓋兩倍多的教室、聘用兩倍多的教師。

韓努學最近以簡便計算方法（back-of-the-envelope calculation）初探教師水準對美國的影響。我們若依學童的學校成績表現來看各國的排名，美國只勉強擠到中下，落後加拿大與比利時等表現優異的國家。韓努學認為，美國只要汰換掉底層六％到一〇％的老師，另以中等資質教師取代，就可以迎頭趕上。在操心學校經費水平、班級大小、課程設計等多項問題多年後，許多教改人士終於覺悟到，辦教育首要之務是找出有潛力成為好老師的人才。問題是，沒有人知道什麼樣的人能夠成為好老師。換言之，學校制度也有著「四分衛」選秀的問題。

大學賽與職業賽有太多差異

在密蘇里迎戰奧克拉荷馬隊一役，開球的時間是七點。那是一個對足球比賽而言再理想不過的傍晚，初秋的晴空萬里，微微的涼風吹拂著。球迷開著車在球場外的停車場繞圈子找停車位，學校附近的道路兩旁也停滿來看比賽的車輛，許多車身更懸著象徵老虎的黃黑二色虎尾，這是密大多年來的最大比賽之一。老虎隊保持了多年不敗的常勝紀錄，在全國大學美式足球賽稱霸的希望極高。尚卡擠過人潮，在記者包廂找到一個座位；下方，球員像棋盤上的棋子在球場上佈開。

比賽由老虎隊先攻，丹尼爾站在自己隊伍的防守線後方七碼處。他有五位外接員接應，兩位在他的左邊，三位在右，從球場的一邊到另外一邊一字排開。他的中鋒、哨鋒與絆鋒也同樣就位排開。每次交鋒，丹尼爾都從中鋒手中接過發球、雙腿站穩，快傳七、八碼，把球斜斜地傳給五名外接員中的一位。

老虎隊的這種攻勢是一種接近「散彈式」的「佈開」陣式（spread）。大多數大學球隊的頭號四分衛，也就是職業球隊要選的球員，都是「散彈」四分衛。攻方的各個鋒員（如中鋒、哨鋒與絆鋒）及外接員四面八方站定，四分衛便可在球發出前看清楚守方的意圖。他可以沿場子上的白線洞視線上的狀況，窺出守方的動向，在大家有任何動作前，決定把球拋向何方。丹尼爾從高中起就開始打這種「佈開陣」策略，是箇中的翹楚。尚卡說：「看他球出得有多快？開賽後瞬間他球就出手了，他知道自己要往哪裡攻。球員都這樣散開時，守方無法掩飾他們的掩護防守，丹尼爾馬上就知道防守隊的動向，這種策略簡化了四分衛的決定。」

但對尚卡而言，這並不重要。預測大學球隊的四分衛能不能也在職業球隊有可圈可點的稱職表現，從來就不是一件容易的事。職業賽不論從哪方面來看，都比大學隊的比賽複雜得多，速度也凌厲得多。不過「佈開陣」一出，大學賽與職業賽就完全成了兩碼事。ＮＦＬ球隊不跑這種陣勢，因為根本用不上。職業賽的防守隊球員衝的速度比大學隊快得多，他們可以從攻方大開的漏洞中見縫插針，挫殺四分衛的進攻銳氣。在ＮＦＬ比賽中，防守線連結極為嚴密，丹尼爾無法有五名外接員，多數時間，充其量只能有三、四人接應，也不會有站在中鋒後七碼的餘裕，好整以暇地站穩雙腳再出手拋傳，他必須在瞬間就決定把球傳到哪裡。丹尼爾必須半蹲在中鋒後面，直接接下發球，在站穩雙腳拋傳前，先得向後跑；向他衝來的守方球員也不會在七碼之外，而是一開始就會將他團團圍住。而守方也不需在場上頻繁變化戰術，因為攻防陣勢不會在球場散得那麼開，這能掩飾意向，因此丹尼爾無法在接下中鋒投來的發球前判斷攻勢，而必須在每次交鋒後瞬間快速反應。

尚卡說：「在佈開陣勢中，四分衛可以看清球員遠遠各據一方，但像丹尼爾這樣的四分衛加入ＮＦＬ後，他不太可能有機會看清外接員遠遠站開，只有在極少數情況下，例如在守方失誤或防衛出現漏洞時，可以如此。在職業賽中，一旦球出手，如果不用眼睛去揣摩防守球員的位置，球立刻會被攔截下來。運動員在ＮＦＬ中展現的爆發力，強到難以想像。」

尚卡談話之際，丹尼爾正指揮球隊進攻到球場下方的得分區，他不斷拋出快速的斜傳。在ＮＦＬ比賽中，丹尼爾正不但要發揮這項特長，還需要傳出遠而長的垂直球，越過守隊的上方。他有這項傳球本領嗎？尚卡無從得知，因為丹尼爾的身高是個問題。在佈開的攻守陣勢裡，六呎不成問題，因為攻擊線之間距離寬，不乏同時拋傳與看清下場得分區附近戰況的機會，但在ＮＦＬ比賽中，進攻線之間不會有太大的間隙距離，他迎面而來的對手都是六呎五吋高的大漢，不是六呎。

尚卡接著說：「我不知道他看不看得見？他能不能在一種全新的攻勢中有所建樹？他如何應付其中的差異？我希望他有能力識破『佈開』陣勢中，未遭遇過的掩護，希望看見他在隊友保護下，在攻擊線後出擊、移動雙腳，也希望看見他深入對方陣營或絕地大反攻，拋出幾乎飛越全場的二十或二十五碼長傳。」

球場上才能見真章

評估老虎隊的其他明星球員，例如前衛莫爾與外接員麥克林與考夫曼，不知尚卡會不會有同樣的遲疑。對這些球員而言，大學比賽與職業賽也不一樣，但是只有一點程度上的不同；他們因為體格壯、技術好、速度快而在密蘇里老虎隊出人頭地，這些優點同樣可以在職業比賽中完全發揮。

相反地，大學四分衛球員在NFL比賽中要打的是全然不同的球賽。尚卡談起一九九九年選秀賽的狀元提姆．科奇（Tim Couch），科奇就讀肯塔基大學的每一場比賽，都締造出令人刮目相看的紀錄。尚卡搖著頭回憶道：「他們把五個垃圾桶擺在場中央，科奇站在場子裡拋球，個個都能命中。」然而科奇在職業賽中卻始終無法建功。並不是職業賽不需要準頭，而是只有能在真實的NFL大賽中立功的準頭才算得數。

同樣地，選入職業隊的新秀四分衛都必須參加一項智力測驗（Wonderlic Personnel Test），有個理論是，職業賽在認知要求上比大學賽難得多，因此智慧是能不能打贏比賽的一項良好指標。不過，當經濟學家大衛．貝里（David Berri）與羅伯．席蒙斯（Rob Simmons）根據外流到新聞界的智商分數，做了一次分析，他們發現智力測驗做為成功指標，幾乎一無是處。一九九九年，在第一回合選秀裡被選中的五名四分衛中，只有唐納文．麥納布（Donovan McNabb）在名人堂（Hall of Fame）的名單上有份，而他的智商分數卻最低。職業賽史上歷來最傑出的四分衛中，丹．馬里諾（Dan Marino）與泰利．布萊蕭（Terry Bradshaw），都與麥納布的智商不相上下。

正因為預測之難，我們不斷設法了解什麼才是更好的指標。我們現在已經知道，要當一名好醫生，需要具備能夠溝通、傾聽與關心的條件，也因此，醫學院愈來愈要求學生在學業成績之外，要注意人際溝通的技巧。如果我們更清楚該如何選擇醫學院學生，我們就會有更好的醫療品質。但沒有人說尚卡的分析中少了某些重要的因素；也沒有人說，如果他有更多的觀察角度，就應能預測丹尼爾的事業曲線。遴選四分衛的難題在於，像丹尼爾之類的四分衛人選，他們的比賽表現其實是無法預測的。培養四分衛的工作是如此特別與專業，要預言誰會成功、誰不會，根本是不可能的。事實上貝里與席蒙斯發現，四分衛在哪裡被選中（也就是不管他在大學比賽的表現評分有多高），與他在職業賽中的表現好壞毫無關連。

在這場由丹尼爾領軍、出戰奧克拉荷馬州大的比賽進行之際，他的候補查斯．派頓（Chase Patton）都站在邊線上凝視。派頓持球進攻從來沒有完成推進十碼的紀錄，在這場比賽之前的密大比賽裡，他一共擲出二十六個拋傳，然而在尚卡的圈子中，有人卻認為派頓比丹尼爾更有可能成為職業賽中的優秀四分衛。在密大出戰奧大那一週中，丹尼爾與派頓兩人都上了全國體育雜誌《*ESPN*》的封面，封面故事的標題是：**丹尼爾可能贏得大學冠軍盃，但他的候補卻可能贏得職業賽的超級冠**

軍盃。為什麼大家如此看好派頓？沒有人說得上來。可能是因為他在練習時表現良好，也可能是因為本季的NFL大賽中，有一名從未在大學賽中有出色表現的四分衛，在投效的新英格蘭愛國者隊（New England Patriots）中，卻打得好到讓人跌破眼鏡。無緣無故把一名運動員搬上雜誌封面似乎有些離譜，但這正說明四分衛選秀困難的極致：如果大學校際賽的表現不是指標，我們難道不應該對在比賽中表現甚佳的選手，與沒有表現機會的球員一視同仁？

為何不適任的老師依舊這麼多？

想像一名年輕的幼稚園老師坐在教室地板上，七名孩子圍成一圈，老師坐在中間，手裡拿著一本英文字母的書，一個字母一個字母地教孩子認字。「A是蘋果（apple）的第一個字母，C是母牛（cow）的第一個字母。」這一堂課的過程被錄了下來，一群專家正在觀看這段錄影，把老師的每一步動作製成圖表，並給予評分。

錄了三十秒之後，這個小組的負責人，維吉尼亞大學居里教育學院院長鮑伯．皮安塔（Bob Pianta）停止播放影帶，指著坐在圓圈右邊的兩位小女孩，我們注意到這兩位女孩特別活躍，不停伸長身子到圈內，伸手碰觸書本。

皮安塔說：「我特別欣賞的是教室裡活潑的學習氣氛，老師創造了一個活潑的空間。她與其他老師不同的地方是，她有彈性，允許兒童活動、用手指書，且不會硬性強迫學生要正經八百地坐好。」

皮安塔小組發展出一套以師生互動表現，評估教師能力的辦法，其中有一項是「留心學生的觀點」，也就是老師要有讓學生發揮的本領、讓他們積極參與教室裡的活動。皮安塔倒帶了兩次，找到老師讓學生參與發揮，卻不至於亂成一團的地方。

皮安塔指出：「能力差一點的老師，會把學生站起來用手指書的動作看成不守規矩。老師說：『我們現在不是這樣做，你得乖乖坐好。』這樣做就扼殺了學習氣氛。」

皮安塔的同事布麗姬．哈默爾（Bridget Hamre）插嘴說：「這些孩子才三、四歲。他們這個年紀的認真，跟我們認真的表現方式不同；我們看起來警覺性很高，他們卻是彎身向前，動來動去的。這是他們認真學習的表現，一個好老師不會把這當作是不良行為。可是要讓新老師弄清楚這一點並不容易，如果你告訴他要尊重學生的觀點，他便以為是要放棄教室裡的控制權。」

皮安塔指出那位老師是怎麼樣因材施教，並將教材個人化，當她說到C是cow（牛）的字首時，她會問哪些學生去過農場，並簡短地討論。哈默爾說：「幾乎每次有學生說了什麼，她都會回應。這就是我們所謂的教師敏感度。」

責難、複述起不了作用

老師接著問，誰的名字第一個字母是C，一個叫Calvin的男童說：「Calvin。」老師點頭說：「Calvin的開頭第一個字母是C。」當中的一個小女孩插嘴說：「我！」老師轉向她說：「妳的名字是Venisha，V是Venisha的開頭字母。」

這是一個關鍵時刻。維吉尼亞大學這個研究小組的分析中，老師的回應，也就是老師對學生的某一特別談話所做的反應，與學生的學業表現最有關連。那位好老師不但在學生動來動去與騷亂中，藉由學生說「我」的時機進行機會教育，還直接做了指正。

哈默爾說：「其實那並不是什麼太了不起的反應。一來一往問答中的高品質反應，才是深入了解的要訣。」老師機會教育的那一刻如果要更成功，老師可以停下來，把Venisha的名牌抽出來，指出字母V與字母C的區別，讓全班學生念出兩個字母。不過那位老師並未那麼做，不知是因為沒想到，還是因為左邊一個不斷亂動的小女孩讓她分了心。

哈默爾說：「當然，她大可完全不管那個小女生，這種事經常發生。還有就是，有些老師會經常說『你錯了』。「對」與「錯」這種回應方式，是教師中最常見的，但這對孩子的學習來說，幾乎提供不了任何資訊。」

皮安塔放了另一支錄影帶，場景幾乎完全一樣：一群幼稚園學生圍成一圈，老師坐在中間，學生要學的是如何判斷一個人是快樂還是憂傷。一開始，老師利用兩個戲偶「韓莉塔」與「推哥」進行簡短的對話；推哥滿面憂傷，韓莉塔要分西瓜給他吃。

哈默爾說：「老師想要讓學生明白，一個人快樂或是不快樂，可以從臉部表情看出來。這個年紀的孩子普遍認為，一個人的感覺，可以從發生在他們身上的事情來判斷；有人丟了戲偶，所以他們感到難過。這些孩子不懂老師面部表情的含意，老師也因此碰到一些教學困難。她教得很吃力。」

老師說：「記得我們曾經畫過自己的臉孔嗎？」她用手摸臉，指著自己的眼睛與嘴巴說：「人感覺快樂時，臉孔告訴我們，這些人很快樂，他們的眼睛也這樣告訴我們。」學生一臉茫然地看著她，老師繼續說：「看我。」她滿面笑容，說：「這就是快樂！你怎麼知道我快樂？你看我的臉，告訴我快樂時臉上有什麼變化。不對，不對，要看我的臉……不對……。」

她旁邊的一個小女孩說：「眼睛。」老師這時有一個難得的機會，利用一名學生的反應來說明教學目的。但老師沒聽見她的話，她再一次問道：「我的臉上有什麼變化？」她微笑、皺眉，好像可以藉著一再重複而讓學生明白自己的意思。皮安塔停下錄影帶，指出其中一個問題是，「韓莉塔」要藉著與「推哥」分享西瓜而讓推哥快樂起來，但這並未說明學習目的為何。

皮安塔說：「一個比較好的處理方式是，從孩子的角度來設想。她可以問：『什麼讓你感到快樂？』孩子回答了之後，她可以接著問：『有這種感覺時，你能做出臉部表情來嗎？好，某某的臉像什麼？現在告訴我，什麼讓你憂傷？做一個憂傷的表情給我看。大家看，她的表情變了！』這樣你就能表達出教學重點，接下來就讓孩子去練習。可是她的作法卻絲毫不得要領。」

老師重複問道：「我的表情有什麼變化？」問了好像有一百次之多。有一名男童身子向前傾，這是他有意積極參與活動的方式。他的眼睛看著老師，老師當下卻斥責說：「坐好！」

好老師懂得讓學生參與

皮安塔逐一播放了數支錄影帶，模式逐漸明顯。在目前這支錄影帶中，一位老師在做拼字測驗，她高聲念著句子，每一個句子都跟自己的生活有關，例如：我上週參加一場婚禮，這表示她錯過一個讓學生參與及發揮的機會。另一名教師要走向電腦做 PowerPoint 投影說明，卻發現自己沒打開電腦；等電腦開機之際，整個教室大亂。

還有一位年輕的高中數學老師，是影帶中的超級明星。他穿著牛仔褲與綠色馬球衫，站在黑板前說道：「嗯，特殊正三角形。我們今天要做這項練習，熟悉一些觀念。」他畫了兩個三角形，接著說：「如果會的話，請標出一邊的長度。如果你們不會，我們就一起來做。」他邊說邊快速走動，皮安塔認為這可以看成是一個不良示範，因為目前要教的概念並不容易。不過他的熱情似乎感染了全班，而且從頭到尾都保證一定會讓大家學會：「如果你不會，我們一起來。」坐在教室角落的班（Ben）顯然好幾堂課都沒來上，老師說：「看你記得什麼。」但班完全沒進入狀況，老師走到他身邊說：「我告訴你一個方法。」他很快地做了一個建議：「這樣如何？」班再次嘗試解題。老師趁機看他旁邊的學生做得如何，說：「答對了！」他繼續看第三個、第四個學生學做得如何，課程進行了兩分半鐘（是前述壞老師開機的時間）之後他已丟出問題、看遍了幾乎全班的解題情形，並回到黑板前，準備下一步的教學。

皮安塔說：「在這樣的學習團體中，常見的模式是：老師站在黑板前，向學生大吹法螺，至於誰懂誰不懂，他完全沒概念。」皮安塔和小組成員嘖嘖稱奇地表示：「這位老師卻因為能因材施教，表現出色，完全不落俗套。」

教育水準無助於評判教學好壞

教改通常都從提升教師水準開始，無論是在學術或認知要求上，篩選老師的門檻條件當然是愈嚴格愈好。但是看過皮安塔的錄影帶，了解有效教學的因素是如何複雜之後，把徵選教師的重點放在教育程度的高低上似乎有點奇怪。前面所提的那位幼稚園老師懂得學生的需要，也知道如何讓兩名女孩維持活潑個性，而不影響到其他學生。教三角函數的老師知道如何在兩、三分鐘內，讓全班都感覺到老師注意到他們了，但這一切都不是跟動腦有關的認知技巧。

若干研究人員，例如哈佛大學教育學院的經濟學家湯瑪斯．凱恩（Thomas J. Kane）、達特茅斯經濟學家道格拉斯．史泰格（Douglas Staiger），以及美國進步中心（Center for American Progress）專家羅伯．戈登（Robert Gordon），曾經調查教師擁有教師資格證書或碩士學位，是否對於教學有幫助。無論是要具備證書或學位，兩者都所費不貲，而且非常耗時，但幾乎每一個學區都要求教師具備這些條件。事實上在教室裡，教師資格證書或學位都未必能造成多大的差別。測驗成績、研究所學位與教師資格證書儘管跟教學本事有關，但作為預測老師的好壞標準，就跟從四分衛能擲中幾個垃圾桶來判斷孰優孰劣一樣，並沒有多大用處。

另一位教育學者雅各．庫寧（Jacob Kounin），曾經對教師如何制止學生上課不守秩序的事件做過分析，其中一個例子是「瑪麗對右邊的珍講悄悄話，兩個人都笑個不停。老師說：『你們兩個不要再講話了！』」老師要維持課堂秩序，可是老師說話的聲音、態度與所用的字眼，卻無助於秩序的維繫，這是怎麼回事？庫寧回過頭再去檢視錄影帶，注意到在瑪麗與珍講悄悄話前的四十五秒，露西與約翰已經開始咬耳朵私語；羅伯看見了，也跟著加入，把珍逗得笑個不停，向約翰說了些話。然後瑪麗又向珍小聲說了什麼，學生一連串的不專心舉動，就像有傳染性的骨牌。

教師要維持秩序，不能在傳染鏈的最後一張骨牌上進行，而是要在傳染擴散開之前。庫寧說，要訣在於老師「說到做到」的實際行為，而不只是嘴巴上講說：「我知道你們在搞什麼名堂。」或是：「靠腦袋背後長眼睛。」一位好老師必須具備「眼觀四方／全面掌控」（withitness）的本領，才能維持教室秩序，但在實際面對二十五個在課椅上躁動的珍、露西、約翰與羅伯之前，我們怎麼知道這位老師有此能耐？

廣開大門才能真正有效選才

職業足球隊的「四分衛選秀」問題，存在各行各業之中，當中最正視此一問題的，莫過於理財諮詢業（financial advice field），而理財諮詢界的徵才方式，正是教育界的他山之石。要進入理財諮詢業，除了一張大學文憑外，並不需要什麼正式資格。金融服務公司並不只物色優秀的畢業生，也不要求應徵者要有碩士文憑，或須具備特殊的先決條件。沒有人可以在事前就知道，是什麼原因使理財顧問的業績有好壞差別，因此業界徵才是敞開大門的。

明尼亞波利市北星人力資源公司副總裁艾德．杜查蘭德（Ed Deutschlander）說：「我會問的一個問題是：『告訴我你每天是怎麼過？』如果應徵者回答：『我每天早上五點半起床，到健身房、到圖書館、上課、上班，做功課到十一點。』這樣的人便有機會。」換句話說，杜查蘭德選才，跟每家大企業要看的特質大致是一樣的。

杜查蘭德說，他的公司面談了大約一千人，中意的有四十九位，平均每二十人裡有一人出線。脫穎而出的人要進入「訓練營」接受四個月的訓練，他們得像真正的理財顧問一樣做事。杜查蘭德說：「他們必須在四個月的時間內，找到至少十位正式的客戶；如果找到十位客戶，每週也能至少見面十次，那就表示那人在四個月的時間裡有一百次介紹產品的機會。我們便知道這人至少在速度上是個可造之材。」

四十九名受邀參加訓練營的人中，有二十三人過關，受聘成為理財顧問，這時真正的篩選也就展開。杜查蘭德：「即使是表現最好的人，也需要三到四年的時間，才能看出他是否可成大器。我們一開始只是看表面而已，四年後的今天，我想這二十三人中至少有三到四成可以留下。」

像杜查蘭德這樣的人，我們叫做守門員，這個頭銜，顧名思義是某人站在某個行業的大門把關，決定誰能進來、誰應擋在門外。但杜查蘭德認為，他的角色是要將門戶大開；要找到理想的財務顧問新秀，他甘願面談一千人。這個方式用在NFL選秀過程中，表示球隊必須放棄「百裡挑一」或「千裡挑一」的作法，而要讓三或四個「好」大學隊四分衛，都有在職業賽中一試身手的機會。

在教學行業中，這種徵才方法的影響與意涵就更為深遠。這意味著徵選水準不但不應提高，反而應該降低，因為如果高水準不能把我們帶向教育目標，提高水準又有何用？教育界應向每一位大學畢業生廣開大門，而教師的評鑑只在開始教書後才實施，而不是在教書前。這表示，教育界應仿效杜查蘭德訓練營的那一套，採用試用制，試用老師則須受到嚴格的評估。凱恩與史泰格已估計，由於現行教師優劣之間的差別太大，可能要試四位老師，才能找到一位好老師。這表示終身聘用制不能像目前一樣被濫用。目前教師的薪資制度也極為僵化，如果我們要根據教師的實際表現來評估教師，這樣的制度就必須改變。試用老師拿的應該是試用老師的薪資，但是如果發現泰半老師可以在一年的時間裡，教完一年半的教材，我們就應該付給他們高薪。這樣做不僅是因為要留住他們，也是因為在高風險行業中要留住人才，唯一的方法是給予那些經過篩選且脫穎而出的人正當薪酬。

投資及等待都是值得的

這種解決教育界的「四分衛」選才問題，在政治上可行嗎？找一位好老師要試用四名教師，對於這麼做的成本，納稅人可能會一口否決；終身聘用制即使是做極小幅的修改，教師工會長期以來也一直抗拒。但是所有教改人士都希望，教育界能夠沿用類似北星公司多年來的作法。杜查蘭德為了要找十位優秀的理財顧問，而面談了一千人，他花大錢去發掘誰是具有真材實料的人，他說：「在硬成本與軟成本之間，大多數公司在頭三、四年裡對培訓一位人才砸下的錢，在十到二十五萬美元之間，大多數的情況是空忙一場。然而，如果你願意做那種投資、展現耐心，最後你會得到一位能創造好業績的理財高手。我們旗下有一百二十五位全職理財顧問，去年，其中七十一位有資格參加百萬圓桌會議，這是金融界最成功理財高手的一個組織。這個精英團體有一百二十五位參加，我們就占了七十一位。」為什麼我們的社會能細心、有耐心地遴選理財人才，卻無法這樣羅致教育人才？

——

在奧克拉荷馬州牛仔隊對老虎隊之戰的最後一節中途，老虎隊陷入困境；這是全年中，他們首次在比賽尾聲落後。他們需要快攻得分，否則角逐全國冠軍賽的希望就飛了。丹尼爾從中鋒手中接過發球，站定準備傳球，這時他的外接員被盯得緊，他開始衝鋒，牛仔隊防守球員開始對他包夾，威脅步步逼進。在「佈開」陣勢中，這種遭遇對他來說極為罕見。情急之下，他把球高高丟向下場，球卻被牛仔隊一名防守隊員接個正著。

尚卡跳了起來，高聲說：「這一點都不像他，他平常不會這樣失手！」

尚卡旁邊坐的是堪薩斯市酋長隊（Kansas City Chiefs）球探，他喪氣地說：「丹尼爾從來不曾拋出這種送分球！」

我們應不應對丹尼爾的這次失誤，做出「一擲定江山」的定論？「佈開」陣陣勢已破，他終於受到威脅。這不就是NFL的四分衛在球場上的家常便飯？但除非真的當上NFL的四分衛，是無從預知四分衛在NFL會身經何種考驗。球場上的預言是不可能的任務，任何預言充其量都只是一種偏見。也許防守隊的那一記攔截表示，他不會是一個好的職業隊四分衛，或是他會因此次犯錯而得到教訓。尚卡說：「在一塊大餅中，那只是極小的一塊而已。」

二〇〇八年十二月十五日

這篇文章是在二〇〇八年大學盃美式足球賽季寫的。密蘇里大學隊最後以十比四贏球，查斯．丹尼爾——曾經一度被認為有望獲得海斯曼獎（Heisman Trophy）——在關鍵時刻失敗了。二〇〇九年NFL選拔名單中並沒有他，不過他和華盛頓紅人隊簽了自由球員約。

CHAPTER 16

危險心靈

罪犯側寫使破案變得容易

一九四〇年十一月十六日，紐約曼哈坦西六十四街的聯合愛迪生公司（Consolidated Edison）的員工，在公司的窗台上發現了一枚土製炸彈，附在炸彈上的一張字條說：「聯合愛迪生的騙子，嘗嘗這個。」一九四一年的九月，又有一枚炸彈在靠近聯合廣場（Union Square）、距聯合愛迪生總部幾條街之外的十九街被發現。炸彈留在街道上，用一隻襪子包著。幾分鐘後，紐約警方接到一封信，上面說：「要將聯合愛迪生繩之以法，他們要為邪惡罪行付出代價。」在一九四一到四六年之間，警方陸續接到十六封信，字體全部是用印刷體大寫寫成，「邪惡罪行」一詞一再重複，字條上署名的則是縮寫的FP二字。一九五〇年三月，第三枚炸彈在中央車站的下層被人發現，這次的炸彈威力與大小都比前幾枚更強大。

接下來的一枚被放置在紐約公共圖書館的電話亭裡，跟另一枚放在中央火車站電話亭的炸彈一樣，都被引爆了。這名後來被人稱為「瘋狂炸彈客」的歹徒，第四次出手是在無線電城音樂廳（Radio City Music Hall），炸彈碎片掃到全場觀眾。一九五五年，他第六次出手，這時全市已輿論譁然，警方則是毫無頭緒。一九五六年底，紐約警方在智窮之餘，刑事犯罪實驗室探長霍華德・芬尼

（Howard Finney）與另外兩名便衣警察，前去拜訪精神科專家詹姆斯・布魯塞爾（James Brussel）。

布魯塞爾是佛洛伊德派，抽菸斗，住十二街的西村。在事業初期，他住在墨西哥，曾經為聯調局做過反間工作，他生平著作甚豐，包括《心理醫師速成》（*Instant Shrink*）。芬尼把一疊文件放在布魯塞爾的桌上，包括未引爆的炸彈、爆炸現場照片與ＦＰ字跡工整的信件複本。布魯塞爾在他的回憶錄《精神病醫師的犯罪個案研究紀錄》（*Casebook of a Crime Psychiatrist*）中敘述：「我以前見過這種眼神，多半是在軍中，也在閱歷豐富的老派警察臉上見過，他們認為這種新興的犯罪心理剖析是鬼扯淡。」

他會穿雙排釦西裝，釦子全部扣好

布魯塞爾開始翻閱便衣警察帶來的資料。十六年來，ＦＰ都念念不忘聯合愛迪生公司對不起他，他要有仇必報。顯然ＦＰ有心理偏執的問題，不過這種偏執不是一朝一夕產生的。ＦＰ自一九四〇年以來就開始放炸彈，這表示他現在已到中年。布魯塞爾仔細研究ＦＰ寫給警方的字條，從字跡研判，他是謹慎的人，工作紀錄足為楷模。而遺詞用字也顯示他是受過教育的人，這些用詞也顯示他**很古板**，而且似乎是在外國出生。布魯塞爾再進一步細看，每一個字母都是工工整整的大寫印刷體，只有Ｗ例外；它不像Ｗ，倒像兩個Ｕ。在布魯塞爾的眼中，這些Ｗ就像一對乳房。他翻到犯罪現場的描述；當ＦＰ把炸彈放在戲院中時，他用刀把座椅下方劃破。然而把爆炸物塞進椅墊中，這種手法豈不像象徵性地穿透一名婦女？或是像閹割一名男性？或是兩者兼具？

ＦＰ可能永遠沒有走出戀母情結；他未婚，獨來獨往，可能跟一個類似母親角色的人同住。布魯塞爾再度大膽推測，ＦＰ是斯拉夫人；如果用繩子勒斃是地中海人所慣用，那麼炸彈與刀子合用，他判斷是東歐人的手法。他寄出的信有些蓋有威契斯特郡（Westchester County）的郵戳，但ＦＰ不會笨到從自己住的地方寄出郵件。康乃狄克州東南有幾個城市有大量的斯拉夫人口，而且從威契斯特郡到紐約，有太多的城市有大批斯拉夫人口。

布魯塞爾停頓了一會兒，然而他做了以下的預測，這一幕後來也成為側寫犯罪人物歷史上的傳奇事跡：

我閉上眼睛，因為我不願看到他們的反應，我說：「還有一件事，」我看見炸彈客：他的衣著整齊而講究，是那種保守型的人，一直等到流行得差不多了才會穿「新」款式的衣服。我清楚地看到他，也許「清楚」二字超過事實容許，我知道自己讓想像占了上風，但我實在忍不住如此。

我眼睛依然緊閉，繼續說：「還有一件事，等你們抓到他時——我毫不懷疑你們會抓到他，他會穿著雙排釦西裝。」

一名警探低聲說：「老天！」

我說：「而且還會扣住釦子。」我把眼睛張開。芬尼與他的夥伴你看我、我看你。

芬尼說：「雙排釦西裝。」

「是的。」

「釦子還扣起來。」

「沒錯。」

他點點頭，沒再多說，便離開了。

一個月後，喬治．米茨基（George Metesky）涉案落網，這名字是從米勞斯卡斯（Milauskas）改過來的。米茨基跟兩個姐姐同住在康乃狄格州的瓦特柏利（Waterbury），未婚，經常去望彌撒，而且果然是有潔癖的那一型。他於一九二九到三一年之間，受雇於聯合愛迪生公司，宣稱曾經因公受傷。當警察到他家門口時，他說：「我知道你們為何來此，你們認為我是瘋狂炸彈客。」那時已是深夜，他身上穿著睡衣，警察要他換衣服。等他再出來時，他的頭髮已梳成高高的龐巴杜（pmpadour）髮型，鞋子光亮，身上則穿了一件雙排釦的西裝，而且釦子全都扣得好好的。

犯罪側寫是門神祕的藝術

聯調局著名的犯罪人物側寫專員約翰．道格拉斯（John Douglas），在其著作《綁虐殺的心靈世界》（*Inside the Mind of BTK*）中，描述一名一九七〇與八〇年代在堪薩斯州威奇塔（Wichita）一帶，作惡多端的連續殺人犯的故事。電影《沉默的羔羊》（The Silence of the Lambs）中的警探傑克・克勞福（Jake Crawford）就是以道格拉斯為描寫的範本。道格拉斯師承犯罪側寫（profiling）先鋒霍華德・泰坦（Howard Teten），後者一九七二年曾協助聯調局在康地科（Qauntico）成立了行為科學部門，也是布魯塞爾的學生。因此道格拉斯在研究罪犯側寫與犯罪心理的領域，可說是系出名門，說他們是佛洛依德分析的徒子徒孫，大概並不為過。對道格拉斯而言，布魯塞爾是犯罪側寫學這門學問的祖師爺，而道格拉斯的《綁虐殺的心靈世界》無論是從風格或是論述來看，都是向布魯塞爾的《精神病醫師的犯罪個案研究紀錄》致敬。

ＢＴＫ是「綁、虐、殺」（Bind, Torture, Kill）三字的縮寫，威奇塔連續殺人犯每次在犯案後，都會留下這三字給警方。他頭一次犯案是在一九七四年一月，三十八歲的男子約瑟夫・奧泰洛（Joseph Otero）在家中遭到毒手，他的妻子、兒子與十一歲的女兒亦難逃劫數，女兒的屍首吊在地下室的水管上，腿上還留有精液。翌年的三月，他又將另一名年輕女性綁住加以勒斃。在以後的幾年裡，他起碼再犯了四起謀殺案，威奇塔市民發出怒吼，可是警方卻一籌莫展。一九八四年，威奇塔兩名警探到康地科求援。

道格拉斯在他的書中記述，他們是在聯調局鑑識科學大樓的一樓會議室會晤；這時，他從事行為科學研究已經十年，他的頭兩本暢銷著作《破案神探》（*Mindhunter*）與《執迷》（*Obsession*），當時尚未出版。他一年要研究一百五十個案子，常年在外奔波，但是ＢＴＫ三字始終縈繞在他的腦海。他說：「我晚上會睡不著，一直在想這三個字到底是什麼意思？什麼樣的人會下這樣的毒手？

什麼原因使他一再犯案？」

洛伊．海澤伍（Roy Hazelwood）坐在道格拉斯旁邊。海澤伍是個瘦削的老菸槍，專長是追蹤性犯罪，自己也寫了兩本暢銷書《暗夢》（*Dark Dreams*）與《人之惡》（*The Evil That Men do*）。海澤伍旁邊坐的是前空軍飛行員朗．華克（Ron Walker），道格拉斯對華克的描述是「機靈」與「極為敏銳」。聯調局三人與兩名警探圍著大橡木桌而坐，道格拉斯寫道：「我們開會的目的是一直討論，直到討論不動為止。」他們依賴的是同僚羅伯．芮斯勒（Robert Ressler）發展出來的類型學。芮斯勒也是真實犯罪暢銷書《打擊殺人魔》（*Whoever Fights Monsters*）與《深入魔心》（*I have Lived in the Monster*）的作者。這場會議的目的是描繪出殺人魔的相貌、理出什麼樣的人會是「綁、虐、殺」的罪犯；他幹了什麼、在哪裡工作，以及長什麼樣子，《綁虐殺的心靈世界》一書的第一幕也就是從這裡開始。

具有靈媒般特異功能

由於我們現在已經非常熟悉，透過罪犯側寫專家視角所敘述的犯罪故事，因此很容易忽略了這種文學類型描述的內容是多麼膽大妄為。傳統的偵探故事開始時，不外是有一具屍體，故事的中心是偵探要找出罪魁禍首。偵探追蹤線索、撒下天羅地網，人人幾乎都是嫌犯：管家、被拒的追求者、懷恨在心的外甥，以及神祕的歐洲人等。這種故事的主軸是：誰幹的？而在刻畫罪犯的推理小說中，網撒得小，犯罪現場也不是我們擒拿凶手的原始出發點，而是界定兇手是誰的根據。罪犯側寫專家在相關資料中爬梳，放眼到將來，就「知道」案情謎底。布魯塞爾寫道：「一般說來，精神病專家能夠在研究一個人之後，預測此人以後會如何行動，例如他在某種刺激下會如何反應、在某類情境下會如何行動。我做的事剛好倒過來，我研究一個人的行為，並由此推論出他可能是什麼樣的人。」尋找穿雙排釦的斯拉夫人，就是一個例子。側寫犯罪人物的中樞任務不是供警方參考找出「是誰幹的」，而是明指「就是他幹的」，讓警方按圖索驥，手到擒來。

罪犯側寫專家做的也不是抓犯人的事，抓犯人是執法人員的責任。在有辦案人員參加的會議中，罪犯側寫專家通常不會寫下他的預測，要不要做筆記是警察的事，他也不覺得自己有必要繼續介入後續的調查。道格拉斯說，有次他開車到當地的警察局，針對一名老婦人遭性侵害與毆打的案子，向辦案人員提供看法。偵辦這個案子的是正規的警察，而道格拉斯是聯調局的人，因此你可以想像他在警局說起他的看法來，別人圍著他聽，是什麼情景。

道格拉斯的開場白是：「我是這樣看，兇手是十六、七歲的高中生，頭髮、衣服都凌亂不整。他沒什麼朋友、也沒有女友；他有點怪異，而且一肚子怒氣。他到了老婦人的家，知道她一個人在家，也許他以前替她打過零工。」道格拉斯繼續說：

我停下來，告訴他們一定有人符合我的描述，找到此人，就找到了犯案者。警探們面面相覷，其中一個人開始笑著說：「道格拉斯，你是靈媒嗎？」

我說：「不是，不過如果我是，我的工作就容易多了。」

「因為幾週前有一個靈媒來，她的說法跟你一模一樣。」

你可能會以為，道格拉斯對這種比喻大發雷霆，畢竟他是聯調局的堂堂幹員，而且師承泰坦與布魯塞爾；他是王牌罪犯側寫專家，聯調局打擊犯罪的聲譽能夠扭轉，他的小組功不可沒。他的事蹟與偵案經驗也成為無數電影、電視劇本與暢銷驚悚小說的題材，心理學因他而成為檢視罪犯殘忍內心世界的現代工具。然而，對有些警察叫他靈媒，道格拉斯並不以為忤；相反地，他開始沉思：自己的靈感與眼光到底從何而來，在這門叫做側寫罪犯的神祕藝術中，問題到底是出在哪？可不可以加以信任？道格拉斯寫道：

> 我在研究一個案件時，會把所有的證據都集中在一起，然後我會讓自己在心理與情緒上進入犯案人的腦袋中，嘗試以他的思考模式來想事情。這一切到底怎麼發生的，我並不清楚，就像不時向我諮詢的小說家湯姆．哈里斯（Tom Harris），無法說清他如何讓小說中的人物活躍於紙上。這裡面若有什麼靈媒的特異功能，我不會拒其於千里之外。

找出犯罪模式有多大幫助？

一九七〇年代末期，道格拉斯跟他的同僚芮斯勒，前去探訪全國最惡名昭彰的連續殺人犯。他們從加州開始，道格拉斯說：「加州的怪人與特殊犯罪的比例總是特別多。」在接下來的幾個月，他們趁週末與假日前往聯邦監獄，一個接一個，最後一共探訪了三十六名謀殺犯。

道格拉斯與芮斯勒希望知道殺人犯的一生、他們的性格，及其犯罪特質之間有著什麼樣的關連，其中是否有模式可尋。他們尋找的是心理學家所謂的「同源性」，也就是在犯罪人物與其犯罪行動中找尋一致性。他們根據對殺人犯的了解，並逐一對照及比較所掌握的兇殺案特點後，他們相信自己找到了模式。

道格拉斯與芮斯勒的結論是，連續殺人犯可分成兩種。有些犯罪現場有邏輯與策劃的證據，受害人早就被罪犯選定，是可以滿足罪犯某一特殊幻想的類型。殺人犯可能是計誘受害人，而且始終能夠掌控犯罪過程；他會慢慢折磨受害人，來滿足自己的幻想。罪犯應變與機動能力都很強，幾乎從來不會將武器忘在現場，且會小心翼翼地藏屍。道格拉斯與芮斯勒分別在其出版的書籍中，將這種犯罪手法稱為「有組織」的犯罪。

在「無組織」的犯罪中，受害人不是特別選定，似乎是隨機被挑中，而且是在「閃電手法下」受到攻擊，未受跟蹤或脅迫。凶手可能從廚房抄起一把牛排刀行凶，然後粗心地將兇器留在現場。罪犯的犯罪方式非常邋遢，受害人經常也有反擊的機會，犯罪行為也可能是在高風險的環境中發生。芮斯勒在《打擊殺人魔》一書中寫道：「兇手不要知道對象是誰，經常很快地將受害人擊昏，或是將其臉部遮住、將其毀容，用這類行動來塗抹掉受害人的人格特點。」

他們認為，兩種不同的作案風格呼應兩種不同的人格類型。「有組織」的殺人犯聰明而能言善道，對周遭的人事物自覺高人一等。「無組織」的殺人犯既沒魅力又有自卑感，個性太怪異或內向，以致沒結婚也沒女朋友，如果他不是獨居，便是跟父母同住。他的衣櫥中塞滿了色情出版品，如果他開車，開的也是破車。

道格拉斯與芮斯勒參與撰寫的一本犯罪心理手冊說：「犯罪現場反映出的殺人犯行為模式與個性，就跟一個家庭中的家具反映出屋主的個性一樣。」他們發現得愈多，所做的聯想也就愈明確：如果受害人是白人，殺人犯也是白人；如果受害人是老年人，殺人犯便是在性行為上不成熟。

道格拉斯寫道：「我們經過研究後發現，連續殺人犯過去想加入警界，卻不得其門而入，在這樣的情況下，他們往往退而求其次去做類似的工作，例如警衛或夜間巡守員。」由於「有組織」的強暴犯，事先都想好要如何控制局面，說他們對象徵控制的社會機構有嚮往之心，似乎言之成理。而這又引出另一種預測：「在若干罪犯側寫分析檔案中，句子一開始往往是，『未知嫌犯（UNSUB, the unknow subject of an investigation）會開類似警用車款的車輛，例如福特的Crown Victoria或雪佛蘭隨想曲（Chevrolet Caprice）。』」

促成的破案比率其實低得可以

表面上看來，聯調局的這一套辦法似乎極為有用。試想一個在犯罪人物側寫中廣被利用的個案：一名二十六歲的特教老師遭到殺害，屍體在她所住的紐約布朗克斯區公寓屋頂上被人發現，她顯然是在清晨六點半出門上班後不久即遭到綁架。這名特教老師被人用絲襪與皮帶綁在椅子上，被毒打得不成人形，兇手毀傷了她的下體、割下她的乳頭，還在她身上到處留下齒痕。兇手在受害人的腹部上寫滿了髒話、自慰，還留下許多排泄物。

讓我們假裝自己是聯調局的罪犯側寫專家，第一個要問的問題是：種族。受害人既然是白人，我們權且似也可把兇手認定是白人，我們也假設他是二十五、六歲或三十出頭。在聯調局的三十六名連續殺人犯檔案樣本中，最早作案的就是這個年齡。這是「有組織」還是「無組織」犯罪？顯然是無組織，因為犯罪現場是布朗克斯的一棟公寓屋頂，而且是光天化日之下，屬於高風險。兇手清晨六點半在那棟大樓做什麼？他可能是某種服務人員，也可能住在附近，不管是那一種，他都對大樓非常熟悉。作案手法既然很沒組織，因此他的情緒狀況不穩定，如果他有工作，最多也是藍領工作。他可能有前科，前科紀錄可能跟暴力或性犯罪有關；他跟女性的關係不是不存在，就是非常有問題。「殘肢」與「洩糞」等暴力行為太過異常，他可能有精神上的疾病或有濫用藥物的問題。

這種分析聽起來如何？事後比對證明是一猜即中。殺人犯是卡敏．卡拉布洛（Carmine Calabro），三十歲、未婚、無業，是有心理問題的演員，如果不住在精神病院，就是跟喪偶的父親住在一起。父親的家在一棟建築的四樓，也就是命案的所在地。

但這種人物側寫到底多有用？卡拉布洛本來就已經在警方的嫌犯名單上，如果你要找的是在屋頂上殺人、又將受害人殘肢的兇手，大概不需要罪犯側寫專家告訴你去找頭髮零亂、衣衫不整、精神狀況有問題，又跟父親同住在四樓的人。

也因此，聯調局的罪犯側寫專家也總是以最有力的細節，來補充有組織或無組織犯罪類型的基本輪廓，好讓警方能夠鎖定嫌犯。在一九八〇年代初期，道格拉斯在馬林郡（Marin County）對警察與聯調局同仁，針對專門在舊金山以北山間殺害女性登山客的「山徑殺人犯」做簡報說明。道格拉斯認為，殺人犯是典型的無組織犯案者——出手快、白人、三十到三十五歲之間、藍領階級，「可能有經常尿床、縱火與虐待動物的紀錄」。然後他又提及殺人犯似乎非常不合群，為何謀殺案都在離大路數哩外的樹林裡發生？道格拉斯認為，兇手需要這種隱密，因為他有一些見不得人的毛病；他是否有身體上的問題，如缺手缺腳？但是如果少了手腳，又是怎麼跋涉好幾哩到森林裡，而且還有蠻力制服受害人？最後他想起來說：「我在猶疑之後，還是想加上一件細節：兇手有語言障礙。」

這究竟是不是一個有用的細節？他把犯案人的年齡定在三十出頭，結果兇手是五十歲。警方是可以根據兇嫌的檔案把逮捕範圍縮小，然而若把全面性的細節弄錯了，一個特殊的細節弄對了也沒什麼大用。

對巴頓．魯奇（Baton Rouge）連續殺人犯狄瑞克．李（Derrick Todd Lee）案件，聯調局的罪犯檔案預測犯案人是白人、男性、藍領階級，年齡在二十五到三十五歲之間；他希望在他人眼中，自己「對女性充滿吸引力」，「然而他與女性交往，尤其是社會地位比他高的女性，表現出的文化水準相當低，任何他覺得有吸引力的女性在與他交往後，都形容他『笨拙』」。聯調局說中了兇手是藍領階級的男性，也預料對了他在二十五到三十五歲之間，但兇手的英俊、外向則非如預期。他經常頭戴牛仔帽，腳穿蛇皮靴，到酒吧去找樂子；他外向，有好幾個女友，甚討女性歡心。另外，犯案人也不是白人，是黑人。

側寫罪犯並非測驗，大部分對了就可過關，它是一種畫像；影像要有幫助，所有的細節必須在某種方式上前後吻合才行。九〇年代中期年前，英國警政署（British Home Office）曾分析一百八十四樁犯罪案件，看看有多少罪犯側寫檔案促成罪犯緝捕到案，結果發現這麼多案件中，只有五件因而破案，比例只有二．七％。我們若考慮收到一堆罪犯檔案資料的辦案警探的立場，便會覺得這個低比例一點也不奇怪。警探是該相信嫌犯「結巴」那部分呢？還是相信「他三十歲」那部分？還是感到無奈，因為這麼多細節，不知該相信哪一個才好？

犯罪模式的二分法很難成立

聯調局的罪犯建檔方式還有一個更深的問題。道格拉斯與芮斯勒雖根據訪談做成分類學，不過他們訪問的連續殺人犯並非有代表性的樣本，只是誰剛好方便就訪問誰；他們也不是依照一定的標準化作法來訪問，而是坐下來天南地北地談。要進行心理分析，這種方式並不扎實，因此我們難免會問：連續殺人犯是否真能根據這些歸類標準而加以分類？

利物浦大學（University of Liverpool）的一批心理學家決定測試看看。首先他們擬了一張清單，列出被認為是展現「有組織」犯罪的現場特徵：受害人在被強暴之際還活著、陳屍有一定的方式、兇器失蹤、屍體被掩藏、兇手施加毒手時曾經刑求或限制受害人。他們也列了一個「無組織」犯罪特徵的名單：受害人也許遭到毆打、屍體被丟在荒郊野外，受害人的隨身物品被亂丟，或兇器是臨時找來的。

他們認為，如果聯調局的歸類是正確的，每一類犯罪現場的特徵應該「共同出現」才對，也就是說，如果某一項或數項「有組織」犯罪特徵出現，其他「有組織」犯罪特徵出現的比例應該跟著走高。然而他們看過一百件連續殺人犯的案件後發現，他們找不到任何支持聯調局分類的地方。犯罪型態並不是非此即彼；英方的發現是，犯罪行為經常是若干有組織犯罪特徵，與若干無組織犯罪特徵混雜呈現。利物浦小組負責人暨《鑑識心理學者的個案研究》（*The Forensic Psychologist's Casebook*）一書的作者勞倫斯・艾利森（Laurence Alison）對我說：「整件事遠比聯調局所想像的複雜。」

艾利森等人也探討犯罪人物與犯罪手法的「同源性」問題；如果道格拉斯對了，某一類「犯罪」應與某一類「罪犯」有呼應的地方。因此利物浦小組也選了英國一百件強暴案，將其根據二十八項變數分類，例如：犯案人是否偽裝、受害人是否被綁、嘴巴是否用布塞住、眼睛是否被蒙上、是否留下對受害人恭維或道歉的痕跡，或是否有竊取私人財物等。然後他們從強暴犯的各種特質，例如年齡、職業、種族、教育水準、婚姻狀態、前科紀錄、前科的犯罪類型與犯案人是否使用毒品等，比對犯罪行為與強暴犯的特質是否吻合呼應。例如將受害人綁住、封嘴或蒙住雙眼的手法，強暴犯較普遍使用呢？還是其他的手法多？答案是一點都不一致。

對聯調局偵案方式持高度批判態度的鑑識科學家布倫特·特維（Brent Turvey）說：「不同的罪犯可能會展現同樣的行為類型，但理由卻可能完全不同。例如一名強暴犯夜間在公園攻擊一名女性，將她的襯衫扯開，蒙住她的臉。犯案人為什麼這樣做？那代表的是什麼？可能的解釋很多。可能表示他不願意看到她，也可能是不想讓對方看到自己；有可能是犯案人想看見她的乳房、想像她是別人，或制住她的手臂以免她反擊。這一切都有可能，我們不能把一種行為抽離開來看。」

充斥模稜兩可的話術

幾年前，艾利森重新檢視布朗克斯的教師謀殺案，他想了解為何聯調局的罪犯側寫檔案是根據如此簡單的心理學，卻能享有這麼高的聲譽，他懷疑是因為檔案書寫的方式。果不其然，當他重新打開檔案，逐句研讀罪犯分析時，發現裡面充滿了無法驗證、互相矛盾與模稜兩可的語言，你要怎麼解釋都可以。

星象命理專家與靈媒慣用此法。魔術師伊安·洛藍（Ian Rowland），在其經典著作《冷讀術》（*The Full Facts Book of Cold Reading*）中將其羅列出來，而這些全都可以充當罪犯人物側寫入門的招數。第一招是「彩虹騙術」（Rainbow Ruse），先陳述當事人的性格特質，然後再補充完全與其背道而馳的特點，例如：「整體來說你是安靜而自謙的人，但如果場合對了、你又剛好有心情，你也可能成為派對的靈魂人物。」第二招是「傑奎斯表述」（The Jacques Statement）；「傑奎斯」是莎士比亞名劇《皆大歡喜》（*As You Like It*）的劇中人，有名的「人生七階段」演說，就是透過他的口而永垂不朽。這一招可以專門用來預測當事人的年紀，例如某個靈媒對接近四十或四十出頭的人可能會說：「你經常自問，年輕時所做的那些夢到哪裡去了。」第三招是「巴納姆陳述法」（Barnum Statement），這種陳述涵括的對象海闊天空，可以適用於任何人身上。還有「模糊理論」（Fuzzy Fact），接近事實的陳述方式，卻帶有極大的解釋空間，例如：我看到它跟歐洲有關連，可能是英國，或者可能是天氣暖和一點的地中海地帶。這些還只是個開場，其他還有「更綠草坪」（Greener Grass）、「轉移問題」（Diverted Question）、「俄羅斯娃娃」（Russian Doll）、「糖團」（Sugar Lumps）等，更別提常見的「分枝」（Forking）與「好運氣猜謎」（Good Chance Guess）等花招了。這些招數加以有技巧地組合，即使是最具懷疑精神的觀察人，也可能折服，相信辦案真的可因此而柳暗花明。

洛藍還將一種問話招數稱之為「消失的負數」（Vanishing Negative），他舉了一個例子來說明：

「我們來看看職業問題。你的工作跟兒童無關吧？」

「是的，沒關係。」

「我也是這麼想，那不是你的角色。」

當然如果對方的回答不同，繼續發問的方式也另有一套：

「我們來看看職業問題。你的工作跟兒童無關吧？」

「其實有關，我做的是兼職。」

「我也是這麼想。」

在艾利森分析布朗克斯屋頂謀殺案的罪犯檔案後，他決定玩一個類似「冷讀術」的遊戲。他向英國一批資深警察與鑑識專家，透露了犯罪事件的細節，並提供聯調局準備的罪犯人物側寫檔案，以及對犯案者的描述。他們對罪犯側寫檔案的評價如何？答案是：高度正確。然後艾利森將同樣的資料提供給另一批警察，但這次犯案人是他捏造出來的，與真正的犯案人卡拉布洛大不相同。假兇手是三十七歲的酒鬼，最近遭到水利局資遣，曾經在出任務時遇見過受害人一次，另外，他有長期對女性施暴的紀錄，並有攻擊與竊盜前科。第二組有經驗的警察在比對假兇手的紀錄後，對聯調局同樣的罪犯人物側寫檔案，評價也是：高度正確。

布魯塞爾並沒有在一堆照片與影印複本中看出「瘋狂炸彈客」來，那是幻覺。一如文獻學者唐諾．佛斯特（Donald Foster）在其二〇〇〇年的著作《匿名作者》（*Author Unknown*）中指出，布魯塞爾在其回憶錄中修整了自己的預測。其實他告訴警方到白原市（White Plains）去搜索炸彈客，把紐約警局的炸彈拆除小組搞得人仰馬翻，到威契斯特翻遍了當地的紀錄，結果卻白忙一場。布魯塞爾也告訴警方注意一名臉上有疤的人，而米茨基沒有這個特徵；他告訴警方要找一名上夜班的人，而自一九三一年以來，米茨基一直都處於失業狀態。布魯塞爾說兇嫌在四十到五十五歲之間，而米茨基已經超過五十五歲；他說要找「民防或軍需專家」，而米茨基充其量只在一個機房中做過短期工。

雖然布魯塞爾在回憶錄中振振有辭，其實他從來沒說過炸彈客是斯拉夫人，他告訴警方的是去找一個「在德國出生與受教育的人」。這個預測太離譜，連炸彈客自己都提出抗議。在警方調查的高峰期，紐約《美國期刊》（*American Journal*）表示願意刊登任何炸彈客的說法時，米茨基氣呼呼地投書說：「我勉強跟『德意志』扯得上關係的地方是，我父親曾經在德國漢堡上船前往美國，大約是六十五年前。」

「瘋狂炸彈客」一案能夠破案的真正英雄不是布魯塞爾，是一名叫做愛麗絲・凱利（Alice Kelly）的女士。凱利的任務是過濾聯合愛迪生的人事檔案，一九五七年一月，她偶然看到一個一九三〇年代就提出的不滿申訴，說地獄門（Hell Gate）電廠的一個發電機接觸電刷因瓦斯爆燃而毀壞，他在這場意外中受了傷，但公司不認為如此。在這名離職員工一連串的不滿書信中，凱利發現了一項威脅——一封信裡出現了「我會自己動手討公道」的字句。那個檔案上的名字便是米茨基。

布魯塞爾並不真的了解米茨基的內心世界；他似乎早就知道，如果有人做了一大堆預測，錯了的很快就會被遺忘，而押對了會讓你一舉成名。「就是他幹的」，這種可以按圖索驥，揪出罪魁禍首的犯罪人物側寫，並非鑑識科學分析上的一項勝利，只是派對上的一種戲法而已。

好一個「彩虹騙術」

時間是一九八四年，兇嫌仍未落網，道格拉斯、海澤伍、華克與另外兩名從威奇塔來的警探，圍坐在橡木桌旁。道格拉斯脫掉西裝外套，把它掛在椅背上，開始討論犯案人的輪廓。這一幕也是《綁虐殺的心靈世界》一書的序幕，他寫道：「我對此人的判斷是，他一九七四年開始犯案，當時他是二十五到三十歲之間，現在已經事隔十年，所以現在應該是三十五到四十歲之間。」

輪到華克發言：「『綁虐殺』案的兇手並沒有真正進行性交，這顯示他的性行為不成熟與帶有缺欠；他是獨來獨往型，不過這不是因為別人拒絕他而孤獨，他是自己選擇孤獨。兇手可以在社交場合上表現自如，但這只是表面；他也許有可以交談的女性朋友，但如果跟同儕女性相處時會不知如何是好。」

海澤伍是下一位發言的人：「『綁虐殺』命案的兇嫌有根深柢固的自慰習慣，與他有過性行為的女性，可能會形容他心不在焉或高高在上，對女方侍候他，比他侍候對方更有興趣。」

道格拉斯繼續說：「跟他在一起的女性不是比他年輕很多、頭腦非常簡單，就是比他年長很多，把他當成長期飯票。」他們三人判斷「綁虐殺」案的兇嫌開的車還不錯，但「沒有特色」。

這時，大家都看見了「曙光」。道格拉斯說，他一直猜想「綁虐殺」案的兇嫌已經結婚，可是現在他猜想也許兇嫌已經離婚；他猜測「綁虐殺」案兇嫌是下層中產階級，可能住在租來的房子裡。華克感覺兇嫌「做的是低工資的白領階級工作，而不是藍領」。海澤伍認為他是「中產階級」，而且

「口齒流利」。他們共同的看法是，兇嫌的智商大概在一〇五到一四五之間。道格拉斯猜測兇嫌可能跟軍方有關，海澤伍稱兇嫌是「活在當下」的人，總是需要「即時的滿足」。

華克說：「認識他的人可能會說記得他，但稱不上是真正認識。」道格拉斯突然靈光乍現說：「如果他的工作需要穿制服，我一點也不會感到意外。這個人不是精神病人，但跟狐狸一樣神經兮兮。」

他們討論了幾乎有六個小時，聯調局的這些金頭腦已經把偵案的藍圖提供給威奇塔警方：去找一名可能跟美國軍方有關的男性，他的智商在一〇五以上、喜歡自慰、在床上既自私又自大、他開的車還不錯，而且是個「及時行樂」的人。兇嫌跟女性在一起時會不自在，但可能有女性的朋友；他是獨行俠，但可以應付社交場合。周遭的人不會忘記他，但談不上認識。兇嫌可能從未結過婚，也可能已婚或離婚；如果他已婚，太太不是比他小，就是比他老。他可能住在租來的房子，可能是下層社會階級、下層中產階級、上層的下層中產階級或廣大的中產階級。兇嫌可能像狐狸一樣神經兮兮，卻沒有精神問題。如果要對這一切加以記錄，我們就有一份「傑克表述」、兩份「巴納姆陳述」、四種「彩虹騙術」、一個「好運氣猜謎」，以及兩項不是預測的預測，因為永遠無法證實。這一切都跟真實的「綁虐殺」兇手沾不上邊，真正的兇手是社區中望重一時的人物、教會的董事會主席，已婚，而且有兩個孩子。

談了六小時之後，道格拉斯站起身來，穿上西裝外套，對辦案警探說：「這個案子絕對破得了。如果我們未來還可以給予協助，儘管打電話來。」你可以想像他一副志得意滿、微笑地拍著警探的背說：「你們馬上會逮到這傢伙。」

二〇〇七年十一月十二日

就在這篇文章發表後不久，我在全國公共廣播電台（NPR）談論約翰．道格拉斯。我期待他對愛麗絲和他的同僚會有一些經過縝密思考的回應。但很快地就知道：道格拉斯不清楚愛麗絲是誰，也對學術界對犯罪側寫的評論一無所知。

CHAPTER 17

人才迷思

「聰明人」是否名過其實了？

在一九九〇年代達康（dot-com）產業全盛時期，全美最大也最負盛名的管理顧問公司麥肯錫公司（McKinsey & Company），發起了所謂的「人才戰爭」。他們把成千上萬的問卷送到全國各地的公司行號，其中有十八家公司受到特別注意，顧問在每家公司花了三天的時間，上由最高行政主管CEO，下至人力資源部門員工，一一加以訪談。麥肯錫希望把全美最頂尖企業的成功經營之道記錄下來，了解這些企業的人事聘用與升遷是如何與眾不同。在過濾成堆的卷宗與訪問紀錄的過程中，麥肯錫愈發相信，贏家與輸家之間的差別，比他們所以為的更為深廣。

領導這項計畫的三名顧問艾德．麥克斯（Ed Michaels）、海倫．韓德菲—鍾斯（Helen Handfield-Jones）與貝絲．艾克斯洛德（Beth Axelrod），在其共同著作《人才戰爭》（*The War for Talent*）中說：「我們面面相覷，突然領悟了其中的道理。」他們的結論是，最好的公司對人才問題非常執著，他們不斷招募新人、不斷尋覓並盡可能聘用一流人才。他們挑出明星人選，對其另眼相看、破例敘薪，且不斷對這些人加官晉爵。三位作者引述奇異公司（General Electric）一名資深主管的話說：「在天生運動員、與生俱來就絕技懷身的人身上押寶，並拔擢沒有相關經驗或好像不知天高地厚的明星人才，絕不要遲疑。」三位作者相信，要在現今的企業裡成功，「唯才是用」是不可或缺的經營思維；各級人事都有超人一等的人才，才能超越競爭對手。

這種「唯才是用」的企業思維，是美國管理學的正宗新顯學，一流商學院的文憑為何如此受到重視、最高主管的薪酬為何如此豐厚，都是這種心態下的產物。他們相信，在現代化的企業中，明星人才有多強，公司的制度就有多強；過去幾年中，全球管理顧問與大師鼓吹的就是這項訊息。推行這套觀念最不遺餘力的，非麥肯錫公司莫屬，而麥肯錫所有客戶中對這套哲學最奉行不渝的，莫過於安隆。麥肯錫在安隆還另外進行了二十項研究計畫，每年向安隆收取的費用超過一千萬美元，麥肯錫有一名董事定期出席安隆的董事會議，而安隆的CEO也曾是麥肯錫的合夥人。

「聰明人」是否名過其實了

安隆的醜聞如今已是歷史，該公司的兩名最高主管史基林與肯尼斯．雷伊（Kenneth Lay）俱已身敗名裂，安隆的稽核亞瑟．安德森（Arthur Andersen）幾乎生路已斷，調查人員已把偵案重點轉移到安隆的投資銀行家。在安隆風暴中，能夠全身而退的安隆合夥人之一，是麥肯錫公司。這不免讓人感到有些奇怪，因為安隆的文化，幾乎可以說是麥肯錫一手形塑的。安隆是人才公司的極致，麥克斯、韓德菲—鍾斯與艾克斯洛德在書中告訴我們，當史基林一九九〇年成立一個叫做「安隆資金暨貿易資源公司」的單位時，他決定「不斷網羅出身頂尖大學與有MBA學位的畢業生，一心要安隆全公司上下擠滿人才」。

在九〇年代，安隆每年要雇用二百五十名MBA新鮮人，一名前安隆的經理回憶說：「我經常面試剛出哈佛大學校門的畢業生，這些年輕人讓我目瞪口呆，他們知道我聽都沒聽說過的事。」一旦進入安隆，表現最優異的人獎勵極大；這些人即使沒有資歷，也能破格獲得晉升。安隆採行的是一個明星制度，前安隆董事長兼CEO雷伊，對前往休士頓安隆公司總部訪談的麥肯錫顧問說：「安隆與競爭同業唯一的差別是，我們用的人、我們的人才。」安隆另一名高階主管對麥肯錫合夥人理查．佛斯特（Richard Foster）說：「我們招攬的是金頭腦，我們付給他們的薪酬，高出這些人所要求的行情。」安隆的盛衰，二〇〇一年全被佛斯特寫進他的《創造性破壞》（*Creative Destruction*）一書中。

換句話說，安隆是一字不差地奉行麥肯錫公司的顧問所信的金科玉律，俾在當代經濟中克敵致勝。安隆聘用並獎賞才華出眾的一流人才，但是如今卻以破產終局。當然，安隆垮台的原因很複雜，但是安隆是否成也蕭何，敗也蕭何——是否正是因為它一心用人唯才反致失敗？這些號稱金頭腦的聰明人，是否其實言過其實？

職場的團隊合作，學校教育稱為集體舞弊

麥肯錫公司「人才戰爭」的樞紐，是一「分化」與「肯定」的過程。他們認為公司的雇主一年

中要坐下來一、兩次，「針對每位員工的表現，開誠布公地無所不談」。他們把員工分成A、B、C三個等級，A組的人是挑戰不斷，薪資過人；B組需要不斷給予鼓勵和肯定；C組的人則需加把勁，否則就要面臨淘汰。安隆對這一套建議是服膺到底，他們成立了內部考績評估委員會，成員每年開會兩次，依照十項不同的標準，給自己單位裡的人打成績，從一到五分不等。這個過程叫「分等與拔除」，分數在單位中最高的，得到的紅利比下一等級中的三成人多三分之二，而等級最低的員工，沒有紅利也沒有股票選擇權，有些情況還不得不走人。

這種分等是如何進行？可惜麥肯錫的顧問並未細論，有一個可能是，直截了當的聘用並酬庸頭腦最好的人。然而，員工的智商與工作表現之間的關連，實在是教人看不出有什麼特別的名堂。在某一種量表上，數字在〇．一以下的，兩者之間其實毫無關連；〇．七以上的，兩者之間可能有很強的關連（例如你的身高與父母的身高有關）；只有在〇．二至〇．三之間時，智商與職業成功兩者之間才顯示有相互的關連。佛羅里達州立大學心理學家理查．瓦格納（Richard Wagner）說：「以我們評估學校教育來說，一切都在於個人是否能自我努力；如果跟別人一起做，那就是舞弊。但是你進入實際社會後，什麼事都跟別人一起來。」

瓦格納與耶魯大學心理學教授羅伯．史騰堡（Robert Sternberg），發展出數套測驗所謂「內隱知識」（tacit knowledge）的方式，潛在知識關乎一個人是否知道如何管理自己與他人，以及如何應付複雜的社交局面。這些測驗當中有一個問題問：

你剛被擢升為公司一個重要部門的主管，原來的主管被調到次要部門的同等職位。你了解該名主管之所以被調職，是因為他所領導的部門整體表現平平：沒有什麼重大缺失，但予人非一流部門的印象。你的重責大任是整頓該部門，而且要立竿見影。為了要成功，你對以下策略中的特質進行評估：

A：經常授權副手完成工作任務

B：經常向上級報告進度

C：宣布部門進行重大重組，被你視為無用的員工將予以革除

D：對下屬的注意超過他們的任務

E：務使下屬對工作負責

瓦格納發現人們對測驗的回答，預示出這些人能否在工作場所有好的表現；好的經理選B跟E，而壞的經理卻選C。然而，這種潛在知識與其他型式的知識或經驗之間，卻無明顯的關連。評估工作能力，比表面看起來麻煩且複雜多了。

有好表現的才是好人才

雇主其實真正需要評估的不是潛力，而是工作表現。可是評估工作表現也一樣麻煩。在《人才戰爭》中，作者談到英國空軍如何在一九四〇年夏秋之際的英德空戰中，利用A、B、C評等制

度評估飛行員的表現，例如殲敵、安全返航編隊能力等。但跟企業管理比起來，要評估一名出掌新單位的經理人成績，無論是市場行銷或企業推廣，難度都比評估空軍飛行員是否達成客觀目標高多了。此外，你要誰來評估經理人的表現？研究顯示，同儕的評分與上司的評分兩者之間鮮有關連。

根據人資部門專家的看法，唯一嚴謹且有效的評估辦法是，盡可能使用精確的審查標準。經理人原本就應在全年中詳細記錄員工的表現，以免個人的主觀印象摻入考績評等的過程中，因為只有你清楚員工的表現時，才能為他們打分數。而在安隆毫無約束的文化中，這幾乎是不可能的事。被認為是人才的員工經常被派任新職務、迎接新挑戰，晉升的年度流動率接近二〇％。在安隆內成立氣候金融衍生商品業務的琳達．克里蒙斯（Lynda Clemmons），在短短的七年裡，從交易員升為正式人員，之後又竄升為經理、董事，終至領導自己催生的部門。在一個沒有人待得夠久，有資格對其他人打考績的體系下，你怎麼去評估員工的工作表現？

其結果就是不根據工作表現來評鑑。在安隆垮台前所出的眾多相關書籍中，管理顧問蓋瑞．哈默爾（Gary Hamel）所著的暢銷書《啟動革命》（*Leading the Revolution*），揭露制定安隆能源交易方式的路白（Lou Pai）的來龍去脈。路白領導的單位從一開始是個大災難，為了打算把電力賣給新興市場中的消費者，損失了上億美元。哈默爾解釋說，問題出在當時市場尚未完全自由化，「開放市場競爭的數州，仍然設有規定要大力保護州內傳統的公用事業單位」。好像沒有人想到路白應該在籌資成立公司前，就事先調查好這些規定，他很快就被公司任命，放手成立委外的供電公司。公司連年虧損，他卻能以二億七千萬元的售價拋出手中的安隆股票。因為路白有「才」，就不斷有新的機會；

他在這些新的機會上毫無建樹，卻仍因為有「才」，又獲得更多機會。哈默爾說，在安隆，經營失敗，即使是像上了《華爾街日報》那種慘重失敗，也不會葬送事業，反而像好事一般。也許鼓勵員工冒險的企業也一樣必須承擔失敗，然而如果人才與表現被定義成兩碼事，這樣的人才要來有什麼用？

聰明反被聰明誤

「人才戰爭」，說穿了就是寵愛與縱容A級員工。麥克斯、韓德菲—鍾斯與艾克斯洛德的著作說：「老闆為了要讓員工賣力、讓他們滿意和高興，可以說是任其予取予求。老闆發掘有才員工最想做的是什麼，朝那個方向形塑他們的事業與責任感，解決任何可能造成這些人求去的問題，例如對老闆或對出差要求不爽等。」沒有人比安隆更信這一套，路易絲・齊金（Louise Kitchin）的故事，就是典型的例子。二十九歲的齊金原是安隆駐歐石油交易員，她後來堅信安隆需要成立一家網路交易公司，她告訴上司自己的想法，公餘之暇開始草擬計畫，到後來安隆上下有二百五十人響應她的想法。六個月之後，史基林終於風聞此事，他後來表示：「從來沒人請我挹注資金，也從來沒人向我要人。他們已經逕自買了伺服器，在公司內部自闢疆土建立據點。等我有所耳聞時，這些人已經開始在二十二國從事法律評估。」史基林批准了，他說：「這種作風，正是驅使安隆不斷前衝的典型行為。」

要在此指出的是，齊金能為安隆網路公司（EnronOnline）掌舵，不是因為這是她的特長，而是因為她想做；安隆恰巧是一個明星員工想做什麼，就能做什麼的地方。史基林告訴麥肯錫小組說：「流動，在本公司是絕對必要的，我們聘用的人對此絕對身體力行。不僅是因為這種制度可以讓經理人感到振奮，也能協助安隆的企業走向經理人最感振奮的方向。如果許多員工紛紛湧向一家新成立的企業，這是該企業會成功的一個好跡象。如果新企業不能輕易地吸引到人員，這也是安隆或許不應插足其間的一個好跡象。」企業吸引不到「顧客」，CEO說公司似乎不應插足，不是更合理些嗎？企業該往經理人認為最能「獲利」的方向走，這樣不是更高明嗎？但是在安隆，顧及「才子員工」的需要，高過顧客與股東的需要。

自戀型企業

一九九〇年代早期，心理學家羅伯．霍根（Robert Hogan）、羅伯．拉斯金（Robert Raskin）與丹．法茲尼（Dan Fazzini）合寫了一篇見解過人的文章〈魅力的黑暗面〉（The Dark Side of Charisma），認為不理想的經理人可分為三類。第一類是「好好先生」，這種人在公司內升遷一路通行無阻，因為他從來不做得罪人的決定。第二類是「不滿分子」，這種人內心義憤填膺，處心積慮要剷除對頭。最有意思的是第三類「自戀狂」，這種人的衝勁、自信與魅力，讓他們沿著公司的人事梯子扶搖直上。第三類是最恐怖的一種經理人，剛愎自用，不接受他人建議，認為聽從他人建言就表示自己軟弱無能，更不相信別人會有什麼有用的點子。霍根等人表示：「自戀者喜歡居功，卻把過錯與失敗推給別人。」更嚴重的是：

> 自戀狂做決定時總是自信滿滿，因為自信滿滿，他人也就深信不疑；自戀狂經理在團體中的影響力其實大得不得了。到最後，自戀狂經理基於自信與強烈需要獲得他人認同等原因，他們會「自我舉薦」。結果是，當團體或組織領導出現空缺時，自戀狂會勇於任事，毫不遲疑地搶著卡位。

泰科電子公司（Tyco）與世通公司（WorldCom）皆是走短線的貪婪企業，貪圖一時之利。安隆則是「自戀型」企業，邀功諉過，成功地向世人推銷了它的「人才管理」，以紀律管理的代言人自居。哈默爾在《啟動革命》中述及安隆一名高階主管及其大言不慚的言論，完全就是安隆這種作風與思維的寫照：

> 身穿黑色恤衫、藍色牛仔褲，腳蹬牛仔靴的安隆資金暨貿易資源公司負責人肯．賴斯（Ken Rice）說：「在核子融合反應中，原子是無法控制的。」這家公司是全美規模最大的天然氣行銷公司，也是買賣電力最大的商家。賴斯在公司的白板上畫了一個方塊，方塊裡畫了幾個圓圈。他將自己的企業描繪為一座核能反應器，圓圈裡是企業的「合約發動人」，這些帶槍衝鋒陷陣的人，肩負與客戶簽

約及創造新事業的重任。每個圓圈上有一根箭頭，箭頭朝向四面八方，「人想往哪個方向，我們就讓人往那個方向。」

貪婪公司與自戀公司之間的區別，有著深遠的影響，因為我們對自我成就的認知，決定了我們的行為。哥倫比亞大學心理學家凱若．杜威克（Carol Dweck）發現，一般人對他們的智慧有兩種不同的堅定信念，一種人相信智慧是與生俱來，另一種相信智慧可以靠後天培養。杜威克曾在全程以英文授課的香港中文大學做過一項調查研究，她與同僚接觸一群主修社會科學的學生，把學生的英文檢定成績透露給他們知道，並詢問這些學生要不要選課來提升英文程度。香港中文大學是個要求嚴格的一流學府，英文不好會拖累社會學科的成績，因此我們一定以為成績不好的學生，會選課補強自己的英文。結果他們發現，只有相信自己的才智可以靠後天加強的人，表示有興趣上課；認為自己的才智已經定型的人，深怕自己選這門課會顯得不如人，寧願待在家裡。杜威克寫道：「認為自己的才智已經定型的人，非常在乎自己看起來是不是聰明，但有時他們聰明反被聰明誤，放棄學習成功的機會，還有什麼比這更愚蠢？」

在一項類似的實驗中，杜威克為一班小學生做了一項測驗，裡面充滿挑戰性的問題。測驗完了之後，一組人得到「努力過人」的稱讚，另一組人得到「智慧過人」的稱讚。後者不願應付困難的問題，這些人在後來的測驗中，成績走下坡。杜威克後來要這些學童寫信給其他學校的學生，形容自己的測驗經驗；她發現「智慧過人」的學童中，四〇%對自己的測驗成績扯謊，美化自己的分數。這些「智慧過人」的學生不是天生愛騙人，也不是比其他人缺乏智慧或自信心；處在一個只重「天才」的環境中，他們只不過是按照天才的形象回應罷了。有天分的人往往以人才自命，但一旦環境困難、自我形象受到威脅時，他們無法接受後果，也無力採取補救措施。他們無法面對投資人與社會大眾，承認自己錯了，寧願撒謊。

企業的營運有不同的遊戲規則

麥肯錫公司與其追隨者安隆公司的失敗，在於他們以為一個組織的智慧，僅僅是該組織員工智慧的運作；他們相信明星，不相信體制。從一方面來看，我們可以理解他們為什麼這樣做，畢竟我們的生活因為許多人的個人才華而變得豐富；偉大的小說不是團體寫成的，相對論也不是委員會發明的。然而，企業的營運有不同的遊戲規則：不僅要創造發明，還要執行決策、與其他公司競爭，以及在不同的人事之間協調各方的努力。能夠漂亮完成任務的組織，通常他們的「制度」才是公司裡的明星。

二次世界大戰所謂的「東方珍珠港事件」中有一個好例子。在一九四二年的頭九個月裡，美國海軍損失慘重，在美國大西洋海岸與加勒比海一帶活動的德國u型潛艇（U-boat），不斷擊沉美國的商船。德國一名潛艇艦長寫道：「眼前是一片明亮的海域，這個新天地，在腳燈強光的襯托下，過往船隻的輪廓和細部都一清二楚，就像是分類的商品型錄一樣。我們只須按鈕發射就行了。」

讓人不解的是，在大西洋的彼岸，英軍對付U型潛艇不像美國這麼成問題，因此他們把U艇的相關情報，如聲納、深水炸彈發射器與建造結構等傳給美國，可是德軍還是癱瘓了美國的海岸地區。

你可以想像麥肯錫會對此做出什麼結論，他們大概會說：海軍沒有人才，羅斯福總統應該延攬或擢升一流人才，把他們安排在大西洋司令部的位子上。其實羅斯福總統已經這樣做了，戰爭一爆發，他就換下作風平實的海軍作戰部長哈若德・史塔克上將（Harold R. Stark），任用傳奇性的厄尼斯特・金恩（Ernest Joseph King）。《第十艦隊》（*The Tenth Fleet*）是一本記述二戰時美國海軍大戰德國潛艇的歷史書，該書作者拉迪斯拉斯・法拉哥（Ladislas Farago）說：「金恩是一位才氣縱橫又狂妄無比的現實主義者，他對海軍事務的知識，以及對自己想法的超凡絕俗，都有無比的信心。他不像史塔克能夠容忍周遭人物的無能，他對庸才一點耐心也沒有。」

換句話說，海軍有不少人才，但缺少的是正確的組織。約翰霍普金斯大學的軍略學者柯恩（Eliot A. Cohen），在他精采的《軍事災難：戰爭失敗之剖析》（*Military Misfortunes: The Anatomy of Failure in War*）一書中說：

> 反潛戰要打好，分析家必須整合各方所有的情報細節，例如潛艇的航向測定點、解密與推斷攻擊潛艇位置基準點等，以讓指揮官能協同戰艦、軍機與艦隊司令一同反攻，而且這種統合情報必須在數小時，甚至數分鐘之內完成。

英軍能夠迎頭痛擊德國潛艇，是因為他們有一個中央作戰系統。智擒U艇的「狼群戰術」，英軍指揮官在大西洋調派艦艇猶如棋子。相反地，金恩上將深信去中央化的管理結構：他認為經理人不應告訴部屬「該怎麼做與做什麼」。用今天的術語來說，他相信的是「剛柔並濟的管理」——麥肯錫顧問湯瑪斯・J・畢德士（Thomas J. Peters）與羅伯・H・華特曼（Robert H. Waterman）在其暢銷書《追求卓越》（*In Search of Excellence*）中所提倡的那種。但「剛柔並濟」對找尋德國二戰潛艇沒有幫助；一九四二年，美國海軍都在思考如何用科技智取德軍，不願採用英國的作戰心得。

在戰場想要以科技取勝，必須要有一定的組織結構，而美國海軍在這方面卻付之闕如。一直等到海軍成立了第十艦隊，由其負責協調大西洋反潛戰中的所有行動，美國才扭轉局面。在第十艦隊於一九四三年五月成軍的一年半前，美國海軍共擊沉三十六艘德國潛艇，而在其成軍後的半年內，它擊沉了七十五艘。柯恩寫道：「成立第十艦隊並沒有引進更多的人才進入反潛作戰行動中，因為組織與授權之故，第十艦隊所做的不過是讓這些人比以前更加效力。」人才迷思以為是人讓組織變得靈光，其實往往是剛好相反。

成功企業信任的是制度

這項原則在最成功的企業中處處可見。西南航空公司（Southwest Airlines）聘用的ＭＢＡ不多，付給經理人的薪水也不誇張；公司制度是依據員工的年資加薪，不是「分等與拔除」那一套。然而西南航空卻是美國所有航空公司中經營最成功的一家，原因是他們的組織比競爭對手都有效。在西南航空，飛機降落後可以再次起飛的時間平均是二十分鐘，這是公司生產效率與營運的一項重要指標，而再度起飛只要動用四名地勤人員，其中兩人在登機門作業。相較之下，聯合航空（United Airlines）的週轉時間將近三十分鐘，並須出動十二名地勤人員，三人在登機門作業。

再看零售業鉅子沃爾瑪百貨（Wal-Mart），它營業中最關鍵的時期之一在一九七六年，企業創始人山姆．華頓（Sam Walton）復出江湖，逼退了他一手提拔的接班人朗．梅耶（Ron Mayer）。梅耶那時才四十出頭，雄心勃勃又有魅力，套句沃爾瑪傳記中的一句話說：「他是金童兼天才財務長。」華頓深信沃爾瑪文化應是百川俱容，但梅耶卻搞起麥肯錫「分化與肯定」那一套。後來梅耶黯然離開，沃爾瑪亦成功度過難關。畢竟沃爾瑪是一個組織，不是一個明星團體。後來華頓用了陸軍與南密蘇里州大出身的大衛．戈拉斯（David Glass）當ＣＥＯ，目前沃爾瑪仍是全美的最大零售商。

寶鹼也不採用明星制度。明星怎麼會看得上寶鹼？哈佛、史丹福的ＭＢＡ很可以在休士頓拿三倍以上的高薪，再造世界，怎麼會屈就在寶鹼的總部辛辛那提？寶鹼不是那種風光搞奢侈的公司，他們的ＣＥＯ是在海軍軍官退役後，從歡樂牌（Joy）洗碗精的品牌副理做起，然後一生都奉獻給寶鹼。如果寶鹼的員工要跟安隆的員工玩「棋盤萬事通」（Trivial Pursuit）遊戲，安隆定勝無疑。然而，寶鹼在消費產品領域上已獨霸一方將近一世紀，因為他們有一套細心規畫出來的管理制度，以及一套周延的行銷學，讓佳潔士牙膏（Crest）及汰漬洗衣粉（Tide），幾十年來在競爭上都無往不利。在寶鹼的「海軍指揮部」中，史塔克將軍不會走人，但是跨部門管理委員會在戰爭還未爆發就成立第十艦隊。

——

終歸一句話，安隆最要命的作風，也是他們最感驕傲的地方，就是有用人的「自由市場」（open market）。在自由市場制度中，任何人都可以申請他想做的工作，經理不容出面阻止，暗中挖角受到鼓勵。當安隆一名高階經理人凱文・韓南（Kevin Hannon）成立安隆全球寬頻部門時，他推出一個叫「火速聘用」的計畫，安隆上下一百名主管，都被請到休士頓的凱悅飯店聽他大吹法螺，會議室外面設有延攬人才的專用攤位，麥克斯、韓德菲—鍾斯與艾克斯洛德說：「韓南在一週後便找齊了寬頻部門需要的五十名一流員工，而他的同事卻有五十名空缺待補。」沒有人擔心這五十個空缺可能擾亂了被挖角部門的運作，甚至連拿薪水研究安隆文化的顧問似乎都不以為意。沒有人想到，安隆明星員工的自我逐夢，可能衝擊到公司的整體最佳利益。

這些是管理顧問應該思考的問題，但安隆的管理顧問是麥肯錫，而麥肯錫跟它的客戶一樣，均深陷人才迷思中。安隆在一九八八年聘用了十名華頓商學院畢業的ＭＢＡ；同一年，麥肯錫聘了四十名。一九九九年，安隆再度聘用十二名華頓的ＭＢＡ，麥肯錫雇用了六十一名。麥肯錫傳授給安隆的那一套，自己深信不疑，且身體力行。安隆一位前經理回憶起在總部長廊上走來走去的麥肯錫青年才俊時說：「如果我們請他們來，不是只請一星期，經常是二到四個月，他們總是在我們周遭出現。」麥肯錫要找的是會在體制外思考的人才，但他們從未想到，如果每個人都要在體制外思考，也許是那個體制需要重新加以思考了。

二〇〇二年七月二十二日

CHAPTER

18

面談玄機

工作面試實際能告訴我們什麼？

諾藍・麥爾斯（Nolan Myers）在休士頓一個中產階級家庭長大，家中有父母跟一個弟弟。他高中上的是休士頓表演暨視覺藝術高中（Houston's High School for the Performing and Visual Arts），畢業後到哈佛大學就讀；他原本想念歷史與科學，但在發現寫程式的樂趣之後，他改念電腦。麥爾斯說：「程式設計是那種你一旦碰了就停不下來的事。一旦開始寫，待下一刻你看手錶時，已經是清晨四點了。我愛上了它的精細。」麥爾斯不高，有點壯，眼睛是淡藍色。他經常笑臉迎人，講話時會用手比劃，也會晃動身軀，以示強調。他在樂隊演奏猶太音樂，跟父母沒有代溝，成績往往是B或B^-。

快畢業那段時間，麥爾斯花了不少時間和科技公司的人接觸，接受就業訪談。他跟德州的三重公司（Trilogy）面談過，但他覺得自己並不適合那家公司。麥爾斯說：「三重的一家子公司在報上登了廣告，徵求剛畢業的科技高手，年薪是二十萬美元與一輛BMW。」他一邊說著，一邊不可置信地搖搖頭。另外一次面試，主考官要他解決一個程式，他犯了一個不該犯的錯，主考官將答案從桌子的那一端推到他面前說，他的「解題法」解決不了問題。談起這一段經歷時，麥爾斯居然臉紅了，他說：「我太緊張了，覺得很糗。」然而他說起這段故事時的神情，很難讓人相信他也會緊張；要不然就是他所謂的緊張，只是旁人所謂「心裡七上八下」那種忐忑。麥爾斯看起來絕不是那種會慌了手腳的人，他是那種當你在七年級大考前夕窮於應付時，會打電話向他求救的幫手。

我欣賞麥爾斯，不管他將來選擇從事何種職業，我相信他都會成功；雖然我只跟他面對面接觸九十分鐘，但我就是這樣有把握。我只跟他見過一次面。他畢業前，我到哈佛廣場的「香麵包」（Au Bon Pain）餐廳，坐在靠窗的座位等他。他身穿卡基褲和深綠色馬球衫，腳上穿的是球鞋，背著一個大背包，進入餐廳後他走向餐桌，帥氣地把背包擱在地上。我給他買了杯橘子汁，他拿出皮夾猛掏，打算拿出一塊錢來還我，我婉拒了。見面前，我們在電話中談過三分鐘左右，約好見面時間。後來我寫電子郵件給麥爾斯，問他見面時怎麼認出他來。他回了我一封信，幾乎就是根據這封信，我堅信他未來前途無限。麥爾斯的回信是這樣的：「二十二歲左右，五呎七吋高、棕色直髮，非常帥。」我從來沒跟麥爾斯的父母、弟弟或教授交談過；從來沒見過他狂喜、憤怒或沮喪，也不知道他的個人習慣、品味或癖好，我甚至無法說明，我為什麼會對他有好感。他長得體面，人很聰明，能言善道又詼諧風趣，但是他的這些特質，都不能解釋我為什麼會下此種結論。我欣賞他、對他刮目相看，如果我是要招聘新血的老闆，我當下就會用他。

第一印象的陷阱

我是從哈迪．帕托維（Hadi Partovi）那裡知道麥爾斯這個人的。帕托維是矽谷新興科技公司Tellme的主管。如果你是麻省理工學院、哈佛、史丹福、加州理工學院或加拿大滑鐵盧大學的應屆畢業生，想在軟體工程界謀職，經營網路電話事業的Tellme可能會是你考慮的選項之一。帕托維與我在Tellme公司的會議室中交談過，在Tellme公司居高臨下的會議室中，可以看見位在下方的軟體工程師、行銷人員與主管的辦公桌與工作情形，有些人桌旁還放了床。該公司不久前搬到一家老印刷廠，屋頂傾斜的辦公室旁是間很大的倉庫。新經濟的邏輯是：舊辦公室很快就成為倉庫，舊倉庫很快就變為辦公室。

帕托維二十七歲，英俊，有著橄欖色皮膚，一頭鬈曲的黑色短髮，在我訪問他的過程中，他的椅子都維持四十五度的傾斜角度。在反覆提到人才有多難找後，他突然提到一個名字：諾藍．麥爾斯，然後也給了我麥爾斯的電話號碼，由此不難想見他多想要延攬麥爾斯了。

帕托維是在麥爾斯快畢業的那年一月前往哈佛徵才時，遇見麥爾斯。他回憶道：「那天真是忙得人仰馬翻，我從七點開始一直講到九點，才跟一個人談完，就馬上又跟一個人面談。」每次面試他都會先花十五分鐘介紹Tellme，談公司的策略、目標和業務，接下來他會給面試的學生一道簡短的程式謎題，然後在剩下來的時間裡，帕托維會問問題。他記得麥爾斯的程式測驗答得非常好。他跟麥爾斯談了大約三、四十分鐘之後，深信麥爾斯「很有才」。但帕托維在麥爾斯身上所花的時間還沒有我多：他沒跟麥爾斯的家人談過，也沒看過麥爾斯狂喜、憤怒或沮喪的一面；他知道麥爾斯去年夏天曾在微軟公司實習，而且就要從長春藤盟校畢業，但是像Tellme這樣的企業，招攬的新人都是從一流學校畢業的，而每年夏天會到微軟實習的人超過六百人。帕托維不知自己為何這樣喜歡麥爾斯，他說：「大概是直覺吧！」

麥爾斯跟帕托維接觸的經驗，大概跟他和微軟的CEO史蒂夫．巴默（Steve Ballmer）接觸的經驗大同小異。麥爾斯在快畢業那年年初，曾經參加微軟的實習生派對，當時巴默在派對中演說。在演講結束後，麥爾斯曾經舉手發問。麥維斯對我說：「巴默談到很多關於微軟要朝大方向發展的事，我問巴默，那些發展會對他有意發展其他事業造成什麼影響。此外，微軟還要在小目標的事上押注嗎？」後來微軟一名人事主管來找麥爾斯，說巴默要他的電子郵件地址，就在麥爾斯提供之後，巴默就與他通起信來，看來巴默非常希望麥爾斯到微軟來工作。

麥爾斯說：「巴默對我的背景做過研究，知道我曾經接受哪些公司的面試，而且知道許多我的私事。他寄給我一封電郵說，非常希望我到微軟去，如果我有任何問題都可以問他。我回信表示了謝意。後來我參觀Tellme，並寫信告訴巴默，我對Tellme十分有興趣，但還不是完全確定，如果他願意給建議，我會很樂意接受，我給了他我的電話。結果巴默打電話來，我們談到事業曲線、微軟將來會如何影響我的事業前途，以及他對Tellme的觀感。我對巴默佩服極了，而他好像也真的對我有興趣。」

是什麼原因促使巴默這樣極力延攬麥爾斯？他們僅是驚鴻一瞥而已。他看見的麥爾斯可能只是一小部分，而光是這樣，一家有四千億元資產公司的CEO，便打電話到一個毛頭小子的宿舍鼓勵他。巴默內心知道自己欣賞麥爾斯，一如帕托維也知道；而在我與麥爾斯在「香麵包」餐廳談過話後，也深諳此事。但我們又知道什麼？能知道什麼？以任何合理的標準來看，我們其實對麥爾斯一無所知。

在新經濟時代，一家企業的最後成功在於員工的素質，這是不言而喻的。許多科技公司只差沒要求所有職員住在公司裡，且僚屬之間熟識的程度絕非上個時代所能想像。在典型的矽谷辦公室中，電玩、咖啡吧、床鋪與投籃網等休閒設施是標準配備，而在這間休息室中，你只會跟志同道合的朋友玩在一起。但志同道合的朋友怎麼找？現今求才者在履歷大海中不斷挑選，分析求職者的背景，打電話給其推薦人，然後像我一樣坐下來跟麥爾斯面談，試圖在一個半小時的談話中，了解一個求職者的聰明才智與個性。工作面試已成了現代經濟成規中重要的一環，然而跟一個人坐下來談一個半小時，能讓你對一個陌生人了解什麼？

握手決定一切

幾年前，哈佛大學一名實驗心理學家納莉妮・艾巴迪（Nalini Ambady）與羅伯・羅森濤（Robert Rosenthal）攜手合作，探討優良教學方法中的非語言部分。她以哈佛大學一項教師訓練計畫的錄影帶為研究基礎，邀請外界人士觀看錄影帶，並關掉聲音，只從教師的臉部表情與肢體語言，觀察教學效果。艾巴迪希望至少有一分鐘長的影像來進行研究，可是當她自己研究錄影帶時，發現錄影帶中有教師鏡頭的片段，只有短短十秒鐘。她說：「我不希望畫面中出現學生，因為這會影響我們的看法與評估。因此我跟我的顧問說，這個錄影帶沒辦法用。」

但後來她卻發現其用大矣。觀察者看了十秒鐘的默片後，可以毫無困難地根據十五項提問清單，針對教師的特點打分數。事實上，在艾巴迪將影帶剪輯成五秒鐘後，觀察者在觀看之後評分仍然相同。若非親眼看到艾巴迪剪輯的錄影帶，你大概無法相信這樣的研究結果，但我跟其他參與這項研究的人一樣，在看過之後發現，無論是對歷時八秒的最長片段或是五秒的最短片段，第一眼以外的感受都是多餘的。我們若需要當下做出判斷，依憑的即是瞬間的感覺。

艾巴迪接下來的結論更驚人，她將臨時完成的教學評鑑，與在學期結束時，學生對同一位老師的評鑑結果互相比較，發現兩者之間的關聯性高得驚人。一個人對素昧平生的教師觀察兩秒鐘後所做的結論，跟聽了同一位老師一學期課的學生所做的結論，非常近似。

最近，托雷多大學（University of Toledo）心理學教授法蘭克．柏尼利（Frank Bernieri）與他的研究生妮哈．蓋達珍（Neha Gada-Jain）做了一項類似的實驗。他們為兩名訪談員（面試官）進行六週的專業訓練，針對該如何面試求職者給予指導；之後，這兩人面試了九十八名不同背景與年齡的志願受訪者。一次訪談持續十五到二十分鐘，訪談過後，兩名訪談員必須填妥六頁的問卷，針對五個部分的評估項目提出回答。這項實驗最初的用意是想了解，若干受過肢體語言訓練、會模仿面試官手勢和姿態以迎合他們的受訪者（應徵者），以及沒有受過任何訓練的受訪者，前者的得分是否高過後者。結果發現並非如此。後來柏尼利的另一名學生崔霞・派克特（Tricia Prickett），決定利用同一訪談錄影帶與評分結果，來檢驗一項訪談的名言是否為真：握手決定一切。

柏尼利解釋說：「她拿了十五秒鐘的錄影帶做實驗。影片裡，應徵者敲門後進來、與訪談員握手，坐下，然後訪談員向應徵者表示歡迎。」之後派克特如法炮製艾巴迪的作法，邀集了若干不知情的局外人，根據錄影帶所播放的握手片段，請他們在同樣的評定項目與標準上打分數。結果再次令人跌破眼鏡，局外人所評的分數再度跟訪談員所做的近似。柏尼利說：「在應徵者被評分的十一個項目中，有九項結果與局外人相似，兩者之間的雷同實在驚人。」

第一印象變成一種自我應驗的預言

這項實驗讓艾巴迪的研究結論又往前一步。托雷多大學實驗中的訪談員受過訪談的專業訓練，而不是在學期結束時的最後一堂課匆匆做成評估，他們有充裕的時間在問卷上詳細作答。問卷的目的是要做最詳盡與公允的訪談紀錄，但他們所打的分數，跟從街頭找來、僅僅看過影片握手片段的人評分並無太大不同。

這說明了帕托維、巴默與我三人，為什麼都對麥爾斯看法一致。顯然人類不需要「真正認識」一個人，才能相信自己「了解」一個人。帕托維以難題盤問麥爾斯一小時之後的結論，與我和他在餐廳暢談九十分鐘的印象，以及巴默聽了他的提問之後的判斷，三者大同小異，原因不外乎此。

柏尼利與艾巴迪都相信第一印象的力量，顯示人類有一種先於理性（prerational）的能力，可據以正確判斷他人。在艾巴迪的優良教師實驗中，她要求觀察員在觀看錄影帶的同時，做一項可能會讓人分心的認知工作（伽如記憶一串數字），結果他們對教師的評鑑結果仍然不變；但當她要求觀察員在評鑑前需仔細思考時，正確率便明顯受到影響，這顯示思考只會礙事。因此艾巴迪猜測：「這裡要動用到的腦部結構非常原始，這些主觀情感的反應，可能受大腦結構的指揮。」我們對某人最初那一剎那的感覺，似乎就是此人的基本個性，因為我們在兩秒鐘之後的結論，其實跟我們在二十分鐘後所做的結論相差不多，甚至跟一學期後的觀察相去無幾。

柏尼利說：「你或許可以在當下就判斷某人是否外向，或是衡量一個人的溝通能力。這些線索或提示可能唾手可得，非常明顯。」柏尼利與艾巴迪兩人都提到，人類具有一種非常強的本能。從某一方面來看，這讓人感到安慰，因為我們在遇到陌生人時，能馬上覺察這人的某些特質；這也表示，我用不著擔心為什麼我無法解釋自己欣賞麥爾斯，因為這樣的判斷顯然不是經過思考而得。

不過這裡同樣也有令人感到不安的地方。麥爾斯是個有為又討喜的人，但是從我們的短暫接觸中，我無法知道他是否誠實、是否自我中心；他喜歡獨來獨往，還是具有團隊精神，許多其他的重要特質我也一樣不清楚。單單只看握手一幕的人，得到的結論跟其他進行全程訪問的人相同，這也許顯示，第一印象的影響力太大了——它影響了我們隨著時間而產生的其他印象。

舉例來說，我問麥爾斯是否會對畢業後的求職感到緊張。這似乎是一個合理的問題，因為我還記得自己在找到第一份工作前有多焦慮；此外，超時工作會嚇到他嗎？他回答：哦，不會的，因為他在學校時，每週就工作八十到一百個鐘頭。我繼續問：「有什麼你不擅長的事讓你擔心？」

他的回答非常尖銳：「有什麼是我不擅長或學不會的事？這真是一個實際的問題，有很多事我的確一無所知，但我覺得只要有適當的環境與鼓勵，我可以做得好。」在我的筆記本上，對於這項回答，我的評語是「非常棒的答案！」我也記得那時我有一種興奮的感覺，因為對方的表現符合我的期望。由於我當時就決定欣賞此人，因此我在對方的答案中聽到的也就是堅毅與自信。如果我一開始就不喜歡麥爾斯，我在他答覆中聽見的就會是狂妄與吹噓。第一印象變成一種自我應驗的預言：我們聽見的是自己所期待聽見的，優秀的人選在面試中絕對會受到偏袒。

一切都因為我們太仰賴直覺

巴默、帕托維與我在見到麥爾斯時，我們都在內心做了一個預測，亦即看他在我們面前的表現、言行舉止，以及他可能的想法，然後推測他在其他情況下可能會怎麼做。別忘了，我已經判斷麥爾斯是那種在七年級大考前夕，你會打電話去求救的人。但我做這樣的推論，是正確的嗎？

這也是一個社會心理學家曾經密切注意的問題。一九二〇年代末期，心理學家狄奧多．紐康（Theodore Newcomb），在一個夏令營分析若干青少年的外向性格，他發現男孩如果在某個場合（例如午餐時間）說個不停，顯示將來他在同樣的情況也會滔滔不絕；在週一午餐時間表現好奇的男孩，週二午餐時間極可能也會同樣好奇。不過你無法根據此人在某種場合的行為表現，預測他在其他不同場合的行為表現，例如從一個人午餐時間的行為，無法預知他午後遊戲時間的行為。卡爾頓學院（Carleton College）做的一項研究中，研究員華特・米夏（Walter Mischel）、尼爾・隆次基（Neil Lutsky）與菲利普・皮克（Philip K. Peake），三人研究了學生的責任感問題；結果發現，我們無法從學生的作業本是否乾淨整齊，或是否準時交報告，看出這些學生是否翹課、房間是否整齊，以及是否重視個人外表。我們在特定時刻表現的行為，顯然無法全盤反應我們永恆的內在羅盤。我們在某一時刻的行為與所處情況的特殊性，兩者之間的關連，與我們某一時刻的行為和永恆的內在羅盤相比，顯然前者比較弱，後者比較強。

這個結論顯然又與我們的直覺有所衝突。我們推測大多數時候，人在不同情況下會表現出的是同樣的人格特質，而低估了外在情境對人類行為會產生重要的影響。例如在紐康（Newcomb）一個夏令營的實驗中，輔導員在現場所做的觀察紀錄顯示，男孩子們在健談、好奇、合群等項目上，在不同的場合中，表現得極不一致，然而在夏天接近尾聲時，米夏等三人要同一批輔導員談論他們對這些男孩子的最後印象時，輔導員又表示，這些男孩的行為前後極為一致。

密西根大學心理學教授理查・尼斯比（Richard Nisbett）說：「錯覺是因為我們相信自己的觀察錯不了，或覺得自己一眼就能看出一個人的個性。當你花了一個鐘頭面試應徵者時，你不會覺得自己取得的是一個人的行為標本，而且可能是帶有偏見的標本，然而它的確就是一個有偏見的標本。你會覺得自己看到的是一個三度空間的全息圖，雖然小和模糊，但仍然是一個完整的人。」

尼斯比提到他經常合作的史丹福大學心理學教授李・洛斯（Lee Ross）時說：「有一學期洛斯教統計學，另一學期則是教行為心理學，在學期結束時，他得到兩種截然不同的評語。一種說他冷酷拘謹、吹毛求疵、一絲不苟；另一種則認為他和藹可親、循循善誘，樂於與學生打成一片，而且願意幫助他們成長。他彷彿成了雙面人「傑科與海德」（Jekyll and Hyde）；一會兒是天使，一會兒是魔鬼。而對於這兩種截然不同的情形，學生都覺得自己看到的才是真正的李・洛斯。」

心理學家把這種傾向稱為「基本歸因謬誤」（Fundamental Attribution Error）。如果我們認定某些穩定的性格特質，而忽視了環境的影響力，再加上我們當場的「瞬間判斷」，這樣訪談或面試中會產生的問題或誤會就更大。第一印象不單會影響到我後來得到與麥爾斯有關的訊息，而且我還會以為這些行為舉止，與他日後的一舉一動都完全相符。訪談面試並非一無是處，好比我從和他相處的九十分鐘裡所知道的，絕對無法從履歷表或跟推薦人交談中得知，只是我們的對話結果並不是那麼有幫助，而且誤導我的地方比我認為的要多。與陌生人交談這種最基本的人類禮儀，其實是一塊地雷。

不以概推（通則）為他人打分數

我跟麥爾斯長談後不久，曾經跟帕沙迪納（Pasadena）的人力資源顧問賈斯丁・孟肯斯（Justin Menkes）交換意見。孟肯斯的工作，是了解該如何從面對面的接觸中解析出意義，也因為這個緣故，他同意以「他認定的適當訪談方式」，對我進行一小時的訪談。我感覺有點像是去看心理醫生，然而不同的是，心理醫生需要數月或數年才能解決你的問題，而孟肯斯打算一次就把我的祕密一層層揭開。在訪談中，他請我試想一個在面試中常見的問題：「形容幾個你在工作中曾遭到批評的情況，以及你如何處理批評？」孟肯斯說，這個問題的答案不難想見，面試者顯然會準備好一套說辭。當下，他用假裝誠懇的語調，模仿面試者的回答說道：「有次我的計畫做得不盡如意，我的上司提出了一些建設性的批評，我便從頭再做了一次。我的自尊心的確有點受傷，但計畫最終還是成功了。」至於「你的朋友對你有什麼評價？」這個問題，典型的回答是：「我猜他們會形容我是一個重視人際關係的人，不然就是說我是一個認真工作的人。」如果要演得更逼真些，回答前得先沉思個半晌，彷彿從沒想到有人會問你這個問題。

麥爾斯與我也討論到一些面試時常見的問題，例如我問他：「你最大的缺點是什麼？」他回答：「我大一那年想做兒童的節慶計畫，而地點就選在波士頓。我找了幾個人跟我一同進行，後來我開始擔心這個計畫的規模、我們得擔負多少責任，以及是否能夠完成。於是我對這個計畫踩了煞車，但事後回想，我其實可以完成，而且能夠做得很好。」

然後麥爾斯笑了笑說：「這是我的錯嗎？其實我一點都不覺得。」他的確說對了，我要他回答的，與其說是個人的缺點，不如說是優點，而他的回答也的確展現了智慧。

但是孟肯斯說，萬一問題經過包裝、沒有明顯的正確答案呢？例如：「在你每週的例行小組會議中，上司突然開始猛批你在最近一個計畫上的表現，這時你怎麼辦？」

我感到有點焦急。我會怎麼辦？這時，我想起多年前的一個難纏上司，我說：「我大概會生氣，但我當然不會說什麼，可能就走開吧！」雖然孟肯斯對這個答案不置可否，但他只表示另一個人可能會說：「我會在事後私下去見上司，問他為什麼在大庭廣眾之下讓我難堪。」我說，對於上級的批評，即使是不對的批評，我可能都會默默承受或淡然處之。而另一個求職者則可能回答，他會對上司採取更直接的質問方式。不管我們告訴面試官什麼，或覺得對工作場所的要求應該忍受或據理力爭，對孟肯斯來說，都是非常重要的訊息，能讓他對求職者有進一步的了解。

孟肯斯又談到處理壓力的問題：「談談你得同時處理好幾件事情的經驗。你會如何應付？又怎麼決定優先順序？」孟肯斯也表示，這樣的問題太簡單了，你會聽到典型的回答是：「我會以多工處理的方式進行，先設定優先項目，必要時授權他人處理，並定期向上司回報進度。」因此孟肯斯會重新包裝問題：「如果你有兩個重要的工作要同時處理，而且顯然無法在期限前都完成。你無法兩者兼顧，這時你該怎麼辦？」

我說：「我會檢視這兩者，看看自己比較擅長那一項任務，然後我會跟上司說：『與其兩項都做不好，不如選我可以做好的那一項來做。』並提議，我們可以想想誰可以做好另一項任務。」

孟肯斯這時馬上趁機進行機會教育：你是對自己能做好的部分有興趣，然而，不是公司最在意的問題才是最重要的嗎？我的答案透露出非常有價值的訊息，亦即在與工作相關的緊急關頭，我是從「自我」開始考量。孟肯斯委婉地表示：「你也許是個可以自己埋頭苦幹的獨行俠，這是非常重要的一項情報。」

好用的結構化面談

孟肯斯刻意不做出任何廣泛的結論。如果一個人不是怕生、健談或直率的人，只是在某些情況下害羞、在某種情況下健談，或者只是在特別的場合時直率，那麼要認識此人，就要了解這些不同的變化，並加以分類。孟肯斯想要展開分類的過程，而這一類訪問技巧是所謂經過安排的「結構化面談」（structural interviewing），也是工業心理學家的研究中，唯一可以預測求職者職場表現的訪問法。結構化面談的模式非常固定，每一位應徵者的面試方式都完全相同：事先寫好問題、面試官事前受過良好訓練，求職者的表現則依據事前決定好的評分表打分數。

結構化面談令人感興趣的是，它的目標非常單一。當我與麥爾斯面談時，我希望有某種整體的感覺，希望明白他究竟是誰。相對地，孟肯斯對於對我有粗淺的認識似乎完全不感興趣，他似乎覺得要從一個小時的訪談中對我有所認識，有些愚蠢。「結構化面談」之所以有效，完全是因為這稱不上是真的訪談，目的並非要依傳統意義去「了解」或「認識」某人，而是在蒐集資訊的同時，讓對方也透露出許多新的資訊。

訪談或面試專家發現，要說服大多數雇主採用「結構化面談」極為困難，這是意料中事，好像這本來就是不對的。對大多數人來說，聘用某人基本上是個浪漫的過程，而工作面談卻有如一個毫無「性」趣可言的約會。我們總是想找一個氣味相投的人，即使找尋的結果是以悲劇收場、追求者與被追求者到頭來發現雙方根本沒有共鳴。我們想要的是戀愛中的無限承諾，而「結構化面談」提供我們的，似乎只是婚姻中的枯燥邏輯與實用功能罷了。

清楚表達自己並保持微笑

麥爾斯對該選哪一份工作舉棋不定。他跟巴默在電話上談了半個小時，巴默非常有說服力。他在形容跟巴默談話時說：「巴默提供我非常好的建議，他認為我應該選擇最讓我感到興奮、覺得對事業前途最有幫助的地方，他願意做我的精神導師。」麥爾斯也說，他每天都會跟父母回報自己的進度。二月間，他飛到加州，用週六時間逐一跟Tellme的主管談了一整天，不停提出問題與回答問題，麥爾斯說：「基本上我想知道三件事情。這些主管覺得自己五年後會在哪裡？第二，我會在公司擔任什麼角色？」說到這裡他停住了，笑著說：「我忘了第三個問題是什麼了。」三月時，麥爾斯決定投效Tellme。

麥爾斯在Tellme會成功嗎？我想答案是肯定的，雖然我根本無法預知。這個問題如果是三、四十年前提出，答案可能容易得多。今天若是一九六五年，麥爾斯大概會去IBM上班，他會穿著藍色西裝，坐在一間小辦公室裡埋頭苦幹。他的個人特質並不重要，在IBM雇用你之前，對你是否了解也不太重要，因為你已了解IBM是什麼樣的公司。在你走進IBM於紐約州安蒙克（Armonk）的總部，或伊利諾州分公司時，你已知道自己要扮演什麼角色、知道必須該怎麼做。可是當走進高聳、開放空間的Tellme辦公室，看見辦公桌旁擺的就是床鋪，新進人員會被高標準的矽谷文化嚇一跳。公司不會提供麥爾斯一本社交劇本、不會要求他穿藍色西裝，麥爾斯也不會一進門就看到公司組織圖。Tellme跟所有科技新興公司一樣，要求員工與團隊隨時打成一片，要有彈性、要創新、要在沒有階級與官僚體系的情況下輪班工作。在這種工作氣氛下，工作場所變得像休息室，員工的個性特質也就變得很重要。

這是新經濟吸引年輕人的部分原因；比起ＩＢＭ老舊的小隔間辦公室，Tellme高聳的倉庫式工作空間更有產能、更有趣。不過這裡有個危險是，我們在評斷求職者重要的人格特質時，可能會被自己的第一印象誤導。如果今天我們讓若干難以定義、一切憑「先於理性」判斷的人物個性左右了人事任用、任憑「基本歸因謬誤」因素發酵，那麼我們今天的用人過程，便是以新式的人事關係取代舊式的人事關係。前者，你聘用的是你握手時產生好感的人；後者，你聘用的是自己的外甥。除非我們謹慎為之，否則，社會進步只表示我們是以武斷的用人之道，取代同樣專斷、但較不明顯專斷的用人方式。

麥爾斯快畢業前，花了很多時間協助電腦科學入門課程的學生，他了解很多學生選這門課的原因是想在軟體界求職。他說：「經過這麼多次的面談，我已獲得若干專業知識，也願意與其他人分享，因為向未來的雇主介紹自己時，需要真正的技巧與藝術。我們在課堂中談到，雇主想要在員工身上看到什麼，以及什麼樣的人格特質才會吸引雇主。其中最重要的一項是，一定要對自己和所學展現自信。這要怎麼做呢？答案是，清楚表達自己觀點，並保持微笑。」說到這裡，麥爾斯笑了起來：「對很多人來說，這是一項很難學習的技巧，但不知為什麼，我就是有做到的本能。」

二〇〇〇年五月二十九日

CHAPTER

19

潛伏的禍端

關於犯罪，比特犬事件能帶給我們什麼啟示？

一個陽光普照的冬日下午，阿奇．克萊伍（Guy Clairoux）到托兒所接他兩歲半大的兒子傑登（Jayden），兩人一路走回他們位於加拿大安大略省首府渥太華西區的家。快到家時，傑登落在父親後面，就在阿奇回頭看他之際，一頭比特犬（Pit Bull）跳過鄰家後院圍牆，向傑登衝過來。克萊伍的太太瓊安．哈特利（JoAnn Hartley）事後回憶說：「那隻狗咬住傑登的頭，然後開始甩動身體。」就在她驚慌失措地看著那隻狗攻擊幼子之際，另外兩隻比特犬也跳過籬笆來，加入攻擊。

克萊伍夫婦快跑前來解救，阿奇揮拳猛揍第一隻狗，直到牠鬆口為止。阿奇把從惡犬口中搶救下來的愛子拋給瓊安，她用身子擋住小孩，加以保護。就在這時，三隻狗一齊撲向瓊安。阿奇對著太太大叫：「保護妳的脖子！保護妳的脖子！」一名在窗前目睹這一幕的鄰居尖聲求救，她的同居人馬里歐．戈提爾（Mario Gauthier）衝出來，附近一名少年見狀則一手拿起曲棍球棍，將它丟給戈提爾。戈提爾拿著球棍猛打狗頭，直到球棍打斷。戈提爾後來說：「這些狗就是拚命咬，你一鬆手，牠們就又來攻擊。我從來沒見過這麼兇猛的惡犬，簡直就像澳洲袋獾（Tasmanian devil）一樣恐怖。」後來警察趕到，把狗帶走，並將克萊伍全家與一名奮勇幫忙的人送醫治療。五天後，安大略省的議會通過禁止飼養比特犬的禁令，該省司法首長麥可・布萊恩（Michael Bryant）說：「游泳池裡不該有大白鯊，或許文明的街道上也不應該有這些動物。」

比特犬是鬥牛犬的後代，十九世紀時，曾經被當作鬥牛的誘餌和被用來鬥狗，飼主繁衍牠的目的既是為了「獵戲之用」，其攻擊性可想而知。大多數的狗打架，是因為這是最後的求生之道；但比特犬只要面對一絲絲挑釁就會打鬥，而且似乎超能忍痛，有時非戰至筋疲力竭，不會善罷干休。像德國狼狗（German Shepherd，亦稱德國牧羊犬）之類的看守犬，在面對威脅或攻擊時，通常只會又咬又抓，但比特犬卻會盡可能弄傷對手。牠們會咬、會抓、會甩、會撕；牠們不會咆哮，也不了解猙獰的面部表情是種警告，而只會一味攻擊。

一篇關於比特犬的研究說：「非因鬥狗用途而培育出來的犬隻，在感覺自己戰敗時，會運用在地上打滾或露出肚皮的伎倆求饒、要求對手不要再攻擊，但鬥牛犬卻不太懂得這些行為的意義。有報導指出，曾有比特犬數度將發出投降訊號的狗咬得開腸破肚。」根據流行病學對被狗咬傷的案例所做的研究，在有過咬傷人或咬死人紀錄的犬隻中，比特犬的殺傷性比例偏高，若干西歐國家、中國與北美數個城市有鑑於此，已下令禁止或限制飼養比特犬。總之，比特犬是危險的動物。

無法一體適用的通則

當然不是所有的比特犬都傷人成性。牠們大部分不會咬人，而杜賓狗、大丹狗、德國狼狗、羅威那犬也有經常咬人的紀錄。此外，曾經將一名法國婦人咬得面目全非、使她必須做全球首次面部移植手術的狗，還是隻拉布拉多。當我們說比特犬兇猛可怕時，這是種通則（概推，generalization），就像保險公司會基於通則，要求年輕人繳交更多的汽車保險費（雖然許多年輕人其實是很好的駕駛）；醫生會根據通則，告訴體重過重的中年人檢查膽固醇（雖然許多體重過重的中年人心臟沒有問題）。因為我們不知道什麼狗會咬人、什麼人會罹患心臟病、什麼人會發生車禍，所以我們只能根據通則來做預測。法學者費德烈・舒豪（Frederick Schauer）的觀察是：「一概而論，有時是我們生活中要做決定時，難以避免的一面，而且實在是有其必要。」

一概而論的另一個說法是「以偏蓋全」，根據以偏蓋全而做的決定，通常被視為不足為取，而從「定論」到「通則」的過程，是一個必要卻也危險的過程。醫生可以在數據支持下，對特定年齡與體重的人做出通則；不過，根據諸如高血壓、家族病史與抽菸習慣等特徵所做的通則，不是比年齡、體重方面的通則更能拯救人命嗎？每一項通則的背後，都有我們選擇納入考慮或割捨的因素，這些因素複雜的程度，可能是我們始料未及的。在比特犬攻擊傑登的事件發生後，安大略省選擇對比特犬做成一項通則。安大略省也大可對其他的惡犬，或對擁有這些惡犬的主人做成某種通則，甚至對兒童、籬笆，或與狗、人和地點有關的無數事物一概而論。然而，我們怎麼知道自己做的是正確的通則呢？

我們真能描繪出恐怖分子的輪廓？

鑑於倫敦地下鐵與市區巴士連續發生數起爆炸案，二〇〇五年七月，紐約市警局宣布將派員前往地下鐵，對所有旅客的行李進行抽查。為了追蹤恐怖分子而進行臨檢，這種不依據通則推論、不按牌理出牌的作法，乍看似乎有點荒唐。《紐約》（*New York*）雜誌一名專欄作家當時就寫道：「不僅『大多數』攻擊西歐或美國的伊斯蘭教聖戰士是年輕的阿拉伯或巴基斯坦人，而是幾乎個個都是。換句話說，我們可以相當篤定地預測，『基地』的恐怖分子長什麼樣子，就像我們知道黑手黨長什麼樣子一樣——即使我們知道只有極少數的義裔美籍人是黑手黨。」

且慢，我們真的知道黑手黨長什麼樣子嗎？我們對黑手黨的認識，多半是從電影《教父》中得來。黑手黨柯里昂家族（Corleone）的男性成員係由馬龍·白蘭度、詹姆斯·肯恩、艾爾·帕西諾與約翰·凱澤爾扮演；馬龍·白蘭度是愛爾蘭與法國後裔，肯恩是猶太人，後兩位則是義大利裔美國人。根據《教父》，黑手黨是長得像歐洲裔的白人，然而這種通則其實沒什麼幫助。想知道伊斯蘭教恐怖分子長什麼模樣並非易事。伊斯蘭教徒不像阿米什人（Amish），會穿著有特色的服裝，也不像棒球隊員，他們沒有一定的體型與身高，而伊斯蘭這個宗教也遍及全世界。

紐約市警察局長雷蒙·凱利（Raymond Kelly）對我說：「我們反對用種族貌相（racial profiling，或譯種族歸納、種族臉譜化），我上任的第一年就頒布這項政策。以種族貌相來辨案是錯誤的，而且徒勞無功。我們看看倫敦爆炸案，警方抓到三名巴基斯坦裔的英國公民，加上哲曼·林賽

（Germaine Lindsay），他是牙買加人；第二批抓到的都是東非人。二〇〇四年初，在莫斯科地下鐵車站引爆人肉炸彈的，則是一名車臣婦人。你要以誰為標準，建立一概而論的恐怖分子檔案？就拿紐約市來說吧，四〇％的紐約人是在國外出生，看看這裡的多元化，我又該如何定義紐約人呢？」

凱利點出的問題，或許可以稱之為人物的「歸類難題」。某一類的人物與某一類的行為或特質吻合，我們才能依此做出通則，例如過重的中年人與心臟病的風險關連、年輕人與不良駕駛行為的關係等。然而要這樣做，我們必須先將欲歸類的人物或特質做出清楚的界定。凱利說：「你以為恐怖分子不知道自己很容易就因為族別，而被歸類為恐怖分子嗎？我們看『九一一』的劫機犯，他們入境美國後，立即剃掉了鬍子。他們也去上空酒吧，企圖要打進美國人的圈子，讓自己看起來像美國夢裡的一部分；他們不是傻瓜。恐怖分子能不能打扮成哈西德派猶太人（Hasidic Jew，廣義的猶太人），走進地下鐵而不被他人歸為異類？我認為犯罪側寫（profiling）是毫無意義的。」

比特犬的歸類難題

比特犬禁令也牽涉到歸類問題，因為牠不是純種狗，從名字即可知牠身上流著好幾種不同的血液；此外，美國斯塔福鬥牛㹴（American Staffordshire Bull Terrier）、斯塔福郡鬥牛㹴（Staffordshire Bull Terrier）與美國比特犬，都同樣有著雄壯的方形身軀、光亮的短毛與朝天鼻。因此，安大略的禁令不單只針對這三種狗，還包括所有「外型與體態特徵肖似」、統稱為「比特犬類型的犬隻」。但這又是什麼意思？美國比特犬與黃金獵犬的混血狗，是該歸類為比特犬，還是黃金獵犬？如果認為把壯碩的獵犬都看成比特犬是一種「通則」，那麼把任何危險的狗都認定為比特犬，則是「通則中的通則」。賓州一家狗場經理洛拉．布拉希爾斯（Lora Brashears）就說：「由擬定這些法律的字眼來看，比特犬的定義是隨他們高興，而對大部分的人來說，牠們是壯碩、討人厭，又會咬人的惡犬。」

當然立法禁止豢養比特犬的目的，並不是要禁止飼養看起來像鬥牛犬的狗。比特犬的長相，只是突顯了牠的脾氣，若干特質在美國比特犬、斯塔福郡鬥牛㹴、黃金獵犬等狗兒身上都看得到。不過比特犬本身的「鬥」性，也令人捉摸不定，若干令人不安的特質，例如好鬥成性、不怕痛、一意孤行，其實主要是衝著其他的狗來的，一般人養牠並不是要用來攻擊人。相反地，如果狗去攻擊旁觀者或馴狗師，這樣的狗通常是送死，因為結果必定死路一條。在比特犬的世界中，規矩是「咬人者等於找死」。

喬治亞州一個叫做「性向測試會社」（American Temperament Test Society, ATTS）的團體，曾經針對二萬五千隻狗做過十項制式的標準化訓練，以評估牠們在人群中的穩定性、怕生與友善程度，以及攻擊性。馴狗師帶著拴著六呎長皮帶的狗進行一連串的實驗，看牠對於槍聲、開傘，以及穿著怪異的陌生人逼進時會如何反應。進行測試的比特犬，有八四％通過了測驗，牠們的安全排名超過米格魯、萬能㹴（Airedale Terrier）與長鬚柯利牧羊犬（Bearded Collies），溫和性只遜於一種變種臘腸犬（Dachshund，或稱達克斯獵狗）。

ATTS會長卡爾．赫克斯托爾（Carl Herkstroeter）說：「我們測試了大約一千隻比特犬類型的狗，我自己就測驗了半數以上。在我接觸過的比特犬中，我只將一隻有攻擊傾向的比特犬評定為不合格。其他的表現都好極了，脾氣很好，對兒童也很友善。」甚至可以說，雖然比特犬的若干特質讓牠們對同類充滿威脅性，但這些特質卻也讓牠們對人類友善。維琪・賀恩（Vicki Hearne）曾寫過數本與狗有關的書籍，她表示：「近年有不少比特犬取得可成為治療犬的執照，因為牠們穩定性高，可以陪伴不喜歡狗亂跳亂蹦的人。當比特犬準備要為人帶來安慰時，就好像牠們要準備打架一樣堅定，不同的是，牠們表現的態度是溫順的。又因為牠們無所懼怕，跟任何人在一起都可以很溫順。」

那麼哪一種鬥牛犬是有問題的呢？赫克斯托爾說，安大略省下達禁令的對象是有侵略傾向的鬥牛犬，而牠們若不是飼主特意繁殖、馴狗師刻意訓練，就是狗主人蓄意培養的。」一隻凶惡的比特犬之所以凶惡，是經過選擇性交配，與其他體型更大、侵略性更強的狗，如德國狼狗或羅威那犬等混血，不然就是主人特意讓牠們慢慢養成會對人類表現敵意。如此說來，比特犬之所以會對人類構成危險，並非因為牠「表現出多少本性」，而是因為牠「偏離多少本性」。禁止飼養鬥牛犬的禁令，是一種以偏蓋全的作法，根據的是無法涵蓋鬥牛犬一般特質的通則，這就是歸類的難題。

犯罪率大幅下降的紐約

紐約有件相當令人不解的事是，眾所周知，它的犯罪率在一九九〇年中期大幅下降，但在此後仍繼續下降，例如在二〇〇四到〇六年之間，紐約的謀殺犯罪率下降一〇%左右，強暴犯罪率下降一二%，竊盜犯罪率下降超過一八%。在隨機選樣的二〇〇五年，汽車竊盜率下降一一·八%。在美國人口超過十萬人的兩百四十個城市中，紐約的犯罪率排名是兩百二十二，與加州的方坦納市（Fontana）與佛羅里達州的聖露西港（Port St. Lucie）相當，都居於末位。一九九〇年代，犯罪率下降被歸因於都市生活與市府政策的大幅改變，如毒品交易減少、布魯克林區的重劃，以及成功執行以恢復秩序為目的的「修復破窗」（Fixing Broken Windows）政策。但這一切都發生在九〇年代，為何犯罪率至今**仍持續**下降？

原因可能跟警方策略改變有關。紐約市警局有一張電腦地圖，可以即時顯示已通報的犯罪地點。無論何時，這張電腦地圖都持續顯示數十個不時改變中的危險地點，而有些點則只有兩、三條街的範圍。在凱利局長主政下，紐約市警局利用這個地圖建立了「衝擊區」，他一改過去把新近警察平均分配到市中心的作法，而把三分之二的生力軍調到這些「衝擊區」值勤，有時甚且在衝擊區鄰近的街坊，加倍派駐巡邏員警。凱利說：「我們將三分之二的新警察與資深員警搭配，把重點放在這些地區上。久而久之，衝擊區的犯罪率平均減少了三五%。」

多年來，專家堅信暴力犯罪與當地有無警力部署絕對無關，認為犯罪是因為罪犯貧窮、病態心理或文化障礙，加上臨時起意或以為有機可乘。一般人以為多派幾個員警在街上巡邏，起不了什麼作用。不過紐約市警局的經驗顯示這種想法不對，因為派出更多的警力意味著若干犯罪可以防微杜漸、有些案件可以輕易解決，部分犯罪則會被擠出龍蛇雜處的轄區之外。對後者，凱利認為不是壞